观复斋系列丛书

道上的风景
没有终点的旅程

戈国龙 ◎ 著

全国百佳出版社
中央编译出版社
Central Compilation & Translation Press

目 录

《道上的风景》总序 ·· 001
卷一 此时此地的神性欢宴（2005）····················· 001
卷二 任何事情都可以是静心的桥梁（2006）······· 071
卷三 在沉静中接受宇宙万方的消息（2007）······· 129
卷四 大圆满就是你真正的自己（2008）··············· 177
卷五 带着乐园生活在世界上（2009）··················· 255
卷六 道无时无地不与我们同在（2010）··············· 301

《道上的风景》总序

伴随着悠悠岁月，我走过了一段又一段生命的旅程。从玩耍戏闹天真活泼的童年，到艰苦求学人生觉醒的少年；从山花烂漫的田野乡间，到古朴悠久的临川县城；从南京大学南园草坪上的静夜沉思，到北京大学未名湖畔的轻轻脚步……有多少生命的美丽风景与灿烂时光！蓦然回首，才发现自己已走过了千山万水，经历了重重化城。记忆的船帆，飘向怀念的海；往事的贝壳，重现在情感的沙滩！一个求道者的身影，在寻找生命本源的路途中，所经历的多姿多彩的风光与景致，又一幕幕地浮现在眼前。

年少时家境贫寒，多赖师友的关心支持才得以完成中学的学业。少年不识愁滋味，尽管物质条件艰苦，但我却年少得志，意气风发，学习成绩一直在班上遥遥领先，直到1986年顺利地考入南京大学少年部，开始了我的大学生活。从进入大学校门起我就开始了人生的困惑与求索，从南京大学读书到抚州师专任教，从北京大学攻读博士学位到世界宗教研究所作博士后研究，多年来一直在悟道参禅中探寻宇宙人生的真谛。偶有所感所悟，则随手以记，自1988年以来，20多年间，未尝或间，这样不觉积少成多，在多年的修学中留下了大量的思想日记，现在我把这些以灵感写下的文字选录一部分整理出来，汇编成观复斋随笔系列：《道上的风景Ⅰ：生命意识的觉醒》和《道上的风景Ⅱ：没有终点的旅程》。

如果将笔者的所有作品编辑成为《观复斋丛书》的话，那么观复斋丛书将主要分成三个系列：一是学术论著系列，包括作者的博士论文、博士后研究报告和各级科研课题的成果等；二是观复斋讲座系列，其中又包括经典讲解和观复斋教学课程两大系列，其作品是由专题讲座的录音记录整理而成；三是观复斋随笔系列，是从作者的大量的修学日记中选录部分日记整编而成的。现在，我将观复斋随笔系列总名为《道上的风景》，以统一版式加以出版，除目前计划出的两本书外，今后若干年的日记可以出一本续集，成为一个连续的系列。

观复斋随笔将保持日记体随笔的原始风格，不再做人为的整编，我不想用这些素材人为地再造作一个理论系统，就按照写作的顺序并标明写作的日期，以日记体随笔的原始的形式出版。因为观复斋教学系列将会有系统性的课程讲义，所以不需要将这些随笔再整编成系统性的作品，只需要呈现它原有的样子。这些随笔原本就是我生活中的灵感再现，是真实体现我自己所思所想和我自身修道体验的文字，它具有独特性，它不是针对什么人而写，没有特定的目标，就只是呈现自己菩提道上的风景，供有缘人欣赏。它甚至不是"我"去创作的，是"它自己"在某个瞬间降临到我的笔下。当机感降临时，可能会下笔千言；而当机感未至时，就可能连续很多天一个字也不写。所以，这些随笔是我多年来修道生活的写照，也可以说是我的自传；而观复斋教学的课程，则是针对特定听众而作的系统性的讲解，是为了利益他人而做的演讲，虽然两者都体现了我的修道思想与修学境界，但一是"随自意语"，偏于自觉境界的呈现；一是"随他意语"，偏于觉他情怀的设计，这两者之间正好可以互为补充、互相对照。

这20多年来的修学日记依其写作的时间顺序排列，每段日记之前附其写作的时间。为使此书的结构更加清晰，也为了便于读者的阅读，特参照笔者精神发展的主要阶段，将这些日记依据不同的主题加以分卷标题，但所有的标题都取材于正文的日记之中。当然，这些标题只是一种精神向度的提示，而每一段的日记内容都是随感而发，不可能有一个完全统一的主题。为了方便读者，《道上的风景Ⅰ：生命意识的觉醒》除了做了一些必要的编辑与补充外，基本上是华夏出版社2006年4月版的《深寻生命的奥秘：禅与道的现代诠释》的再版，收录的日记始于1988年，终止于2004年，除1988年和1989年的日记编为卷一外，其余每一年的日记分别编为一卷。为便于读者更好地阅读和理解本书，友人周田青先生阅读此书初稿后特地代读者提出了若干问题，我把这些问题的解答作为本书的附录附入书尾，以利于读者更好地理解此书的写作背景。这样正文共计16卷，加上"总序"和"附录"，构成《道上的风景Ⅰ》的整体结构。《道上的风景Ⅱ：没有终点的旅程》收录的日记始于2005年，终止于2010年，总共6年，分列为6卷。这本书是前一本书的续编，体现了最近6年的一些修学进展，虽然较前一本书它的时间跨度要小了许多，但它的篇幅却与前一本书不相上下，这样的篇幅划分也是为了照顾已经读过第一本书的读者。近年来因为建立了网上博客的缘故，《风景Ⅱ》的一些文字已经在博客中发表过，借此机会我要感谢参与博客讨论的所有的网友们，也希望本书的读者们能够关注我的博客，参与博客的交流。需要说明的是，我并没有专门为博客去写文章，我只是把自己写的日记中那些适合博客发表的文字在博客中发表而已。所以，在博客中发表的文字并没有改变本书的修学日记的性质。

　　由于《道上的风景》系列是从多年以来作者大量的修学日记中选编而成的，故其篇幅之长短，内容之重心，每一年都有所不同。人生的每个阶段都有不同的存在体验，因而记录下来的文字也就有不同的色彩，本丛书所录主要侧重于有关禅修体验的文字。由于历时20多年，作者本人的思想有发展，文风有变化，而见地则颇有精粗之别，故本书所录未必皆契禅味，望读者明察也。一般而言，愈到后期，则境界愈圆熟，而可以分享者愈多。但整体上这本书的中心思想仍然是一以贯之的，后面的思想与体验，都是前期思想与体验的深化与显化而已，好比是一颗大树，都是由最初的种子发展演变而成。

此书呈现出个人20多年来对宇宙人生的真实探索和参禅悟道的心得记录，其文笔与思想之风格都具有独创性，既非文人的文学创作，亦非学者的学术研究；既不同于哲学家的哲学思考，又有异于宗教家的传道弘法。然其中有诗意、有哲思、有禅味，而亦文学亦哲学亦宗教也。或诗或文，或抒情或议论；或只言片语，或长篇大论；或悟道体验，或参禅心得；或人生哲理，或宗教探寻……其文风与内容，皆随人生的不同阶段精神的发展而更新，然一以贯之的是所有的文字皆自心中流出，完全是个人真实精神世界的展现，毫无造作与虚构也。因此书之成，初非有意为之，完全是自己心灵世界的记实，而非为写给别人看的有意创作。

思想发展，修道体验，学术之路，情感经历……这套书是我的心灵成长史，是个人多年来不懈探寻生命奥秘的智慧结晶。我希望自己在求道的旅程中所经历的种种风光，能给广大读者提供了一份参悟生命奥秘的生动素材，一面反观自己的镜子，启迪读者开拓心灵的空间，发掘我们内心所本有的无穷的宝藏。同时，作为一本由私人日记整编而成的书，它的性质却决不仅是属于个人的，它也可以看成是从个人体悟的立场对禅与道的内在意义所作的现代阐释，其中蕴含有许多独到的学术思想，且可为哲学、宗教学、心理学等诸多学术领域提供一份可资研究和参考的资料。虽然菩提道上所有的风景，都不过是暂时的化城，无可执着，无可留恋，但在未到宝所之前，这一切的风景又都是人生当下的财富，让我们在生命的每一刹那，体验到生命本身的宁静与浩瀚！

谨以此书，敬献给古今一切自觉觉他的成道大师们！是那些未曾谋面但却心心相应的先贤大哲，给了我无穷的智慧与加持；献给一切在人生道路上不懈探寻真理的同道和朋友们，我愿成为你们的知音和爱人；献给那些在我人生旅途中关心和帮助我成长的亲友、老师、同学和同事们，是你们使我的人生一路走来总有欢笑与感动；最后要献给所有有兴趣阅读此书的广大的读者们，愿本书这种生命的真实感悟与探索历程，能与天下有缘人分享。愿此书的出版能够有助于禅与道的现代研究工作，有助于读者净化心灵，提升人生的精神境界，帮助人们找到安身立命的精神家园！

戈国龙

庚寅年（2010）秋冬序于观复斋

卷一 此时此地的神性欢宴（2005）

一月一日，星期六

元旦感言

弹指又一年。在人生的舞台上，演出了一幕幕的悲喜剧。无论外面经历了多少风波与风光，都只是人生的一场随缘而化的游戏。在我们的内心，自性永远是不增不减的明觉，它见证一切的风云变幻，目睹一切的喜怒哀乐。

然而，世人大都把目光投向了这人生戏剧的本身，在其中荣辱沉浮，误以为在戏中的一个角色就是自己本真的生活。这本性的光华被妄想的乌云所遮蔽，那真正的主人于是一直不在场，人生就变异乡为故乡，由仆人作主人。

将意识的目光返观自身，从向外的意识转向自觉的意识，这才是真正的革命！所有的政治革命、社会革命、经济革命都无法使人得到真正的自由与解放，因为一个不能作自己的主人的人无法凭借外在身份地位的改变而得到自由。因而，宗教的领域比起政治、经济、文化的领域更为根本，拯救人心比起拯救社会更为根本。

多少世纪以来，人类一直在寻找政治的革命、经济的发展和科技的进步，这些使人类社会的生活方式发生了根本性的变革，但那个流浪的心灵并未得以安顿，人类的幸福状况并没有得到根本性的改善。只要人类一直在向不属于自己的外物中寻找幸福，人类就永远不能安身立命。

对那些人类中的先知先觉者，对那些已经觉醒到永恒真理的圣人们，像释迦牟尼、老子那样的人，他们已经放弃了自我，回归于大道，他们自身就是完整的存在，融入了生生不息的整体法界，他们自身就有了具足一切的永恒的活的源泉，他们已丝毫不依赖于外物，而获得了永恒的意识与自由、幸福与安宁。他们指引了生命的方向，照亮了人生的道路。然而，在已经形式化、组织化了的宗教界，真正的宗教解脱精神所剩无几，他们迷失于宗教的事务、仪式与经典之中，他们凭信仰来慰籍自己，而不是凭智慧来解脱自己。

在今天这个物欲横流、人心浮动的世界，我能否安于宁静与单独，潜心于自己的悟道大业？能否以自己的深厚的修行境界为基础，扮演好一个心灵医师的角色，为心灵迷失的众生作黑夜里的指路明灯？在新的一年，我要更加全然地投入自己的修道积学之中，为自己生命的解脱与自由，为众生的解脱与自由，精进不懈！

一月三日，星期一

从昨天开始早上起来静坐，我感到清晨的静坐要比下午的静坐更有效果。以前因为在卧室打坐，早晚静坐不方便，才着重在上午和下午两次的静坐。现在，我终于有了独立的书房，可以全面恢复早晚的静坐，当然上午和下午的静坐仍将保持，但早晚两次的静坐将成为更主要的静坐时间。在这个新的家园中，我最主要的生活方式就是静坐修道和读书写作。在这里，没有城市的繁华与喧闹，只有乡村的简朴与自然，它将是我隐居修道的地方！

一段时间以来，忙于新居的安置，我的修道有所松懈。由于头脑的惯性，我们无法时时活在觉醒之中，我们还会受到各种外缘的影响而忘却了法性的家园。现在，当我把意识的目光收回来而观照自身，我又体验到那空明的意识自性。沉浸于这灵明的意识和广大的法界，生命于是就充满了富足、美丽与喜悦。无数的尘劳与牵挂顿时脱落，这一刻就是全然的自由！

一月七日，星期五

这几天开始写作《新译乐育堂语录》，这个工作虽然不是很费脑力，但却要花去相当多的时间和精力。况且每一章的工作，都是按照一定的程序去做，颇具机械性，而乏创造性。我这个人天生不愿做机械性的工作，小时候就最怕大人让我去干那种重复性的机械劳动，只是希望早点干完，而没有一点劳动的乐趣。现在这个工作，虽不完全是机械性的，但这种翻译注解的文献整理工作，对我还是不大相应。我喜欢创作性的写作，在写作时可以自由地展现自己的思想。我想做完这个工作以后，我将不再接受这种缺乏创造性的工作任务，而要开展自由的探索性的研究工作。

在工作的时候，这些天云儿的状态很不好，脾气特别大，特别难以伺候。他受了惊吓，晚上睡觉常不安稳，又受了凉，开始拉肚子。我的工作受到打扰，有时也会引发我的急脾气。带一个孩子真不容易，这意味着你要牺牲一定的自由，你不能只是过你自己的生活。

一月十日，星期一

搬到新家以后，正值寒冬来临，气温骤降，风雪交加，所以很少出去散步。今天终于风和日丽，午睡之后把孩子哄睡了，就出去散步。

我们住的这个小区本来是一个村庄，这里是地地道道的北京郊区的农村，四周都是田野和村庄，只有门前六环高速公路显示出一点现代城市的气象。距顺义城有九公里，距通州有十四公里，距北京三环路则有近二十公里，所以在馨港庄园的周围，没有街道，也没有大型的超市与商场，没有公园和娱乐设施。这里还是很原始的乡村风貌，整个大自然就是我们最好的花园！

漫步在这乡间林荫小道上，四周静悄悄的，只有小河的流水与林间的松涛相伴，真是"水边林下，长养圣胎"的地方！我觉得很好，远离了城市的喧嚣，回归了乡间的宁静，这里是读书悟道的好地方。

就是在居室之内，我也能亲切地感受到大自然，透过大阳台的窗户，我们就能直接地与自然相沟通。尤其是夜里，可以坐在阳台上赏月观景，静坐澄心，就好像置身于室外的大自然一样。

其实，日常生活用品在小区内就可以买到，将来小区会有自己的商场、学校、银行和医院等，基本的生活完全没有问题。如果买一辆车，那么出行也很方便，可以去旅游度假。而我每周有一次要到社科院去上班，正好可以去城里办事购物。这样我们可以一张一弛，既可享受城里的生活，又可享受乡村的宁静，这种广阔的活动空间，是住在城里所无法享受的。

一月十一日，星期二

今天收到台湾《新世纪宗教研究》编辑部寄来的关于"临济禅中的有与无"一文的审稿意见，两位匿名审稿人虽认为本文禅思精湛，但却认为不符合学术规范，不能成为一篇学术论文而建议不发表。我回信给魏主编说："您好，审稿意见已阅。贵刊此种严格的审查制度，于学术之严谨或有益，然于思想之创发则可能有损。今天之所谓学术性，已流落为一种写作之技术，而没有思想之恢宏与切身之体悟。以学术规范而论，则一切伟大之思想家之著述，皆不能入学术之流矣！吾非不知学术之规范，然吾不愿为其所囿也。此文曾在临济宗学术会议上宣读，颇得好评，小组发言后并被推荐为大会之主题发言，以此文与流俗之学术论文截然不同，而真知慧见多有也。且各人之学术有不同之标准，虽匿名评审具备一定的公平性，但亦不免评委之主观性也。然吾非对此文不获于贵刊发表有何意见，吾甚尊重贵刊之制度，且吾之论文亦非无发表之地。然于此略有所感，恐贵刊此种重纯学术之风格，于弘法利生之旨或有所损也，特与魏主编商之。"《新世纪宗教研究》本为佛教界所办的刊物，没想到却办成纯学术性的刊物，而佛法见地纯正的文章反而不能发表。此文本不取纯学术之路，而类弘道之文字，故我想寄《香港佛教》发表。

一月十三日，星期四

虽本性不增不减，与身体气脉无关，但在初始阶段，人无法超越身体的感受而直奔主题，容易为身体所累。不如先用道家方法修炼身心，使精足神全，升华后天渣滓之气。到一定的时候再放下一切有为法而直接成为那个"是的"，直接进入存在的海洋。

道家丹法，以凝神调气为本，即以元神之火配合呼吸之风，以风火锻炼体内之精气神，使神气交媾，阴阳合一而玄牝现象，现出先天境界，再以后天融入先天，进入虚空本体而采大药真一之气，终使身心融化而与道体相统一，此即逆返成仙之路。当然，炼丹不离炼己，心性之观照仍为根本，心静息调，气安神闲，是为其不二法门。

我修炼的道路，就是道家丹功与禅家顿悟见性之法，丹禅双修，性命双圆，而成就天人合一之大圆满境界。

一月十五日，星期六

今天读完了《与大师同在》，这已经是第四遍了。这次阅读我特别注意到，Osho在身体方面一如常人，受着病痛的折磨，虽然他的意识一直是像天空一般的纯净浩瀚而不受打扰。这是否意味着他的道路是完全佛家式的，只修性不修命，法身从色身超越出来，而遗弃了肉身。这与道家所讲的性命双修、神形俱妙还是不同的解脱境界，对一个道家修炼功夫很高的人，他可以作身体的主人，让身心都获得自由。Osho的自由是不管身体，无论身体如何意识不受打扰，但身体本身并未获得自由。与此相对应的是，在外部世界，Osho在客观事实上确实也会犯错误，因为他没有精确地去谋划，只是活在当下而不顾虑未来，所以在世俗世界的事业中一定会有问题出现。Osho在美国的经历，既是对他的事业的一种挫败，也摧毁了他的身体，那是他一生中最大的失误。只是在心理上，在意识的境界上，他可以接受那个失败而不被它所打扰，所以他说千千万万个事情上他可能会失败，但他并没有失败。

一月二十六日，星期三

当一个政治家选择了道义，而舍弃了个人的政治前途，这说明他还没有沦落为一个政客，而保持了一个人的气节与良知。政客是没有原则的，他只是为了自己的权力和地位，不惜采取任何手段与代价。官员大都是政客，嘴上说的是一套，做的又是另一套。现实政治上的一切问题，归根到底就是建立和健全民主制度的问题，虽然我希望中国加快政治体制改革的进程，在宗教领域能获得更大的自由，但我不会去投身到政治斗争之中，我只是一个看客。我关心的是更高的层面，是人的终极自由，那就是意识的自由、意识的觉醒。社会制度层面的民主与自由虽然很重要，但这还不是一个人达到终极自由的充分条件和必要条件。个人的意识觉醒才是一个人获得终极自由的道路。与此相应，我也不会去为了个人的利益去投机钻营，自从我搬进了这所新房子，我为了外在的利益而抗争的历史也就结束了！对外在的物质生活而言，有地方可住，有口饭吃，我就别无所求了！对于职称、课题等等，我完全顺其自然，得之不喜，失之不惊。人格上的独立与尊严，精神上的自由与解脱，这是人生中最可宝贵的东西。清贫淡泊的生活，正是一个求道者能够矢志修道而超然物外的地方。

一月三十一日，星期一

昨天看完了电视剧《汉武大帝》，每晚两集，看了一个月。这使我对历史发生了一点兴趣，工作之暇也读读《史记》、《资治通鉴》等史书。历史人物兴衰成败，历史事件起伏消长，里面蕴含有深刻的社会人生的经验与哲理，值得我们学习。但历史毕竟已经过去，重要的是如何把握好我们的今天。

二月三日，星期四

定慧神气

搬入新家以来，修持还算精进，静坐一直没有中断。现在的问题是，由于想做一些丹道方面的修持实验，故修法仍未能专一；而座下生活中由于家庭生活的影响，也不能保持功态的相续，更谈不上打成一片。所幸现在已有了住房，基本上解除了生存方面的后顾之忧；云儿逐渐长大了，尘世间的生活责任也就渐渐完成，我也就可以有更多的自由去从事修道的大业。一方面是深入修持，使修道的境界有新的突破，同时对于修道的理论探索方面，也需要进一步扩展视野，除了继续深入佛道教之外，还要关注更多的灵修传统，向更多的大师们学习。

理论的探索是无止境的，但其核心的东西就是那么一点点。为了通达这一点点，就要贯通千经万论。用佛学的语言，修道的核心就是明心见性，一切本空，自性如如，真空妙有；用丹道的语言，修道的核心就是神气合一，性命双修，返本还源，与道合一。总之是要超越自我而归无我，使后天的分别执着化除干净，回复先天本具的明空觉性，此觉性量等虚空，无一毫渣滓，而又蕴含有无限的功能妙用。

一切修持不离定慧神气四个字。定慧言其法，神气言其理。定则心缘一境，一念不生，虚极静笃，恍惚杳冥，此是统合身与心、神与气、天与人之和谐功能态，一切神通妙用尽从此出。慧则觉性常在，不随境转，心境俱空，朗照万有，此是即物而觉，即妄念成法身，即烦恼是菩提，即世间是出世间的大智慧。定之要，在于虚空；慧之要，在于无我。定能生气，此气乃大用不竭之能量；慧能养神，此神即生命之主人。定慧双圆，则神气合一，神形俱妙，性命双修，大道乃成。

我们修道没有成就，总是定不深，慧不明。不能深入大定，则后天色身气脉不能转化，神通功能不能生起；不能慧观长照，则烦恼妄念不能化除，般若法身无法成就。修道之法无穷无尽，都是入定生慧的方便诀窍，各家各派都有其独到的见地，定有百千法门，慧有无量妙诀，但万法归宗，万流汇源，最后总归一心之定慧，一念不生契法界，念念无住现本来。

二月四日，星期五

有关本觉的讨论

谁在观照？这个问题，出于语言或思维自身反思的无穷递归，它不可能通过语言或理论上的分别来解构。解决此问题，唯从实践上悟入，当那个纯粹的观照呈现，它是自明自足的，意识之光自己照亮自己，是谓自觉。若欲从唯识法相上解决此问题，则法相无法穷尽法性，最后一着，唯在如如显现而已。唯识祖师玄奘大师也说："如人饮水，冷暖自知"，才解决了"真现实量"这个千古难题。

问题一：如果是佛教不共法，数论也承认离开能所的"自明自足的觉照"，那么佛教是否就完全成为数论了？显然，作为佛教系统不能同意。

我的回答是：一、佛教是否有异于诸教的"不共法"是一值得探讨的课题，除非我们只承认唯有佛教拥有了真理，否则那个最后的真相一定是所有正道的共法。二、即使数论承认"自明自足的觉照"，也不能说明它最后就彻底彰显了、证悟了这个觉性，因此无法以此说明"佛教就成为数论"等结论。

问题二：其次，在死亡等时，无论内道、外道，都证此"自明自足的觉照"，为什么不能解脱。

我的回答是：此处有问题。死亡时都证此本觉性，这个结论下得太快了。事实上，活着时尚未能证此自觉，死亡时决不可能自然证此性！此一"证"字非指"本觉"自身，乃指"始觉"，即对此本觉的有意识的觉知，而死亡时只有自然的本觉闪现，但行人未经道地的修持，根本不认得它，也就不能说"证得它"。解脱当然不是指人人本有的佛性，而是指佛性的完全展现。

问题三：最后，无色有顶天的禅定，也是依照"自明自足的觉照"，为什么也不能解脱？

我的回答是：不能解脱自有多因素，这并不说明"自明自足的觉照"本身是共法还是不共法。总之，与其说"自明自足的觉照"本身有何不足，不如说行人彻底彰显这一"自明自足的觉照"有种种困难，不要以瞬间的意识觉醒以为证悟，因业习的缘故，人的我执法执不易根除，而觉性亦不能相续。

问题四：密乘经典表明，无论生前如何，死亡的时候，"这个"是一定显现的！

我的回答是：我并没有否定密乘的看法，请细读我那句话后面的下文。无意识状态下的显现是不能说"证"的，其不能解脱是因为本来就没有"证得"，故亦不能以此来证明"证此觉性"本身的不足，也不能以此说明是否为不共法的问题。

问题五："无穷叠代"或"永恒的观察者"怎么了？为什么会成为问题？

我的回答是：你提出了很好的问题，因为佛教最忌讳"永恒"，而实际上修道所求又正在"永恒"的观照！在无常中，有一种永恒，那就是永恒的法流，永恒的相续！故无常不是断，永恒亦非常，当生即灭，乃显真常。

上述问题是不同的语境下的表述差异，并非实质的不同。应分为两个层面：法本自圆满，而人证之则大有浅深。勿以性具而废修，勿以修成而疑性。恕我语拙，不能详细辨析，留诸位自察。

以上是这几天在网上论坛的发言，我很少上网，也很少发言。我这个人比较懒于学术性的研究，虽然我有一个学者的身份。我只关注真理本身，并以自己的方式去实践。读书也只是观其大略，大而化之，从不作历史细节的考证。所以，我也没有在网上详细论辩的兴趣，很少在论坛上与人深入地对话。

二月七日，星期一

致友人

在修行方面，效果是慢慢积累的，只要功夫得当，一定会有成果，当然成果是自然产生的，而不是预先去期待。一方面要适当增加静坐或静站的时间，一方面要注意在生活中时时观心，保持觉醒的状态，在生活中修行。我们的心总是会有各种念头和思想的，这不用去死死的压制，只要提起正念，去观它，念头本身就是空的，抓不住的，这样心自然地平静下来。有了烦恼、执着，都不要去对抗，而只是观它，不跟它走，这就是转识而觉。在静坐（静站）时，你就一心观呼吸，不要管身体，整个意识都变成呼吸，好像是在虚空中呼吸一样，意境上有那么一点虚空的感觉。但是不要太紧，变成控制呼吸了，意念太紧就变成后天的识神了，心息在虚空的境界中合一，这样静下来，时间越久越好。中间起了杂念，不去控制，但要立即觉察并回到观呼吸上来。在修行时，不要注意身体的感受，把身体抛开，此点最重要。你一定下来，身体自己就会调整自己；你一管身体，身体就反而失去了和谐。

您已经有收获了，所以不要期望成果，只问耕耘，相信一定会取得进展的。祝全家新春愉快，万事如意！

二月九日，星期三

人不知道他自己，所以他总是试图从别人那里收集对于自己的评价，他通过别人的眼光来看自己，并形成对于自己的概念，这就是自我。这个自我一文不值，但人却要顽固地维护他的自我，别人的一句话就可能造成对他自我的致命伤，他试图要说服别人、改变别人的评价来拯救这个自我。真实的自己从来就不曾因为别人的观点而改变，他从不曾失去，也从不需要维护，而自我不过是一个虚假的执着，一个真我的面具罢了。解脱是这样的意思：你认出了自己，知道了自己，因而你也知道你不是自我，你从自我那里得到解脱。自己是原本就解脱的，所以你只需要发现它而不需要去创造它，你所要做的只是不去认同那个自我，而自我是原本就不存在的，它是你心中的一个幻象。当你追究自我的真相时，自我就消失了，当自我消失时，那个本具的真相就显现了。解脱就是不再为那个本来就没有的东西所迷惑，而回归那个你一直就是的。

二月十一日，星期五

整合是一种内在的工作

这几天浏览"无央之界"论坛的网页，粗略地看了里面几位不同传统的大师的教言。我感到通过阅读多方面的灵性资讯，可以对宇宙人生的根本大道有更深入的悟解。但我认为宇宙大道的本身是不可能有什么两样的，所有的传统都是对于根本大道的不同视野、不同程度的诠释，因而最终也都是相通为一的。

虽然在实际修证的时候，应该深入某一种传统而专修，不可混淆不同传承体系的修法，但在抉择见地的时候，完全可以融通各种不同的系统，将不同的系统整合为统一的体系。这个整合的工作，不管主观上是否愿意，实际上只要接触到不同传统的人，在客观上必然会从事这种"判教"的工作，否则他将无所适从。但是，这种判教或整合的工作不可能从学术的角度通过理性思考来完成，那样只是一种表面的思想组合。

整合是一种内在的工作，就是你整个人的悟道过程，你本身就是那个整合的道路、过程和结果。所有的传统都融进了你的生命，当你的生命达成了终极的和谐统一，自然地所有的传统也在你身上得以完美地整合。这就是为什么有一些悟道的大师，他能够把所有的传统都融入他的教法，他对各个传统的深入诠释，都是基于他自己本身的洞见，而各个传统也都在他的视野中完整地得以整合为一。

不管是什么传统，最后都可以归结为三种语言模型：一是大道的语言，二是心性的语言，三是上帝的语言。

宇宙的终极实相，如果把它视为普遍的、全能的、全知的神，那就是上帝的语言，一切修行就是敬拜神，臣服于神，把自我交出来，回到神的怀抱。这是一种爱的语言，在爱中超越有限的自我，与无限的神相融合。

如果从客观的视野，把宇宙的终极实相视为无限的、普遍的、永恒的大道，它遍在万物之中，又超出万物之外，它是万物的创造性的源泉，但它本身又是无为的，这就是大道的语言。一切修行就是从道的观点来看，超越万物的对立，回归无限的道体之中，道体也称为法界，可比喻成海洋，而人只是其中的一个波浪。波浪本身也是大海，其本质上都是水，只是自我把自己仅仅视为波浪而遗忘了大海，修行就是全波即水，全水成波，波水一味，消融自我而融归大海。

如果不从宇宙实相本身来看，而立足于人本身来看，看人存在的问题以及他的可能性，这就是心性的语言。人的所有的思想、观念、感觉、情绪等等都只是变幻的心，都是人的整体意识的一个对象化，对象化也就是局限化，使人从整体的意识脱离而成为有限的部分的意念。人的意识投注于有限的对象，而遗忘了自身，而整体意识的自身就是人的本性，它是源自于法性、源自于本体、源自于大道的，道在人身上的体现就是性，而性的失落就成为心。意识在万千种心念中迷失了自己，修行的全部努力就是变成有意识的，让意识之光返观自身，记得自己。一切的心念之所以可能，都是因为本性的存在，但各种心念都只是部分的意识，它不是真正的主人。然而，当意识沉迷于、纷驰于各种意识对象时，这暂时的部分的意识就充当了主人，而这个主人是时时变化的，人于是就是散乱的分裂的。让意识自己觉悟自己，找到那个一切意念之所以可能的意识的源头，这就是明心见性。心是本无，性是本具，见到本性，就能超越意念；看到意念的虚幻，就能让本性显现。觉妄和显真是本性觉醒的一而二、二而一的两个方面。

由见性而体道，心性论的语言就和大道的语言统一了；由悟道而明神，大道的语言与上帝的语言就统一了。无论用什么语言来说明，无论用什么方法去修行，最后都要万流归源，万法归宗，都归到这个意识觉醒上来，归到从有限的自我回归无限的大道上来，归到从执着自我的意识融入无限的上帝意识中来。

二月十三日，星期日

读网上资料略记

浏览网上"先锋佛学论坛"的佛学学术资料，略谈观感。先锋佛学这个人，是一个思想者，但不是修道者，他对佛学有自己的一套理解，但这个理解却并不是佛学本身的原意，而是他借鉴了基督神学后对佛学的重新定位与重新设定，是他所创造的"新佛学"，然后他再以他的新佛学对传统的佛学加以解构和批判。他对佛法的真义一无所知，对中国本土的儒道思想误解重重，他以他所误解的佛学对他所误解的中国传统思想加以批判。所以，可以把他的佛学当成一种现代思想来解读，但与学佛与修行并没有关系。他不是一灵性的修道者，而是一个思想的信仰者。从他的论坛中可以了解到一些佛学学术研究的信息，如此而已。

有趣的是，在此论坛我看到一些人对先锋的佛学思想不以为然甚至谩骂攻击，而另有一些人包括某法师则信服追随，由此可见任何思想都可以同时找到他的追随者和反对者，邪教可以有无数的信徒，而正法也可有无数的反对者。网络世界是现实世界的全息映现，大千世间，真是无奇不有！就如"常空居士"在静心家园，有追随信服者，也不乏反对批评者，甚至同一个人，既反对"常空居士"，又赞叹"月弘儿"（两者都是我的网名），可见一个人是混乱的，他不是一个人，他是一群人，他有无数的"我"，在真正找到自己以前，每个人都只是向外投射自我罢了。不要相信一个人的话，他自己都不知道自己在说什么，一个人不知道自己，又如何去判断别人？由是观之，网络上的评论，可一笑置之。

现在网上公布的西派丹法资料，把清末至民国期间的一些最新的西派丹法资料公布出来了，这是难能可贵的，也是我们所能见到的陈撄宁之前最近的丹道文献了。里面有许多很好的东西，对于我们整理内丹学思想大有帮助。总起来看，西派丹法的全部口诀就是"心息相依于虚空"，其对玄牝的理解就是鼻下一点空地，在身内身外之间，倒也有独到之秘！由于对此我尚没有实修经验，故不知其功效如何，但从体真山人汪东亭以下，他们全部的丹道理论和法诀，都建立在这一基本点上，虽能自圆其说，成一家之言，但如果真把这个当作是丹道法诀的全部，以这个心息相依去解释全部的丹经，则恐怕不免牵强附会了。这些资料我还没有仔细研究，有待继续深入阅读。

晚上读无央之界所翻译的 ADI DA 的作品，读到几段很有见地的话，录之于后：

《灵魂领悟与上帝领悟》："这个基本过程不含有任何像智能之路（jnan）这种传统道路中出现的因素，主观性之根、意识的基本概念化定义之根（这一切都是概念化定义，从一个身体到对世界的一种认知、到自我感本身，一切都是）必须停止运行那个意识的自发更改之根。这个致因身的根，我们称之为"我"或灵魂、自我、人、或个体的致因身紧缩感，这个业力实体必须停止。它的本质必须被了解，必须在其自身的本质中被放弃。意识必须复原到自身，不是如传统道路那样归于对自身的更高修改，而是回复到自身，回复到真实的本质上。

真实的求道实践（Sadhana）过程，并不追求次等目标，也不使用次等动机或对策，在展开的过程里会发生这个事件。它是上帝领悟的第一阶段。上帝领悟即主体本质的领悟，"我"的领悟。上帝领悟先于世界、先于身体、先于生命和生命力，先于低等和高等形式的头脑，先于"我"。它是对圆满而无改的实相的领悟。当这种喜悦取代了自我意识的串习，那个想经由任何出现的现象而获得慰藉的意向就完全消解，完全的消解！分心之物、更改、紧缩感，统统失去了它们的力量，而变得全无必要。

当辨识力的灵动不受约束时，在 Jnan 之后会自然出现第二阶段。伟大 Jnan 成就者如拉玛那·玛哈希（Ramana Maharshi），就进入到这第二阶段。它包括我所说的 Amrita Nadi（或光的真实知识，这光以所有下降和上升形式出现）的重生，这种知识是针对于光的本身，而非针对于光的体验，也不是与意识相对的一个客体（所观物）——如透过惯常道路所知的那样——而是直接且直觉地知道的光。

在那种知识中，神—光不是被意识所见，而是被意识到它就是实意识。意识知道自身就是世界之光，知道从自身出现的一切事物都是一种修正。没有了对固定身份的幻觉，没有了心智的幻觉，没有了精微可能性的幻觉，也没有了粗身可能性的幻觉。

生起的一切都被了解为无异于意识——这也是人的主观性根源。换言之，这个阶段成为比 Jnan 更高阶段的领悟，在 Jnan 中，自我被认识为纯粹意识。而在重生阶段，或称上帝领悟的第二阶段，意识被意识为：一切都出自它自身的更改。所以在这种喜悦中不排斥任何、也不再包括任何。凡所生起，都被了解为无异于彼。"

《伟大的回归之路与根本的领悟之路》："很明显的，智能瑜伽（jnanis）之路（以及更根本的佛陀之路）是最直接的，因其有意识的目标是所有成就者共许的。而粗身道路和精微道路，却易流于一种对目标（或精微领域）刻意的、成问题的、同时必然是自我努力的认同。在实践上，致因道路最少受制于粗身和精微幻想，特别在一位上师恩典辅助时更是如此。但它也可能最困难，因为它需要放弃粗糙显现和精微显现的慰藉。

根本领悟之道建立在所有伟大回归之路成就者宣称为目标的真理或实相之上。然而它的两项显著声言使之有别于其他传统。首先在方法上，根本领悟之道并不对两难困境的探索采取反应原则，因此它与三条回归之路的渐进策略脱节。

于是，真理或实相并非成为目标，而是成为生活原则。这是根本领悟之道的第二个最显著特点。从已悟者的根本观点看来，通往真理的伟大回归之路的古代遗产，只是人类业力和反应式生活的复杂形式。回归之路是我们所受的一种典型束缚，以我们的状况，除非有领悟之道，否则正如我们必然受缚于混乱、恐惧和疾病，我们也必然受缚于回归之路。"

"已悟者认识到，所有显现功能或习惯领域，都无异于本心。因此，他能在生活这一意识之光的戏剧中，保有各领域的"身"或显现。他仅仅是在场，而非一个在任何显现领域享受成就或力量的人（尽管他因业力或创造原因而能享受或显现成就的各种形式）。但在已领悟者的纯然在场中，传达的不仅是本心，且每一种变形在每个领域都能出现，并不含任何个人意图或挂虑。"

"已悟者不是回转到本心，而是当下且从本初开始，本心就一直在，并不对任何界域进行策略性排除或限制，不论那是他存在所处的世界，还是正在生起的诸世界。"

"本心既先在又不异于显现的诸现象，对已悟者而言，无论生前死后，这种根本实现都不会排除诸显现。他既不要求也不一定期望停止诸世界的戏剧。对他而言，戏剧无异于本心，最终并不能影响他。他的立场是一种佯谬的神圣幽默。"

这是我首度被他的话所吸引，先前读他的东西并没有太多的感觉。我终于找到了又一种传道的语言，一种新的表述方式，虽然其本质与传统佛学、禅宗等所言的并无差异。一切灵性的体验都是我的体验，都还是一种体验的对象，无论多么精微，也都还是比较级的，力尽还堕。只有那个纯粹的主体性，那个一切经验之所以可能的先验主体性的自身的觉醒，才是真正的灵性觉悟。这个纯粹的主体意识展现出世界，这个世界就是意识本身，这个无二的、一味的体验才是终极的。上面的论述可以让我们了解真正的解脱是"能"的觉醒而非"所"的精致化，也可加深我们对"圆教"、"果乘"如"禅"、"大圆满"等顿悟自心实相的教法的认识。

二月十四日，星期一

重读由"歌者"翻译的马哈希尊者的《自我的质询》，尊者的方法和原理非常类似于参禅，即通过参悟"我是谁"来放下"我所"、"我执"，回归于真我自身，这是明心见性的最直接的方法。

《自我的质询》："个体灵魂（Jiva）本身即是希瓦（Shiva）；希瓦（Shiva）本身即是个体灵魂。事实上，个体灵魂除了希瓦（Shiva）什么也不是。当谷粒藏在壳中，被叫做稻；当它被退去壳，即被称作米。同样的，只要个体被因果所束缚就是个体灵魂，当无知的束缚被打开，个体便闪耀为希瓦，那个神性。经典即是如此声称。因此，作为意识的个体灵魂存在于单纯本我的本体中，但是却忘记了这个事实，它将自己想象成一个个体灵魂，并在意识阴影的束缚之下。所以，他对即是他本身的本我的找寻，就像是那个牧羊人在寻找那只羊。但是，忘记了它自己的个体灵魂只是通过间接的认知仍然无法成为本我。前生累积的残留意念所造成的障碍，令个体灵魂一次又一次地忘记它是与本我同一的，并被欺骗而认同自己为这个身体等等。一个人是否仅仅看一眼就能被认定为高级指挥官吗？难道不是要经过为此目标的长期努力才能被指定为高级指挥官吗？同样，个体灵魂在精神上与身体等认同而被束缚，要努力沉思本我，逐渐而持续的努力；当这样的努力消灭了（自我）意识，个体灵魂就会成为本我。持续地修习对本我的沉思将会让（自我）意识消失，并因此会消灭它自己，就象是那根用来点燃火化尸体的煤的木棍。这就是被称作解脱的状态。"

二月十五日，星期二

今天读网上下载的牟宗三先生的《五十自述》。

"要想进入哲学之堂奥，进入第一义之数学原理，皆必须由顺趋而进至'逆反'，此则不能停于逻辑的分析，而须进至'超越的分解'。盖顺趋之逻辑分析只停在呈现出的东西之'是什么'上，这大体还是科学的态度与层面。（大家以此为自得，殊不知既有科学矣，则哲学复停滞于此态度与层面，便成重复之废辞，运上添花，于义境无所开辟，此不是真正哲学领域之所在。）只停在'是什么'上，便不能就其'是什么'而由为何、如何，探本溯源，以见先验的原理。以超越的分解视逻辑分析，直无关紧要之清楚而已。超越分解之架构思辨，其系统是立体的，而逻辑分析所成立之系统则是平面的。故进至康德的超越分解，始真进入哲学之堂奥，而其架构思辨的为何、如何之技巧方式，亦胥由此超越分解而规定。此即所谓'批判的'也。"

此段言哲学思考之特质甚精。哲学不是对于对象之科学的思考、经验的分解，而是及于主体自身的反省式的批判、超越的分解，由此而通意义之源。

"我常想。康德的三大批判，罗素怀悌海的《数学原理》，圣多马的《神学总论》，佛教的《成唯识论》，宋明儒者的'心性之学'，这些伟大的灵魂（从'学'方面说，不从'人格'方面说）实代表了人类学问的骨干。人类原始的创造的灵魂，是靠着几个大圣人：孔子、耶稣、释迦。这些从人格方面说的伟大灵魂都是直接的、灵感的、神秘的，简易明白，精运肯断。而又直下是生命，是道路，是光，又直下是通着天德的。他们都是在苍茫中有'实感'的。他们没有理论，没有系统，没有工巧的思辨。他们所有的只是一个实感，只是从生命深处发出的一个热爱，一个悲悯：所以孔子讲仁，耶稣讲爱，释迦讲悲。这些字眼都不是问题中的名词，亦不是理论思辨中的概念。它们是天地玄黄，首辟洪蒙中的灵光、智能。这灵光一出就永出了，一现就永现了。它永远照耀着人间，温暖着人间。这灵光是纯一的，是直接呈现的，没有问题可言，亦不容置疑置辩。它开出了学问，它本身不是学问，它开出了思辨，它本身不是思辨。它是创造的根源，文化的动力。一切学问思辨都是第二义的。"

此段体现牟先生的见识，他能想见大圣人的生命之光，但他只是从学问上去接通云遥契之，他不是直接去证悟圣境，但他可以从为何、如何之学问思辨上去展示之。

"一般人只是停在平面的广度的涉猎追逐的层面上。他们也知道学问无限，也知道自己有所不能，有所不知，但他们的这个知道只是属于故实的、材料的、经验的、知识的。这种知道实在不能说'前途'的，所以他们都是无所谓的，他们的有所谓只是炫博斗富。他们不承认有德性义理的学问，他们也不知道人格价值是有层级的。他们也知道，但他们所知的，只是某人有多少考据知识，学问有多博，这和某人有钱，某人有权有位，是一样，都是外在的、量的、平面的。所以他们可以看不起圣人，可以诟诋程朱陆王。这种卑陋无知，庸俗浮薄，实在是一种堕落。"

牟先生最后是立足于儒者的精神向度，阐扬儒家的道德形上学，一方面要判摄佛道耶，这是在圣学层面上的判教；一方面要批判庸俗唯物的、唯科学的、外在的、平面的庸俗世界观，这是在圣学层面上对不及价值之源的世俗世界观的提撕。

牟先生可谓是"究天人之际，成一家之言"，虽然我的最后精神归趣与他不同，我是在"悟道层"，他是在"思道层"，但在学问思辨这一层面上，牟先生是我最钦佩的一代大师。他代表了中西哲学优秀传统的融合与升华，我想在哲学研究的层面，我可以通过牟宗三先生直接进入哲学的至高点，同时以悟道的智慧点化哲学成为悟道的工具。所以，我要重点研究牟先生的著作。牟先生的书大陆出版的我都看过，但有些书恐怕近期是大陆不可能出版的；正好社科院图书馆有一套台湾出版的牟先生的全集，我可以适当的时候再借来仔细研究。

读毕《五十自述》，牟先生之人生体验及其体悟，其思想之最后形态可得而知也。于道家老子，未有存在的体证。于佛耶之判，可自成一说，然终属思想之体会，非实证也。

二月十八日，星期五

我的春节生活结束了，从今天起开始正常的静坐、读书和写作。

让法界明觉自己作主，一切妄念、感受都让它自己消融于法界，一切法法住法位，当体全是，无增无减。没有什么东西会消失，也没有什么东西会被创造；没有什么东西需要被对抗，也没有什么境界需要去追寻。一切法都在它自己的位置上恰到好处，自宜其宜，而自性明觉只是不加选择、不加干涉地观照着这一切的法界游戏。那能够被创造的境界也就能够消失，一切的神通奇迹皆是平地起土堆，觉悟不是去创造某种异于此时此地的奇特风光，觉悟就只是此时此地的安然平凡，接受一切，消融一切，成就一切。生活中也时时生起法界明觉，于一切法不取不舍，在法界一味中，明觉自性大圆满。

三月一日，星期二

Osho 提到的开悟大师，除了克里希那穆提（Krishnamurti）和葛吉夫（Gurdjieff）外，还有美赫巴巴（Meher Baba）和马哈希尊者（Raman Maharshi）等，正好我在无央之界也发现这两个人的有关材料，这给我增添了新的现代悟道大师的信息。Osho 曾对此四人作过深入的评论，认为在灵性经验上，他们都是究竟的觉者，有足够的高度；但作为一个师父、作为对世界的影响来说，他们是不同的，并强调 Osho 自己是独一无二的，与他们都不同。

马哈希保持沉默，他是一口灵性的深井，需要人们自己去发现；美赫巴巴只对灵性的成长感兴趣，他没有在社会复杂的背景上来开展工作。这两人不反对任何现成的社会结构与宗教组织，也因此并未受到社会与宗教组织的反对。克氏有深刻的社会批判，但他只是单独一人，几十年讲的都是同样的内容，面对同样的听众。葛氏是一个独特的师父，但他只对少数真正的探寻者有兴趣，他只对这少部分人开展工作。对他而言，大多数的昏睡的人没有灵魂。

Osho 是第一个同时考虑灵性的成长和它的复杂社会背景的人，他大规模地触及人们生活的社会根基，对形式化的宗教、世俗政治与社会结构等作出深度的批判，因此也遭到了来自这些领域的普遍反对。他开展工作的广度和深度都是空前的。

三月二日，星期三

OSHO：存在的诗意

现在我的工作，主要是完成《新译乐育堂语录》的写作。此书完成之后，将重点加强理论的学习与研究。一是以 Osho 英文全集为总线索，研究美赫巴巴、马哈希和阿谛达等近现代灵性大师的作品。在适当的时候，我要大规模地研读英文资料，提高自己的英文阅读能力和利用外文资料的水平。除了可以设法购买一些英文原著外，可以利用网络资料和国家图书馆的馆藏外文资料。现在在网络上检索资料很方便，可以围绕一个主题查找相关的资料。二是以牟宗三全集为中心，研究康德、海德格尔等近现代哲学大师的作品。哲学本身与悟道没有直接的关系，但对于我的学术成长以及讲道智慧的开发具有重大的意义。当然活在当下的觉醒之中，这在任何时候都是最核心的生活目标。

Osho 的讲话确实不是严格意义上的判断，他的话是带有一种醉意与诗意的，很令人陶醉，但并不是要给人以结论。但 Osho 的洞察力是无可否认的，他对人对事有极其深入的洞见。

Osho 说："Raman Maharshi is a mystic of the highest quality"，他的意思是说马吉希在灵性的经验上已经达到最高的境地，亦即就他自己而言是完全觉悟的，但从教化工作上来说，他并没有大规模地开展教学，他像一口深井，等待着有心的人去挖掘。Osho 的整个评论有一个自己的视角，即自己的觉醒是一回事，教化工作则是更大、更广层面的事。必须从人生活的社会根基去作整个的清洗，而并不能单刀直入地、单纯地从灵性上开展工作。这并不意味着马吉希的教导不深入不彻底，但马吉希的方式的确是直奔主题的，类似于参禅。因而其他的师父没有像 Osho 一样对整个宗教组织、社会结构等作出批评，对最广泛的人群开展工作。

当然，要实现 Osho 的"共产主义"式的灵性革命，则并不是取决于任何一个师父的个体的工作。宇宙的整体在自己进行着，甚至上帝也只能看着这整个的游戏。Osho 自己也为他的工作所伤，就社会整体的灵性演化而言，并不令人乐观。

当我说"Osho 讲话带有一种醉意与诗意，很令人陶醉但并不是要给人以结论"时，我并不是想要替他辩护，而是从他整个说话的方式与风格来说的，当我读他的演讲，常常会被他的诗意所打动。他的话那样鲜活，你会被他带到某种存在的诗意中去。我不认为他有"自赞毁他"的动机，可能是他活在当下的缘故，他缺乏精确计算、周密运思的习惯，当一个人滔滔不绝地说话，而并未经过计算与思考，而只是当下呈现的时候，他难免会有事实上、知识上的错误，而他的演讲只是把他当下的存在展现出来，以影响听者回到当下的警觉中来。无论他说什么，他只是把他的存在带入到他的话语中，从这个特定的状态出发，一切事实与逻辑都不在他的顾虑之中。这正是他说话中醉意与诗意的语言背景。也正由于此，不必把他对于事实的陈述看得很认真。

说到 Osho 教导的结果，这可能从我们有限的眼光是无法评估的。统计有多少成道的门徒或考察其信徒的心态，这都远远不够。这又涉及整个大宇宙的存在意义、演化方向，涉及无数人在永恒的时间中的命运，涉及转译与转化的两难处境。工作的范围越广，其失败的范围也越广。但至少他将会影响更多的人。真正的转化永远都是少数，葛吉夫的教学也不例外。Osho 说其他的师父只想对少数人开展工作，而他想要对整个人类开展工作，这可说是空想，但也是同体大悲的体现。我敬佩他的空想式的理想，以及他非凡的气度。

至于我个人，我真正感兴趣的并不是他的 TANTRA 或动态静心之类，我只是对这个人的存在感兴趣，我以自己的方式实现了与他的相通相恋。而他的浩瀚的智慧，给我以无限的享受！同时我也觉得 Osho 的信众们大多数不可能真正领会 Osho 的精神，Osho 的话语很可能会成为他们自欺欺人的借口。

三月七日，星期一

春风吹拂

春风吹拂，春光明媚，转眼间严冬已过，初春的气象令人陶醉。

这在美好的春光里，让我们放下思虑与牵挂，带着法性的光明，与这无边的春光一起沉醉吧！春光无处不在，春风吹拂到每一个存在的角落，我们无需寻觅，也不用企图去抓在手中，只要完全放开来随时享受它就够了。只是我们习惯于寻觅与占有，被过去的业力牵着走，昏睡于头脑的妄想之流，而看不见当下这个活生生的法性游戏。在整体法界中，没有任何问题需要解决，没有任何成就需要达成，当下的一切都已经恰到好处，存在本身就是圆满。有问题，是因为头脑的分别与计较；有成就，是因为自我的认同与执着。当纯粹的观照生起，头脑与自我在意识之光中现出其原本的虚妄不实，于是就只有意识本身、存在本身，那就是万事万物的本来面目。

随时随地保持这个觉悟，直到有一天你可以毫不费力生活在这个状态之中，那就是内在工作的完成和一个自由的、有意识的人的诞生！

三月十一日，星期五

昨天下午电脑又出了问题，无法启动，只好重新恢复系统，浪费很多时间。我的习气中有一种急躁的脾气，在这中间，生起过数次烦恼，因为它打断了我正常的工作；但我随时也生起了觉知，在烦恼升起的时刻，我提醒自己，这一切都已成为过去，而过去的已经不存在，我为什么要为这不存在的东西烦恼呢？我只需要全然地处理眼下的问题，与当下的真相共处，于是在这个当下升起的观照中，烦恼自己解脱了自己，而这个心依然是清明的。修行的人，在没有完全达成觉悟的时候，仍然会有烦恼，但在烦恼生起的时候，也是观照生起的时候，烦恼本空，觉之即无，这是修行人与常人所不同的地方。今天的体验使我更深切地领悟到，人容易成为过去的奴隶，我们总是为已经发生的事情而起心动念，那符合我们期待的使我们心生喜悦；那不符合我们期待的，使我们心生烦恼。过去的已经过去，但头脑并不会随之也结束对它的关注，事实上头脑就是过去的积累，它也只会生活在对过去的回顾和对未来的期待中。过去形成的业推动着头脑前进的方向，这就是人的机械性与昏睡的表现。能随时随地斩断过去的牵缠，而全然生活在当下这个片刻，这个当下生活的品质就带有意识与自由，这就是过一种清醒与解脱的生活！

三月十六日，星期三

今天白天停电，集中精力把《美赫巴巴语录》阅读完了。

这本书可以说是我所阅读过的书中少数几本最重要的灵性作品之一，阅读此书带给我很大的法喜。由于美赫巴巴一直保持静默，他独特的写作方式决定了他不可能像 Osho 那样滔滔不绝，因而这本语录非常精炼，在最少的文字中尽量包含了最丰富的信息。这本书可以说已经给出了美赫巴巴灵修体系的轮廓，包括佛教所说的"苦集灭道"四个方面的真理，对众生的业果、修行的道路、上帝的状态及大师工作的方式等，都给出了明晰的、综合的见解。美赫的风格在 Osho 与葛吉夫之间，他不像 Osho 那样富有诗意与雄辩，也不像葛吉夫那样充满玄秘与精确，他的论述平实中见深刻，理智中见深情，在不经意间常常透露出石破天惊的格言警句。他的体系综合了佛教和基督教这两种类型的宗教，因而可以说是理解各种宗教的一把钥匙，可以帮助人们超越宗教的形式而直接领悟那基本的真相。

Osho 经常提到的成道师父有四位：葛吉夫、克里希那穆提、美赫巴巴和马哈希，通过静心家园网站我得到葛和克的很多资料；现在又通过无央之界网站，我得到了美和马的部分资料。这使我有机会进一步深入研究 Osho 提及的大师。

Osho 以及 Osho 所谈及的大师，将带给我一个浩瀚的灵性空间！

三月二十日，星期日

观照的意识

　　观照的意识，最后都指向能观即所观的能所一体状态。但这个观照有两个不同的方向：一种是顺观客体或所缘境，意识的目光指向一个所观的对象，然后完全沉浸在所观之中，完全变成那个所观本身，这样能观即所观，能所一体而入于无分别之境。大多数修止入定的法门都可归入到这种意识运用的模式之中。一种是逆观那个能观的主体自身，意识之光自己照亮自己，是意识本身的自觉，这时所观即能观，能所一体而入于无分别之境。这是属于逆觉见性显体的法门。介于这两者之间的，是保持主体的有意识状态，而意识所观不是某个指定的客体，而是一切在意识中自然显现的意识对象。这既可以是显体之前的修道功夫，也可以是显体之后由体起用的生活妙用。

　　从观照所指向的目标而言，一种是负向的，就是清楚地觉察有限自我的活动，观察人的机械性的业力之流、妄想之流；一种是正向的，就是清楚地显现自己的无限本性，而所有的杂念浮云任其自生自灭。这个无限本性是从主体意识上来说的，如果把它扩展为一般的普遍的存在，则他是无限的本体，因为无限就是一，不可能有二，所以本性即本体。这个本体，从其觉悟的意识方面说，则是上帝意识；从其超越主体客体的浑一状态而说，则是道。人们修行只不过是忘记那个本来就是虚构的有限自我，而记得本来就已存在的真相：我即无限。道，上帝，真主，佛，基督等等，不过是无限存在的种种异名罢了。

三月二十二日，星期二

复张老先生书

两函均悉，先生之书虽信手草就，看似不正规，未经学术之训练，但关注的问题都很大，接触的修道方面的资料也不少。你来信说到我对阴阳的发挥，不知是指哪一部分？在《道教内丹学溯源》中，其实对修道的本身论述不多，很多是因为职业的原因所作的纯学术化的研究。而"阴阳"在我的《道教内丹学探微》一书中有专门的一章，可能有更多你关心的内容，不知你是否读过。后一本书现在已买不到，我正在联系再版，希望能尽快让你读到。我另外有一本书《探寻生命的奥秘》是专门谈我的修道体验与见地的，但现在一时找不到出版社。如果你可以上网，我可能把其中的部分内容用电子邮件发给你一阅。你所提的几个问题，都不是几句话所能说清的，这里只能略述一下我的基本看法。

关于缘起与真心的问题，我不同意印顺的观点。印顺对中观虽有深入的研究，但他对真心或本性的理解有问题，因而以缘起性空来否定真心。缘起性空是一个对万物存在方式的客观描述，就是万物都没有固定不变的独立自性，只有这样万物才能有变化发展的可能。缘起本身并没能对万物的存在本身有所否定，同样是性空的，但仍有人有物，有宇宙现象与宇宙本体，只不过这些都不是固定不变的独立性存在。在缘起的万法中有起本体作用的，有表现为现象的，虽同是缘起，但功能不同、作用不同。真心也是如此，它是人心的本体，种种心念如波浪，真心如大海，明心者即波而见水，即心而见性。这个真心之性是有限心的无限本性，它是无限心，既是本体性的存在，又是性空的，因为它时时为新，时时可显缘起之心，并非固定不变的实体。印顺正是把真心作绝对化的理解，又把性空作绝对化的理解，因而把两者根本对立起来。

关于修道与科学的关系，前面几封信已经谈到一些。你所说的以现代科学说明修道，让修道的工程如科技一样扎实可证，这在我看来是行不通的，也不是我努力的方向。虽然我大学学的是物理学，但那不是为修道学的，我认为科学与修道是两条平行线，是无法相交的。他们两者可以互相借鉴、互相利用，但永远不可能合一。我们可以用科学的原理来说明修道，但也只是借用，修道不可能缩减为科学意义上的知识，因为修道是整体的无分别的境界，不是一种外在的对象，因而它不可能变成一种对象化的知识。正由于此，也就可说明你的第二个问题：为什么不能人人成道？因为人成道不是一件外在的客观化的成果，只要把原理技术发明出来，就可以申请专利发明产品，然后人人用它来修道成道。修道是主体内在意识的觉醒，是不可能从外在强加给人的，必须人自己去觉悟；而人自己执着于他现在这个样子的生活，不肯去下功夫，或者想下功夫却没有足够的智慧与耐心，不一定掌握正确的原理方法，所以修道的人也不一定就能成功，更何况大多数人根本就不想修道。

最后你希望我谈谈自己的体验与方法，谢谢你对我的关心。我目前虽有一定的体会，但总起来说离证道还差得远，不值得多谈。另外，一时也说不清楚。有机会你读我的《探寻》一书，就全明白了。祝

一切都好！

三月二十六日，星期六

转眼之间，天气转暖，在中午最热的时候，已经有一种初夏的感觉。春天总是感觉很快就过去，我们能不能超越这外在的季节轮回，而永远保持我们内在心境上的春天？当然，这不是执意地去排斥什么，也不是刻意地去维护什么，而是说在我们清醒的觉察之中，一切都自然和谐，我们接受一切，存在于当下的那个真相之中，不逃避，不认

同，不选择，不计较，在此时此地的神性欢宴中，一切悲欢离合、得失荣辱，都是这神圣舞台中演出的戏剧，而我们只是那个纯粹的观看者。

四月五日，星期二

见道非成道

因为无限是我们的本性，而无限意味着超越时间、超越空间，也就是说在任何时间任何空间都可以显现我们的本性的无限。这也即表示：见道或见性是时时可能的，在任何适当的机缘之下，我们都可以有对自己本性的体验与自觉。而一个已经见性、见道的人，也可以说是一个开悟的人，这个开悟表示某个人已经有过对无限本性、对道的一瞥，或有过短暂的见性的体验。由于已经见过无限大海，一个开悟的人如果有足够的聪明才智，他就可以建立一整套灵修的思想体系，他可以在他的思想中有深刻的洞见，他甚至可以和一个完全成道的人一样地说法。然而，在他的实际的行为表现上，在他的实际的精神境界上，他则与一个成道的人完全不同，而与一个未见道的凡夫一样有他的习气、有他的问题。这样一个人如果因为他的自我而冒充一个成道的师父，则他会使他的个人习气涂上一层觉悟的光环，你很难把他与真正的成道师父的表现区别开来。一个完全没有见道的人，如果他冒充师父，那么很容易就可以被识别出来；而一个见道的人冒充师父，则普通人很难鉴别他的行为到底是否是觉者的示现，而且他的教导对很多人确实是有帮助的。甚至彻底地说，他本身也确实有资格做某些人的师父。见道时时可能，但成道则不是时时可能，成道有它的必要条件，那就是一个人的习气或由执着造成的印象完全消除，然后他完全地与无限本性相统一，他就是那个无限本性的自身。这个习气、执着、印象，并不会因为一个人见性之后就立即自动地被清除，因此见性之后还有很长的修道之路。

四月七日，星期四

昨天下午去拜访一位心理学家，他是研究人本心理学的学者，近来对心理学的第四思潮超个人心理学感兴趣。我是因为对肯恩·威尔伯（Ken Wilber）感兴趣，而他正在翻译 KEN 的书，所以才与他有了联系。昨天的见面，他的状态不好，可能身心都有点累。他的能量场较低，与他谈话让我感到一种能量下坠的不舒服。而且我们也没有真正的共鸣点，我与他是在不同的世界。他给我的感觉是，他的成就在于心理学领域，而他的限制也是在心理学领域！他可以说是一个非常成功的心理学学者，尤其是他的写作比较通俗易懂，符合"贴近实际、贴近群众、贴近生活"的"三贴近"原则，这使他的学术研究比较有现实生活的气息，他与社会的互动方面做得比较好，在社会上也收到欢迎，有一定的影响。他自己的生活与他的学术研究也是紧密结合的，他也在他所研究的方向上寻找人生的真理。这是他比较成功的一面，也是我可以向他学习的地方。但他的局限则是他毕竟还是一个学者，受到他的思想的限制，他仅仅是在心理上探索人生，他的灵性修为及灵性进展都比较差，虽然也有一些打坐，但总体上是用心理学的办法来解决自己的问题，而对于真正的修行可以说还没有入门。因此，他的见地还是局限在心理学的层面，他对于高级的灵性觉悟层面的东西所知有限，更缺乏实际的体验。这样，他也就不能真正契入高层的灵修境界，他的生活还停留在一般的心理学层面上的"自我实现"上，而他所说的"唤醒大我"还仅仅是一种思想上的初步的了解而已。正由于此，他对我的书也并不能真正地有所契合。我原来以为他翻译 KEN 的书，应该也会对我的书感兴趣，想请他站在超个人心理学的角度写一篇序言，现在看来他还没有到这个程度，他还无法欣赏我的境界。

四月九日,星期六

我一向认为心理学的境界太低,局限于事实与现象层面的平面分析,只是对普通人的心理研究,最多有助于建立一个更成熟、更稳定、更开放的自我,而无法引导人走向超越自我的觉悟。因此,除了与宗教相关的精神分析学和超个人心理学外,我很少阅读一般的心理学书。不过现在我认识到,了解普通人的心理状态,建立一个完善的自我也很重要,这是走向更高觉悟的基础部分。另外,心理学的研究方法对我的意识状态的研究也有重要的参考。马斯洛是一个重要的心理学家,他的人本主义心理学乃是连接超个人心理学的桥梁。

四月十四日,星期四

之所以会觉得对某种工作感到厌倦,还是因为我们有心理上的比较、分别,如果真是全然地活在当下,则所从事的任何工作本身都不能打扰我们内在的镇定、优雅与平和,这个内在的源泉永不枯竭,它永远焕发出活力和美,而不受生活中的具体内容所干扰。没有自我的判断,只是全然地去做事,这份全然中就有超越,你不再从你所从事的工作中寻求满足,你本身就是满足,你以满足的心去从事你的工作!否则,你就无法得到真正的满足,有什么工作真的能让你满足吗?之所以有的工作会觉得有兴趣,其实还是因为在这个工作中你比较地能记起自己,而不是说那个工作本身一定能导致你的满足。所以,只有当觉悟不存在的时候,在这个相对的意义上,工作才会有不同程度的兴趣与满足。人的个性是多样的,因而人的兴趣也是多样的;而觉悟的人没有自己的个性,而生活在本性中,对本性而言,没有什么外在的兴趣需要满足,它自身就是圆满的。

一个觉悟的人已经没有偏好,他只是存在,而所有的生活都已变成一部和谐的交响乐。在这个和谐的乐章中，没有什么是平凡的什么是高贵的，没有什么是有价值的什么是没有价值的，没有什么是快乐的什么是不快乐的，它全部都是这整个和谐优美乐章中的不可缺少的组成部分。这就是"一味"境界的生活，它是不被打扰的宁静，它是不受限制的自由，它是永不间断的觉知，这是没有条件的极乐，它是全然的没有分裂的存在整体！

四月十七日，星期日

在工作时调整好身心，身体端坐放松，意识清明觉知，全然地投入到工作中去，这样我们并不是为了完成任务而牺牲了自己的自由生活，而是任何工作都是我们当下的生活游戏的一部分。问题不在于我们做什么，问题在于我们能否有意识地去做。当我们不去追逐有限的自我念头，而是保持无限主体的观照，则万法如如，一切无碍。不是等待某个特定的条件，在某个特定的时间里我们才修道，而是任何生活的内容都是我们修行的对象，任何时间都是我们修道的黄金时段。我们不可能获得一个完美的外在的环境来提供给我们修道，就外在的生活条件而言它永远无法完美；但正是在有所缺憾的现实生活中，我们通过内在的完整的觉悟，来创造一个圆满的生活境界。因为在我们的无限本性中，没有什么缺憾，也不需要追求完美，在它自身的存在中一切都已经具足。有了这个完整的觉知，那么就可以超越外在生活的不完美，而在缺憾中证悟圆满的境界，这就是大圆满。

四月二十二日，星期五

读《马斯洛传》

今天一大早起来，没有像往常一样下楼散步、锻炼，而是把《马斯洛传》读完了。这是我首次完整地阅读的有关马斯洛心理学的书，我很清醒地意识到，马斯洛最缺乏的，正是灵性修道方面的理论与实践。他是一个有洞察力的人，一个具有灵性潜力的人，他就在边缘上。他的思想可以说建立了一个向更高层次发展的人的基础部分，这是他最大的贡献。如果他能有灵性的实践体验，他的思想将更加完整更加彻底，他的个人生活境界也会更高。就灵性的视角来看，他的生活境界还是一个普通学者的境界，他还局限在普通生活的层面上。但是我仍然可以从他那里学习到很多东西，因为我所缺少的，恰恰是作为一个普通学者所关注的学术精神及其在社会层面的意义。我已经飞得太高，已经远离了社会基础，远离了普通人的生活世界。虽然从灵性发展的终极境界上说，我仍然只是在道上，我并没有达成那个终极的境界。然而，我越来越没有扎根于这个现实的世界，我对普通的学术研究与社会活动没有热情，我对这个尘世的种种社会问题不再关注。而这些，正是马斯洛身上最可宝贵的精神。他一直在研究人的动机、人格、人性，为创造一个高度发展、高度和谐的个人与社会而进行积极的探索。他不停地阅读、思考，积极参与学术交流与对话，而他的思想成果则对整个社会产生了深远的影响。他的学术研究与社会之间有良好的相互作用，他自己也在其中受益非浅。也许我和马斯洛之间需要一种平衡，一种互补。马斯洛需要向我学习更高层次的灵性修道的知识与实践方法，使他的生活境界走向更有意识、更自觉和更和谐的状态，他不至于那么累，那么沉重；而我要向他学习不懈探索思想新境界的热情，学习他对社会生活和人类现实命运的强烈关注。我当然也关注社会，关注人类的命运，但只是集中在最彻底的生命解脱上面，而对于普通人和普通的社会生活缺乏关注的热情。我没有通过自己的学术研究，为企业管理、为学校教育、为家庭伦理、为学科发展等诸种领域提供新的视野、新的方法和新的启迪。总之，我可以学习他的学术精神和社会活动的热情，为这个现实的世界作出更多的更加实际的贡献，而不是一味关注于终极而不能在当下对人类社会生活作出积极的探索与有效的回应。

读完这本书后，我想系统阅读马斯洛的几本书：《动机与人格》、《自我实现的人》、《存在心理学探索》和《洞察未来》等。马斯洛和 Ken Wilber 结合起来，就能对人的心理潜能和意识发展有一个全面的了解。

四月二十八日，星期四

在三联书店，买到几本我想要的书：威谦·詹姆斯（William Jamesr）的《宗教经验之种种》、刘小枫的《拯救与逍遥》、马斯洛的《洞察未来》和牟宗三的《宋明儒学的问题与发展》。这些书并不是第一义上的悟道之书，它们与我的悟道并不直接相关；但这些书都是与悟道领域相关的学术名著，分别从不同的视角、不同的层面关注人的精神发展。我今后的研究方向主要是立足于传统的佛道二教的专业研究的基础上，从事灵性悟道思想方面的探索，尤其是对宗教体验的现象学描述和心理学分析，包括宗教现象学和宗教心理学，相关领域是超个人心理学、中西灵性哲学、宗教哲学。一方面是对传统经典进行现代诠释，一方面是基于传统来融会现代思想，建立自己的系统的修道思想体系。上述几本书，都是我的研究方向上的经典之作。我发现三联书店的藏书很新很全，发现不少好书。但我现在只是购买我最需要的书，一般性的著作以后再买，或到图书馆借阅。

五月十一日，星期三

我生命的主旋律是悟道与弘法，将所有的学问融入自己的生命，展现自己的生命成为伟大的学问。作为一个学者，我在社会上有自己的职责，要完成自己的研究工作。以前因为读博士和作博士后研究，也写过两本书，但受学术性的限制较大，并不完全是自己真正感兴趣的创作。现在所写的《新译乐育堂语录》，也不全是出于自己的兴趣。今后我将尽量把学术研究与悟道兴趣统一起来，不再作纯学术性的研究工作，而把研究的方向定位到悟道式的研究上来。我将在佛道二教经典研究的基础上，结合现代超个人心理学、意义现象学和悟道大师的灵性思想，开展修道现象学和修道心理学的研究，探索生命的奥秘，提升人生的境界，为社会的和谐进步，为人类的灵性复兴，作出自己的贡献。

五月二十日，星期五

大道无为

近来较少写日记，觉真理愈通透愈简明，而直欲无言也。本性天真，明觉自然，大道无为，至简至易。复杂的是后天情执，执着妄想，使人流连于外在对象，生无穷的印象，而成无穷的业习。人陷于业习之中，便不能自拔，不断地追逐外境，而不能返照心源。若能一念自觉，顿空人我，赤裸自性显现，便可找到自己的真面目。本性之中，空明不二，空觉不二，空显不二，超越于一切业习之外，它自身就是永恒、无限和极乐，这就是道，就是法界，就是通天地万物而为一的至上意识。外境不是它，身体不是它，感觉不是它，头脑分别不是它，而它能照见外境，照见身体，照见感觉，照见头脑，它是那个纯粹的觉知、纯粹的意识。找到它，就找到了真理。虽然它是本有的，一直就在，但无明的外壳把它覆盖了，使人不能显现它的光明、觉知它的存在。一门深入，从任何一个地方深入返照，都有可能突破无明的遮蔽，而现出本来面目。从眼根深入，返观那个能看者；从耳根深入，返观那个能听者；从意根深入，返观那个能思者，如此等等，都可以由流溯源，找到那个源头。然后，在一切的生活中不忘记那个纯粹的观照，让觉悟的意识融入所有的生活，直到打成一片，不需要任何努力就可以保持那个观照，你本身就是它，它就是你的生活本身，这就是成道，就是终极。

五月二十三日，星期一

《乐育堂语录》卷四有云："苟不知元神湛寂，万古长明，却疑空空无着，乃认取方寸中昭昭灵灵一物，以为元神在是，强制之使不动，束缚之使不灵，是犹以贼攻贼，愈见分投错出，直等狂猿劣马而难驯。"

此段很重要。本性是本自空寂、本自明觉的，它一直就在，不增不减，本无动摇。所以本性决不是强行去"制造"的境界，决不是以某种方法去"维持"住的状态，无论你修不修觉不觉，它自身本无生灭增减。它不需要你去创造、去维持，它只是需要被发现、被认出、被记住！虽然杂念妄想如浮云可将其遮蔽，但是并不是要通过念头的控制维持住一个无念的灵知意识状态，不是勉强维持一个不动的心，以为就是元神。问题不在于控制心念，而只是要不认同于心念，而去记得自己本有的元神。随时有妄想，随时要回归自性，但这不是控制妄想而维持一个不动念的状态。

六月十七日，星期五

自性本自具足，本自圆满。但人不能安于真正的自己，与自己失去了联系，所以拼命从外在寻找种种替代品，迷失于金钱、美女、地位、权力等。然而外在的一切最终不能使人得到满足，心灵注定要在世间流浪，直到返过头来，成为本质的自己。与真理在一起，与道在一起，与自己的本性在一起，人才能具有真正的爱与美，自由与喜悦。

六月十八日，星期六

知识与智慧

　　知识是关于对象的了解，智慧是主体自身的觉醒。学校只是传授知识，而知识的增长只是人的外在个性的成长，不是人的内在本质的成长。个性的成长形成一个虚假的人格中心：自我，自我总是试图从外在对象上寻求满足，但每一个自我又都是以自己为中心而想要从别的自我那里寻找满足，这样就形成了自我之间无穷的竞争与斗争。自我越是想要占有，他就越是感到失落；他越是感到失落，他就越是向外追求。人就这样错过了生命的本身，他不知道他到底想要什么，他永远得不到真正的满足。因为只有存在本身，才是生命的安顿之所，任何对于存在者的占有，并不能提升存在自身的品质。存在一直就在那里，人的本性一直就在那里，但这需要人去唤醒他、体验他，人必须来一个返身，与自己的本来面目重逢。当你回归存在，回归生命的源头，于是执着的自我被超越了，你与整体融合为一，你与万物融为一体。一切问题与烦恼都是出自于人没有生活在本性之中，都是出自于自我的分别与执着。整个社会的运转都是建基于人的自我追求上面，而灵性发展的全部意义在于找回人的超越性的本体存在。当分别的意念停止了，你只是宁静地倾听，只有倾听而没有一个在背后分别判断的自我，这时就有一种和谐，一种美，在倾听中你感觉不到能听与所听之分，整个世界都在你的倾听中统一了。这时就有一种清明的意识，一种无分别的觉知，那就是你本真的存在。认识它、记得它，常常保持这个觉知的境界，这就是一种修道的方式。老师只能传授知识，只有一个师父才能点拨智慧。那些洞悉生命的奥秘，找到内在无限生命的源头的人，就是师父，就是觉者。专门点拨智慧的学校，就是内在工作的团体，或称密意学校，它存在于不为人知的地方。而各种现存的宗教，都是古代由师父创立的密意学校而遗留下来的外在形式，其中的真意往往已经被外在形式所掩盖了。

六月二十日，星期一

无名的烦忧

有一种烦忧，它出于无因，来自无名：它就是生命的一种基调与底色。如果是关联于某个特定的问题，由某个特定的原因所引起的烦恼，那么这就不是什么根本问题，它就可以被解决：随着那个特定的问题的解决、特定的原因被消除，烦恼也就得以解决了。但是，生命作为一个有限的个体，似乎是偶然地出现在这个星球上，他不知从哪里来，到哪里去。他甚至不知道他是谁？他活着的意义是什么？这个"我是谁"是问题，才是最根本的问题，所以"认识你自己"才成为一个最核心的教导。这个认识，不是心理学意义上的，也不是社会学意义上的，而是一种存在性的对于自己本质存在的体证。只要一个人还没有真正找到他自己，他就是一个漂泊的流浪的灵魂，他就注定要不断地重新回到这样一种根本的生存困境上来：时时感到若有所失，常常觉得内心不安，但又不知道为什么。如《红楼梦》中的贾宝玉，"无故灵愁觅恨，有时似傻如狂"，他想到大观园里的众女儿们终有一天都会化为云烟，禁不住悲从中来。正是这个根本的人生大事没有解决，人才会觉得无家可归，觉得心不踏实。其实这是一个很好的契机，它提醒人们要寻找生命的本源，回归心灵的故乡。然而，大多人都会忽略这个根本的冲动，而把目光转移到外在的名利、欲望的追求上面，在自我的追求中得以暂时地超越他的问题。但这种超越只是一种遗忘和麻醉，他总有一天还会回到人生无意义的感受上来。

既有无原因的烦忧，就有无原因的喜悦。如果一种喜悦是建立在某一特定的欲望的满足上面，如果一种喜悦有一个特定的理由，那么这种喜悦就必定是暂时的，很快地它就会消失，而转变为不满足、不快乐。但是，存在本身的喜悦，那是浩瀚的，不需要条件的，存在是一个无限的海洋，它永不枯竭，与存在的海洋在一起，就会有永恒的富足，就会有心灵的安顿。生命之所以要在尘世受苦，就是为了有一天他会重新回到存在的源头。你的所有的烦恼，正是存在的源头在向你呼唤！正像佛陀所说，每一个人内在都有一个无价之宝珠，但他不知道，因此一直受穷，到处流浪。所谓"直指人心，见性成佛"，就是直指每个人内在的宝藏，每个人都圆满具足的佛性、本性。生命的意义不是得到一个哲学的答案，而是对于存在源泉的探寻与证悟，而生命意义问题的解决，也不是一个哲学难题的解答，而是一种存在性的体验，在那个体验中所有的问题会消失，而存在的意义会彰显。如 Osho 所说："生命不是一个需要被解决的难题，而是一个需要去经验的奥秘。"

烦，是灵魂寻求与存在源头合一这一根本冲动的负向的提醒；爱，则是灵魂寻求与存在源头合一的正向的表现。在爱中，自我会暂时性的退位，而与爱的对象合一。但只有在"神爱"中，人才真正地超越自我而与神圣者合一。而通常的爱情之爱，只是通向神爱的一个阶梯。世俗的爱很快就会转向，而变成一种关系。关系是两个自我之间的协定，而相互满足对方的需要。此时无条件的爱已不复存在。因为真爱的不在，人于是愈加孤寂与落寞。只有对真理的爱，对存在源头的爱，才能最终地满足人的根本性的寻找"我是谁"的冲动。

六月二十四日，星期五

一般的学者都生活在头脑中，生活在观念中，他们的日常生活完全是一个俗人，甚至他们的人生境界还比不上一个普通人。我越来越不喜欢那些高谈阔论的学者们，我注定只能走自己的路。我的世界只能与有缘人分享，而这些有缘人甚少可能是一个学者，更多的是一些社会上心灵敏感想要探寻人生真理的人。如果向这些学者们谈道，不但不能得到理解，不但不能影响他们，他们反而要以此为他们的谈资与笑料，甚至成为某些人攻击我的借口。所以，我没有义务向这些人谈道，他们生活在自己的洞穴里与我无关，我也没有能力来解放他们。今后我不会再主动地与任何学者谈论那个至高无上的真理，而那些想要寻求真理的人必须自己主动地向我走来。我可以把赤裸裸的真理加以隐藏，而加以外在化、学术化的包装，从而一本正经地、堂而皇之地谈论那些学术问题及其意义，以他们能够接受、能够听懂的语言来讲述我的洞见。这就是一种在人间生活中游戏的艺术，我不要谈我自己的内心世界，而应把我的体悟变成一种外在化、普遍化、客体化的学理。这就是我在学术界生存的方式、生存的艺术。对于那些天真的人，那些内心燃烧着探寻真相的火焰的人，对于那些对我有信任的人，对于我的同道与弟子们，这些是我能够向他们交心的人，我可以向他们讲述我真实的体验，向他们展示我的洞见，尽我所能地去帮助他们解开人生道路上的困惑，去活出那个充满祝福、洋溢喜乐的存在状态。在这个充斥着浅薄、虚伪与谎言的世界上，有时我们也要学会相应的说谎的艺术；只是我们要保持内心的清醒，那只是我们随缘而化的游戏而已，不可当真。

六月二十五日，星期六

　　本性是天真的，空明独化，一丝不挂，而又有显现万有的妙用。然而，我们的心上有各种各样的印象与牵挂，它牵引着我们的心，使我们的心不再空明，这些是遮蔽本性的尘埃和影子，使本性的光华不能透显出来。但这些尘埃和影子本身也不是实有，而是如梦如幻，只要一觉知它们，不与它们认同，它们就不能影响我们。真心从来不会与这些尘埃混为一谈，只要你一警觉，真心就可以脱离尘埃的束缚而显现出来。于是全部的问题就在于我们能不能觉，能不能不认同、不执着于妄想的尘埃，能不能自觉地显现那个一直就是的、那个纯粹的存在。吃饭穿衣，行住坐卧，时时处处不离自性明觉，自性之外不立一切境界、一切功能。妄想本空，自性本具；平常如如，当下即是；无依无待，圆满具足。

七月一日，星期五

随缘而化的游戏

我们大部分人，其实都生活在无明颠倒之中，虽然每个人都有真、善、美的真性与潜能，但是社会生活所要求却是真我的扭曲，表现出来的是自我的虚伪。大家都没有能力去正视生命的真正的意义何在，却被一己的私欲牵着走。其实，很多人也都觉得自己出于无奈，身在江湖身不由己。大多数人都不能作自己的主人，只是随波逐流。这个社会片面地向着人的物质欲望方向发展，而心灵的成长、真我的探寻已经被完全忽略。如果我们意识到了这一点，不愿意被社会上的这股浊流所吞没，如果我们想要追寻那一份生命源初的真意，活出自己的最佳状态，那么首先就要潜心于自己的修养，探寻生命的奥秘，找到我们的本心本性。使自己能保有一份清醒、一份觉知，能够从有限的波浪中超越出来，融入无限的海洋。当我们自己有了内心的源头活水，我们能站在高处洞察人世的奥秘，这时我们并不是要去抱怨这个世界，而是产生了一份深深的悲悯之心。我们看到这个人世的悲剧，看到了人的无知与贪婪，看到了社会生活中的种种虚伪与无奈。这时，我们既不会同流合污，也不会陷入痛苦之中，而是以自身的充实、喜悦与智慧，去与周围的人分享，力所能及地帮助他们解开心中的颠倒迷情。或者，如果还没有到这个高度，那么我们先致力于自己的提升，先解决自己的问题，在社会上就随缘而化地游戏与演戏，扮演自己的一份角色，但清楚地知道这只不过是演戏而已。如果你知道自己仅仅是在演戏，你就不会迷失自己。你在内心深处，你还是有自己的一份自由，一份真实，一个广大的精神天空。

七月十一日，星期一

我的讯息是存在、庆祝与欢笑！生活里的一切都是我们成长的养分，无论我们经历怎样的悲伤与痛苦，它们也都是我们走向终极存在的一部分。缺憾即是圆满，因为现实没有圆满，而如果我们拥有了觉悟的心态，那么一切的不圆满也都是一种圆满的表现。正是在不圆满的现实中，我们才更需要一种智慧，一种不被现实所打扰的宁静的观照。在自性的天空中，我们永远拥有一份心的自由。摆脱了种种计较与分别，全然地接受生活里的一切，我们才能有心的安宁、富足与自在。一切的烦恼，无非是我们想要那个超出现实的理想，我们把心中的理想与本有的现实对立起来，于是我们会痛苦。但是，那个理想也只是存在于我们的思想中，真正的存在就是我们当下的真实存在，一切必须从这里出发，而不是从理想出发。建基于现实的土壤，我们可以去创造我们能够创造的新生活，而一切的抱怨都无济于事。这就是一个现实的理想主义者：他永远立足于现实，接受现实，而以超越的心、无牵无挂的心去创造一份真实的自由与浪漫的生活。

七月十七日，星期天

与真实共处

除了在专门的时间静坐入定以外，在现实的社会生活之中，我们必然要面对各种不同的人和事，也必然要起心动念运用我们的智识去处理和解决各种不同的矛盾与问题。所以，心总是要发挥它的功用的，它总是在活泼地流行，它不可能永远停止在某一个地方，哪怕是极乐世界，你也不可能总是在那里！无论是喜悦，还是悲伤，无论是平静，还是纷乱，一切的心境也都是在流动在变化的。所以道在通流，不在停滞！永远不要追求停留在某一个地方，就让心完全地展现它的活力，让它自由地飞翔。你不认同、不控制、不干扰，这就是无住生心，就是大智慧。然而，通常我们总是要去否定自己的现在的心境与处境，我们害怕孤独，拒绝忧伤，我们不能与自己的真实的情绪共处，不能与当下的生活一起欢舞。我们向往着美好的事物，我们树立了心中的理想的境界，因而现实总是被排斥，而理想不过是我们头脑中的一个构想而已，它并不真实。真实的就只是当下的一切，而我们已经完全忽略了当下。我们被过去的经验与知识所支配，同时又被未来的想象所驱使。这样一个妄想的心，就无法体验当下，也就不能安于真相。所以，问题并不是要停止我们心的活力而进入完全静止的状态，问题是在于我们要回到当下，清醒地正观当下升起的一切思想、情绪和念头。一念正观，就一念作主，我们就回归了内在的源头：那个能观者，那个纯粹的觉性；我们就有了觉知着的主人，这一刻我们就是觉悟的。只是正观，而不需要对我们的心有任何的改变与控制，当你去控制去改变的时候，你就制造了一个新的纷乱与对立，你就在自己与自己开战，而这个战争你不可能成为胜者，因为你的敌人就是你自己。而当我们在清明的觉察中，无选择地觉知一切而不加以控制的时候，这就像在广阔的天空中，任由思想的云彩自由的漂浮，云聚云散，云卷云飞，它来了又去，去了又来，但天空依旧，根本就不会受到打扰。相反，云彩的移动，正是无垠的天空中的一种活力与丰富的表现，它说明这个广大的空并不是死寂的，而是富有无限的色彩与活力。所以，心上呈现的一切本身就是解脱，它并不能束缚你，你是那个无法被打扰的天空，一个宁静的观照！心是本空，性是本有，那个假的我们不用证明它就是假的，那个真的我们不用寻求它就是真的。我们只需要去发现、去体认到这样一个事实：你的本性无法被打扰，你本来就是解脱的！所以，一切都是，一切都好，只需觉悟，只需庆祝！

七月二十二日，星期五

我的激情，就是心灵的宁静与自由；通常人都不知道，在深度的宁静中爆发的那种激情：那种歌唱与欢舞、美丽与浪漫的心情！佛学不是信仰，而是生活的智慧，是心的能量的展现。我们通常追求的是外在的激情与刺激，但是在心里面就有一个美妙的世界，那是我们的佛性，纯美、空净而又活力无限。这是一个新的方向、新的维度，佛性人人都有，但需要开发，让它显现。存在、喜悦与觉知，这是佛性的三个方面的特性。平常我们生活在一个混乱的头脑中，根本体会不到那个空间。进入了内在的宁静的空间，就是至真至善至美的境界，佛性就能呈现出来。那个宁静的境界，就是心的源头，是我们真正的主人公。而平常的生活中，我们就是关注外在的对象，而忘了这个主人。一旦你有了主人，你照样可以过平常的生活，但是有不一样的境界。放下心中的杂念与妄想，返观内在的灵明自性。心空了，佛性就能体现出来，这是大智慧，需要多年的学习与修行。空指的是没有执着，心灵一片纯净；没有执着，就不会去人为地制造追求事业的恒心，但恒心会自然地展现。万法唯心，自己创造自己的世界。痛苦、欢乐；天堂，地狱，都是我们的心的境界。把握住心的源头，自己就可以创造自己想要的生活。

七月二十三日，星期六

这段时间忙于写作，较少读书，我精神的天国似乎有点缺少大师的养分。我想尽快结束《新译乐育堂语录》的写作，开始回到集中精力读书悟道的生活上来。只有时时与大师们一起飞翔，只有保持心的觉醒与活力、宁静与自由，我们才能体会到生命的真意，才能过一种有觉知、有意义的生活。Osho、Meher Baba、Gurdjieff、Krishnamurti

……这些觉悟的灵魂永远是我最亲密的伙伴，我的精神的天国永远和古往今来的智慧大师们联在一起！悟道读书，自觉觉他，永远是我生活的中心和主旋律！

七月二十四日，星期天

我的精神源泉就是两个方面，一方面是传统的佛道之学，虽然修道的优秀传统有很多，但我不可能全部深入，我只能是扎根于佛教与道教这两大传统之中，其余的传统则只能大致了解并融会贯通；另一方面就是新时代的觉悟的大师们，以 Osho、Meher Baba、Gurdjieff、Krishnamurti 等为主要代表，这些新时代的灵性大师，是传统的现代展现，是更契合于今天这个时代的教法。而我要做的研究工作，就是沟通传统与现代，对传统经典进行现代诠释，并最终创造属于自己的经典！

九月一日，星期四

又是新的一月，今天秋风送爽，凉风习习，暑热已经渐渐地离去。

每一天、每一刻，都是人生的崭新的开端，一切都是新的，让所有的过去像尘埃一样脱落，如果能放下过去的重负，这一刻就是全然的美丽与富足。

无常是法界任何事物的本性，一切的一切，都是无常，因而认识到无常的事实，按照事物的本来面目去生活，就能放下任何执着，一切都将成为过去，我们就不需要把那些已经过去的、不存在的东西放在我们的心上，不生活在过去中，也不生活在未来的期望中，全然地活在当下，这就是解脱的生活。

一手抓修法实践，一手抓理论研究；一面深入传统，一面融会新知，这就是我现在的生活重心。实证解脱境界，然后以自己的体悟为基础，从现代哲学、宗教学、心理学等多学科的角度，对修道的智慧进行现代诠释，这是我的为学方向。一方面深入佛教、道教的传统经典，一方面关注现代的灵性大师的教法，知行合一，自觉觉他，会通古今中外，这就是我的人生理想。

九月十七日，星期六

复某道友书

关于磨难与考验的问题，其实生活中就处处是考验，在你人生中出现任何挫折与烦恼的时候，也就是考验修道的时候，这时你要能记得修道的智慧，不认同外在的得失，不随着外在的环境而起执着，而是要知道这一切都是无常的、空性的，心能作主。另外，就是平常观察自己有什么最根本的习气、根本的执着和最放不下的地方，然后自己给自己定目标，在一定的时间内集中精力克服自己的毛病，转化这方面的习气，这也是自己给自己制造锻炼的机会。

比如你那次皮肉受伤，也是一种考验。之所以会受伤，还是因为那个时候没有意识，而受伤之后，则应观察自己的心念，看看自己会如何反应，能否做到身上有伤，而心中无伤。有痛苦，则观照痛苦，但心无增减。当然，该治疗照样要治疗，只是心中能有一份觉知。

活在当下，就是放下过去的牵缠和对未来的期待想象，全然地生活在当下的这一片刻，这样心就没有负担，就会有自由与警觉。记得自己，是指记得自己的本性，不认同于自我，不认同于自己的情绪、思想、心念等，而要记得自己的本性是无相的，是无分别的无限意识。人都生活在自己的有限的自我当中，而不能觉知自己的如海洋般的无限意识。执着于自我就是痛苦的根源，而在无限的本性中，就有超越，有自由，有能量与美丽。自我总是追求快乐，但这份追求却制造了痛苦；而本性中没有分别，不去寻求什么，但自然会有无限的喜悦。

一个人能体会到一点人生的真谛，就可以与有缘的人分享一点，自觉觉他并不是要等到完全大彻大悟时才可以进行，而是一个修道的人随时随地都可以做的功课。在分享的过程中，你的境界也会有所提高，而你的境界越高，就越有更多的东西可以分享。但分享中，没有执着，如果执着，就会滋养自己的自我，也就不能真正地利益他人。

就简单地谈这些，再祝你全家吉祥！

附：道友的来信

收到你的短信，有一种惊喜的感觉，因为我天天都想到你的。

几乎每晚要读上几页你写的文字，因为一天下来，经历了很多很多，需要靠你的思想来抚平心灵，然后平静入睡。

根据你的教导，无论发生什么心不为所动，心围着快乐转，所以今年来，我每天大部分的时间都处在愉悦之中。我悟到，一个人的性格好坏，不在于外向还是内向，而是时时快乐就好。这种快乐不是做给人家看的，不是人家认为你很快乐，而是真正发自内心的。

你谈到"活在当下，记得自己"，我感到做到这句话，实际上就是让自己处在了静功状态。就是"目无所见，耳无所闻，神形相守，身心合一"的状态。我经常要进行这样的练习。

你提到，人要经常地使自己处于有意识的磨难和考验之中，以调动自己的潜能。我不是很理解这句话，怎么地进入这种状态？

上个月我去西安延安，因堵车，半夜下车溜达，摔进路边沟里，皮肉轻伤（现在好了），曾想问你，一个人在受伤时该怎样的观照，以尽快的走出困境。

近几个月来，有不可思议的事发生。周围先后有男女数人，遇挫折烦恼事，我运用你的思想劝慰开导他们，他们竟然会把内心的隐密、家庭隐密向我合盘托出。与外在人们感受到的完全是两回事。这在以前根本是不可能的。我很震惊，感到你的话语具有直指人心的力量。他们也说，从来没有听到有人跟他们说过这样的话。

啰嗦了一阵，总之，我还刚刚入门，需要不断地读你的书，来巩固以往的成果，并弄通更多的东西。不断从你的思想中受益。

九月十九日，星期一

对客观法的诠释，并不总是出于自我的实执。一切教法，都是一种诠释，不管有没有自我。也就是说悟道的人要想传达某种教法，必然在语言诠释的层面上形成教相之多，此为四悉檀之方便教化安立，亦为知病识药之假名安立；而由教法实证真如，彻悟后则融通消化诸教相之多而归于无言之一。于客观法本身而言则真理恒一，不待整合而后为一，故曰：道一而教多。整合非理性所能为，而为悟道之过程；人主观上不必从事有意识之整合工作，然在已了解各种教法之行者，其客观上求道之过程，必为一整合之过程。直到其毫无疑问，卓然洞悉实相奥秘为止。

十月五日，星期三

在克氏论坛上针对某网友（M）基督信仰言论的发言

一

体验可以真实，结论纯属个人的气质所推导而成。

且先不说你所信仰的神是否存在，单说这"信""神"的内在吊诡：

如果神决定一切，你就用不着信神；

如果神爱一切人，而你没有得救，则得救不在于神一边，而在人一边。

你要完全交出自己，而信神的救恩，这交出，这信，本身即是自力，不是他力。

若这信，这交出也取决于神，人没有任何自由意志，则所谓的基督信仰毫无意义，一切本自被决定故。

二

彩虹，我不是在思考，而是在指出。我不相信你看不出这整个宣称背后的个体诠释特征！人无权代表神，而人又要替神代言！然后，一切的反证就被看为人的立场，而谁能代表神的立场？客体真理无法言说，而要说，就要在人的范围内来说！我说体验可以真实，但 M 君所说的一切不过是他个人对某种发生所作的一种的解读或诠释。倒置的是，他以为他能代表神发言！Meher Baba 被认为是神的再来，而美赫难道不比一个自称得救的人更能代表神？任何宣称，都是在语言的范围内，都有其合理或不合理性，你珍视他的这一份亲切的流露，可是他的这些说法，难道在基督文献中不是比比皆是吗？而 M 君的表述充满思辨，并不是纯由自心流出来的。这类说教虽可观赏，但偏执多多，误人不浅！我觉得此君的智慧不能深入任何一种他所接触到的教法，然后在基督信仰中找到一个入处，便以为此是唯一得救之路，这实际上使他先前不能得以满足的自我得到充分的满足！

三

M 君的回答，归结这是你们人的头脑的问题，是在责难神，神不受一切限制，神可以玩自己想玩的任何游戏。神可让你没有自由意志，又要求你去爱他才救他；而能不能得救，能不能爱他，也是神预定好的。

这不是神在玩的游戏，这是你的头脑在玩的游戏！你可以自由地想象你的神、利用你的神。有任何问题，可以请你的神来解答，他无所不能，于是你也无所不能。你可以把所有的问题都置于人的位置上，而让你站在神的位置上，如是便所向无敌了！

一个不能给人以自由意志的神，一个随心所欲玩自己的游戏，决定某些人得救某些人不得救的神，一个人无力做什么而又预先被神决定要去爱他而才得救的神，这是你的神，不是耶稣的神，不是那终极的无可言说的源头！

<h2 style="text-align:center">四</h2>

神不可言说，不可解释，只能体验与神合一的状态。

因此所说的一切，都是人在解释。我并没有在责难神，我在责难你对神的解释！

如果只是讲你的体验本身，那我无话可说，你从一个路子入，总比无路可入要好。但现在你所说的一切，都是你对基督神学的一种理解，其中有不可解决的矛盾与问题，而我指出这些问题，你的回答却总是想借神的身份来化解。

事实上，是你分不清神的位置与人的位置。你并不清楚神的意图，但你要借神的意图来解决问题。

我的问题是：得救是自力还是他力？如果纯是他力，那么信就没有必要，人无任何自由可言，你也就不用在这里传教了。而要能放下人的自我，去全力信神，这本身就是自力，是所有内在工作的目标，你怎能说别的道路是垃圾？如果这放下仍是神的预先安排，那人又有什么必要信他呢？然而你无法回答这个问题，就说人不能去限制神，说我在想象神，神可以解决任何问题，没有错，可我是在问你如何解决这个问题？这个问题不是神制造出来的，是你的执着制造出来的，我只是要破你的执着，这与神无关。我与神的关系很好，神可以解决我的任何问题，这不用你操心；现在是你和我的关系，不是与神的关系。你承认你不能代表神，你既然要来说教，就要说得自圆其说。

神一直在爱人，一直在救人，问题不在神，而在人。是人拒绝了神，所以需要人的觉醒，来重新回到神的怀抱！我的神不拒绝任何一个人，无选择地普爱一切人，否则他就不配是那最高的。神爱你，所以尊重你的自由意志，让你来决定是否重新回归源头。而这就是要传教的理由：唤醒人内在的神性！你看，我的神与你的不一样，照我的神，就没有任何问题，不需要排斥任何宗教，所有宗教可以看成是神的化现，都是为回归神作工作。

五

彩虹重新解构且建构了 M 表述的意义，你可以以你的方式解读，但你回避了 M 的鲜明的特色：他的独断论色彩。当 M 在说神如何如何时，即是一种代替神的宣称；因为有限的人不能知道神，一切不过是人对神的有限体验并加以解释。心智的解除，在于唤醒内在的神性，在于转化长久的习气，这正是内在工作的核心，这与 M 所说的因信得救显然不同。

神不可解释，是说任何人的解释都是有限的，都是对神的无限的一种限制。当你说神能够解释的时候，你就是站在神的位置上。神可以解释，但人不能解释神。

这些话题牵涉太广，不谈也罢。我认为 Meher Baba 的体系，是神自己的解释，比人的任何解释更为完备。在 Meher Baba 的体系中，有神和无神，自力与他力都是统一的。而 M 所信仰的，正是一种教条化了的、经过头脑加工的一种偏执的基督教信仰，其中充满了谬误与迷信，而不是源初的基督精神。

可以欣赏 M 的表述，但你不能完全忽略他的问题所在。

六

要注意 M 虽然在他偏激的信仰中收获了某种果实，但那是带有毒素的！他的信仰也不代表耶稣的精神，而是教条化、迷信化的基督教！大家看重他的一份真实的体验及由此带来的个人独断式的表述，但这个体验并不是终极的体验，也不代表他已经得救，他只是人个门而已。而且，如果见地出了问题，后面的路也就有问题。在任何一种邪教的信徒中，都不乏有种种真实的体验，信徒也可以自以为得救，但最后的结果则值得深思！当然，我并没有暗示 M 入于邪教。所以，大家不要客气，对于他的表述，在"见"上大可深入表明自己的观点，虽然不能说服 M，就如 M 也不能说服别人一样，但至少可以让种种观念交锋，而提供观众抉择。

七

说得不错。不过，你混淆了"自己"，人的属灵的自己不是你的自我，而你所以会投入主的怀抱，不是因为你的自我，而是因为你的属灵的自己，即真我或本性。人既是自然层面的罪我，也是超越层面的灵我，这是一些基督徒最分不清的地方。因而把其他的道路归为人的道路、自然层面的自我的道路，而自许唯有信基督才是超越的道路。岂不知，所有的道路都不是在自然人性层面下功夫，而是在你的本性层面下功夫，所有的道路都不仅是自力的，同时也是他力的。而你所信仰的也不仅是他力的，也是自力的，你的信你的臣服，本身就是你这一方面最大的自力。长期以来，你迷惑了，执着于外在的自我，你的感情、思想、念头都是你的身份，都是你自以为是自己的认同，而要摆脱这些习惯，就要有种种道路，包括神的启示、上师的教导与加持。你以为看清了所有道路的地基，那也只是你的幻觉。你是什么，你就能看清什么；你只能看到你所能看到的。那超越你的地方，你如果说你能看清，那只是你的妄想。有什么素质的人就需要什么样的宗教，你的宗教适合你，这就够了。但如果你要以你的视角去看清别的道路，那就是你的幻觉。所以我说，你不是神，不要以神的眼光去打量别的道路。

八

就如你说的，你不理解、你笨。但你不能认为你自己不能进去、自己笨，所以别人也都像你一样笨啊，都要像你一样走你的路啊！你不懂，不想懂，我又为什么要解释给你听呢？既然你从来没有真正理解过进入过，你又如何去否定别的道路呢？你既什么也不是，又为什么会这么自大呢？难道是神这样告诉你吗？你以为就你可以和神交流，别人最多只能见识某个大人物吗？你借着神来贬抑其他的道路，可是其他的道路也都有自己的神，你的神只是你的理解罢了！你既然什么也不知，什么也不能做，可是你的那么多成见是从哪里来的呢？神真的这样指示过你吗？还是你被某种特定的传统洗脑后自己产生的执着偏见呢？

九

当你没有真正体验的时候，那些就成了理论、术语、观念，正如你自己反省的，那只是因为你懒，你没有下功夫，你不相应。后来你接受了主，信了主，放下了自我，这接受、这信不是自力是什么？如果丝毫不用自力，所谓的信不信又有什么意义？反过来也有信了主，但却得不到解脱，而后来又要寻求其他的道路的。这只是说明你个人道路的选择，但你把这个个人体验普遍化绝对化，这就成了唯一的道路。我相信你的体验是真实的，但由此引起的一套观念系统，则是你个人的头脑的建构。

十

你需不需要赞同，我不知道，还要看你的潜意识。我的话是说给那个替你辩护的人。

每一个人都是从他自己的独特体验出发来建构自己的信念系统，只是由于道路的不同而有不同的体验。我的体验不想在此表达，但我可以确定地告诉你：我不是在观念上、在理论上来辩难你，那只是一个形式而已。我同样有自己坚定的信心，且此时此刻就活在那个海洋里。

基于你个人比较真诚地表达了自己的理解，而我也作了我该做的工作，所以我不想再责难你的局限。我清楚地知道，我改变不了你，而我也不需要任何改变：我早已确立了自己的道路。所以先前所说的一切提示性的话，只是作为你的偏激的观念的一个校正，以提供观众多面的视野。

祝你一路走好！

十一

不需要讨论，只需要指出：

一、这样的神不存在。

二、这是你想象的神。

三、你并没有得救,还不到下结论的时候。

四、你并不了解神的真相。

五、这不是在传福音,你这是让人远离福音。

六、基督信仰有外、内、密、极密四层,你是最外层的教条化的信仰。

十月七日,星期五

今天读完了《钻石途径》系列（Ⅰ、Ⅱ、Ⅲ）,系列Ⅳ还未出版。Almaas 发展出来的钻石途径,确实是很有特色的现代灵修途径,在这个系统里整合了许多灵修传统的教导的精华,尤其是结合现代心理学方面的成就,使人能直接深入到心灵深处的奥秘。这是我所接触到的又一支现代优秀的灵修体系。与 Ken Wilber 不同的是,Ken Wilber 的作品更多学术化的色彩,其理论的系统性很高,但不是从传道的角度所作出的教诲,也许 Ken Wilber 本人还不算是一个师父,他只是一个有所体验、有所洞见的优秀的学者,而 Almaas 的作品则显示出一个现代师父的品格,他能从现代的角度传达出一整套直指人心的教法。Almaas 的个人成长经历不清楚,他所到达的境界也不能确定,然而从他的话语来看,他是一个证悟的师父。

十月八日,星期六

今天逛地坛书市,又买了几本克氏的书。本来是想买他的《最初与最后的自由》,但看来此书还没有出版。克氏的书现在大陆已出了十几本,但我并不想全买了。我已读过一些台湾版的克氏书,且在网上读过不少他的资料。克氏的书对我没有很大的吸引力,只是因为他是 Osho 提及的师父,且看来很多人喜欢他的书,使我也不能忽略他的教诲。然而读他的书,总会觉得冗长乏味,因为他的思想始终是围绕着一个核心来讲的，他一直在重复他的观点，而且他的讲述比较沉重、比较刻板，其中没有诗意，缺乏美感，而提供的灵性信息又比较单一，比较枯燥。克氏可以说是一门深入，他是前后统一的，他只是般若教的融通、消化、淘汰一切法，他并没有圆满地重建一切法。我觉得克氏与马哈希的风格相近，马哈希也是一门深入，通过"我是谁"的质询探寻真我。但马哈希更加专一，他没有展开他的教法，而克氏则把纯粹的觉察、般若的直观用于一切心理领域、生活领域，给出了广博的教诲。但克氏否定了所有的渐修法门、有为法门，对于人的心理与生理的关联，对于人体与宇宙的关联，对于修道过程中的客观的程序以及种种体验，都没有交代。对于修道过程中的修道生理学、人体宇宙学，都没有建立。因此，他的说法虽很究竟，但却很难使人能真正到达他所说的境界。他说的法主观面的观照很强，而客观面的修法原理与方法则很弱。克氏所说的，Osho也都讲过，但Osho的范围要宽阔得多。在Osho那里，般若教的观照与圆教的佛性，渐修与顿悟都是统一的，且Osho讲道的信息包罗万象，在所有的层次、所有的面向都有精妙的说法。

十月十七日，星期一

无央之界论坛关于"中观"的发贴

一

引用：接着是第三，既然自生、他生都不成立，那么自他共生就自然不成立了。

按：第三的论证，现在看来有问题，不是结论有问题，是论证有问题。这是简单的线性的逻辑，从系统思维来看，整体大于部分之和，"共生"大于"自生"加上"他生"。其实广义的共生也即是"缘生"，中观并不破缘生之假名。由此论证而显示似乎一切假名的"生"都不成立，故彩虹觉得不服气，而想要论证假名法的成立。但中观本就是假名与空性的统一，所以不是中观有问题，但论证上可能是存在某种问题的。

二

整体也是性空，没有不变的自性，从这一点可说，整体也是一个假设。但是说一切法是空，这只是说出了法的本性，从法的缘起上来说，又有其不同的法位，不同的功能，不能以法空来混淆不同的缘起相。论证有论证的法则，不同的系统有不同的功能相，一点都不能杂乱。只有爸爸不能生孩子，只有妈妈也不能生孩子，但是不能推出爸爸和妈妈不能生孩子的结论。吃饭的饭也是假设，拉屎的屎也是假设，但人吃饭而不能吃屎。《中论》的论证，其实是有局限的，因为要借重逻辑的手段来说明那个本不可说明的，用有限来说明那个无限。缘起性空是真理，但是要想用逻辑来论证，就会存在局限。我觉得彩虹的动机，主要是对这一套说理的方式不满意，想要与时俱进。伟大的中观的核心精神，是无从反驳的。

十月十九日，星期三

复张老先生书

张先生：

近好！来书已阅，老先生颇勤于思考，对空与有的问题始终不能释怀。首先我想要说明的是，思考离不开概念，而概念只是一种抽象，每一种理论都是一种方便的指示，都是有其局限性的，如果不能进入一种理论的语境加以同情的、深切的了解，就会产生理解上的问题，此其一。理论的东西如果不能在实践上体验上融会贯通，那么这种理论的思考是无法求得最后的解答的，思想的问题是由思想造成的，通过思想去求解答会不断地制造新的问题，此其二。以上是两点宏观的提示，下面就您的问题作一个具体的说明。您的问题，主要是对"毕竟空"有疑问，但这主要是您对"毕竟空"本身加以了绝对化的理解，并没有理解龙树毕竟空的含义。你说一切法是缘起的，这句话本身是不是不变的法则？如果不是，那就不能说一切法皆是缘起；如果是，也不能说明一切法都无自性。这样就似乎有一个悖论。这种逻辑上的悖论，其实在现代的语言哲学、逻辑哲学中经常会遇到，实际上是一种语言使用制造出来的问题，只要分清不同的陈述是在不同的层次，就可以不构成矛盾，因为矛盾只在相同的层面上才能谈。龙树的《中论》其实讲的是中道，是缘起与性空的统一，不是否定一切的绝对化的顽空。毕竟空就是说一切法都没有不变的自性，都是缘起和合而成，而事物的缘起中依然有其法则，有其规律，缘起的法则本身与一切事物是缘起的，这是两个不同的层次，所以并不矛盾而是统一的。你的问题是：缘起法则本身有没有自性？宇宙事物有没有不变的规律存在？形而上的本体到底有没有自性？关于本体与无自性的问题，前面的信中已经回复过，要点是本体是一个功能性的概念，本体的作用是存在的，但本体也不是一个隔绝的不变的存在，它也是与万物缘起统一的。至于缘起法则，事物变化的规律，到底有没有自性？这就要分清不同层次的语境。一切法皆是缘起法，这是第一层的说明；缘起的诸法有其秩序、有其法则，这是第二层的说明。这个缘起法则的本身并不是独立存在的，它本身是对于缘起法的一个说明，离开了缘起法就没有所谓的缘起法则存在。缘起法则是通过事物的缘起变化中显现出来的，离开了缘起法之外，它本身并没有不变的独立的存在。所以缘起法则不是对缘起性空的否定，而是对缘起性空的一个说明。毕竟空否定了不变的独立于万法之外的永恒自性，但是它并没有否定事物的法则、本体的功能。法本身只是如如，而说缘起性空也只是因为有了人的理解才有诸多的说明，实证如如之境，则一切名言归于寂静，故曰诸法实相不可言说。

十一月五日，星期六

幸福无法寻找

我们每一个人都在试图寻找"幸福"，这种幸福不过是寻找欲望的满足，而欲望永远都无法被真正地满足。寻找幸福，你就永远得不到真正的幸福。因为寻找，意味着你对自己的真实的存在状态不满足，你想要得到某种不是你拥有而你想要拥有的理想状态，这本身就是一种分裂，你在制造"实然"和"应然"的对立，这本身就是一种烦恼。已有的状况总是被否定，此时此地的存在状态被忽略、被遗忘，你不生活在你所在的地方，你生活在未来的期望之中，而这个期望并不是真实的存在，它只是你的妄想罢了。你越是向远处寻求，你就越是远离当下的真实，你就越是生活在头脑的虚妄幻想之中。因此，幸福无法被寻找，只能被发现。观照当下真实的状况，与当下的真实相处，让一切法在自己的位置上自然解脱，你静静地正观这一切的游戏而不认同、不执着，这样你的本来面目就会显现，你就是那超越于所有的思想与欲望的宁静的中心。在这种观照当下、接受当下的觉性中，自然就有幸福，而这种幸福不需要寻找也无法寻找，只需要彻底地放下，全然地庆祝。生活在此时此地，你就与真正的自己相融为一，你就不再是生活在自我的牢笼里。

十一月十三日，星期日

修道之要旨在于动静结合、性命双修，身心浑化为一，天人浑化为一，在这个完全统一和谐的境界中，万物相融为一，一切对立消失，那就是道的境界。然而要达到这个终极的和谐之境，不仅仅是心理上的一种合一的感受，也不仅仅是一种暂时的无分别的意识状态，而是要在心理上完全转化无明与业力而实现本性的自觉，乃至于生理上也达到纯净光明的能量状态。由于身心相互作用、相互影响，生理上的调节、气脉的畅通，对于身心的最后相融为一也非常重要，因此一定的生理上的命功修炼也是必要的。从理论上说，静坐能入于高深定境，就能够转化色身；但如果身体气脉不通，就会阻碍入定。

最近一年以来，我停止了太极拳的锻炼，只是静坐和做一些一般性的健身运动。其实太极拳是和静功配套的最佳的动功，也是我走上修道之路的一个重要的缘起。我应该像坚持静坐一样长期坚持修炼太极拳，动静结合。现在我的客厅很宽敞，可以在室内打太极拳，这样有利于长期坚持。

十一月十七日，星期四

昨天偶尔查阅香风谷禅网，却看到一个令我非常震惊的消息：曾经在网上盛极一时、大展禅风的净明山人宋智明，已经仙逝一周年了！在此之前，我没有看到过任何有关山人有病的信息，而这一年来山人的死讯竟然也一直被长时间地封闭，没有在网上看到相关的材料，真是始料不及！

山人正值盛年，过去的几年里在网上很活跃，发表了大量的著作、演讲、文章和帖子，也赢得了不少的信众和弟子。据山人自述，他得过心中心三祖元音老人的传法，又前往藏地得过密教的传承，在教理上又精通天台教观，其传法融通禅教、禅密，融通传统与现代，颇受现代学禅的人的欢迎。他的文笔也很优美，独具一格。

我虽没有把他当成大师，没有与他有过任何接触，但也从他的文字中有所收益，他的禅学思想自成一系，很值得研究，我也一直对他比较关注。然而，这样一个活跃的禅者，竟然也英年早逝了！我的心中涌起了无限的悲情，这无常的世界啊！这是继现代禅的李元松之后，又一个早逝的禅者！山人曾批评现代禅的见地不纯，那么山人自己的修行是否也出了问题呢？我对他不了解，但隐约感到他的修行也可能是未到究竟。

现在网上对元音及其心中心密法，有大量的批评，揭露了许多内幕，本来汉地的新兴教派就少，心中心是唯一的成规模的融禅密为一的新兴宗派，可是现在也出现了传承是否清净的问题。元音、净明山人等人有没有到达彻悟之地我不知道，但他们确是有修证、有见地的人，也是值得我们去学习的人。粗略地读过净明山人的文字，觉得他是有所悟的人，有智慧的人。对学人而言，重要的不是去推测一个师父是否真正成就，而是而看他的教法对你有没有意义，能不能有助于你大开圆解，有助于你消除习气，有助于你证悟心性。绝对的正与邪之分本来就不存在，一些宗教徒老是用宗教教条去衡量修行人的是非正邪，而其本身又没有更高的修证，这就是以凡心测佛智了，像南怀瑾、陈健民等我所敬仰的大师，现在也都受到了正统佛教的质疑，不过，在我心目中他们毫无疑问都是大德，南先生与陈先生，其实修的境界非常人所可窥测。

由此也提醒我们，真正的修行是来不得半点含糊的，一定要老老实实，不能有半点自欺欺人的成分。自己修到何处、证到何处，一定要有清醒的自知之明，佛法汪洋大海，决不可得少为足！未到究竟解脱之境，绝不要冒充上师、大师，聚众传法，误人慧命。当然，修道的人有所体会，有所心得，可以和他人分享，但是最重要的是不要突出自我，只是如实地分享而已。

十一月二十六日，星期六

读《大般若经》

这段时间开始阅读《藏要》，第一册中的《大般若经》部分。佛学浩瀚广大，但是往往名相纷繁，排列组合交织编排，多有重复机械之成分，读之甚觉冗长乏味。这使我怀疑这些大乘经典是否真的是出于释迦佛亲口所说，因为佛亲口讲说的法应该不会是这样子罗嗦的。虽然我怀疑大乘经典不是出于佛口亲说，但我仍然承认大乘经典所讲佛理的真理性，大乘的佛理应是在小乘经典的基础上的进一步发展与圆融的结果。佛所说法应该不是从理论的完备性而是从教化的方便性出发的，是实用的、应机的现实主义的说法；而大乘经典则是针对原始佛教所蕴含的问题作进一步的深化、发展与融通，而有理想主义的系统化的思想建构。比如《大般若经》，是预设了原始佛教的所有教化的名相，如四谛、八正道、三十七道品、四禅八定、五眼六通、十二缘起、十八界等，然后加以了般若的点睛之笔，升华、淘汰、融通一切法，使一切法皆合于无住无得之法空之旨，但又不舍一切法，以般若精神对所有的教法加以系统的组织安排，即一切法而得圆满的解脱。从阅读的角度上说，这种编织经典的方法，机械重复之段落太多，实令人无法享受阅读本身，我只能大略地披阅一过了。我想应该先行对原始佛教的经典尤其是《阿含经》作一系统的阅读，方能更易理解大乘经典所讲理论的针对性及其思想发展的脉络。佛讲的固然是真理，然并不是一定要佛讲的才是真理，我是真理的探寻者，而不只是佛陀的崇拜者，所以我是以真理本身为根本的归依，一切体现真理的思想表达都是我要研究的对象。所以，我心目中的佛学并不限于亲口所说的原始佛学，而是融小乘、大乘、密乘为一体的整体的佛学。从原始佛教到中国天台、华严、禅等诸宗大乘佛学，从大乘佛学到密乘的大手印、大圆满，都是整体佛学的重要的组成部分，也都是我学习研究的对象。

十一月二十八日，星期一

般若是最高的心法，是至上的统合，它不执一切法，不舍一切法，放下一切法，成就一切法。般若不是与布施、持戒、忍辱、精进、禅定等次第修法相隔别的另外一法，而是融于一切渐法之中而融通之、升华之，使其虽修一切法而无修执、无修障，般若是修法之眼目而使一切修法趣向于无为无住的诸法实相。所以，修道虽以顿悟般若之禅心为本为依，但必须是即一切修法而归于圆成。禅定与般若是不可分的，没有禅定的般若只是相似般若，是没有力量的，悟境是不能相续的，故是不能趋向究竟解脱的。深入禅定，再加以般若的点化与破执，才能有大智慧、大能量与大境界。反省自己这几年来的修行，虽一直未间断禅定的修习，但因种种俗缘之障碍，定境只在相似初禅边，未能深入四禅八定，故气脉不能大通，色身不能彻底转化，悟境不能相续打成一片。因此禅人在初悟般若之后，往往需要住山闭关，精进修定，彻底保任悟境，转化习气种子，待真正地证悟之后，才重返世俗世界，于觉他行中趣向圆满。

十二月二日，星期五

真性与妙用

我们的真性是空无一物而又万法同体，什么都不是，又什么都是。任何的文字、概念、思想、情绪、念头等都不是它，而一切的文字、概念、思想、情绪、念头等又都是它的妙用。真性是我们的本来的存在，它一直就在，不随见闻觉知的起灭而起灭，不随内外之缘生缘灭而有生灭。然而，真性虽然一直都在，却迷而不现。因为长期以来我们所有的身、语、意，一切的思想与行为都会留下它的印迹，并产生贪、瞋、痴等执着与烦恼，人的意识被这些印象所占据，我们总是在分别、在寻求、在占有某种对象、某种境界，我们无法安住于那个无相无为的天然本性之中，无法享受那个赤裸裸的本来面目。在这个惯性之下，甚至修道也会变成一种新的远离本性的造作行为，甚至"开悟"也会变成一种新的依赖与束缚。以为自己有所修、有所悟，以为有一个能修能悟的主体存在，这样就会形成一个修道的"自我"，而再度与天然的本性相违背。

当那个纯粹的本性显现的时候，我们很快会错过，或者开始寻求某种习惯性的状态，或者以这个本性的境界为一种自己可以把持的境界，一起分别心又遮蔽了本性的光明。在大彻大悟的境界中，一切都是，妄念本空，一切都是法性的妙用。但是对于还在道上的行人，一开始不能妄谈"不除妄想"的境界，还是要从一切妄想中脱开而由"遍计执"之"有"返于"无自性"之"空"，在这个根本智的空性中，一切妄想习气皆消融，一点分别心都没有，只有明朗的觉照，空明不二、法界同体的本性。只有根本智已得决定的人，本性时时现前，不再迷失，此时才能由体起用，圆现灵活的妙智，才不必住于根本智中而成死水，一切心念万法都是本性的妙用现前，因为不再有执着，所以任何显现都与实相不相妨碍。在此之前，还是要做念念觉的功夫，妄念一起当下化念还性，不随境转，时时做主，处处归真。

在打坐时，一心系缘法界，深入法界大定，有妄想当下消融于法界。若妄想炽燃无法入定时，则可起正观，有意识地观想法界全体，不生不灭，不垢不净，不增不减，一切妄想之波皆融于法性之水，全波即水、全水即波，则不怕妄想矣！坐下生活中，则时时处处提起打坐时的境界，念念圆觉，记得自己的真性，不随内外境风所转。在空闲之时，在忙碌之际，穿衣吃饭，行住坐卧，必须在生活的每一个当下都能自觉自在，在一切事缘中突破放下，心中不染尘埃，明觉当体朗照，如此才能将悟道境界相续成片，最终证得解脱。

十二月五日，星期一

坐上修定，心缘一境，一念万年，如是才能身心彻底融化于定中，融合于法界；坐下修慧，本性自觉，念念无住，对于身心内外一切显现之境皆无所执无所得，如此才能消融一切习气种子，彻底消除自我，而归于一真法界之圆成。只有定慧双圆、性命双修才能最终证道解脱。

只有深入禅定，才能使身心得以升华，并最后超出三界。从欲界到色界，这是炼精化气的阶段，欲界转化则生元精，会产生"乐"受，进入色界则元气显现，会产生"明"受。从色界到无色界，这是炼气化神的阶段，会证到"无念"的境界。乐、明、无念都不能执着，执着就陷入于三界中。超出三界证入本性，证入道体，这是炼神还虚的阶段。总之，从命功和业力转化的角度来看，修道有其固有的程序，是一渐修的过程，一步一步都有相应的征候、相应的法则，这是口头禅者所无法体验到的。这其中就牵涉到情欲的转化与升华的问题，不入禅定不能转化情欲，而不转化情欲也就不能证得甚深禅定境界，两者是互为因果、相互增上的。

心逐外境时，妄想炽燃时，及时返观觉照，回归无相的灵明，时时记得自己的真如本性，无相无为，无执无得。生活、工作等皆是随缘而化的游戏，唯以慈悲济世为念，以菩提心为导，悲智双运，不取不舍。这是修性的核心功夫。从修性的角度上看，不在心性上做观照的功夫，就谈不上开悟见性，而不真正的开悟见性也就不能有效地在生活中观照转化习气，这两者又是互为因果、相互增上的。开悟见性是属于顿悟的情形，不是一步一步地，要么你进入本性的自觉而超越自我，要么就还在自我境界中而没有证入本性。但完全证入本性而不退转，以本性的觉悟来转化习气，这又是一个渐修的过程。所以顿悟与渐修是统一的，也是相互增上的关系。渐修促进顿悟的发生，而顿悟以后才能真正地进入修道的过程。

十二月十七日，星期六

观《南禅七日》随记

这几天看网上下载的《南禅七日》光盘，共四十集，是南老师最近的一次在厦门南普陀主持禅七的录音录像。看完以后，对南老师的禅七有了更深刻的感性印象，也重温了一次南老师的教导。之所以说是重温，因为他所讲的，基本上在以前看他的书时都有所了解，真正的新内容不多。南老师有自己独特的风格，这可以说是他的禅风。这种独特性，既有其特别的意义，也有其特有的限制。南老师确是真修实证的过来人，他的声音很浑厚，很有功力，记忆力很好，能随时背诵出相关的经典名句和诗歌。讲课的时侯，漫无边际，但又语重心长。短短的七天，可以说南老师已经把他一生的所学所悟的精华和重点，用生动活泼的形式概括地点出来了，是一次佛法修行的概论。南老师的世法、出世法；性功和命功；见地、修证和行愿，一切都很圆满、很圆融，他没有定相，没有执着于宗教的形式与外衣。在我所有敬重的师父当中，南老师可以说是身体最健康最长寿的一位，这也是他出入三教、圆融无碍的一种表现。从南老师身上，我可以学习到许多宝贵的东西。南老师不善于理论思维，他一讲到理论的东西，往往就不够系统深入，用他那种独特的"东拉西扯"的方式来讲理论，真会让学者们嗤之以鼻。但他心里面是知道那个核心的，只不过他缺乏系统的理论展示的能力。一般的学者执着于概念式的逻辑思考，往往只是在观念层面打转，根本不能触及鲜活的生命智慧本身。而 Osho、Krishnamurti 等印度师父，他们则善于用一套套的理论分析充分展现那个悟道的境界。南老师的局限，也是他的长处之所在，他从历史、文化、文学、人生经历等方面来讲解佛法，更容易使一般人能理解接受。

十二月二十一日，星期三

上午修根本定，即于一切法不取不舍，当体即是，不除妄想，不趣真如，真心了照，寂照无边。觉性现前，则妄念即是法身，何取何求。于一切时，不起妄念；于诸妄想，不加息灭；于所悟境，不辨真实。就这样如是安住，于所安住，亦无所住，不再加以名言、识别，一切思想念头，如一点尘埃游于太空，而太空依旧无量；如一丝波浪翻腾于大海，而大海依旧汪洋！

我体会到，能入深定必须色身精气充实，气脉畅通，而也只有修定，才能转化色身，从凡夫粗欲乐的境界到达菩萨妙乐之境，从欲界四大升华到色界四大乃至无色界四大。故真修行人，必须转化情欲习气，明点不漏，方能得定，方能得如实慧。顿悟也很重要，没有那个根本的跳跃，就不知本觉妙心，修行则成一盲目之战争，永无胜利之时，此则修行本身变成障碍。悟后修行，则如牧牛还家，优哉游哉！此时修与无修，皆成两头，实则是修而无修，无修真修。不修即同凡夫，执修即有修垢，见道人知烦恼本空，妄念无实，本性本来清净，当下当体即是，故妙契无为，圆成佛道。

初悟之人有两种病，一者狂，以为大事已了，而习气依旧，觉悟不成相续成片，终是凡夫；一者娟，以为悟非真悟，无神通无妙用，还需有为修行，又成悟后迷，不能圆融修与不修，终成二乘。实际理地，不受一尘；万行门中，不舍一法。虽终日精进修行，而知万法本空，一切相不可得，住无所住，无家即家。如是名为悟后真修，方契大乘实相顿教。

十二月二十四日，星期六

今天静坐，一上座很快就明空之性现前，身心都很轻松安祥。但是头脑很活跃，这几天参悟的法理依旧在头脑中打转，包括对于明体本身，也起了思量体察之意。这样，就没有进入无念之大定，念头一直游移不断；然而虽有念头，而觉性也不失，因此也未散乱，感觉状态还是很美妙。另外，就是身体上气脉比较通了，两腿不麻木了，即使有点痛也觉得舒服，坐了七十多分钟，腿并不难受，这是近一年多来首次有这种觉受。本来还可以继续坐下云，但因为每次都是一个多小时，形成了惯性，加上也未能完全忘掉时间，所以还是下座了。

十二月三十日，星期五

读《最初和最终的自由》

今天读完了 Krishnamurti 的《最初和最终的自由》。我已经读过两岸已经出版过的近二十本克氏作品，本来不想再购买克氏的书了；但这本《最初和最后的自由》则是我一直想要读的书，因为 Osho 曾经提到过，这是克氏最好的作品，他所有的书其实都是这本书的重复。所以当看到这本书在大陆出版时，我即毫不犹豫地购买了此书。

克氏的书不旦重复，就是同一本书里的内容，也是重复的。他谈论的风格一成不变，他分析问题、解决问题的思路也总是同样，虽然谈论的对象不断地变化，针对的问题不断地变化。克氏极其敏锐，极其聪明，他对问题的剖析是很彻底的，毫不妥协，扫除所有的不究竟的方便说法，而回归到那个根本的般若观照。这样一来，他就不是随机说法、建立广大教门的大宗师，他只是直接讲他自己的真理，他并没有考虑他的听众能否接受。不是我向你妥协，而是你必须向着我的高度走来！他的风格可以说近于禅，只有极少数的人能够跟随他，进入他的世界。真正得到了克氏的心法，随时随地都能保持无选择的觉察，那么确实不再需要任何其他的方便法门了；但问题在于这个一刻接一刻的觉知，是"最初和最后的自由"，是因果一如的"果位"上的教法，它本身是悟道的成果，而不是一般人所能契入的解脱之因。在这一点上，这是顿悟的法门，而克氏最大的失败就在于，一般人根本无法做到顿悟式的觉知，然而克氏又没有其他的方便，反而是一昧地否定所有的修道法门，这只能使他的听众陷入无可奈何的迷茫之中。事实上，般若是在已有的万法之中融通淘汰一切法，真正的圆教是即一切法而为圆教，不取不舍，开权显实，会三归一，而不是寡头地突出一个圆满法而与次第法门相对立。因众生的根机无量，他所处的位置和面对的问题无量，所以相应的修道方法也就有无量，一切戒门、定门、慧门，种种教法的施设，都是有必要的。有为不能直接契入无为，但有为可以是消除业力习气的对治法门，用相反方向的业相来抵消已有的业相，最后显现那个无为。在这一点是 Meher Baba 的教法要圆融得多，克氏是一门深入，巴巴是广大圆通。

克氏的书，可以每天读几段，作为一个经常的敲打、一种头脑的清洗和一个觉知的提醒，但不必多读，读多了就会陷入机械性，就会麻木。《最初和最终的自由》确实代表了克氏教导的精华，这也是我完整阅读的最后的一本克氏之书。

十二月三十一日，星期六

这些天除了读了克氏的书，还同时阅读《大般若经》、《指月录》，且在电脑里读南老师的《庄子讲记》，昨天晚上把《庄子讲记》读完了。我虽然是研究道教的学者，但对于《庄子》一书，并没有认真地深入研究过，可以说没有仔细读过全篇。这次随着南老师的讲解，再读了一遍《庄子》的《内篇》，觉得很有收获，对《庄子》有了新的兴趣与体会。这使我想要重新地研读《庄子》全书，包括郭象的注和成玄英的疏，就以《南华真经注疏》为阅读版本。《庄子》真是一部人间奇书，它的艺术性很高，信息量极富，而其中的义理则极深远，且蕴含着修道的大秘密，实在值得反复地诵读。对于诸子百家的学术思想，尤其是其中与修道有关的部分，实有重新加以深入研究的必要。这样目前的研究范围主要是两大领域，一是佛教的基本经典（《藏要》、《中国佛教思想资料选编》、《指月录》），一是先秦诸子（《诸子集成》）。至于现代悟道大师（Osho、Gurdjieff、Meher Baba、Krishnamurti 等）的作品，则随手翻阅，与古代经典互相参证。

最近修道比较精进，身心的状态也比较好。今天是 2005 年的最后一天，这一期的日记也将圆满结束。

卷二 任何事情都可以是静心的桥梁（2006）

一月二日，星期一

在没有出山从事弘法度生的事业以前，我全部的精力就用来悟道与读书，一方面通过精进修道来成就道业，一方面通过读书研究成就大学问。只有在自己的修证和学问方面有了足够的成就以后，才有可能去从事觉他利人的事业。在此之前，应谢绝外缘，闭门读书，精勤悟道。我所居住的环境很宁静，没有外来的干扰。新的一年开始了，我的生活也开始了新的阶段。

今年读书的计划重点在于佛道两家的经典，主要就是披阅《藏要》和《诸子集成》，对于新出版的一些大师作品，则随时关注和翻阅。我对于先秦诸子，一直没有下功夫研究，因此对于国学的基础，并不是很深厚。我一向偏重于修道典籍，对于思想学问方面的经典，虽有兴趣但未暇详究。从中国文化乃至世界文化的研究上来说，诸子之书都有极端的重要性。这是中国文化源头的经典，把握了这个源头，就可以方便地掌握中国文化的基本精神了。

悟道和读书，是我生命的主旋律！

一月五日，星期四

今天下午静坐时，用早年练功时的方法，就是用"精不外泄，神不外驰，身心一体，天人合一"的口诀。一起心动念，一有分别，就是神已外驰。精神收回来，一念不生，返照心源，精气上提而身心一体，意似有一个中心而又不守在身体的某一个地方，入于杳冥之境而与天道合一，这种状态其实也就是合道的状态。从那时起，我修道的历史已经有十多年了，虽然在见地方面越来越圆融透彻，但如果从身心体验的状态上来说，我当年在南大最初练功的时候就已经进入到杳冥浑沌的深层定境，实际上已经本性现前，只是不自觉罢了。那时每天只是睡前静站一次，但整个身心的状态非常好，精气神很充实，有身心上的喜悦。那时的体验奠定了我一生修道的基础。可以说，这么多年修道的进步，大都是体现在精神境界上的超脱和智慧的增长上面，而因为结婚以后未能断欲，未能入于大定，在色身气脉、精气充实方面其实并没有超出当年的状态，甚至有时感到身心虚弱而缺乏能量与喜悦。现在，世间的事业已经有了良好的基础，我开始全身心地投入修道的大业，不仅要在见地上、性功上大彻大悟，一切放下，当下全提，时时明心见性；而且要在定境上、命功上下大功夫，促进身心的彻底转化，证得身心的大解脱境界。真正的般若大智慧，是修一切善法而无住无执，证一切神通妙用而归于无相无得，不坏假名而说诸法实相。虽知一切善法、一切境界皆如梦如幻，而行如梦如幻之善法；虽证一切神通妙用，而知一切如梦如幻。否则，易成空谈及口头禅，什么境界都没有证到，却妄称一切不执，一切无求。没有证到的境界，谈不上无执，只是凡夫而已。相对于凡夫境界，必须要先谈修道的境界，然后才谈得上不执修道的境界，超越圣境而归于平凡，才是真平凡，不能执着于凡夫的平凡。

一月七日，星期六

渐修观门

顿悟门中，一法不立，万法皆如，无修无证，常现本性于伦常日用之中，超越一切语言、文字和思议；方便门中，则随众生根器，有无量观门，无量三昧，皆是对治法门，应病以药。修道于本来份上，无得失增减；有修有得，皆是有为法中相对于众生业力习气而言的对治、转化过程。若无一切心，何用一切法，渐修终必以无修为归也。兹略举渐修观门：

1、数息观；2、念佛观；3、一念观；4、法界观；5、如如观；

6、当下观；7、无为观；8、自然观；9、整体观；10、虚空观；11、波水观；12、三密观；13、上师观；14、上帝观（无限观）；15、道体观；16、无言观；17、无心观；18、无念观；19、凝神观；20、全然观；21、觉醒观；22、梦幻观；23、合一观；24、无我观；25、未生观；26、性空观；27、缘起观；28、中道观；29、无得观；30、无观观。

  以上诸观法，其具体观法，此处从略，皆可为用功办道之修证法门，可修止修观，得定开慧。百千法门，同归方寸，河沙妙德，总归心源。用功总是由有为契无为，由有修契无修。当本来面目现前，则宜行起解绝；实证真如，则万法皆归于寂静。能修所修，能证所证，皆无分别。此时不宜于觉而生明，以免觉明而生咎。因对觉悟之境再加一明觉，则能所斯起，转入思虑窠臼矣！因述偈曰：

    妙解不离心，总在思议中；
    行起而解绝，证则无心现。
    觉妄即是真，觉明反生咎；
    一心契如如，方证不思议。
    日用伦常中，本性常现前；
    无修亦无得，何取复何求！

一月十二日，星期四

  近读《指月录》及诸禅典，深有收益，深有兴味。虽一向以来未尝中断对禅的探究与实践，然而我对于禅宗的典籍还一直没有作通盘的研究。我的悟道和学术研究，都将以禅宗与丹道为中心，对佛教、道教进行现代诠释。近几年来，一直致力于道教丹道及现代悟道师父作品的阅读与研究，对于佛教与禅宗典籍则未有时间大规模地参究。现在，我的修行和学术研究的重心都要慢慢转回到佛教尤其是禅学的研究上来。在学术研究上，我有一个想法，那就是丹道方面再申请一个课题，对道教思想再作一次全面的整理，然后就开始转入到佛教研究上来，可以先申请一个《丹道与禅学的比较研究》课题，作为过渡性的课题，由此写出一本禅学的专著，再正式地转入到佛教的研究上来。这样我的学术研究就已经有了清晰的思路和完整的规划了。

今年要先读一年的书，把《藏要》、《指月录》、《诸子集成》披阅一遍。

一月十三日，星期五

无门之门

因为读《指月录》，想起了南师的《禅海蠡测》和《习禅录影》，所以又把《禅海蠡测》重读了一遍，今天开始重读《习禅录影》。南师的书从学术上来说也许多有垢病之处，一般学者们也多有异议；但于我而言，南师的书都是难得的法宝，无上的甘露，我从他的书中尝到了美妙的法味。所以，前几年我写"我生命中的大师们"时，南师列为我的"三大士"之一。

禅是无门之门，无修之修，以悟为则，顿超有为功勋，直趋法性家园，直指众生自家本有的宝藏。因为任何有为的修法，都是针对特定的问题，特定的方法，追求某种特定的境界，这种修法当然有其意义，但是有得就有失，有境界就有迷失，总在路上，不是宝所。哪怕是美妙的境界，圆满的境界，只要一落境界相，就有对待，随之而来的就有不美妙、不圆满的境界，这样就不是真正的安心立命之地。禅则不然，本来无一物，何处惹尘埃，我们的天真本性本来就是解脱的，不增不减，无生无灭，不因修而有，不因不修而无，不因妄想烦恼而变化，它本来具足，当下即是，举手下足，无非道场，一声一色，无非中道。只因追逐妄想，向外驰求，迷失自性，不能觉了，一旦透出妄想尘劳，意识返照自身，觉悟自己的本来面目，则恍如梦醒，一切烦恼妄想皆如昨梦，觅之了不可得，而此本来面目亦无面目可寻，当体寂灭，无一实法可立，只是一平常心而已。它不是某种制造出来的境界，它就是万法的本来的样子，如如的实相，而实相无相。

禅的证悟之境，超言说对待，不可思议。顿悟之人，则见到了自己的真主人，抓住了心法的根本，擒贼先擒王，得本不愁末，从此不在对治妄想的末节上用功，而是觉悟到本来没有妄想可寻，只是觉悟自己的本性，别无用功之法。本自解脱，不用另求解脱，此谓之无修之修，亦喻为牧牛，令自心时时处处警觉，不迷失本性而已。

但以多生习气，不易转化，众生业力，无量无边，虽顿悟成佛乃无上法药，而一般根器之人，殊难消受也。若稍悟禅理，即自以为不用修行，而执着习气无法消除，则只成口头狂禅而已，误人误己，岂不悲乎！故当自行检查自己的实证地步，假使不能彻证菩提，仍当根据自己的习气而采取种种方法方便对治，以增长道业。悟道之人，正可以无手行拳，游戏于万法之中，六度万行，三藏十二部，都当一一透过，不取一法，不舍一法，一一印证于心，方知大事原来如此，迷悟只此一心，唯此一事实，余二即非真。

欲知自己修道到何地步，可从两方面检查自己。一是本性的觉悟是否打成一片，昼夜长明，不随习气妄想而迷失？二是由觉性三昧之力，是否转化色身气脉，证得身心不漏，神通妙用现前？虽然神通妙用无关道体，且不能寻求不可执着不可随便显示，但真正成道之人必有此功德，此身心一体之原理所必然者也。做思想念头的主人，做身心的主人，进一步做万法的主人，方可永真实证悟本性。真证本性必然无我，无我必然与天地万物同体，与天地万物同体必具同体大悲，悲智圆成即是圆满解脱之佛也。

一月十六日，星期一

自性的家园

能觉的中心，自性的家园，无一法可得，无一法可舍，没有高低圣凡，没有得失增减，无形无相，如如不动。一切境界，一切神通，一切高下对待之法，皆是心所法，皆是意识的对象和对象化的意识，不是那个能觉的意识本体。在那个最内在的中心，空明了知，无道可修，无佛可成，其本身就是"本源自性天真佛"。悟道不是功夫上的境界显现，不是神通妙用，一切"所"上的功能显现都不是，悟道只是本性的自觉自证，别无稀奇玄妙。但真悟道之人，一切神通妙用自然具足，全水即波，全波即水，波水一味，体用一如。放下是他，一念不生全体现；提起也是他，念念无住不空空。"不见一法即如来，是则名为观自在"，万法起而不起，即用即空，而自性本来面目上了无一法可见。

一月十七日，星期二

今天重读完了《习禅录影》，这是读第四遍了。此书最真切地体现了南师的气度与风格、见地与修持，里面有许多一般法师乃至禅师都没有说或不能说出的话，对于真修实证的修行人都是宝贵的经验之谈。此书的重点可说有三方面：一是见地方面，以禅为宗，强调见道、见性，不见本性修法无益；二是修证方面，对于悟后起修的方法与程序，境界与妙用，都有详尽的指示，尤其是修定与转化色身方面，如何炼精化气而不漏丹等有切实的开示；三是行愿方面，日常生活、为人处事的行履方面，如何转化习气，念念在定慧中，动静一如，打成一片。对于南师的讲解，我都能心领神会。很多体验我也都已经历过，只是不够彻底。现在正是精进修行的好时候，一面在生活中提起本觉性，转化习气打成一片，一面重点修定，得正三昧而转化色身气脉，修道成就后才能谈弘法度生的事业。

下午静坐，由于思考某一主题而有了牵挂，大脑在自动地联想；但我也不着急，也不求静，只是回到那个无相的灵明觉性，不除妄想不求真。偶尔会陷入思考中而忘记觉知，但很快就会回来。就这样，感觉没有入于大定，下座时以为这次静坐的时间很短，可是下座后一看已经过了一个多小时。由此真正可以体会到"烦恼即菩提，妄念即是法身"，不用与妄想作斗争，妄想本空，一觉即是。只要真正认识到了自己的本来的灵明觉性，修道就走上了正轨，那真是悠哉游哉，毫不费力，顺着法性之流，回归本来的家园。觉悟的境界保持下去，妄想会自然消除，进一步入于无念大定，就可以转化色身。但这个无念不是排除杂念的结果，而是觉知本性的结果。如未觉悟本性而强行除念，即使念头不起了，也是枯木死水，是无记昏沉，落入愚痴的果报中。但也有另外一种可能，就是通过除念而入于相似定境，在定中进一步显现本来的觉性，这是由定生慧的路子。所以，对于不同情况，要区别对待，也不能随便反对无念的修行。真正的无念，是于念而无住，而真如本性一直在观照。

二月九日，星期六

昨天上午从家乡回到北京，收拾完家务之后，下午即带孩子到馨港幼儿园咨询报名事宜，谈好了全年学杂费8195元，中间周六、周日和国家法定节假日，都要由自己带回家，如继续放在幼儿园要另加费用。今天早上送孩子去幼儿园上学，云儿到了幼儿园就被里面的玩具迷住了，以致于父母离开他也不知道。

云儿上学了，弘儿去商场工作去了，这是云儿出生以来，我首次单独一人在家里生活了。我又可以重温宁静读书悟道的时光，心里既觉得很恬静，也有些许的感伤情怀。今年回老家过春节，天气阴冷，颇觉不适，既不能读书静坐，又无法郊游欣赏明媚的春光。和家里人也难以有效地沟通，他们都已经有自己固定的生活轨道，我也不能帮什么忙。因此半个月的生活如梦如幻，并没有留下多少值得记忆的东西。只是觉得家里这几年变化很大，在经济上大有发展，泉龙有自己的车以后，我们回家也方便多了。

现在回到北京的家，又要开始我潜心悟道读书的生活了。

二月二十日，星期一

今天送云儿去上幼儿园，云儿很懂事，第一次毫不抗拒，而且主动让我回家，不再哭闹。看来他已经接受了要上幼儿园的事实，慢慢适应并且喜欢在幼儿园里的生活了。

这几天读《指月录》和《藏要》，觉得祖师言句直指本心本性，直指超越一切文字语言的证量，非常受用，而读佛经反觉得冗长厌倦。在见上，禅不立一切见，超越一切见，超越一切的思想观念，故无法可说；在修上，禅不立一切修，超越一切修，超越一切的有为造作，故无道可修；在果上，禅不立一切果，超越一切果，超越一切的得失增减，故无佛可成。如是直证诸法实相，万事万物的本来面目，无依无待，当下现成，一切具足。无时间相，无空间相，此时此地，一切圆成。此是顿悟成佛之法，然若不能得真实证量，不能直下本性现前，保任不失，则仍需踏实修持，消业待缘，种种渐修法门仍为必要也。此则须立正见，修正法，行正道，成正果也。

今天早上和上午两座，渐入佳境，此心历历明了，妄念起而不起，当下消融。直观心之本来，一无所依，空明不二。亦无空无明，不起思量分别。

二月二十二日，星期三

云儿上幼儿园后，因为要引导他早睡早起，我也养成了早睡早起的习惯。每天五点多起来打坐，已经渐成规律了。上午和下午的静坐，难免因为白天的工作和生活需要而有时被迫中断，比如每周二上班的时间和出差开会的时间就无法坚持。现在，我每天入睡得早，可以养成每天早起的习惯，这样清晨的静坐将可以一直坚持下去，而且不管是上班也好、出差也好，都可以坚持，因为早上五点钟原本就是睡眠的时间，不会受到任何工作和生活的影响。这也许意味着我修行过程中的一次重大的变革，从此我将每天至少有一次清晨的静坐，而上午和下午的静坐在条件允许的情况下仍将坚持下去。

每天清晨的禅修，将使我每天的生活都从正念正觉开始，从而容易在整个一天中都保持清醒的状态，这种感觉非常美！如果再加上每天睡前能够以正念正觉入睡，在睡眠中也保持一定的清醒，这样就容易做到一天二十四小时都在清醒中，使觉悟的境界打成一片。

这段时间，早上静坐修禅宗法门，上午修法界大定，下午修道家法门，晚上仍修禅。禅是心性论的法门，法界大定是本体论的法门，道家是无为契道、天人合一，从而是统一心性论与本体论的法门。虽然果位上其最终境界是一，但因位上的意识所缘及道位上意识运用的方法略有不同，在修行过程中对修行人的影响也有不同的侧重。这样同时用三种修炼的方法，有助于平衡身心与天人，促进终极的和谐境界。当然，这三种方法是属于同一个法系，它们之间并无任何矛盾与相克之处，否则就不能建立起一个修道的系列。

除每天三小时的静坐外，在阅读方面，每天上午八点到十点读禅典（《指月录》），下午二点到四点读佛经（《藏要》），晚上八点到十点读道籍（《庄子》）。上午十一点到下午二点，则用于午餐、午休和上网，校阅田心翻译的 Meher Baba 的《神曰》。其余时间则用于接送云儿上幼儿园、散步和休闲，或随手翻阅 Osho 等师父的作品。这是我近段时间的修持、工作、学习和生活的作息安排。

三月一日，星期三

昨天上班，去书店买了两本书：《一个瑜伽行者的自传》和《佛陀的智慧》。前者是一个印度灵修上师的自传，后者则是陈兵先生的近作，对佛陀的教导作了深入浅出的概述。又到华夏出版社取《探寻生命的奥秘》一书的样稿，再校对一遍就可以正式出版了。

重新校阅此书，仿佛又回到了当年的岁月，种种心行，种种体验，再一次鲜活地呈现于眼前。的确，这本书是我人生经验、人生智慧的集中体现，也可以说是我的所有的书中最能体现我自己的修学境界、最有意义的书。

三月十六日，星期四

诸法如如

诸法如如，当下如，当体如，如是如是，如如不动。真实就是如此，从来没有不真实的时候。诸法的本性就是空性，诸法性空就是实相。烦恼当下即空，当体即空，此是决定的，不待任何人为的增减、对治与转化，唯一的区别是你对此真相觉与不觉。觉之则圣，迷之则凡，而不管你觉不觉，烦恼无实体，烦恼本性空寂，觅之了不可得。当你不觉，你就认同于烦恼，烦恼对你就似乎是真实的，你就在受苦，但这苦亦如在梦中，本身也是空性的。当你觉，就没有烦恼，烦恼当下消融，你就获得解脱，但这解脱也并不是另有所得，其本身也是空性的。彻悟的人，了知万法无实，当下当体即是，因此不用作任何对治、转化的功夫，不用除妄想求真如，不用断烦恼觅菩提，不用从这里去到那里，一切都是，不增不减；全法界的任何一法都法住法位，恰到好处，不用舍染求净，不用厌喧取静，不用离世间趣出世间，一切都好，不垢不净。空间上点点皆是，时间是滴滴皆宜，法尔如是，正等正觉。动念即乖，取舍即非，迷则颠倒妄想，悟则五蕴皆空。

三月二十七日,星期一

致克网的凡夫网友(一)

一

凡夫,为什么顾左右而言他?真是自欺欺人!

你讨论的时侯,处处在判断"对"与"错",而用的标准是"真人、真事、真境界",强调要自己直接看到,而不是通过想象、思辨和书本,然而你自己的境界却是地地道道的"凡夫",那么你如何直接看到?如何判断对错?为什么不正视这一点?清楚地看清这一点,才是你观察自己的出发点!你这样讨论一万年,也是在原地打转,还谈什么对真理感兴趣。一到关键点上,你就顾左右而言他,这样不断地缓冲下去,自欺下去,何时是个了时?你说不要比知识,不要依赖上师,不要靠想象,可是你却一直在依赖克来判断,一直用你的知识来比较,用你的头脑来想象,真是典型的口头禅啊!你这样在网上混下去,已经完全暴露了自己的无知,相信你很快就会厌倦的。

"发慈悲心"是一个调侃的说法,实际上我没有那么大的慈悲心,我帮不了凡夫,我只是想提醒他观察自己的盲点,首先要自己认识到真相。在凡夫没有认识到真相之前,他无法进行有效的讨论,只是概念心的投射、自我的虚荣与防护、无聊地打发时间而已。

二

克氏说要无判断地觉察,你却是"无觉察地判断"。因为你不知道,所以你建立了自己的信念,为了维护你的信念,你便盲目地否定上师、道路、体系、方法。

你一点自知之明都没有,你不知道我说话的高度与维度,然后你给自己一个台阶下:月弘儿,你不懂得怎么讨论,你和人吵架了,你有情绪。事实上,你说的一切,都是你自己的投影,它只反映了你自己的状态。

一个专业的棋手在指点一个业余的棋手,可是你却说:"你怎么这么自大?你没有学会平等地讨论与对话,让我们慢慢来讨论。"讨论什么呢?讨论只是加深你的固执与偏见,增强你的自我与烦恼。你已经讨论得够多了,现在你需要一个额外冲击,需要有人把你从执着的深渊中抛出来!

一个医生在治疗他的病人,可是病人却说:"你为什么不先服药?要知道不用药就直接治好病是可能的,让我们慢慢来讨论,用药是否是必要的?"的确,你本来没有病,也用不着服药,但是你现在却为病痛所苦,而你却只是排斥用药,这有什么意义呢?

你在黑暗中,却盲目地排斥一切道路,而如果没有道路,你就走不出你的黑暗。一个光明中的人,知道没有固定的道路,他可以走在无路可循的国度,但对于还在黑暗中的人,盲目地排斥道路,只会使他一直在黑暗中受苦。

我的慈悲心很有限,如果你无法从我的话中得到点醒,我也就随缘而化。如果你因此受到了冲击,请不要用情绪来反应,要注意当下的真实,接受和观照此刻的心。再见。

三月二十九日,星期三

致克网的凡夫网友(二)

一

你上述宣言本身是矛盾的。注意看这段:"但是,这并不意味着,凡夫在具体问题的观点上,要有意妥协。那将是虚伪的。凡夫仍将按照自己的看法,来陈述观点。但是这丝毫不影响讨论的平等性。因为对方同样有权利陈述完全相反的观点。"

你把自己不知道的东西武断地表述为毫不妥协的观点,那么别人为什么就不可以断然宣称自己的观点呢？至于讨论的平等性，我剥夺了你的发言权吗？我有这个权利吗？正如你说过的，高段棋手可以一眼看出低段棋手的错误，既然你可以一眼看出 Osho、Meher Baba 的错误，我一样可以一眼看出你的错误，这有什么问题吗？你可以坚持你的观点，为什么我不可以？如果说这是不平等，那么你武断地否定别人时就是不平等。虽然你前面的声称说自己是"个人观点"，但这个宣称有意义吗？因为你在具体问题中已经确定自己为"绝对正确"了。同样，我虽然绝对肯定你是错误的，然而这自然也是"个人观点"，任何人说的都是个人观点，这是不言而喻的。能看出这个逻辑的等价性吗？这要看你的基本素质了。如果看不出来，说明你的智力有问题。

犯罪分子在犯罪前可以宣称：我尊重每一个生命，我们完全可以平等地对话与行动，然而他犯罪就是犯罪。你的三条宣称是多么无力啊！谁也没有限制你的发言权，事实上你比谁都讲得多、讲得无礼，谈什么民主与独裁？这无非是你虚弱心理的表现。你越是表演自我，你的自我就越受伤；你越受伤，你就越顽固地表演。你可以毫无顾忌地攻击别人，而我只不过是如实地指出你的问题，而你不仅不感激，还对我加以毁谤，何来独裁？真是笑话。

二

不存在前提，也不存在假设。只是一个我们生命存在的真相的自然呈现。正如你觉得 Meher Baba 平庸一样，我觉得你没有水平，这有什么不对？

大学教授不可能说出 $1+1=3$，假如此命题是小学生也能发现的错误的话。如果教授说出了 $1+1=3$，那么一定有其深意，非小学生所能解也。此时小学生要做的不是去乱批评，而是去请教与学习！你认为专业棋手在指点业余棋手时会犯错误吗？你难道能用一个"克氏定式"去否定专业棋手的某一个下法吗？

什么样的"姿态"，本身就是你的见地的体现，你在诸多独断式的评论中处处体现了一种姿态。而我的姿态，只是一种设计，那正是要激起你的反省！菩萨低眉与金刚怒目，姿态虽不同，但目标只有一个。

坦然处之不是你应操心的问题，因为如果他真的很高，他所做的一切都自有其妙义与微旨。重要的是观察自己，而不是去操心那个比你高的！

三

你一直在关心水平的高低问题，而我一直就在直指核心的问题。你是否有真境界、真体验？如果你有真体验，你就不用依赖克氏的话。把克氏的某些话作为固定的结论，执着于文字与讨论，这本身即显示你没有直接地看到。而如果你不能直接地看到真相，你如何、凭什么可以判断谁掌握了真理？人是关键，你只能看到你现在这个状态下所能看到的东西，那些超出你之外的、之上的，你不能以自己的不懂不解来作为判断其为错误为虚妄的理由！你可以说"我是开放的，我并不说自己掌握了真理"，但你事实上的表现恰恰是自以为知道而且固执地坚持自己的判断。

这是个比喻，而且是你给出的比喻，正好显示了你的状况：你以为一个小学生能够评判大学教授，对自己没有体验过且无法了解的东西妄加评判，这是很可笑的。至于科学研究，那是在追求外在的知识性的真理，与内在的体验性的真理完全不同。那个内在的体验，你知道就是知道，不知道讨论也不知道。你总想为自己在没有真体验的前提下妄谈内在真理的问题制造借口。

你又在纠缠水平高下的问题。那个姿态由别人去判断，我怎么能强迫你接受？我标榜什么了？我只是如实地呈现我的见解！所有那些关于人的水平问题的提示，正好是我要置疑你的关键所在，也正是我的见解的表现！这并不是你的自我所计较的人我高下的问题，这是以"真人真事真境界"为检验标准所提出来置疑你的核心：你随意判断他人境界、是非对错的前提条件即你的境界的问题！真理无法妥协，就是这样。可你总想转移这个视线：不断地臆测、评判、贬低那个对话者，来解脱你的困境。

四

为什么不反省自己的表现？顾左右而言他，避重就轻、避实就虚，无数的矛盾不去面对，无数的问题不去解决，到处缓冲自己？不要以为那些人半途而废，实际上是结果已经出来了，一清二楚地显示出来，而你还在那儿大叫：你们半途而废，老子天下第一。你自以为是地以为别人说不过你，像阿Q一样自鸣得意，而众人早已心中有数，他们只是笑！当看到那个讨论已经显示了应有的效果，而且因为你的表现而使继续下去变得毫无意义的时候，谁还会继续下去？他们能够终止，因为他们不把你当回事！他们没有在其中投入他们的执着；你无法终止，因为你已经把自我的性命陷进去了！你已经在其中投资得太多！

没有第三条道路，谁都没有义务陪你浪费时间！除非你改变自己，不要去指望我会按照你的期望出牌！我随时可以终止这个游戏。

三月三十日，星期四

致克网的凡夫网友（三）

一

"暴跳如雷"是你的想象与投射，根本就是一个虚妄的概念，还是小学生对大学教授的胡乱臆测。

"销声匿迹"更是子虚乌有，教授们有自己的正事要办，他们有必要、有义务一直陪小学生玩无聊的滑稽戏吗？

"正本清源"不是一个目标，它是一个正在发生的过程；如果你有目标，你就会有失望。你是不是总想达到某个目标？你总是把自我的输赢、观点的对错摆在心中挥之不去？

你怎么就不明白大人说话的用心呢？总是以小人之心度君子之腹。我不需要退路，因为我从来没有前进过！我一直在原地，你懂吗？你真是一个很有出息的家伙！

二

是我误会，还是你自己看不清自己在说什么？既然看问题本身，你就直面问题吧！你理解克吗？你能够随时觉察自己吗？你有真境界吗？如果没有，你所讨论的一切、所判断的一切都失去了根本的基础，这是按你自己的标准而要求你的。你要打假，这很好。那么打假的人自己先要知道何为真，对不对？你不要说小学生也能指出大学教授的问题，因为那是小学生的无知。为什么老要关心我是不是比你高？你说要忘掉水平高低的问题，说明你一直在为水平高低的问题所困绕。否则你为什么要强调这一点？

可能（我也要说可能了，一用可能，就万事大吉）你的记忆有问题！你说克氏对什么什么有明确的说法，克氏的原话是什么之类，你用克氏的观点作为你评判他人高低对错的标准，不是很明显的吗？如果真是自己的判断，我们就可以忘掉克，就不用一直在这里强调克，而直接讨论问题的本身。可是你提问题的模式、看问题的立场，都是从克的说法中简单模仿而来的。

三

你最近的发言稍有长进，有一点觉察了。所以我也愿意再交流。

我已经指出过了，你的声明和你的实际表现是两回事，此其一；若你真相信自己的理解只是初步的，你在实际的发言中就应该更谨慎，那些大胆的、没有依据的判断就应少之又少，此其二；依据你自己提出的标准，如果你没有真正的理解和体验到克所说的真理，则你对克所说的东西都只是个人的理解，由此理解不能判断那些程度比你深的人的观点，那么你随便否定、断言某人境界如何就是妄语。关键是要老实，不能因为我有了漂亮的声明，就可以毫无顾忌地宣称此是毒药、此是垃圾云云。

谁都没有限制别人的发言，谁都可以讨论，这是一个不言而喻的事实。那么我说的无法讨论，乃是另有所指，即没有真体验的人想要讨论那个体验且欲图经由此讨论而通达此真体验，此是虚妄的。这正是表明我的见地,而不是一种限制讨论的命令!你应该分清人家说法的旨趣何在。你说不以真理的代表者身份说话,但你实际上在以真理的裁判者的身份在发表大量的言论,请你正视这一点。问题不会因为你绕过去不去面对就不存在!也不会因为你不承认别人结束讨论就不存在。

有真境界的人,自然会呈现出导师的姿态;而此导师是否为真,其境界如何,要如何判断?你依据什么判断?依你的标准是"真人真事真境界",但一个小学生如何知道教授们说的是否为真境界?只有相近的人或程度更高的人才可以判断。你一方面说自己仅是初步的,一方面又站在高于很多被众多人所认可的导师的身份上说话,这如何解释?你如何确信自己有能力去看穿他们?以前有过关于 Meher Baba 是否骗子的讨论,但你无法自圆其说。

你觉得是简单错误,也很可能是你自己头脑简单而无法理解,对不对?关键在于一方面你承认自己水平有限,一方面又敢于对自己不理解、不清楚的人和道理妄加评论。

已经解释过了,你可以宣称 Meher Baba 是骗子,我也可以宣称你是凡夫。这不是一个你须遵守的假定,我也没有权力要求以此为前提。这是我说话的权利和风格,有什么不对?

好,一言为定,你以后不要再依赖克了,记住自己的话。

是不是模仿克,不因为你声明没有就没有,这要看证据与事实。犯罪分子都可说,我并没有犯罪,但法庭只会依证据来定罪。论坛里大量的帖子,有的是证据,慢慢来。

三月三十一日,星期五

致克网的凡夫网友(四)

一

见解的对错,怎么就超出了逻辑证明的范围?那你一天到晚在判断对错有何意义？那个真体验超出了逻辑证明的范围，但见解本就是属于理性层面的，完全可以在理性层面进行分辨。有真体验的人，自然可以一眼看出见解的高低对错。你既然比 Osho 的境界要高，自然可以指出他见解的平庸与错误到底在何处，否则一再宣称 Osho 如何只是阿 Q 式的自我胜利法。我不是要和你争论 Osho，这个问题是我置疑你的境界超过 Osho，Osho 的境界是如何低于你这个只有初级水平的人的？

二

我对 WM 资料不了解。你认为 WM 资料有一个对每一个人都确定的意义吗？你认为可以对 WM 资料下一个对每一个人都适用的普遍判断吗？我认为一件事物的意义，不仅取决于该事物的本身，更取决于认识这件事物的人！你有什么样的境界和眼光，你就能读出相应的意义。意义并不是现成地摆在那里，它需要你去发现去赋予。你登山越高，你看到的风光越美；如果你自身没有足够的高度，你就发现不了那些超越你的程度的事物的意义。所以问题不在于对象，而在于你自身。

三

谎言有两种，一种是无意识的说谎，虽然自己不知道，但他一直在说谎。对于自己不知道或知道不多的事物妄加评判，就是一种无意识的说谎。一种是有意识的说谎，也许事实有编造，但其目的不在于说谎本身，而是借之以说明某种哲理。说话者本来就不关心事实是否正确，他只是在创造性展示他的洞察力。

Osho 有没有说谎，我没有亲自听到，只是道听途说而已。如果他说谎，也有可能是上述第二种情形。所以问题还得转到 Osho 本人的内证境界上来，而如果我们要判断 Osho 的境界，先必须自己有等于或高于 Osho 的境界！

四

不同的人，对 Osho 有完全不同的看法，这都是主观的"直接感知"，每个人把自己的心态、见地、境界投射到 Osho 的身上，对 Osho 的看法不是反映了 Osho 如何，而是反映了看的人如何！为什么要抱着某种一成不变的看法？持某种看法到底为什么？Osho 已经死了，我们要回到自己！Osho 能不能给你营养？如果能就吸收，他就对你有意义；如果是毒药，那么你就离他远点，他对你没有意义。但是，你不能把你自己的主观感知强加于他人！你既无法清楚地系统地论证 Osho 的错误，那么你的个人感觉又如何可以成为放之四海而皆准的宣言？

四月一日，星期六

致克网的凡夫网友（五）

一

你的上述逻辑貌似错误，实际上就是错误。有没有意义，是不是俗套，仍然取决于你的水平！小学生不懂装懂，还沾沾自喜？你自己说的要"真人真事真境界"，怎么现在就成了俗套？事实上你一直用你的俗套制造大量的垃圾！是你先用的俗套，我只不过是用你的标准来判断你而已！不要跟我谈什么命题了，你没有任何命题，只有自己的梦话！不要玩弄你的狡辩水平了，面对真人真事真境界吧！面对你的现实生活吧！

二

错误不存在，错误只存在你的头脑里！理解不了，就虚心学习，不要犯小学生臆测大学教授的错误了！这些原文能说明什么？对所有的证据与细节你清楚吗？这不是道听途说是什么？

你怎么知道 Osho 在想什么？你听不懂其中的哲理，而又不虚心求教，我为什么要告诉你？再说，那是一种直接的体会，是"不能被逻辑所证明的"！让你证明的时候，你就逃避逻辑，这会儿又想起逻辑来了？不要自己打自己的耳光了！

不要打哈哈了，你的智商还不足于找到我的逻辑矛盾！首先，真人真事真境界是你定的标准，你要判断 Osho 的境界，你必须自己有相应的高度。请看你的"棋手比喻"和"小学生与大学教授"的比喻！其次，你认为自己只有初步的水平即小学生的水平，而你认为也能够判断教授的错误，这是荒谬的逻辑。那么作为小学生，你如何判断教授的境界？如何证明？你自己是如此证明的：高段棋手一眼可以看出业余棋手的错误！而我只不过是用你的逻辑，证明我一眼能看出你的错误。那么，一个高段棋手当然有能力从理论上说明自己比低段棋手有更高的洞察力，你为什么不敢面对 Osho 的理论？

又开始你的小人之心了，以为自己抓到什么罪证。你一天到晚留下了多少证据？你在论坛到底是为什么？就是为了争输赢对错？还谈什么要真心交流，不要争论，真是自欺啊！

三

是谁在受欺骗？是语言欺骗了你，还是你自己欺骗了自己？你超出了你的思想吗？先谈谈你是否超出了思想与语言的欺骗？如果你走出了，为什么这么执着于语言？

请先搞清楚谁是放火的官，谁是点灯的人！你放火在先，我点灯在后！不要犯逻辑错误。

那用什么证明？用你的小学生的境界来直接感知？你没有说，但是你又怎么断然宣称 Osho 是正邪的试金石？已经多次告诉你了，你是否宣称如何宣称是一回事，你实际上的行为又是一回事。清醒点，行不？

四

走出你的洞穴吧！外面有美丽的花园。

从你的沉睡中醒来吧，不要总是在梦中自言自语：我赢了月弘儿！

无论是你赢了还是你输了，你都是在梦中，有什么好留恋的呢？

而月弘儿，只是你梦中投射的一个对手，你连他的真影子都没有见过！

你所有的无赖与顽强，不过是你自己与自己的影子搏斗罢了。停止你的自我的幻觉吧，即使你无法醒来，你也可以安静地睡个好觉。不要像现在天天无法安眠！那样我会心疼的，我的原意是为你好，可现在你连觉都睡不好了，让我很自责：我对你的工作毫无成效！如果我那一天"销声匿迹"了，记住：那是为了不惊醒你的睡梦，好让你放松地睡去！这样你可以在梦中自得自我陶醉：我打败了月弘儿！我的失败没有什么，因为我本来就不要来此求自我的胜利与满足的，只要你能睡好，我愿意承担一切！

正视克的教诲，老老实实地用之于现实生活中，不要在口头禅中虚度一生的时光！

五

这里的原文只是一小部分，必须放到整个演讲中去理解。必须了解 Osho 讲话的整体视角与意义。不存在回避。

不是泛逻辑，是你的理解不到位。

你认为 Osho 是一个考据家、历史家？Osho 只是在讲一个历史事实？看来你还真是一个书呆子。你的头脑纯是外在知识逻辑的头脑，怎么还能讨论灵性的问题？如果 Osho 如此简单，你为什么还要担心人们被他欺骗？

我让你系统论证 Osho 的见解错误，不要光凭一点片断的外在行为来判断，可是你一再转移视线，说那是不可证明的。既然不可证明，还怎么谈？你不能总是说："我就是认为 Osho 如何如何"，"完全能从他的外在行为看出来，看不出就是如何如何"，你这是单方结案陈词，夜朗自大，闭户称王，有意义吗？把对方不认可的前提来作为辩难对方的结论，自己制定规则，自己宣判，你还懂不懂一点辩论交流的规矩？这难道是你的"五大招"里的一招？

六

那么到底是 Osho 的语言欺骗了你，还是你自己欺骗了自己？如果关键是你自己被自己的思想欺骗，那么为什么要在乎 Osho 的语言？不用举例，因为你前面已经执着于语言了。

那你还自以为抓住了什么把柄？你讲理，我陪你讲理；你敢无证据的结案陈词，我照样可以！

你说 Osho 没有水平，你先动手；我一直在参与！

你不能证明它，因为那只是你的个人感觉；而你宣称 Osho 为"试金石"，这本身就是一个普遍判断，你认为你的感觉适用于每一个人。如果仅是你的看法，那么没有问题，但你的看法作为一个普遍判断而对所有人宣称的时候，你就必须拿证据来！你不要总是抽象地宣告自己不是真理的独裁者，而在具体行为上则一再体现那个独断的姿态！这么简单的逻辑错误，你看不出来？

七

原来你就看了一本 Osho 的书，就敢如此断然地对 Osho 下判断！我只能佩服你的勇气了。你连 Osho 思想的门都没有入，还怎么评价啊？你觉得说不过去，我觉得很好说过去，那仅是因为你不知道 Osho 说话的方式、角度与目标。

既然 Osho 不是从历史从事实的角度来说话，那就不是出错的问题，而是他有意识地为达到他的目标而说的，其目标不是准确地陈述事实，而是他整体演讲中所要说明的那个道理。

八

首先，你根本没有看过 Osho 的书，你对 Osho 的了解就无从谈起，纯属你的个人印象与臆测之词。Osho 讲的有没有深意，千千万万个读者可以有自己的感觉与判断，而只读过一本书的你，得到的这一点印象，纯属个人观感与猜测。世界上那么多比较宗教学的教授，你随便举一个例，能像 Osho 那样每十天就能讲一本书，而且一天只要两小时？Osho 的千万个信徒都是被 Osho 的"悖论"所迷惑？什么是 Osho 的"悖论"？你是否可以用这个"悖论"来迷惑一下我？

Osho 的传记我看过两本，Osho 身边的人写的和学者写的都有，到现在为止外界对于 Osho 有各种说法，而 Osho 的门徒对有关的责难都有详细的答辩。Osho本人没有直接犯罪的记录。从争论纷纭的一些资料，况且你了解的确实极有限，你的这个判断仍属个人臆测，丝毫不能成为公论。

Osho谈克，也不是一两次了，他喜欢拿克来作为说话的由头，也没有什么不对。至于故事讲得合不合事实，由于Osho不是从考据、历史的角度说话，这根本就不是重点。这就牵涉到对Osho的演讲的思想、性质、风格等的整体把握，岂能以一叶而障森林？

九

那不过是你的简单化理解，请再看我关于WM资料的那段，你没有读懂。你的思维是外在对象型的，认为有一个确定的认识对象，或对或错，并由此可以检验一个人的水平。这种认识论模式早就过时了，尤其是对于灵性资料的解读，绝对要关联于那个解读者的境界。不是由某个认识对象来决定一个人的水平，而是由一个人的水平来决定他对那个对象的认识。建议你先补补现代哲学的常识，再来谈。说你小学生，是不会冤枉你的。

理解不到位。我是说如何评价WM资料及评价的客观程度，取决于评价者所达到的客观意识的程度。一个只有主观意识的人，只能有主观的评价。那个意义是"现象学"式的，不是唯物论式的，意义是一种"意向性"的生成，不是由对象简单决定；而那个对象本身也是意向性的，是意识的对象，不是独立于意识之外的纯外在对象。我不愿作老师，你自己多自学吧。

四月二日，星期日

致克网的凡夫网友（六）

读一本书能产生一个大体的印象，但要对Osho的整个思想与人品作判断，则证据不足。如果你习惯于以偏概全，在没有充分证据的前提下大胆推测，发而为绝对的宣言，那么我以后就可以从你的只言片语中推断你的整个人品与水平。

Osho 的听众不是一般的听众，建议你先了解一下他的听众都有什么人，不要又睁眼说瞎话。你有没有随便糊弄一下几千个听众的本事？我只知道那些学者教授们上课前要准备讲义，按照事先定好的内容来讲，而 Osho 完全是自发地不作准备地随机而说。我到小学去讲，按照小学生的接受程度，我无法 10 天就讲出一本来！每天都要有新内容，每本都要有新内容，你能讲出来吗？恐怕讲三年都只能讲同样的一本！

这是 Osho 对克的看法，有理有据，比你对 Osho 的批判强多了。暂不详谈。

这是从自觉与觉他两个不同的方面来评价，有的人自觉了，但觉他的能力不够。这种视角完全符合佛法，不管结论对不对，他有权这样评价。

这句话的深意你又不懂了，克说过类似的话，克说通过冥想无法了解真相，又说，如果你的心不能安静，你就无法去探索真理。（不要让我引用原话，否则，请你先引用 Osho 的原话）

这是你的投射心理式的理解。前一句，讲真谛，Osho 的话只是一个引导而不是真理本身；后一句，说明现实，Osho 的话对人仍有其作用。克同样如此，一方面说讨论没有用，一方面又一直与人讨论。

这就看出你的认识能力来了，打这么多字，辛苦了。为尊重你的劳动，看，我打的字也不少！

克有没有用这个手法？克说任何方法都无法达到真理，显示他达到了。然后开始讲他的独门绝技：觉察。克说任何观念、语言都不能到达，然后开始他的语言与观念。这种悖论，在任何一本佛经里到处都是。

看来，你还停留在形式逻辑的阶段，那是一种思维的一致性要求；而真实存在并不符合形式逻辑，连马哲都知道讲辩证，你怎么如此糊涂？真实的事物全部通过或隐或显的缘起联系而连结在一起！

Osho讲的这些悖论只是表面的形式，内在的深意仅仅是为了欺骗？这又超过了你的了解程度，你总是把自己不知道的东西定为错误。

请你不要再说我回避，那是你的单方陈词。1，我对克的生平不熟悉，而所提供的材料让我不敢像你那样轻易的判断。2，我已经从更全面、更整体的视角来看待这个问题，这不是回避，而是看问题的高度。3，退一万步说，Osho在说克时有事实的错误，那也不能仅由此证明Osho是"试金石"！Osho为何说谎？他的动机是什么？这难道不是应该考察的问题？而要考察这个问题，你不需要全面了解Osho这个人？

我知道你现在的处境比较麻烦，你迫切需要找到一个打败月弘儿的突破口，但你不要单方面自我感觉良好。是的，看的人很多，他们会有自己的判断，所以你最好表现得有点水平，不要被人家一眼看穿，至少要能糊弄几个人吧。

四月三日，星期一

致克网的凡夫网友（七）

在对Osho没有充分了解的前提下，你说的都是感觉、猜测、个人主观判断，没有一样有确切的理论或事实依据，而且你回避进行精确的、系统的批评。如你所谓的"悖论"实际上克也在用，佛经、道经无不在用，Osho用就成了手法，克用呢？这不能说明任何问题。无数的线索归结到一点：你对Osho的看法纯属凡夫据于其个人经验与水平所作的主观判断与猜测，而此判断能否成立及能有多大的可靠性，均取决于凡夫本人的水平。但凡夫又不敢承认自己是"阿瓦塔"，是觉者，而自认是一个仅有初级水平的凡夫，只不过因为Osho的水平比凡夫更低，凡夫一眼可以看出来而已。这样，我们也没有必要再讨论下去了，凡是相信凡夫个人境界比Osho高的人，就去听凡夫的，把Osho

作为试金石也可以。依据你的游戏规则，由于我一眼便能看出你的水平在我之下，所以你的任何判断结论对我毫无意义。凡是相信我的水平高于凡夫的，便可把凡夫的结论置之一边。你把自己的主观判断偷换成客观事实并作为普遍的宣言，这个虚妄的思维过程便一目了然了。这是终审判决，此案了结。

四月四日，星期二

致克网的凡夫网友（八）

  我想要结束了，与你交流显得很无聊。你的逻辑很纷乱，加上许多不相关的论证，顺着你的路子下去，正常人也要变疯了。为了尊重你，现再简答一下。

  经典中有一部分是通过灵媒传出来的，比如道教里有很多丹经都是吕祖通过某个人传下来，东派西派的祖师都是这样得法的。虽然吕祖已经不是一个现实的人，但传的法，东派西派的祖师则都是真的。

  经典有其自身的作用，这还扯不到要不要人来传法或人来翻译经典的问题，那纯是你的"额外联想"。如 WM 资料传出来以后，自有相应的人去实践，去弘扬，这就已经变成现实的东西了。我们谈的只是资料的来源问题，而不是资料要不要人去实施的问题。当佛陀不在了，当克不在，那么他们的资料也就成了没有真人存在的境况了。而我们能说这个资料就没有用吗？依法不依人，就是说明要根据法本身来判断，而不要局限于它的来源。

  一种灵性资料有没有意义，取决于这套资料本身有没有灵性价值，取决于阅读的人有没有能力去汲取其中的养分。而不能仅仅由其来源方式来断定它的价值。

  你的思维太僵化，钻牛角尖，没有办法。我也不再"好为人师"了，今天与你说些平实的话，作为我们的告别之辞。

凡夫这个人确实也不算坏，但……

算了吧。你可以说你赢了，因为我失败了，我没有能力帮助你。让他们再陪你玩吧。祝你玩得开心！

而我，也要回到我的地方去了。

小　结

这些天用"月弘儿"之名，再与克网的"凡夫"回贴，指出他的问题和局限，他还是那个老样子。这几天在克坛上发言较多，对于我自己主要是训练一种"清醒地游戏"的能力，能够自由自在地游戏其中，而不被其所打扰。一切的讨论、辩论都无法打扰我们内在的觉性，随时随地都要保持清醒的状态，不能认同与执着，更不能失去觉知，与人争强好胜，计较是非人我。对于论坛上的朋友，则我的发言主要是出于分享与利益他人的愿心，也想和一些真有见地的朋友多交流。任何时候，都不要在论坛上表演自我，执着自我。当能够做到在论坛上出入自在，不随境转时，也就可以随时停下来，结束网上的游戏了。

论坛上对话与论战者的水平，主要取决于以下几方面：境界的高低、理论水平、辩论技巧与表达能力。此贴之后，与凡夫的论辩基本上告一段落，我也就准备随时终止这几天的游戏。上次"犹龙"没有耐心与凡夫对话，这次"月弘儿"是以机智、顽强而非常有力的形象，充分把他虚妄无知的真面目揭开了。凡夫这个人本身倒不坏，主要就是见识有问题，缺乏实修经验与境界，偏执太重，我不想再和他继续下去了。虽然在克坛担任了版主之一，我也不想太投入，从今天起淡出江湖。网上的对话交流，对我来说意义不大，如果又不能对他人有帮助，就没有必要多参与了。

四月五日，星期三

复某网友

克说的"能观即所观"，"思想者即思想"，这里的能观者、思想者，是在自我层面的那个"虚构的主体"，是"我执主体"，而此主体并非独立的存在，就是思想与分别念本身。若用这个我执主体去控制思想，就是"贼喊捉贼"。看清这一点，思想与思想者同时消解，剩下的东西一丝不挂，亦不再有主客二元之分，此时已不能再作名言安立。有时为方便故，勉强说为"能觉"、"觉性"，而实无能所对立。有时禅师让你参那个"能思想者是谁"，此处的"能"不同于克所说的"思想者"。一是我执主体，一是绝待觉性，两者分辨清楚，即无惑矣！不知能否解你之惑，我也只能说到这个程度了。

四月十七日，星期一

《探寻生命的奥秘：禅与道的现代诠释》终于出版了！拿到样书，再翻读其中的断简残篇，我自己对这本书很喜欢，可以说这是我出版的书中最有价值的一本书。17 年来的思想与体验的结晶，里面所蕴含的信息之真切、之丰富，可以说为一般书籍所罕见！一册在手，可以得以管窥中西哲学与宗教的精华，可以领悟宇宙人生真理的核心，其文笔之优美，情感之动人，哲理之透彻，禅悟之境界……无不令人深思警醒，回味无穷！一般的书都是创作出来的，而此书则是自然流露的，是我十多年的人生体验与智慧的结晶，这不是一般的学者所能创造出来的。这本书的价值是不言而喻的，但我并不关心一般人的评价。如果你清楚地知道一件事情的真相，那么你就不会从他人的评价中去收集对此事的看法。每个人的评价正好体现出评价者自身的素质，体现出读者与此书的关系的真相，而不是此书本来意义的真相。我知道，这本书会成为许多读者的收藏品，会成为他们的良师益友；同时，也会有一些人对此书加以攻击，乃至对作者本人加以种种贬损，这都无关紧要。这些都不能影响到我，我只是很享受这一分享的过程，我无意通过这本书去扩展自己的自我。这本书的出版几经挫折，备费心力，但这也是整体的恰当的安排，它使此书得以在最合适的时候、以最完善的形式最终出版，我对此同样感到庆祝与欣喜。

四月二十日，星期四

人生中每个阶段有不同的导向与生活方式，在适当的时候与社会上各阶层的人士建立广泛的联系是必要的，这一方面是开展利他事业的需要，同时也是在多样化的现实生活中考验和锻炼自己的禅境的需要。《探寻生命的奥秘》一书的出版是一个新的契机，这将会使我与更多的人建立精神上的关联，也为我做利他的事业提供了新的舞台。除了继续深入实修和研读传统经典与大师教法以外，我们要特别注意在丰富多彩的日常生活中实践禅观，锻炼对境心无染的大智慧和无执的大悲心，以自己的解脱境界做利益社会人群的事业，在利他的社会生活中进一步考验和提升自己的大智慧。心中装着众生，胸怀利益社会人群的宏愿，就可以超越小我的各种分别与计较，一切行为均是为了利益众生而不参杂个人的私心杂念，这样才能与解脱道相应。

四月二十二日，星期六

虽然我不再保持沉默，不再斩断外缘而一心专修，但是任何时候自己的静修都是根本的大事，悟道读书永远是我生活的中心和主旋律！只有自身具有真修实证的体验和不随境转的禅境，才能谈得上与他人分享。要分享，你必须具有能够与人分享的东西，这是一种自然的流露，如同花开了就自然地散发着芳香，而不是一种造作，一种勉强费力的行动。在分享的时候，你同时保持着清醒的觉知，除了利他的动机以外，别无所求。你并不想从他人的赞美中培养自我，你也不会因为他人的贬损而觉得受伤。所以，虽然今天建立了博客，但我也不会因此而影响自己的禅修，不会额外地花费太多的时间在上面，不会把这种分享变成一种义务或一种负担。只是在自己有所感悟的时候，才自然地写下一些日记，和同道们分享并交流。我本身对此没有任何期望与依赖，这只是我悟道读书之余一种自然的流露而已。我不期望众人的喝彩，也不因为他人的嘲讽议论而受打扰。一个人只要清楚地知道自己的位置，就不可能再因为他人的褒贬而产生认同与执着。此时此地的觉悟与庆祝，永远是我生命的核心。

四月三十日，星期日

我是天边的一朵浮云，偶尔投影在你的心湖；
我是远处的一座高山，化作你心中的一道风景；
我是山间的一缕清风，传送着来自灵界的清凉。
山风轻拂，白云常空，无事的禅人在虚空里漫步。
如同鸟儿在天空中飞翔，找不到一丝踪迹。

五月一日，星期一

一有时间就要静心，抛开头脑去存在，让一切印象都平衡归零，只是存在而没有任何心灵的挂碍，这无边的空性就是极乐的家园。

今晨的静坐很好，静坐的状态是身心统一的，能否入定不仅与头脑的念头有关，也与身体的能量气脉有关。精气神充足了，就有一种内在的能量把身体支撑起来，也有力量觉知到妄想之流而呈现本来的性体。所以，修道与能量有很大的关联，而要保存能量，不外乎是

"开源节流",一方面宁静开放的心态,保持整体觉知的功能态,就可以融入整体,与整体相沟通,获得整体的加持;另一方面,没有心理上的烦恼妄想,没有身体上的欲望渗漏,尤其是要尽量减少性能量的消耗,就可以身心不漏。由此看来,能量与修行状态之间是相互影响的,要进入高能量状态,就离不开修道功夫;而要进入修道的高境界,又离不开高能量状态的支撑。戒定慧之间,精气神之间,都存在这样相互影响、互为增上的关系,而最核心的部分,还是破除有限我的执着,进入无限本性的海洋,在这个觉醒的状态中,自然可以获得无限能量的加持,自然可以激发无限智慧。修行就在此时此地,完全地清醒,完全地有意识,觉知本性的存在和存在的本性,融入整体法界。

五月四日,星期四

五一长假,我基本上是在家带孩子。上午带孩子到小区北边的露天广场上,孩子自己在玩,我则坐在长椅上静心。这个广场是小区最北边的圆形塔状的舞场,周围有水花、有假山和人造花园,往北的视野很开阔,因为没有楼房,只有旷野和树林。这是本小区中我最喜欢的户外场地之一,另外就是南边的广场,环境也不错。在这样的时刻,我可以放下工作上的操心,放下生活中的琐事,一无牵挂地这样坐着,仅仅是看着孩子和自己。对我来说,我不需要外在的什么来享受,不需要从某种特定的工作或成果中寻找生命存在的意义,就在这平凡而无牵挂的时刻,这纯粹地只是存在而不是为了什么目标而存在的时刻,我就可以无限地享受和庆祝,可以获得生命的圆满的意义。让一切云发生,让一切法法住法位,没有可以去判断、去分别的人,在这本性的宁静与光华中,没有问题,不求解脱,存在的一切当下圆满。并不是只有在静坐的时候才是修行,一天之中能用于静坐的时间有多少呢?即使你一天坐四小时,也还有二十小时你不在静坐,静坐的时间也只占了全部时间的六分之一!真正的修行是在生活的每一个瞬间,任何事情都可以是静心的桥梁，任何处境都可以用作清醒自己的工具。无论你做什么，无论你在哪里，都要全然地警觉，不随境转，随时随地记得自己本性的海洋。

五月五日，星期五

今天把昨天刚写的日记发到博客上去了。这段时间还一直是把以前的修道日记发表，今天是第一次把刚写的东西拿去发表了。我在想，等我把以前的日记都发表完了以后，我是否要借开博客的因缘，每天"创作"一段随笔法语，可以按照某个主题进行系统的写作，以后可以结集出版？这不同于以前写的日记，日记是有感而发，纯是为自己而写，写自己心里面想说的话，而"创作"则不同，它已经有读者在他心中，是为了写给读者看的，也是为了利益他人而从事的有意识的创作。也许不必过于拘谨，一切随缘吧！如果有这个兴趣，不妨试试，但不要勉强。不能无病呻吟，无话找话，那样就没有效果了。或许现在还不是时候，还是以自己用功办道为主。不要把分享变成负担，分享意味着你自己真有东西要和人分享，如果没有东西，还分享什么呢？

五月十六日，星期二

克网发贴：克氏综合症患者"五大招法"揭秘

一、"克氏定式"。对克氏的言论作字面的、固化的理解，以之为确定的前提或结论，不能理解克氏说话的语境而完全忽略且不能体会克氏的内证境界。比如克氏否定"体系"，这个"否定"意味着什么？这个"体系"又意味着什么？仅仅是反对传统体系吗？这种简单的反对违背了"无选择地觉察"，是一种新的判断与执着。须知体系本是性空的，它可以是无体系的体系，否定的只是对体系的固定化的执着，而不是体系的本身。而体系本身也可能是开放的，本身也是"反体系"的。佛教如有体系，本身即是反固化体系的。而克本身也可说是一种无体系的体系。

二、"知识竞赛"。作出一副克氏专家的样子，似乎精通克氏的原文及相关的知识，但一旦涉及更广泛的灵性知识的话题，便从"理论秀"安全着陆到"经验秀"的地带，提出"不要比知识"，而转入第三招。

三、"经验主义"。提出以真人真事真境界为判断的标准，把理性的讨论引入经验、实际生活的话题。本来论坛只能和只是在理性层面上作见地的检讨，内修体验自然通过文字体现出来，但患者一旦用这一招，便把所有的理论问题化为乌有，于是提出："我们只要观察实际生活"。然而一旦真进入实际修证的检讨，由于患者本无实际的修证经验，只是口头禅，便又露出了狐狸尾巴。于是提出："我们不需要假设一个人到底有没有实修的体验，只讨论具体问题。"这时便转入第四招。

四、"具体问题"。把所有与实修境界有关的智慧语、玄妙语打入冷宫，把对患者本人的境界的置疑巧妙地转移视线，提出："这些我不懂，都是泛泛而谈。或者你们有情绪，不能正常地讨论。我只能讨论具体问题。"那些玄言妙语只是垃圾和毒药而已，能解决具体问题吗？从"经验主义"安全转入"问题主义"。

五、"不要争论"。如果在具体问题上真有人认真讨论，深入下去发现自己又无法应对，这时便又话锋一转："我希望我们不要争论，不要一个问题死抓不放，争个输赢。"虽然患者本人一直在争论不已，但这样一来患者的姿态一下子高了起来，"看，我只是在提出问题，讨论问题，并没有什么结论。虽然我说了很多独断的结论，都不算数。你们为什么要抓住不放呢？"

此五大招法的精髓在于，不断地变化立场，不停的转移标准，不断地修补漏洞，制造冒似有理的假象，自娱娱人的同时自欺欺人。

五月十九日，星期五

克网发贴：克氏综合症患者心态略析

一、井中观天。视野狭窄，把自己看到的一点点当作是全部的天空。

二、纸上谈兵。高谈阔论，而没有真实的觉察与实修的体验。

三、梦中树敌。在自己的想象中制造一大堆的垃圾毒药而极力反对之。

四、驼鸟心态。忽略自己的种种矛盾与问题，视而不见，这样以为别人也同样看不见。

五、阿Q精神。某人"暴跳如雷，逃之夭夭"了，自己发表宣言，制订法则，自己宣判。

六、漂亮声明。我只是在讨论，没有下结论。

七、狂妄断言。Meher Baba 是骗子，某某是垃圾大师，Osho 是试金石，如是之类。等等，恐文繁，不详举。

五月二十日，星期六

当下的圆满

禅就是当下的圆满，什么也不缺，哪里也不去，不需要任何改变与对治，只是全然地觉醒在此时此地。无论在什么状态，都不妨碍那个纯粹的觉性，即使你不记得，你就觉知你的不记得；即使有妄想，你就觉知你的妄想。那个"真正的你"无法被丢失，他一直都在，他是无始无终的。禅不是某种你能获得的成就，禅不是某种你要去寻求的境界，只要是通过费力而得到的某种体验，它就会随着你不用功而消失。禅是那个永恒的觉知，完完全全的平常的境界。禅不是追求某种特别的心灵境界，而是无论在什么样的状态下都存在的觉知。所以禅不在别的地方，它永远在当下，它已经圆满具足。禅不是在爬修道境界的楼梯，你不是一步一步地追寻更高的修行阶位，而是根本从楼梯上超越，发现根本就没有楼梯可爬，或者说无论你在楼梯的哪一级，禅都在哪儿，一切都圆满。任何时候，任何地方，禅的芳香都伴随着你，禅就是你自己。禅不可能不在，但你可能会遗忘，所以只需要记起它，一觉即是，别无玄妙。

五月二十一日，星期日

修法还是要一门深入，虽然在法理上可以贯通诸家，得其统一的归趣，但作为实修的法门，一定要专一用功。这个专一，是入定的妙门，如果方法本身都不专一，就会形成散乱的助缘。专一，首先是指在坐上修法要统一，不能在静坐时"开研讨会"或"作不同法门的实验"，法理的研讨是在平时的生活、读书时参究，法门的实验是通过一段时间专修某一法门来实现，而静坐时必须选择一种确定的修法。其次，专一指的是在通过不同的修法的比较之后，选择自己最相应的法门而长期专修之，直到证得此修法所可达到的最高证量为止。

如果在坐上用参究、观想、禅的顿显、道的无为等种种方法，虽然这些方法的终极境界是一，但作为道上的行人，由于没有坚固的定力，在坐上还是会杂念妄想不断，而法门不专一就会形成散乱的增上缘，而无法对治妄想。虽然在理上了知本无妄想可得，妄想本空，但若没有悟道境界的相续，不能随时随地保持观照，则依然容易流于凡夫的境界。

这两天读《来果禅师语录》，里面提到参禅人"先立三行，至死不移"，谓"（一）住此一处，处要常住；（二）持此一法，法要常住；（三）专此一心，心要常住。"来果禅师的话使我再次认识到专修一法的重要性，反省自己这几年的修行，虽常有境界现前，也常法喜充满，但总未功夫成片，不能大成。

因此我决定从今天起，依然专修法界大定，在修法上不再游移不定，而在法理上则以禅心为宗，照万法为镜，圆通无碍。

五月三十一日，星期三

今天读从网上下载的"Wingmakers资料"。以前曾读过一点，但一直没有认真地加以研读。我对其价值最大的怀疑是，这套资料不是一个修道的系统，里面没有修道的方法论，而只是一种对宇宙奥秘的宏大叙事，是一套诠释的系统。这是一份非常独特的资料，它不同于历史上各大宗教的传统，它不是从一个已经通过修道而证道的师父那里传授而来的教化体系，它据称是从宇宙中一个更高的生命存在所保存的高级知识中经过某个已经具体化为地球人的高级生命的转译而形成的一套灵性资料体系，因而有着神话般的传奇色彩，它像是一个宇宙的"科幻－灵性"的谜人故事。它的庞大的体系，全新的表述，恢宏的气度，神奇的色彩，委实令人震惊。对于其真实的意义，我们先不去确定；先要确定的是，这套资料对于我们个人的意识状态将会产生什么样的实际的影响？它将如何帮助我们获得一种崭新的洞见，而对所有的宗教传统知识加以整合？我想如果有时间可以对这份资料适度地加以研究，看看到底能不能取得一些有益的进展。我确信的是，最少这套资料可以作为一种精深的哲学系统，可以为整个宇宙、生命的意义作出一种完整的解释。虽然这套资料里面没有实际的修持方法，但以一种微妙的方式，接受它传达的信息将会导致意识状态和精神世界产生某些相应的改变。

现在网络上经常传出一些高灵的信息资料，像"迈可资料"、"一的法则"、"提升灵性学堂"、"与神对话"等等，这些资料可以在宽泛的意义上作为"灵性资料"，以打开人们的思想视域，获得灵性世界观,但要真正实现生命境界的转化,还必须扎根于传统的修道体系,遵循那些人类中已经证道的师父的教导。这些通灵的资料,既可能是宇宙中高级生命的信息的传达,也可能是某些人的梦幻想象,所以它不像那些已经证道的师父所传达的灵修体系那样真实可靠。所以,以Winmakers资料为代表的这些通灵资料还无法像Osho、Meher Baba、Gurdjieff等大师的体系那样,对我产生真正的影响。

六月九日,星期五

今天顺利通过路考,只等拿驾驶证了。从三月十一日报名,到今天通过路考,整个学车过程彻底结束了。

以后正式上路驾驶时,要注意观察路况,遇有情况要能随时准备减速或停车,在意识上先要有预见性,右脚要善于及时放到刹车上,随时把车速降到恰当的安全速度范围,才能确保安全。

在驾驶过程中,要严格遵守交规,注意保持车距,根据路况选择合适的速度和档位,该快要能快(加速加档),该慢要能慢(减速减档),与整个车流保持同样的节奏,不宜速度过快或过慢。要提前预见速度的变化,尽可能采用变档和油门控制速度,而制动则是在必要时为保障安全而用于紧急降速或停车。

要保持清醒的头脑,按照驾驶程序和操作规范安全驾驶。要把眼睛和主要的注意力始终放在观察路况上,驾驶操作的技能应该熟练,不需要用眼睛看。应该是通过观察路况,来决定驾驶的速度和方向;根据车的实际方向的信息反馈来操作方向盘,根据实际车速的信息反馈来决定加速或减速。这样最终做到让车始终按照路况所要求的速度和方向行驶。

学车结束了,也算是今年上半年完成的一件大事。

七月二日，星期日

初驾车的日记

今天下午去练车，本想在小区周边转一圈就回来，结果因为上了通顺路的主路无法掉头，竟然绕了一大圈才回来。这是我第一次单独上路实驾，心中还是有点紧张，有种提心吊胆的感觉。因为车还没有办保险和牌照手续，一旦出现一点差错，后果都不堪设想！由此也看出驾校应试教育的弊端，只能在教练场通过各种障碍，而没有一点上路的实驾经验。

通过今天的实驾经验，我的心态适应了许多。在路上驾驶，最重要的就是要心态稳定，保持充分的警觉和安全意识，只要能充分发挥平时训练的水平，上路其实问题不大。主要就是善于观察前后左右的路况，准确判断路上车流的速度、方向等信息，由此确定驾驶时的适当的速度与方向。要有清醒的驾驶思路，意识判断精确到位，驾驶的目标明确以后，就要果断地采取相应的措施，准确地进行驾驶操作，不能犹疑不决。

行车时，要选择适当的车道，保持同车流的速度相协调的车速最安全，但要同前车保持足够的安全车距。变更车道时，一定要观察和判断所要去的车道有无来车及其速度，确定安全后打转向灯并线。如果前方要左转弯，就要提前并入内侧左转向车道；向右转弯时，要提前转入外侧右转车道。转弯时以观察指示标志，确认可以左转时才能左转。进入路口50米提前减速，密切注意各方车流，安全通过。打方向盘一定要稳和准，在快速行驶时，不允许方向上有一点偏差。大角度转弯时，要早打慢打，少打少回，急转弯时要迟打快打，多打多回，回轮要与打轮相应，在车子快要达到目标位置时快速回轮，使车位一摆正方向也回正。

遇有紧急情况，要果断地减速停车，不能强行通过。任何时候都要以安全为第一目标，在安全得不到保障时，宁愿违犯交规，也要保持人车安全。要注意在采取紧急措施时，应避免二次出险，就是不要因为回避第一次的险情采取措施时导致二次险情。例如不能因为避让 A 车就急打轮撞上 B 车，要照顾到四个轮子让它们都在安全范围内；不能高速时紧急刹车而使车失控。当然，所有这些都要建立在熟练掌握基本的驾驶技能、交通法规的基础上，还要保持人车状况良好。

七月五日，星期三

第二次实驾的日记

今天是正式上路驾驶的第二天，驾车从三环到木樨园，再经二环到三利商场，然后从商场经京顺路回馨港。这一大圈基本上涵盖了北京城区的路况信息，只是还没有上高返公路。今天的驾驶经验总结如下：

一、注意基本的操作规范。首先调节驾驶座的位置，检查左右后视镜，系好安全带。点火时检查各警告信号灯，确保一切系统正常运转。其次，要注意起步平稳不熄火，慢放离合轻踏油门，在道路上行驶时为了快速启动，可适当加大点油门。停车时，先制动减速，不允许在高速时踏着离合制动，须等到即将停车时踏下离合器平稳停车。行驶中停车时要注意防止滑车，如不能确保不滑车，最好拉紧手刹。一旦拉上手刹，就必须同时记得起步时放下手刹，而且要放到位。绝不允许不放手刹行驶。长时间停车必须拉紧手刹。

二、加档前先加速，减档前先减速。根据路况的要求，随时变换行车速度，也就要随时进行加减档的操作，不能偷懒。不允许低速时高档或高速时低档，也不允许高速时直接换入低档或低速时直接换入高档。在路口、转弯或车流速度很慢时，换低档行驶。在路况复杂，行人自行车多时，必须减速慢行，随时准备制动或停车。

三、建立严格的"车道行驶"的概念，即驾车必须选择好自己的行车道，然后稳定在自己的车道中行驶，注意保持跟车的距离。任何时候都不允许在不同的车道之间摇晃不定，骑线行驶。如果本车道有障碍，比如有行人或非机动车，必须慢速行驶，如不能通过则及时停车。不能为了避让行人而任意地、未经准备地突然向相邻车道转向，以免出现与相邻车道的来车相碰撞。确实需要变换车道或超车时，必须先打转向灯提醒后车，然后观察相邻车道的路况，在确认安全的情况下果断地转入新车道。如果你正常行驶在自己的车道上，他车强行并线或超车，那就是他的责任。所以，要始终在自己的车道上稳定的行驶，这样最安全。跟车时，速度要合理，不要过快或过慢，要与整个车流相协调。

七月十二日，星期三

经过一个星期的驾驶实践，今天终于又回到我宁静的书桌上来了。我要重新开始正常的悟道与学习生活。

昨天中国商业经济学会一位同志来找我，商谈办心灵提升方面的培训课程之事，他们可以负责课程的策划、招生、场地等工作，由我来设计课程和讲授。将所学奉献给社会，为社会人士的心灵成长提供服务，这是我很乐意的工作。我也不想做纯书斋中的学者，而要力求进入社会的舞台。出版《探寻生命的奥秘》一书，就是一个沟通社会上广大读者的一个机缘。不过，我现在还没有准备好做这个工作，一是自身的修为还不够，二是现在的社会环境也不够开放，另外孩子还小，外出活动有所不便。在将来合适的时候，我可以"出山"，面对广大的社会人士，传授自己的修道心得。这个工作需要设计一套系统的课程，有理论有方法，能具体操作，为此需要考察、参考现在已经流行并取得成功的一些培训课程。这也算今后开展此类工作的一个机缘吧。

最重要的是自己有没有真才实学，有没有真正地悟道，如果真有智慧，就不愁没有用武之地。真正地静下来，好好地用功办道，成就自己才能成就众生！

八月九日，星期三

今年花在学车、买车和开车上的时间较多，加上带孩子和上网，我用来读书和专门修行的时间受到了一定的影响。这是一段新的生活体验，但我还是要回归宁静的悟道读书的生活。

我的大愿是自己修道成就，学问成就，完成弘法利生的事业，对于工作中的职称、课题等名利只是随缘，不取不舍。要永远把修道弘道当成自己的人生根本大事，一切世俗的利益都只能是副产品自然地实现，如果遇到挫折也毫不挂怀，在内心的深处永远都要保持超然的态度。

现在学术界也和社会上一样，各色人等纷纷把才智用于谋取自己的私利上，利用自己的地位夺取学术资源，沽名钓誉。很多所谓的"重大课题"都只是捞钱的手段，其成果可能完全是一堆垃圾。在社科基金等各级课题的评审和各级作品的评奖中，非学术的因素、人情关系的因素占有很大的比重。有的人占有了大量的资源，同时有好多个课题，根本无法保证质量。

我这几年在课题申请上一直不顺利，我一直不搞关系不走后门。但这也很好，我可以更自由地安排自己的时间，更轻松地按照自己的意愿去生活。尽量把研究的课题和自己的研究兴趣统一起来，既解决经济问题，也迫使自己从事理论研究与创作。我的大方向是佛道教思想的系统整理与现代诠释，先做一个道教的课题，然后转到佛教上来。

九月八日,星期五

大智慧的成就

九月份开始重返潜心悟道读书的生活。我生活的中心和主旋律,就是深入传统,融会现代,将所有的学问融入生命,达成生命的自觉;展现生命的境界成为伟大的学问,著书立说,演讲弘道,实现觉他的使命。其余的一切,都是随缘的游戏,不取不舍,无牵无挂。简单平淡的生活,对我而言就足够了,所以物质上有基本的生活保障就行了。

悟道是大智慧的成就,是顿悟诸法实相,不生不灭,不增不减,不垢不净。本来解脱无造作,现成解脱无对治,平等解脱无分别,全体解脱无对待。无时间相,当下即是;无空间相,当体圆成。此时此地,一切具足。因上不立"见",道上不立"修",果上不立"得"。超越一切对待之法,超越一切二元对立,一切都是,一切都好。无阶梯,无层级,不是要从低处爬到高处,不是要从缺憾修成圆满,不是从染污转变成清净,不是从 A 状态转化成 B 状态,而是本自清净,本自圆满,净不净无二,定与乱无二,全体皆是大圆满,一觉即是本初佛。禅不是功夫,有功夫即有无功夫的时候,禅是本具的光明,正觉的平常心,不是功夫的成就。禅不是境界,有境界就有境界失落的时候,禅在一切境界与觉受中显现,禅就是一切境界的根源处,禅是对一切境界的觉知与超越。禅是存在,不是成为;禅是本具,不是期待。禅就是生命的实相,本具的觉性,明觉的天空,无为的家园。

九月十二日,星期二

我的人生方向已经确立,就是修道问学,自觉觉他,一方面发大菩提心,证入智慧解脱,将所有的学问融入生命的觉醒和觉醒的生命;

一方面深入传统，融会时代新知，对佛道经典进行现代诠释，讲学弘法，利益社会，普度众生。这是我人生的大道，任何时候都要坚定不移地走自己的路，实现自己人生的使命。在这一前提下，对于牵涉到个人待遇的职称、住房、课题等世间事务，总的原则是不取不舍，"但重因位之耕耘，不计果上之成败"。一方面是不执着，心不为所动，对于结果如何毫不挂怀；一方面是尽量按照世间的规则办事，在因上做积极的努力，而不是消极等待。

九月二十二日，星期五

前一段时间因为要开车，生活不规律，影响了每天的定时静坐。从九月份开始基本上恢复了每天的静坐。在没有完全觉醒之前，还不能够做到随时随地保持觉悟，这时每天抽时间进行专门的修持就非常必要！在静坐时完全融入内在的中心，让清净无为的觉性自然呈现，彻底抛开头脑的分别妄想，在那个根本的空觉不二的定境中定下来，相续越久越好。心净即国土净，我们内在就有那个极乐的净土。只是生活中的执着烦恼污染了它，我们生活在自我的幻梦中，生活在喋喋不休的胡思乱想之中，因而遮蔽了本性的光明。觉悟一切妄想本自无生，本自性空，觅之了不可得，而我们天真的本性一直就在，从未失落，只需要我们去觉知，去呈现。今天静坐中，心如无云的虚空，本性清净的状态持续了一段时间，如同沐浴清凉的微风一般，躁动与不安消失了，心灵于是洋溢着丰盈与妙乐，体验到一种无边的安祥之美！有了这种体验，尘世的种种牵挂就自然脱落，声色名利皆无足道矣，心灵自得于其内在本具的光明宝藏中！

九月二十五日，星期一

最近一些朋友来访，他们都是因为读了我的《探寻生命的奥秘》

而与我联系的。除了收到许多电子信件外，有一些读者是亲自登门拜访的。现在社会上灵性成长逐渐成为一种普遍的需求，应该研究现代人的心理特点，创编一套适合现代人修行的理论和功法体系，作为演讲、培训的教材；同时总结弘法事业成败的规律，广泛团结社会上各界人士，采取有效的灵性事业开展的模式。面对广阔的市场，我们只怕自己没有足够的高度和能力，不怕没有众生可度，不怕没有弘法事业可做！所以，为度众生，为利社会，自己必须精进修道，在学问和修持上都取得足够的证量，这样才能适应社会的需要，做一番大事业。眼光要放大，不要看重那些课题之类的小事情上，要放眼整个中国、整个世界，做大学问、大事业！

九月三十日，星期六

今年花在学车、开车上的时间较多，加上上网和带孩子等，修行和读书的时间相应地减少了。从现在起，减少上网的时间，停止一切无关的俗事杂务，尽量多抽时间研究学问，要利用一切时间用于修行用功。在带孩子时可以用来动中修行，把全部的心思和精力都集中于觉醒上。现在还不是出山做事业的时候，除了随缘接触一些社会上的人士外，还是潜心于自己的自觉，并增进学问功底。

十月八日，星期日

十一长假期间，我还是和五一假期一样，主要在家带孩子。这次带孩子有一个大的进展，就是云儿已经渐渐懂事了，我可以说服他让他在一边玩而让我继续每天的定时静坐，这样我的静修就不会因为假期带孩子而中断了，这是一个可喜的变化。另外，中午我也可以继续每天的短暂休息而让孩子随我一起睡午觉，这也是一个新的进展。以前孩子总是不能按时休息，让我中午的生活规律被迫打断。由这两方面的变化,可以体现出云儿逐渐成长到能够相对独立的阶段,对我生活的影响会越来越少了。如果再大一些,他有自己的生活空间,能够独立地玩耍,那我就可以自由地读书,这样带孩子就基本上不会再花费我很多时间了。

今年比较影响我读书修行时间的主要是三方面,一是学车,二是带孩子,三是上网。现在,学车已经结束,带孩子也更自由了,剩下的就是限制上网的时间,不要花过多时间浏览网上无意义的信息。从现在起,我决定恢复以前的作息习惯,每天只上一次网,时间在上午静坐后或午饭后休息前,以一小时左右为宜。尽量减少无意义的活动,要真正把时间精力集中到修道读书中来。

修行方面,觉得还没有到完全无为自然、任运而为的境界,还是要以确定的修法为中心,带动日常生活中的觉知。因为在没有真正转化习气之前,任运无为会变成习气作主的凡夫式的顺其自然,而不是觉性作主的圣境的平常自然。所以,从今天开始,我恢复"法界大定"的专修,每天上午、下午各修一次法界大定,如果早晚还有时间静修,可以用禅的顿觉或道家的功法,作为修法界大定的辅助。生活中保持法界与觉性不二的觉照,融化我执习气,归于法界圆成。

那天我从社科院图书馆借了几本 Krishnamurti 的书,但翻读之下竟索然无味,我对克氏算是彻底厌倦了。克氏自己是否真正得道,我现在是有怀疑的。他的智慧不圆满,不通透,可以说是偏执一边的。他只有一个思路,一种模式,他无法带给人圆满的正见。他的无路、无模式正成为他的新模式,他不懂有为与无为的统一,更不了然传统与非传统的统一。他现在对我已经没有吸引力了,而从克氏的追随者身上,我更看到了克氏风格的无效甚至对灵修者的误导与危害!某些追随克氏的人,一知半解,执着于克氏的风格,自身又不能进入纯粹觉察的状态,却借用克氏模式来扩张自我,他们盲目批判传统,自大地否定一切修行的方法,陷入了极端无知无畏的妄想状态而不自知,甚是可悲!此与禅宗的末流所犯之口头禅病略相仿佛。

学问方面，要深入佛道教的基本经典，同时研读新时代的大师新作，对学术界的代表性作品也要关注浏览。过一段时间就要进入课题研究的阶段了。

十月十一日，星期三

现在世俗层面的工作和生活都已经安定，无后顾之忧了。这几年我已经逐渐完成了世俗生活层面的责任和义务，现在是我潜心修道的时候了。在没有足够的智慧与能力之前，不要过多参与到社会事务中去；在没有真正的证道之前，不要出山弘法，不要收徒弟开道场。因为一个没有证道的人从事弘法事业，一是可能觉悟不了他人，而是可能使自己误入歧途。在成道之前，只以自己的悟道为中心，可以以朋友的身份帮助一些人，适当地参与一些演讲座谈等活动。甘于平淡的生活，不求声名，不逐权利，永远保持修道人的清净无为、纯洁无私的本色。外在作一个独立的学者，内在作一个独立的探寻者与求道者，不参与任何组织与宗派，不独尊任何上师与传统，与真理为伍，以道心为家，隐于市尘，和光同尘。

十月十九日，星期四

读书也不一定要很多，关键还在于处理好当下的生活，观察聆听自己真实的心境，做到"心中无事，无事于心"。心中无事，就是心中了无牵挂，一切放下，入于空明之性体，这是根本智，养喜怒哀乐未发之中；事上无心，就是待人处事、对境接物时，做到无取舍、无执着、无攀缘、无计较，心中坦荡荡，随缘自在，这是后得智，致喜怒哀乐已发之和。

十月二十八日，星期六

今天开始恢复每天早晚的太极拳修炼。以太极拳配合静坐，才能做到动静结合，性命双修。现在是我潜心于修道的时候了，要以闭关闹市的心境，全心全意地投入到修道的大业中去，念念返观这无相的灵明自性，随时随地保任平常、正觉的本来面目，不被一切外境和心中的印象所迷，让能觉的中心时时呈现。无一切印象而只有空无的本性，这是根本智，是法身之体；一切印象如梦如幻本自空寂而不碍本性现前，这是后得智，是由体达用，体用一如。而凡夫则只是妄想作主，心被局限于印象之中而不能返观本性。修道先须见性，不识本性学法无益，见性之后才入修道正位。所以先要由妄想之假入于本性之空，待见性功夫熟练后才能由空入假，由体起用，证悟妄想本空不碍圆明。此时妄想以能觉故即非妄想，而成菩萨知病识药、随缘而化的方便大用。但一开始必须严格区分空前假与空后假，区分凡夫之妄想与菩萨之妙用，要先证空见性才行，否则定成口头禅，误人误己。在未能有把握随时随地都可由本性作主的时候，最好闭关专修，不宜出山弘法授徒。

十一月九日，星期四

读《万物简史》

这几天都是清晨五点起来静坐，静坐后打太极拳。我想这个习惯要长期坚持下去。以前学生时代都是晚上静坐，十二点以后入睡，是晚睡晚起；现在因为要陪孩子早点睡觉，所以养成了早睡早起的习惯。这两种模式，我现在都能适应，只要有一星期的时间，就可以形成新的生物钟。每天至少保持一次的静坐时间，上午和下午的静坐如没有特殊情况打扰,仍继续坚持下去。一般地,清晨的静坐修禅宗的心法,上午的静坐专修法界大定,下午的静坐修道家功法。虽然,所有的修法最后的宗趣都相同,但不同的方法可以有不同的调心的方便,适合在不同的身心状态下趋入法性。

读完《万物简史》,这本书给我很大的收获,虽然有些学术性的细节分析和描述略显枯燥与机械,但肯的整体视野给我深刻的印象和启迪。这本书可以说是一本充满灵性的学术著作,也可以说是一本深具学术性的灵性作品,学术加上灵性,这是这本书最为显着的特色。作为一个具有学者身份的求道者,我当然对这一类著作深感兴趣。这种书既能给我一些灵性的启发,也在现实层面上对我的学术研究与写作具有重要的参考价值。肯站在整个西方思想史的背景下,吸收东方灵修思想的核心见地,从而形成了一种融合灵性见地与知识体系的整体性世界观,也为理解整个东西方思想提供了一种新的方法论。其中的"四象限"理论,不仅可以作为一般的方法论用于各学科的研究,而且也可以用来作为理解和诠释佛道等传统思想的一种工具。比如在禅学中,开悟的境界可以从四象限加以说明:左上象限为"开悟心体",左下象限为"开悟性体",右上象限为"开悟法性",右下象限为"开悟法界"。"心体"是个体生命的本来面目,"性体"是众生一体的本来面目,"法性"是万事万物的本来面目,"法界"是世界整体的本来面目。当然,此四象限只是四种视角,最后必相通为一,入于"不二"之"一味"。

十一月十三日,星期一

修法最核心的进展,最后是体现在"将如如不动的体悟融入日常生活之中"。在静坐中,或在参悟法理时,或种种因缘之下,都有可能短暂地进入过那种空明不二、现空不二的开悟境界,经过长期用功,也有可能到达某种程度上的"三摩地",体验到法喜禅悦,这些都是修行路上可喜的进展。但是，最终修行是不是取得一定的成就或是证量，则不取决于这些短暂的体验，而是取决于觉性是否能在日常生活中开显，是否真正地转化了生活中的无明习气，而使觉醒的体验能够毫不费力地、自然地在每一个当下升起。觉悟的品质与日常生活完全相融为一，觉悟的境界打成一片，这才是修行真正取得进展的标志。为达到这种成就非常困难，这就是为什么许多大德示现苦行，终生闭关于岩洞，舍弃世俗的一切，而以全部的精力用于修行的缘故。若说境界的圆融，当然以维摩诘的不二法门为最高，无所舍，无所取，一切皆是，一切皆如，这是最后的圆融之境。但在道上的行者，还没有这种能力，所以在某些阶段舍弃世事尘劳而专志修行仍属必要。检讨这些年的修行，虽有许多妙悟和体验，但有了世间的各种责任义务，如妻室儿女的牵挂，工作任务的完成，世间物质生活基础的建立等等，我并未能在所有的世间生活中都能保持觉悟的境界，所以修行也就未能真正地取得根本的进展。所幸现在大部分的世间生活基础都已经建立，在工作方面也无太多的压力，可以把身心集中到修道上来。最重要的就是时时觉悟，把修行的成果落实于日常生活的每一个细节上来，行住坐卧，处处不离大圆满的悟境。

十一月十七日，星期五

天气渐渐地变得寒冷了，在这样的季节，我喜欢在每天午间短暂的休息之后出去散步。在阳光明媚的日子，走出小区，到旁边的乡间田野去自由地漫步。一任思绪自由地飞翔，而我只是作一个观照者，观照着外面的风景，也观照着心里的思想念头。这些天坚持每天静坐和打太极拳，最近静坐的状态已经近于能够定下来，生活中也注意持戒节欲，身心的能量于是渐渐饱满起来；午间只要短暂的闭目静养，似睡非睡，一晃而醒，精神即格外的清明。这时出去散步，即是我一天中最放松最享受的时刻。今年有很长的一段时间不够安定，经常出去学车开车，使我未能深入禅定，虽然生活中也常常觉知，但身心的能量却不够饱满。近两个月才慢慢恢复有规律的生活，而今天的散步则使我回到了以前精进禅修时那种清明充实的精神状态。

记得在读大学时，我开始了人生的觉醒。有一段时间经常在午间一觉醒来时，感到一种难言的空虚和迷茫，天地苍茫，宇宙洪荒，浑不知身在何处；觉得人生格外的缥缈而不可捉摸，想起短暂的人生在无垠的宇宙中不过一粒尘埃。后来在悟道中体验到"天地与我并生，万物与我为一"，进入与道相通为一的澄明之境，才克服了那种人生虚幻的感觉。通过修道，身心一体，天人合一，身心能量饱满以后，每每午间一觉醒来，身心都在舒畅通明之中。身心相互作用，通过精神的修养可以改变身体的能量状况，而人的心理也受生理状况的影响。有时身心能量通畅饱满以后，觉照的力量会明显增强，觉性常在，较有把握作自己的主人，也容易入定。

十一月二十日，星期一

现在世间生活基础已经建立，我不再为世事操心。工作上的职称也好，课题也好，种种名利荣辱于我已如浮云，一切随缘而化，一切如梦如幻。经常思及无常，思及死亡，我们便能清楚地意识到：没有什么世俗的荣辱沉浮值得我们去牵挂，唯有修持佛法才是最有价值的事业。虽然在外在，我并不舍弃一切，而是和光同尘，示现着如同俗人一样的生活方式，但在我的内心深处，则是一尘不染，唯以自觉觉他、悟道济世为生命的寄托与安顿。每当我精进于佛法修持，全身心地投入悟道的大事业中去，我就能找到自己的生命的依归，找到内心的精神家园：无比的充实而富有光辉，无限的宁静而充满法喜！居尘修道，处世不染，隐居于闹市，自在于红尘，游心于悲智等持之境，逍遥于真空无为之乡，万缘归寂，夫复何求！

十一月二十六日，星期日

早年从南京大学开始的站桩入静，一直到抚州师专的几年，每天夜晚入睡前到外面空旷的地方或者花园去静站，用的是"精不外泄，神不外驰，身心一体，天人合一"的口诀。这个修法更近于道家的方法，这也是后来我研究丹道的一点内在体验。那时我体验到较高的静境，近于初禅的定境，体验到"炼精化炁"，体验到精炁神充足的状态，同时也以此为基础对中国哲学发生兴趣，建构了"性与命和、人与人和、人与天和"的修道的人生观。

从北大开始的每天的静坐，主要用的是参禅的方法，明心非有，见性本空，心性皆如，当体即是。那时初步有"明心见性"的体验，体验到一切思想念头本性空寂，而明空不二的觉性一直如如不动。这是我研究整个佛学的一点体验的基础，从此对禅，对天台圆教，对藏密的大手印和大圆满都觉得非常亲切，能够心心相印，无有隔碍。

接触到陈健民上师的《曲肱斋全集》后，实修"法界大定"又有了新的体验。1995 年初读《全集》，对"法界大定"非常相应，在理趣上统一圆融了"空"与"有"，对佛与道的最高理境能会通为一，了悟"毕竟空"与"与道合一"的相通不二。但其时未专修法界大定。直到 2001 年博士后出站以后，开始专修法界大定，对法界"法住法位、各如其如"的本性有深入的体悟，同时也对突破身心而定于法界的大定有所体证。

虽然在理论上，这些年对道家与佛学都作了贯通的研究，尤其又吸收了一些现代大师的灵性智慧，如 Osho、Gurdjieff、Meher Baba 等，见地趋于圆通无碍，但修道体验的基础仍在以上所言的三大方面。我的许多感悟，可以说都是建立在以上三类修法的基础上的。修道的过程中多有觉受，常有法喜禅悦，生活中基本上没有烦恼而以大智大愿为归，然修法未成一片，距离成道证果的境界，则尚有十万八千里。

十一月二十九日，星期三

昨天从社科院书店买了几本宗教学方面的书籍：高秉江译《宗教现象学》、单纯著《宗教哲学》和《当代西方宗教哲学》等。这些书主要是与我的学术研究相关，从学术研究的角度看，我需要阅读些宗教学、哲学和心理学等领域的学术著作。我现在已经确定，我的学术方向是对佛教（以禅宗为中心）、道教（以内丹学为中心）的修道思想作现代意义的阐释，除了要大量阅读佛藏、道藏的原典以外，还要阅读现代学者的相关研究成果，而宗教现象学、宗教心理学、哲学诠释学等则主要提供了方法论上的参考和作为诠释的灵感源泉的一部分。其实，我的学术阅读兴趣不大，对于与修道无关的纯学术性的研究没有兴趣，只是因为职业的缘故，还要在某种程度上考虑到"学术性维度"，还要作一定的学术性的思考。这些年我主要的阅读兴趣集中在一些悟道师父的作品上面，悟道穷理，自觉觉他，才是我生命的终极关怀和根本意义之所在。

十二月十三日，星期三

上周我购买了杨曾文教授的新作《宋元禅宗史》，这是继他的《唐五代禅宗史》之后又部禅宗史著作。他的这本书很厚，有80万字；书价也颇高，定价68元。我本来有些犹豫，因为杨先生的研究没有多少创见，对禅也没有多少深入的了解，我并不急于读这本书；然而，我还是下决心买下来了，因为在道教内丹学之外，禅宗将是我的主要研究领域之一，我一直尽量地收集有关禅宗的研究著作。杨先生的书资料还算丰富，对禅宗的人物与思想的基本史实作了全面的介绍，可以作为了解禅宗史的基本参考资料。如果说杨曾文的研究是没有创见，那么杜继文先生的《中国禅宗通史》则是充满了过多的"偏见"，杜先生有太多自己的私人观点，而又对禅的真实本质摸不着边，所以用他的特有的成见去了解禅宗。学术界对禅宗的研究，可以从外在了解禅宗的文献、历史、人物、思想、社会背景、社会影响等等，其长处在于对禅宗文献、史料的考证。学者以自己的思想视野结合相关的史料，就能写出自己的学术作品，这时禅是外在于他们的人生的，他们不需要参禅悟道。而宗教界所谓的"禅师"则不是对禅宗进行研究，而是表述他们自己的禅学思想，他们的长处在于对禅有自己的内在了解，但他们不太关心禅宗的文献与客观的历史，缺乏现代思想文化的参照系。我对禅宗的研究属于第三种，是对禅宗的内在意义进行现代意义上的研究与诠释，这时研究者不仅仅是一个学者，还是一个行者，他以自己的亲身体悟去和禅师们对话交融，结合现代的思想文化去作现代意义的整理与阐释。这种禅学研究既不是禅师的随心所欲的主观陈词，也不是学者的循规蹈矩的客观描述，而是界于两者之间的"现象学"的意义展示。这种学问不是外在于生命的思想游戏，而是生命的存在性的探索与境界展现。

十二月十四日，星期四

近阅《指月录》中圆悟克勤佛果禅师语录，见其开示平实精透，直指禅家心要，较之机锋转语之一时方便，于今尤为契理契机也。禅师一门深入，悟入之后，念念护持，长养圣胎，透一切境，得大自在。吾见诸多禅宗大德，临终时预知时至，来去自由，实证大解脱境界。此非一般诵文法师之所能及也，亦非一般宗教信徒所能至也。由此亦可见禅宗乃实证实悟之宗派，解脱生死之无上心法也。禅脱下了一切宗教的外衣，直奔主题，直指当下解脱的现量境界，没有过去的重担，没有未来的期待，只有这个永恒的觉性。

十二月二十二日，星期五

读《良知学的展开》反思自己的为学方向

彭国翔博士《良知学的展开》一书，从学术上看是比较适合我读的学术著作之一。一方面此书很符合学术规范，其文献掌握与语言表达都深具学术功力；另一方面其关注的问题、思考的方向和分析的透彻，又与我研究的兴趣很相通。该书是作者的博士论文，被评为全国优秀博士论文，从其学术规范与学术成就上看，要比我的博士论文"厚实"许多。我的博士论文在学术界应属"另类"，基本上是独具一格，其特有的"悟道"风格与智慧展现，使之成为学术界少有的作品，清新脱俗，非一般流俗之作所能及也。但我在写作上花的功夫并不细密，从学术上看还显得单薄粗略，篇幅也短，许多问题未及详细展开。对照彭君的这篇论文，明显可看出我下的学问功夫不够。彭君的这篇论文，可以说是六年的研究成果；而我的博士论文，研究时间不到两年，写作时间前后只花了数月。

彭君可算是我的"师弟"（我早他两届），但他应是陈来先生的"嫡传"弟子，他的研究风格与陈师相近，颇得陈师真传。而我只能算陈先生的"旁系"弟子（我本是汤先生门下，中途又转给了陈先生），且为学之方也不类陈先生，虽然受到他很大的影响。我是以"为道"为主，"为学"兼之，虽也做学问，但终不以学问为目标。彭君则是以"为学"为主，"为道"兼之，为学之中也贯穿着为道的关怀，这在年轻一辈学者中已经相当难得了，也是我对他的作品很有共鸣的主要原因。彭君的著作，一方面在"为道"层面给我以思想的启迪，一方面在"为学"的层面提供我学术研究与写作的参考。在我的诸多师兄弟中，彭君的见识、才华与学术功力，都是出类拔萃的。

从学术研究的方向上看，我比较喜欢牟宗三所代表新儒家的致思方向，这一批学者有自己的文化关切与生命感悟，哲思透彻，融通中西。而大陆学者中，我一开始就是读冯友兰的书入中国哲学之门的，冯先生的后学陈来、彭国翔等则以更加学术性的面目诠释中国哲学尤其是儒学的精神。虽然陈师和彭君所探讨的主要是儒家理学一系，但宋明理学与佛教禅学、道教内丹学关系极大，它们共同构成宋明以来中国思想的三大高峰，而且它们之间相互影响、相互融通，既各具特色又内在相通，共同构成中国哲学的整体系统。我的研究虽以禅宗和丹道为主，但儒家理学仍是我重要的参照、比较的对象；中国哲学的整体系统与整体视角，则是我为学的主要致思方向。

我对自己今后的为学方向已经有越来越清晰的思路，那就是对禅宗与丹道作内在意义的探索与展现，是近于哲学的而非历史的，只不过我不是作纯哲学的思辨，而是透过亲身体悟得到内在的了解，再加以现象学式的描述与展示。我的最终兴趣在于悟道与觉世，而学术研究是我的工作方式和利他的方便。以一种最契合悟道、最符合自己兴趣的方式去做学问，便是我的为学方向。通过阅读彭君的书，我对自己的学问道路又有了进一步的反省，从而能更加自觉地走自己的学术之路。今后申请课题时，一定要在既定的研究方向上选择自己感兴趣的课题，不再顾虑其他的因素而作自己不感兴趣的研究。

十二月三十一日，星期日

二十八至三十日参加所里举办的"第三届青年学者论坛"，我发表的论文"从道教解脱观的变迁看道教的民族性与世界性"得到与会人员的好评。现在宗教所的老一代学者已经差不多都退休了，三四十岁的中青年学者渐渐走上了中心舞台，成为了宗教所的核心力量。虽然我的终极志向并不寄托在学术上的成就方面，我始终把悟道当成人生的根本，直面真实的宇宙人生做出自己的探索；但以我的素质和才华，以我对于宇宙人生的亲身体验和对宗教精神的内在了解，我完全可以形成自己的一套学术风格与学术话语,在宗教所这样的学术机构中拥有自己的一席之地。事实上,虽然有些人还无法欣赏我的智慧型学术研究,但是宗教所的很多青年同道是能够欣赏我的。今后我会以更加自信、积极的心态,参与宗教所的学术交流,与同行们建立更加融洽的人际关系。这样,我不仅能够在学术上自立自足,而且还能够以一种更加贴近生活、贴近真理的学术探寻,影响和感染那些具有一定灵性的学术同道们。

窗外飘起了雪花,一年来的种种生活也如雪花般飞过。安于当下的因缘,在无得失增减的平常心中,笑迎新的一年。

卷三 在沉静中接受宇宙万方的消息（2007）

一月八日，星期一

因为日记写得越来越少，我决定以后不再每两月分一期，而是一年写一卷。有话则长，无话则短。想写就写，不想写就不写，完全自然，完全无为。

今年已经没有什么世俗的事务，我可以全然地投入到内在的世界里去。

我虽然对禅宗有兴趣，但这些年学术研究是以内丹学为主，而阅读的书除了学术研究方面的资料外，主要是以 Osho 为中心而以 Gurdjieff、Meher Baba、Krishnamurti、Almaas、Ken Wilber 等人为代表的现代灵性作品。从 2006 年底开始，我才准备集中时间研读禅典，准备把禅宗的主要代表作都精研一遍。灯录以《指月录》、《五灯会元》为代表，其特色是历代禅师的机缘语录的节选，可以反映整体的面貌。但其中的资料很有限，一些重要的禅师有个人语录的《别集》，要深入了解某个禅师必须研读他的专集才行。禅师的选集则以《古尊宿语录》为重点，此书选录了一些有代表的禅师的语录。但此书也不全，更多的禅师专集要看藏经，如圆悟克勤的语录（20 卷）和大慧宗杲的语录（30 卷）只有在大藏经中才有全本。我手头上暂时没有《大藏经》，但有一本《禅宗语录辑要》，是从《大藏经》中影印的，只是字体较小，看起来不太方便。另外就是禅师本身的专著或编著的作品，如《碧岩录》、《宗门武库》、《无门关》、《人天眼目》等。还有就是现代人所写的有关禅宗的学术著作或现代禅师讲禅释禅的作品。第一步先读原典，主要是从内在深入其禅慧，以自己受用为主，同时也形成对禅的整体认知，以后作学术研究时再参考现代学者的著作。今后我的修行和学术研究都要以禅宗为中心。

一月二十九日，星期一

吾向来不作考据之学问，每重思想精义之阐发。近因收王卡先生委托，给清史人物传写稿，始开始注重道教人物生平资料之考索。当吾完成"黄元吉"、"李西月"二条目之后，又被委托再写"刘一明"、"柳华阳"二条目。于搜索刘一明资料之际，竟有一重大发现：在甘肃刘一明的故土，仍存有多种现刊《道书十二种》未收录的刘一明作品，有一位孙永乐老先生正在整理之名为《楼云文集》，欲加评注出版。其中有一篇刘之弟子写的《素朴师云游记》之《注解》已经完成，但只有内部刊印本。吾于网上找到孙老先生的联系电话并与之取得联系，他慷慨答应寄赠一部。由此看来，现在搜集有关资料可通过网络，极为方便。若是正式出版之文献，则可通过国家图书馆检索；若是未刊之民间文献，亦可从网上搜索到有价值的信息。现已查明，刘一明的研究成果中，已有两部博士论文，一本专著。当然，某些未上网登记之文献或人物，需通过田野调查获得。又，《道藏》、《藏外道书》等大部分的道教文献在网上可下载扫描版，然后用阅读软件查阅，不用到图书馆去亦可在家检索，可谓便矣。处今日网络时代，做学问之工具较前人方便许多。然思想精义之领悟，则非文献考据所能及也。此则在乎践行体悟，古今无别也。

二月九日，星期五

春回大地，初春的微风特别令人陶醉；我喜欢冬去春来万物复苏的气象。今年春节不回家，我要利用这安静闲暇的时光，沉浸于无我法界之中，体验那种无为而浩瀚、宁静而洋溢的法性风光。世间的荣华于我如浮云，我只是随缘应世，任性逍遥，虽不完全舍弃外在的名利，但一切随缘而得失无牵挂。如今，我已经具备了基本的物质生活条件，世间生活已经没有后顾之忧了，我可以更加专心于悟道的生活，把全部的时间精力用之于自觉觉他的大事业。

二月二十五日，星期日

春节期间，陪孩子自娱自乐，也走亲访友，度过了一个平淡而又热闹的新年。今天孩子重新开始上幼儿园了，我又开始了宁静的生活。假期的生活有些松懈，饮食睡眠不够节制，修道也有些中断，现在要重新开始有规律的生活与修法了。吃饭只吃七成饱，吃多了增加了身体的负担，影响修行；睡眠不超过七小时，睡多了易昏沉，浪费时间。每天必须按时修法界大定，同时在生活中保任禅心，于一切法不取不舍，当下体证本自清净、本自圆满的觉悟境界。只有潜心于悟道与读书，我的生活才能充实而富有光辉！于行住坐卧之间保持正念，对身心五蕴的活动进行当下的正观，不生起妄念与执着，不攀缘身心与外境，而活在本性的清净与光明之中。

二月二十七日，星期二

答道友问

问：想向您请教两个问题，一个是万法唯心与缘起性空的辨证关系，另一个是缘生与实相的关系。我查过一些资料，觉得比较零散，不系统，有些地方也不怎么理解。麻烦您了。谢谢！

答：你好！你的这两个问题，确是佛学的大问题，一时也难以说清，待有机会再详谈吧。我的新书《游心于佛道》收集了我的一些佛学文章，可以参看。现只略答如下：

缘起性空和万法唯心都是佛学的基本要义，前者在中观派得到集中阐述，后者在唯识宗中得以充分证成。缘起性空是遍一切法而说的，揭示的是宇宙万事万物的基本真相；而唯心之说则重点是从佛法修证的精神上而说的一切境界、一切法都是唯心（唯识）所现的，离开了能现的心识，就没有所现的万法。这样就摄所归能，从而为修证建立了基于自心迷悟为本的能动性。心迷，则现轮回之法；心觉，则现解脱之法。则解脱在心而不在法。

若从客观的宇宙论上说，万法唯心并不是说心为一切法之本体，并不是从心生一切法，而是心与法都同属缘起而性空的。当然，于此点不同佛教宗派其立义重点有微妙差异。在天台宗之圆说中，法法圆融，一念三千，一声、一香等无不性具三千，此是彻底的"全息"观点，虽缘起性空，而性空之诸法无不妙具三千缘起实德。由此亦可进一步论缘起与实相之关系。实相一方面说，即是缘起法之真相，实相无相即是空相，性空即是实相，非是缘起法外另有一本体义的实相。然此性空亦非一无所有之顽空，因性空故万法缘起为一体，故实相具有无穷的妙有实德。

另外，缘起性空虽否定了任何有独立自性的超越存在，否定了一般意义上的"本体"概念，但是在"功能"上，并不否定具有类似于本体功能的存在，只不过此种本体性存在不是独立的、不变的，而是与万法缘起相联的。比如"佛性"既是空的，同时也是"明"的，即是性空无我的，也是妙用无穷的。此两方面必同时具足，单独强调其一面都是偏执的。佛学最高理境在空有统一之中道，而显真空妙有，此亦缘起与实相之关系也。故佛教可说为"功能本体论"与"境界唯心论"，有本体之功能而无恒常之本体，一切境界唯心所现，而非由心所生、所造一切万法。佛法精妙，言不尽意。匆祝

一切都好！

三月十五日，星期四

今年八月份和十月份可能要去出席几个会议，这些学术活动可以

加强与学术界、宗教界的联系,也是我求道生活的一种调剂与补充。对于作为一个学者的正常的学术活动和研究工作,我尽可能地演好自己的角色,不取不舍。一切世间生活都是随缘而化的游戏,我的心永驻于不垢不净、无得无失的浩瀚法界之中!

春风吹拂,春光明媚,春天的美景令人心醉!尤其是在宁静浩瀚的禅境中,内在的法喜与外在的美景相互辉映,浪漫诗意,自在逍遥,真是春意无限!现在最重要的是加强佛法的实修实证,尤其是将大圆满的觉悟落实至日常生活中去,将暂时的顿悟化为恒久的相续,在行住坐卧之间,随时随地保持自觉。觉察妄想本空,不随境转,本性常觉,了了分明。通过绵密观照,将整个生活融入道中。

三月十九日,星期一

购《唐君毅著作选》随记

最近社科出版社出版了一套《唐君毅著作选》,基本上收集了唐先生最主要的代表作。唐君毅先生是现代新儒家的重要代表人物,被称为是"文化意识宇宙的巨人"。他虽不是一位悟道者,但他具有传统的知识分子所具有的性情与担待,对中国传统文化具有深刻的悟解,和牟宗三一样,至少从思想的层面是趣向于悟道的。虽未能实修实证圣人境界,但已"立其大者",其"致广大而尽精微"的学问工夫,亦足值吾人所学习与借鉴。他的《中国哲学原论》系列(包括《导论篇》、《原性篇》、《原道篇》和《原教篇》)是一部总论中国哲学的堂皇巨著,是以重要的问题与范畴为中心对整个中国哲学的整理与诠释。这一套书只有牟宗三对中国哲学的系列疏解书(《才性与玄理》、《心体与性体》和《佛性与般若》)可与之相媲美。唐著与牟著的共同特点是规模宏大,自成系统,但牟先生之书在哲学上更加精微,而唐先生之书在文化上更加广博。从研究方法上说,牟著和唐著分别代表了疏解通释中国哲学的两种典范：牟著以哲学史中的人物、文献为中心而贯通其哲学问题与哲学范畴，疏通中国哲学中的儒释道三教义理；唐著则以哲学问题和哲学范畴为中心而贯通历史人物与相关文献，探寻中国哲学的整个义理系统。唐、牟二人的中国哲学研究是哲学史研究与哲学研究的高度统一，既非"以我为主"的纯哲学探索，亦非"以它为主"的纯历史考据，而是"六经注我"与"我注六经"的创造性的统一。和牟先生一样，唐君毅也是建立了自己的哲学体系的哲学家，他的《生命存在与心灵境界》是一部以心灵境界为核心而综括中西印三大思想系统自成体系之作。我的兴趣虽然是以悟道为主，研究的重心在佛道教经典，尤喜悟道大师之阐道作品；但作为一个具有学者身份的悟道者，我也关注与悟道相联系的学术大师的作品，尤其是杰出的中国哲学研究著作。以前对牟宗三的作品关注较多，阅读过他的主要著作，但唐先生的书一直未见出版，只读过《现代新儒学辑要丛书》中一本唐先生的文集。现在唐先生的著作终于在大陆出版，故昨天从社科书店买了唐先生的主要作品《生命存在与心灵境界》、《中国哲学原论》等，我相信唐先生的书不管是对我的学术研究还是对我的思想发展都将起到重要的作用，同时对于我的悟道与阐道也具有一定的启示意义。

三月十五日，星期一

答道友问：行善与戒律对于修道的意义

问：尊敬的戈先生，我最近拜读了您的大作，引起了我对佛学的注意。我有些疑惑想麻烦您向您请教。我将不胜感激。我们修道可以说主要靠的是清静、无为，可以在深山中也可以在家里，可以居尘不染，处污常净，性命双修。这与行善、仁慈，有什么关系呢？我们可以修道达到与宇宙合一、身心合一的幸福的高级境界，只要空灵静心就可以了，这与对他人之间的行善有什么关系呢？是不是说修道除了内求外，还要外界的因素呢，例如不杀生，布施等，这与我们的清净修炼有什么因果关系么？

答：修道要真正回归本性的无为，就需要有对本性的觉悟；而要觉悟本性，就要消除遮蔽本性的尘埃与习气。而烦恼习气之根在无明，在我执，由我执形成自我与他人、与外境的二元对立。所以清净无为不能靠简单的强制性静修来达成，而要通过生活中的每时每刻的实际表现来转化自私、自我的习气。行善表示一个人不以自我为中心而关心他人的幸福，而不行善则表示一个人以自我的利益为中心。行善包括两个方面：一是心理上的慈悲，二是行为上的善举。对于前者而言，行善与慈悲的修习，就是扩展"自他一本"的体验，这与通过观空入静而"无我"是相互关联的，是消除自我习气的两个路径。如果一个人可以独自进入清静无为的状态，并且能够保持相续，不再受无明习气的干扰而反复，那么说明这个人就不必要通过行善去转化习气，因为他已经转化了；但是一个人真正"无我"了，他就没有私我的利益，他就自然会视万物为一体，那么他就自动地、不需造作地具有慈悲心，也就可以自然地行善。所以，在修道位的行善是一种修行方法，而在果位上行善是一种自然的悲心流露。对于后者而言，要具备自己单独"清净无为"地修行的条件，需要一定的福报才行，而行善的行为按照因果法则可以积累福报从而创造修道的条件与因缘。如果你不行善甚至造恶，你就会因造恶而受报，从而会失去修道的机会和条件；并且在造恶的过程中积累更多的贪瞋痴等不良习气。总结起来说，行善同时包含心理上的净化意义和行为上的福报意义，一个人行善得到的利益大小同时取决于以上两个方面的深浅程度。仅仅行善的念头也可有助于净化习气，而没有慈悲动机的善举也可以带来相应的果报。

问：还有佛特别戒色，只能有一个女人。那么作一个假设，作一个比较：1、找三个女人（心甘情愿），一生100次性交，加强修静的修养，拿的起放的下，没有贪恋和染著；2、找一个女人，也是100

次，两者都是以无为的态度去做。为什么前者会是很大的罪过呢？居尘不染，处污常净，以这种精神用在性上，我们可以做到，比如看色情片，只要深层次静观，调整呼吸，专心去看，就可排除杂念不起欲念只不过生理会起点反映。这种情况与专心去健身，心静而心劳，我感觉没有多大的区别吧，为何前者会下三恶道？耽误您的时间，很不好意思，对您的帮助，晚生表示非常感谢。

答：这一问题比较复杂，对于不同的人有不同的答案。一般来说，佛教"不邪淫"之戒，是为了端正人的行为，使人身口意三业清净，远离恶业恶因，从而为修道创造必要的条件。性行为牵涉到人的精神状态和生理状态，同时又牵涉到人的社会角色和社会表现，因而其行为的后果也是非常复杂的。"与三个女人性交一百次"和"与一个女人性交一百次"，其行为的复杂性程度是不可同日而语的，因而其全部的后果也是完全不同的。大多数人无法看清其全部后果，更无法在性行为中保持清醒的观照，因而你所说的"没有贪恋和染著"、"只要深层次静观，调整呼吸，专心去看，就可排除杂念不起欲念"是两个很难做到的"如果"，更多的情况下会成为一种自欺、一种放纵自己的借口，不具有普遍的意义。彻底地说，如果一个人真能做到无执不染，且能看清自己行为的全部后果，不给自己和他人带来任何负面的影响，那么性行为或看色情片本身不能说一定会带来恶果。同时在修道有成就的人还可以利用它来深化自己的悟境，或者游戏于其中。所以这要根据一个人的真实境界来决定他行为是否如法，不能简单下结论。其中性行为与生理、心理状态的转化都有重要的关联，在不同的修道阶段也有不同的要求。戒律主要是针对初学者的，正因为一般人把持不住，所以才要戒，戒是给人一个强制性的"冲击"，使人脱离常规的"业力的轨道"。反过来说，一个人如果真有很高境界，他就不需要追求低级的欲望，他就能自然地持戒，或说是"不持而持"。认为戒律是对自己的约束，而认为自己可以清净无染，不过是凡夫为自己不守戒而制造的"缓冲"或借口罢了。总体上看，修道是与常人的"精驰神耗"的"顺行"方向完全相反的"逆行",道家说"顺凡逆仙",以追逐情欲的满足为目标的性行为是和修道背道而驰的。

四月十三日,星期五

修法路线:以法界大定为根本,综合禅、大手印、大圆满,以心法的觉悟为中心。当从"见、修、行"三方面阐明我的修法路线。简言之,以"大圆满见"为无见之见;以"法界大定"为无修之修;以"普贤行愿"为无愿之愿。禅宗、大手印、大圆满皆属于这一法系,而"大圆满见"即是顿悟诸法实相,实证般若波罗密多,即是禅宗的开悟;"法界大定"即是实证大手印和大圆满的实修法门;普贤行愿即是自觉觉他、上求下化的无尽行愿与大悲根源。一切从此法界流,一切还归此法界,我所有的闻、思、修的精华皆汇归于此中,此是万法之宗源、诸佛之秘藏,上师、本尊、空行和护法,三身四智、六度万行,诸佛坛城、无上瑜伽,……一切一切,无不摄归于此中。虽度众化他、弘法利生宜以种种善巧方便,不可执于任何一法,然就我之自修而言,唯此一事实,余二皆非真,别无更高更快更好之法可修也。此是无乘,而含摄各乘;此是无为法,而含摄各有为法。实际理地,不受一尘;万行门中,不舍一法。此一法系之参考著作,包括所有的禅宗典籍,密宗大手印、大圆满的典籍,南怀瑾、陈健民和 Osho 三大师的相关著作。其余各宗各派之典籍与法门,皆可参透参通,与此互为印证,最后会归于此。所有的日常生活,学问工作,弘法事业,最后亦皆当会归于此,此为最后之中心思想。

修道之总纲:动静结合,性命双修,定慧等持,形神俱妙。略释:以前修法,还是偏于心法,偏于静功,偏于修慧,偏于无为,故未入大定,天转色身。现在,要加强动功、站桩功,加强色身气脉方面的修持,注意有为法及定功训练。

法界大定口诀:法界一心,一心法界。三世流通不尽,十方广大无边。正观：放下身心，入于无我法界。法界广大、无实、独一、任运；自生、自显、自解、自然。心佛众生，三无差别。一切从此法界流，一切还归此法界。三学六度，五眼六通，尽摄于法界定中。法界空间上点点皆是，时间上滴滴皆宜，法住法位，各如其如。融禅净密道于法界一体之中。略释：法界大定本是定慧一体之本体修法，然为方便故，可先由口诀建立本体法界之模型，然后进行正观，如理作意，使法界大定之意义清晰显现于心中，最后缘法界而入于大定。收功时将所修功德，回向一切众生。

四月十五日，星期日

道一教多

作为永恒真理的道，作为诸家欲言而无法言说的终极实相的道，乃是"一"。而多家各派的教法则皆有其指向道之真理的成分，也皆各有其特殊性之局限。道涵括一切教法而又不局限于任何一教法，故曰道一而教多，理一而分殊。儒释道三家，皆为普遍而永恒之道之体现，如王阳明所说乃一居之别室，同为主人之居所，不必自限一室之中而抵毁其余也。深入诸教而得其骨髓，又能出其滞限而无所执，不立一切法，不破一切法，法住法位，法法如是，此吾之真理观也。

四月三十日，星期一

关于自觉与觉他

今天坐中思及"自觉"与"觉他"的问题，菩萨修行，发心为度众生；然欲度众生，先须自度，有一定的"证量"才行。当然，大乘菩萨也不急于自求成佛，不必等到成佛后再度众生，那样也就不是菩萨之心行了。那么，什么时候是广行度生事业的最佳时机呢？从理论上说，应是"登地"以后，初地菩萨即开始在觉他中进一步自觉，在度生事业中忘我利他，进一步消解微细烦恼习气，而使自身功德证量地地升进，直至成佛。据《解深密经》卷四"地波罗蜜多品"，地前菩萨所修六度，烦恼犹在现行未能制伏，称为"波罗蜜多"；初地至八地以前菩萨，虽犹有烦恼现行然能制伏，称为"近波罗蜜多"；八地以上菩萨，烦恼皆不现行（犹有随眠烦恼及微细习气），达不退转之"不动心"境界，称为"大波罗蜜多"。由此可见，地前菩萨虽修六度，其实主要是自修，自己烦恼尚未能伏，利人力量有限。故广行利生事业，当在初地以上，初地菩萨已"见道"，得大欢喜，虽有烦恼然知其本空，不为烦恼所转，可以在度生事业中不迷失自己，但仍可进进退退，未能完全把握自己。只有到第八地得不退转，才能真正地完全无私地从事度生利人的事业，不再有我执烦恼，这时才是合格的具格上师。

故地前发心菩萨，主要以自觉为主，随缘应世；登地以后之菩萨，在觉他中自觉，在自觉中觉他，方便度世；八地以上菩萨，以觉他为主，应机化世，广行度生事业，为人天之导师。成佛之后，觉行圆满，没有自觉与觉他的分别与对立，一切法皆是佛法。

五月六日，星期日

吾读唐君毅先生的《生命存在与心灵境界》，一方面叹其规模宏大，运思深长，一方面也厌其冗长，支离繁琐。因为唐先生自己广泛涉猎东西哲学，而欲于自己的哲学系统中对各种哲学问题皆加以综括而构成一涵盖知识、道德、宗教思想之整体，这样虽内容广泛但主题不集中，知识论话题与人生境界论话题不能紧密相关相融为一，势必造成一"哲学概论"式的知识体系，而非源于生命体悟的心灵境界的流露。此书虽有许多精义妙思，但其中多有类似西方哲学认识论方面的论述以及对西方哲学中相关思想理论的评述，此部分内容皆为纯哲学式的头脑玄思，无甚意义。故此书终属哲学名著，而非灵性经典也。又其文笔亦甚晦涩古怪，读之颇无味也。这使我不想一字一句地精读此书，而只想大致地披览一遍。

一般地，读书有两种方法：一是对于一些经典之作，或与自己的研究密切相关者，或自己深有兴趣者，此时可精读细览，一字一句地读，有时甚至是反复地读，让其思想化入自己的心中。另一种是对一般性著作，与自己的研究部分相关，对其中的部分内容有兴趣，对这类书只要大致翻阅，抓住其主要线索，检索其核心内容，而忽略其无关紧要的部分。对一些重点加以细读，而对于某些或已经熟悉、或意义不大的部分只是粗读或加以省略。对某一领域，初开始研究时可以精读为主，对相关的经典文献读通吃透；到一定的高度时就可结合泛观披览，忽略那些于自己无意义的内容，重点探索自己研究方向上的主题。只有将精读与泛观两种方法加以结合，才能一方面深入自己研究领域的核心地带，一方面又具有广博的知识面，使自己的学问博大精深。

五月十日，星期四

顿悟渐修略说

修道总分二门，一者顿悟门，二者渐修门。今总摄二门纲要，略述于后。

初顿悟门者，以本觉现成，不假修治，无取舍，无增减，故当体全是，当下即是，此不必管身心之状态，不必对已有之状态作任何改变，不是从某处升进于另一更高之境地，而是顿悟此对任何身心状态所本具的觉性。此觉性无形相，无可寻觅，只需返照本源，让其自觉自显，而无任何造作功夫可加于其上。身体之感觉，心理之感受，思想之分别，皆不必对治取舍，唯需觉性清明，则一切自行解脱。自主观境界上言之，不立功夫次第，不立地位高下，无染净之见，无圣凡之别，故称顿悟门。此是无为法，为先天本体之学，乃以先天化后天，以本体作功夫，由心法贯通色法，由性而立命，由慧而摄定。故顿悟只是一主观的姿态，一境界的表现，于此顿悟境界下不立任何功夫与次第；自客观法上而言之，实际上在顿悟之境界相续之下，必有客观的身心转化过程，故顿中有渐也。一者，此顿悟境界之体认、熟悉、保任、相续有一个自生而熟、由勉强而自然之过程，此即大手印专一、离戏、一味、无修之四层证量，亦是禅门入、出、用、了四层功夫。二者于此顿悟境界相续之下，身心之转化有其客观之程序，如道家所讲之精化炁、炁化神、神还虚，佛家所讲之三界及五蕴解脱程序等。主观境界上不着不住，不等于客观上没有身心之变化。若无身心之客观的转化，则此顿悟为口头禅，为思想见解，不能相续，不能起用，非真见性解脱之禅也。

次渐修门者，众生背觉合尘，流浪已久，习气深厚，烦恼根深，早已不识自家本来面目，无法亲证本地风光。故需依法渐修，持戒习定，修有为之功法，一步一步地转化其习气，清除业障，转化气脉色身，使身心状态得以客观的净化。此则有功夫有次第，须按某一传承依法而修。言顿悟，则自先天之本性上言，本来无一物，何处染尘埃；言渐修，则自后天之身心状态之转化而言，时时勤拂拭，莫使染尘埃。本性须顿悟，只能顿然呈现；习气须渐消，不可能顿然而全无。渐修为修行之正途，因一般人无法顿悟也，且若无渐修之基础，其顿悟亦不可靠。渐修以正见为因地修行之自性，以正见而修正行，则可得正受。以众生根机无量，烦恼习气无量，故渐修对治之法门亦有无量之多，只要能消业障净化身心，皆是正道。然渐修终以顿悟为归，于一定的时节因缘之下证悟实相，故曰"方便有多门，归元无二路"。此是有为法，由后天返先天，由功夫悟本体，由定生慧，由命达性，由色法而贯通心法。渐修门中，虽客观上立其次第功夫，然实亦离不开本来觉性之妙用，只是不自觉其本性而已。其要点在以意识坚定于所缘，若所缘为无分别境，则为修止修定；若所缘为有分别境，则为修观修慧。

若观修道之全体，则须定慧等持，性命双修，先天后天合一，方为成就正觉。故顿悟不离渐修，渐修亦须顿悟。于不同根机之众生，顿悟渐修亦可有多种组合。如顿悟门中，可有顿悟顿修门，此如大圆满；有顿悟渐修门，此如大手印。渐修门中，亦有渐修顿悟门，渐修渐悟门，此中种种简别，兹不具说。总之修道成就，必有二征候：一者心理解脱，解脱一切习气烦恼，觉性常明；二者生理解脱，解脱一切业气病患，气脉转化。身心绝对净化而得自由自在，此为修道之目标。

五月十一日，星期五

"觉知什么"与"什么在觉知"

修道之核心在"觉知"，而觉知有不同的方向、不同的层次。

一种是经验层的觉知，沿所觉知之对象物而觉知，是顺观，重点在"觉知什么"，此不必预先设定有一恒在之能觉自性，只是觉知呈现于意识中的身、心、受、法诸现象，觉知其刹那生灭，无常无实，任何现起之现象皆可为所观境，而能观与所观俱起俱息。即若无所观，亦不立能观，同归于空寂。而一有所现，能观即同时现起，觉知其无常本空。此种觉知法，不需任何形上的设定，只是就身心现象作如实的观察，是一现实主义的态度。此法不是重在证得先验的形上实在，而重在对治凡夫之"遍计所执"，使无明缘起相续得以中断，而证得烦恼法彻底息灭之"涅槃"。当然，此不设定任何先验存在，只是一观法上的作用层的语境，它也并不表示否定有先验之能觉主体或法身果境，只是悬置此种分别而已。原始佛教之观，类此。

另一种是超越层的觉知，是返观那个能觉者，是逆观，重点在

"是什么在觉知",让那个无相的、纯粹的、绝待的觉性显现自身。此时之能觉者,不与经验层之能觉所觉在同一层面,盖经验层之能觉所觉为对待法,相对而存在,俱起而俱息。而此超越层之觉性,乃超越二元对待之先天统一之本来面目。此时任何身心现象皆与本来觉性不相妨碍,而一切身心现象在觉性中自生自化自己解脱,观者只需维持其本性之自觉。此即在理论上预设一正面的"佛性",作为修道之根基,其针对不在对遍计执之破除,而在圆成实性之开显。此即一理想主义的态度,先肯定有一本有之恒在觉性,只为烦恼乌云所覆盖,若能使此本觉现前,则为始觉,再使始觉相续,则成法身成就之究竟觉也。如同经验层之觉知,不预设任何先验的存在只是一"观法"上的"悬置"而非"存有论"上的否定一样,超越层的觉知对于佛性的预设也只是一"存有论"上的肯定而非"观法"上的实执。亦即在佛性显现之观境上佛性是空而无执的。经验层的觉知,重在觉妄;而超越层的觉知,重在"显真"。此类观法,最初即要求一"见道"式的证悟以为其保任修观之入手处,故可称"果位法门"。若佛性未亲证,则无法下手入此种超越之观也。禅宗之修法,类此。

然二者实相通也。盖觉妄自有显真之妙果,而显真亦自有觉妄之妙用。遍计执一除,圆成实性自显;圆成实性显现,则遍计执自可除也。故二者相资为用,运用之妙,唯在一心。

五月十二日,星期六

昨天经人介绍与一个印度来的瑜伽老师会见,这位老师是受北京悠季瑜伽中心的邀请来中国讲学的,主要是讲有关呼吸的瑜伽法门。他想了解中国道教有关呼吸修行的情形,而悠季瑜伽的一位会员与宗教所科研处的工作人员是同学,于是辗转介绍我与这位印度老师会面。我主要介绍了中国道教的修行理论与方法,也向他了解了几个有关印度瑜伽修行的问题。我感觉这位老师只是一般的瑜伽修行者,并没有很高的智慧。悠季瑜伽会馆也主要是向一般的社会人士推广一些瑜伽修炼的法门，只可以作为身心锻炼的一种方法，对于身心的平衡与健康有一定的效果，但是与求道相距颇远。然而创办人尹岩女士的经营管理模式很成功，使悠季瑜伽成为一个不断发展的瑜伽经营企业。在这方面，也许我可以向她学习到很多。佛道教中有广阔的身心修炼方面的资源，如何充分利用它们使之为广大的人民群众服务，这是一个很有意义也很有前途的事业发展方向。毕竟求道成道只能是少数人类精英的理想，对于大多数人来说，如何取得身心的健康愉悦是一个更切身的问题。我们可以在广大的人民群众中普及身心修养的初级技术，让每个人有一套行之有效的身心修养法门，这既可以广泛地利益社会大众，也可以为培养更多的高级求道者奠定基础。同时，这本身也是一个富有潜力的事业发展方向。

对我而言，做纯知识性的研究没有太大的吸引力，我也不愿意只是做一个纯粹的理论型的学者。我有一个学者的身份，当然要做某种学问；但我更是一个求道者，我所有的学问都应该为悟道服务。我就要尽量摆脱那种严重受束缚的学术研究方式，而回归到自由的探索与自由的创作上来，以灵性阅读和灵性写作为主，不要只是为了完成学术任务而研究写作。一方面读我感兴趣的书，加强自身的悟道修养，开发生命的大智慧大功能；一方面关怀社会，利益众生，通过演讲授课、著书立说等方式，做实际的弘法的工作。

五月十八日，星期五

今天上午静坐，本来是修法界大定，但是通过观修无我法界，灵明自性却自然显现，后来即停止观修法界，安住在那个空寂妙觉的境界。虽偶有浮想出现，但不影响觉性。出定后自觉时间不长，但实际上已经过了七十分钟。有时候入定状态不好时，觉得已经到了一小时，可实际上才五十分钟左右。正如禅家所言："百千法门，同归方寸；河沙妙德，总在心源。"又如《宗镜录》所说，这个"一心"乃是根本之"宗"，如"镜"一样能照万法。一切所观修之境界千变万化，但万变不离其宗，其能观之自性唯是此"一心"也。此心不觉，即离其自性而攀缘于诸意向客体，生种种虚妄分别；此心能觉，即回归其自性之中心，而超越于一切所缘之境。于一切时地不忘此自觉圣智，念念消融而回归本性之空寂无限，此确是超凡入圣、超圣入凡之根本也！世间之工作与生活，出世间之弘法利生，皆须不离此根本大智，于觉悟中转一切法而不为一切法所转，此即圣凡一如之解脱境界也。

五月二十七日，星期日

答读者问：佛经、轮回与极乐世界

佛法深奥、微妙，由于是自学无人指点，所以自己对佛法、佛教有许多的疑惑之处，还请善知识开解。以下便是我的问题：

问题一：一是关于佛经的。我们都知道佛经是佛灭度后，众弟子根据佛在世时的教诲编写的。我想问的是"佛经是否每个字都是佛亲口说的？""弟子们在编写经书时，是否会把自己的认识、证悟带进去，进而偏离佛的本义？""那么我们应该以何种态度来看待佛经呢？一味地全盘接受，像对待神的旨意一样对每一个字，每字每句都要遵从？还是应该不拘泥于细枝末节（如是否存在西方极乐世界及其什么样子等），而只关注其核心的意思，如四法印这类的？

答：你的经历和问题都很有代表性，但是言不尽意，加上时间关系，只能略作解答，每个问题之后为我的解答。

一方面，原始佛法结集经典时是很慎重的，经过诸多圣者的充分印证而试图还原佛所讲法的原貌；另一方面，那时并未有录音设备，经回忆而诵出的经典难免有失真的情形。后期大乘经典则另有源出所在，很难说是佛亲口所说。所以说，佛经并不是每个字都是佛亲口所说的。那么应如何看待佛经呢？我的看法是，我们并不需以是否佛说为真理的标准，在佛法看来，实相不可言说，言说皆属第二义。所以，即使是佛说的，也只是应机说法，有权有实，也是指向真理的一个导引而非绝对真理的本身。另外，并非不是出于佛说的经典就不值得尊重，就一定不能代表佛法的真理，一切体验了真理的圣者所说的法，都是广义的佛经。所以我们重点是去领悟、去体验佛法的真精神，而不是拘于文字表面的言说。

问题二：在佛经中（尤其是大乘经典）中有大量的描写过分夸张化、离奇化，甚至明显就是幻想、神话的描写。如：对西方极乐世界的描写、佛脚踩莲花眉心放光等。请问这是否真实？金刚经中说"凡所有相，皆是虚妄。若见诸相非相，则见如来。""若以色见我，以音声求我，是人行邪道，不能见如来"。可见这些夸张、离奇的说法并不是真实的，也不是佛要说的本义。我想问的是"这些夸张、离奇的描写是否是因为佛直接为下根众生讲佛法的真谛，他们比较难以接受，佛为度他们而不得不委曲求全而采用的善巧方便，或者说善意的谎言呢？"那么，这么的话是否算是妄语呢？

答：大乘佛典有着更广大的思路、更圆通的理论体系，已经超出了原始佛法的范围。从原始佛法的角度看，则大乘非佛说，乃是后期作者的编造；而从大乘自身的说法看，则释迦牟尼只不过是佛的化身，而佛的法身与报身乃是化身的更高更深厚的源泉，有着更广大、更悠久、更不可思议的本质与内涵。因而大乘经典所描述的世界是十方三世一切佛、一切众生的世界，超出了原始佛法现实主义的眼界。大乘佛经大多不是原始佛法意义上的释迦佛亲口所说，这是比较清楚的。但是这并不意味着大乘佛法来自于更高的源泉这一说法没有可能，更不能肯定大乘自身没有价值。大乘佛法自成体系，其理论更加完备，多是针对小乘佛法的问题作进一步的展开，而至究极的发展与完成。至于大乘经典中的各种神奇、神通与神话般的境界描述，则需在具体的语境中加以了解与诠释，不可一概而论。有的可能是讲神话故事，有的是以象征的手法代表某种修法上的意义，有的则是真实的可能境界。《金刚经》的"凡所有相，皆是虚妄"等相关说法是在般若无住无相的意义上说的，是指对法身实相的证悟，而不是在现象层面否定所有的神通境界。对佛法来说，神通是证悟高级圣境所可能拥有的一种果位上的能力，但不是我们应该执着的一种因位的追求。所以不能简单地以《金刚经》来否定大乘经典中的神奇事象。

问题三："西方极乐世界""东方琉璃世界"和"禅宗的当下净土"是否是一种境界呢？前二种是否也是一种善巧方便呢？而真正的实相"西方极乐世界、东方琉璃世界和禅宗的当下净土"是否是一回事呢？

答：西方极乐世界等诸佛国净土是否存在、如何存在超出了我们的理性认识范围，更多地属于信仰的范围。但是我们可以考察信仰乃至修学净土法门对于改造我们现实的身心所可能具有的作用与意义。在这一意义上，西方极乐世界与东方琉璃世界都是大乘佛法中两个重要的修行法门的"所缘境"，借以改造凡夫的染污之业而成净业。对禅来说，心净即国土净，外在的世界无所谓净与不净，世界的净与不净是因为我们的心净与不净而显现出来的。对觉者而言，则无处不是净土。所以禅的当下净土与西方净土两者的语境不一样，前者偏在"理"上说，后者偏在"事"上说。

问题四：四是关于"六道轮回"的。我们知道在究竟意义上"六道轮回"也是虚假的幻象，唯有"空"才是实相。我想问的是在相对意义上，"六道轮回"和"我们现世感受的的世界"一样的"真实"呢。以凡人的角度来看"六道轮回是否相对的真实存在呢？西藏生死书中对人死后的描述在相对意义上是否也是存在的呢？六道轮回是否可以在深度禅定中看到么？您或者您的同修是否有此能力呢？神通是否是真的呢（相对意义上）？藏传佛教中"大宝法王或活佛转世"是否是真的呢？

答：佛法讲无我，是讲没有一个不变的主宰者，没有一个独立不变的"自我"存在，但是正因为无我，才有业力之相续，生命之身、口、意所造诸业都有相续的力量，构成生命之河流，非断非常。已造之业成为印象种子潜存于心识之仓库中，遇缘而再成为现行，而现行又薰染已有之种子，如是相续不已。此意识相续之流不会因为一期生命终结之后而于刹那间中止，而是由其潜存之种子再缘下一个形体，形成下一期的生命。由其种子之善恶成分与轻重比例，而有不同的形体之再生，此即形成六道轮回。此在现象上是真实的，而谓其虚妄不实，则是从轮回本身亦是无常变幻没有固定的自性而言的，同时也意味着轮回只是所缘形体的变换，而生命的根本中心未曾生死过。六道轮回按理可以神通而现量地观察到，但我本人没有这个能力，也无此愿望。对我来说，现实的生命中已经存在生命之轮回，每一天、每一念都有不同的存在状态在变换，都在上演"种子生现行、现行薰种子"的过程，这是智者可以现量观察到的。所以超越生死轮回也在当下：一念无生而觉照，即不受种子所影响而回归意识之本来面目。至于活佛转世，在理论上是指成道之圣者为度众生，自觉地再来此世间继续其度生之事业。而具体某活佛是否是真的活佛转世，则有真有假。

问题五：五是关于净土宗的。我个人更喜欢禅宗，对净土宗则较为抗拒。我想问的是净土宗的"带业往生，以及往生后再在西方极乐世界修成佛果"是否是真实的？若真实的话是否与业力论相矛盾？一个"贪嗔痴"未除尽，业未消尽的人如何能往生啊，他肯定是又随着业而轮回了啊。这是否也仅仅是佛为度众生设的一个善巧法门、或善意的谎言呢？

答："带业往生，以及往生后再在西方极乐世界修成佛果"是否真实？我的回答是"我不知道"。我只能说，在理论上也是可能的，就是在佛的愿力加持下，到一个更加纯净的世界去，有更好的条件修行而已。实际上，讲"带业往生"是为了鼓励行人的信心，重点在仰仗佛力之加被，使一般无能力自行解脱的众生有一归依之处。而真修净土法门，则应重在"消业往生"，正是通过持名念佛、观想念佛、实相念佛等，使自己身口意三业与佛之三业相应相契，而转化凡夫三业，与佛的愿力相应才能往生。通过念佛，"都摄六根，净念相继"，入三摩地，这肯定是一有效的实修法门，也可证得当下净土现前，而往不往生反而不是重点。

六月二十日，星期三

我的为学方向

虽然在学术方向上以内丹学和禅宗为中心，但在研究视野上则不局限于此。道教中的"内丹学"，儒家理学中的"阳明学"，都是比较接近于禅学的，其中的性命学思想都很系统精深，值得比较研究。除了禅宗语录，《宋元学案》、《明儒学案》也值得一读。现代新儒家在融通中西哲学方面也有建树，值得留意。我虽不专研儒学，但对儒学也应有深入的了解。一方面，我们要深入中国文化的原典，包括"三玄"、"四书"和"五经"，儒家再加上《荀子》，道家再加上《列子》，这些都是中国文化的源头经典。佛学传入后，还要加上原始佛教的原典《阿含经》。除原典外，同时要对以儒释道三教为代表的中国文化的整体有贯通的了解。另一方面，我们要精研现代悟道师父及学术大师的作品，同时对中外相关的学术研究成果有所了解。这样，我们一方面能深入自己的专业研究，同时也有博大的文化胸襟。

当然，不同于一般学者的是，我是以自身的修证为根本大事，以知行合一、自觉觉他为人生使命，最后要超越学术的局限，做一个智者、觉者，为人生服务，为社会服务。我的研究方向已经确立，希望在今后的研究工作中能从事自己自由的思考与研究，自由地表达自己的真正思想，以悟道利人为中心，做自己想做的事，真正成为自己。在适当的时候，除了学术研究外，也可以从事演讲或自由创作，弘扬中国文化中的智慧与真理。

六月二十二日,星期五

只要我们一失去警觉,生命中沉睡的习气就会现行,让我们沿着业力的轨道,掉进妄想的大海,而不能时时活在本地风光之中。我们必须不断地发大愿、修大行,时时提醒自己,让悟道觉世成为我们生命的主旋律,而世俗的一切皆随缘而化。当我们完全投入修行的世界,念念清明觉知,活在本性的海洋中,我们就会亲切地体认到我们本具的无限宁静、无限喜悦、无限活力的存在,就能超越自我的计较与执着,活出生命的真意。

七月一日,星期日

什么是禅悦

有朋友问:什么是禅悦?

我们知道什么是心理上的快乐和生理上的快感,但是我们没有体验过禅悦法喜。因为快乐是对某种我们所欲望的东西的心理满足,而快感是对某种我们所感觉的东西的生理反应,而禅悦不是对某种东西的满足或反应,而是那个能够感到满足或反应的那个存在者对于自身的体验。我们不再关注任何外在的对象,也不认同任何自我中心的思考、心理上的感受或生理上的感觉,而让那个原本就存在的意识的源头自己呈现它原本的状态。超越了念头就超越了所有相对的烦恼与牵挂,存在的中心(即"真我")就呈露出赤裸的面目。这个真我,或说为本性、自性、佛性等等,本是具足存在、意识与喜悦三重属性的,它是无法对象化的,也就无法通过思议与言说来体验,因为它本身就是那个终极的体验本身,它同时是体验和体验者。你无法以通过体验什么东西的方式来体验它,你只有直接进入。而我们的惯性是:我们总是在寻找某种可以满足我们的东西，我们想通过经验某种对象来满足自己，而依赖于某种东西的体验，无论多么幸福或激动人心，都注定只是暂时的满足，因为那个东西本身是无常的，不可依赖的。这就是我们的痛苦：幸福总是成为过去的记忆，或者成为未来的梦想，而现状总是不满足。禅悦超越于任何对象化的幸福感，而是那个不管任何情况下都永远自足的能够体验一切的幸福或不幸的体验者本身。真正的你是那个永远现成的本觉，而自我不过是过去的印象所组成的对"真我"的错觉。因此，禅悦随时可取，当下可证，不依赖于任何条件，你可以迷失在自我的梦幻中而遗忘，但真我并不因此而消失，你只需要重新记起它：一个回归源头的自觉观照。

此处的禅悦不是禅定状态下的喜悦感，这里的"禅"是禅宗之"禅"，是对"我是谁"的体验与开悟。至于禅定中由于心一境性而导致的生理上能量的净化与升华，心理上的清净与解脱感，也可以说是一种禅悦。但是若没有坚实的慧观，仅仅由禅定所导致的禅悦也只是暂时的体验，因为心理生理是时时在变化的，若执着于身心的喜悦感，只会制造新的紧张与烦恼。但禅定还是很重要的，它将积累身心的能量，获得身心高等状态，这有助于意识的成长，且可能引发对我们生命的真正的主人的一瞥。

七月七日，星期六

答问：禅悦与外缘

问：由于禅悦可以不依赖任何外缘而独自体验，那么对于一个可以随时体验禅悦的人而言，常人所籍以产生快乐或快感的诸多外缘，便没有那么重要了，他是否会因此表现出某种程度的离群索居或自闭的倾向？

答：你的这个问题，可以说本不是问题；因为对于一个随时可以体验禅悦的人，已经没有任何问题了。所以这个问题，一定是那个还没有能随时体验禅悦的人的头脑里的问题。你可能误解了：我说禅悦随时可取、当下可证，不依赖任何条件，是讲我们本具的佛性，是讲一种可能；但这并不是一种现实，不是说人已经可以随时体验禅悦了，那需要一个"量子跳跃"，一个顿悟式的体验。现实是人已经流连于业力的轨道，而远离于那个真实的自性。能随时体验禅悦的人，已经回归内在的中心，而超越于对外缘的执着。但这不意味着他会刻意地去排斥外缘，因为外缘对他不是一个问题，他为什么要去排斥呢？排斥意味着他并没有超越外缘，也就没有真正地归于存在的中心。所以一个能随时体验禅悦的人，没有外缘可以执着，也就可以与一切外缘平静共处，他没有必要离群索居或自我封闭。只有对于那个还没有能充分体验禅悦的人，由于外缘对他还有影响，为了集中精力于禅修，他可能会暂时地离开外缘，进行密集的闭关修行，这是有意义的、必要的阶段。但是隔离外缘不是目的，只是暂时的手段。而对于已经能随时体验禅悦的人，一切二元的世界都可以成为他幻化的游戏，同时也是他慈悲济世的道场！

七月九日，星期一

美丽的风景

星期天我们带孩子外出，去买了两双轮滑鞋，一双是给云儿的，一双是我的。我准备陪孩子一起训练一段时间，同时也是重温我多年前的轮滑运动。我是在南大时开始学习轮滑的，那里练的是前后左右四个轮子的旱冰鞋，我的水平还是蛮高的，可以进退自如，来回转圈。后来轮滑鞋都改成了前后四轮的"冰刀"型，但我总觉得不如前一种舒服自如，因为还要维持左右的平衡而不仅仅是前后的运动，如果鞋子稍微有点松，就容易左右晃动，大部分体力都用于应付鞋子的平衡，很不舒服。又到西坝河国美电器买了一部数码相机。自从孩子把我的旧式"傻瓜"相机摔坏了以后,我就一直没有再买相机,偶尔拍照,都是朋友们给照的。买完相机,我们去了附近的太阳宫公园。住在西坝河时,我常常到太阳宫公园漫步,公园的美景给我留下了深刻的印象。现在离开西坝河已经近三年了,我常常怀念那段美丽的时光。然而,旧地重游,当我再次走进公园,却并没有特别的感觉。我突然意识到:我怀念的并不是这个公园的风景,我是在怀念我那时游公园的美丽的心境!因为当年我在公园散步时,是带着充分的觉知,以法界一体之观境而游赏风景的。我们深藏于记忆之中的,并不是外在的风景有多美,而是那些完全清醒、无牵无挂的觉悟的片刻。既如此,则外在的风景并不重要,重要的是我们内在的心灵的风景。只要我们真正处于无分别的大圆满之境,则无论何时何地,都是极乐世界。反之,即使是风景优美的地方,如果我们的心纷乱不堪,我们又如何能欣赏此地的美景呢?

七月十八日,星期三

读唐君毅先生的《中国哲学原论》之《原性篇》,此书唐先生自序谓非先有材料再系统组织而成,乃一气综述而出,再补以相关材料充实而成。唐之书以一核心观念为线索,而就中国哲学之主要流派与人物之相关思想作系统论述,一方面叙述整理中国哲学中的相关思想,一方面对中国哲学史中的相关思想作出哲学的分析与评论,故其书不同于一般的哲学史著作,亦非纯哲学之思考,而为对哲学史所作的哲学分析,界于哲学史与哲学之间。吾之《内丹学研究》课题,则论述之范围限于内丹学而较唐著之整个哲学史范围为窄,然吾所论述之主题则不限于某一核心观念,而为一整个的问题体系,涵盖唐著中的"原道"的本体论、"原性"的心性论和"原教"的工夫论,因而唐著是在一大范围内论述一小范围之主题,而吾书乃于一较小范围内论述一大范围之主题。唐先生就某一问题所作之研究,对于我之相关研究,则有较大之参考价值。

八月三日,星期五

朱陆异同与顿渐之教

宋明诸大儒,于德性本体与工夫,皆有深广细密之论,将吾人道德修养所涵摄之心性义理之精微,发明无余蕴矣!此种义理,虽有一儒家式的底蕴与形式,然其所涉及之种种问题及相关之哲理,则可通于佛道而见普遍义理之所在也。如朱子论性即理与陆象山论心即理,即蕴含一渐修与顿悟、因乘与果乘的问题。以佛学观之,朱子近于唯识,而象山近于禅。朱子以心非即理,而以心与理一为道德修养之果境与目标,此即以心为妄识,必缘理而转识成智,方可言心理合一也。此即针对普通人之杂染气质而为说,为一因乘之渐修工夫论也。象山以发明本心为要,本心与理为一,故心即理。修养之道,即在以圣人之心与理一之果境,亦为人之本心所在,亦人可成圣之超越的依据,人宜先立其大者,顿然呈现此本心,则满心而发,无非此理,扩展开去,即成圣人之量。此即非针对普通人的杂染气质上说,而是针对人之至善之本体上说,而由本体作工夫也。此亦非谓常人之心即理,亦不是说不要转化气质之性,而正是以先天本心之觉悟,为转化气质之工夫也。此即一圆教式的工夫,为果乘之工夫论。虽象山有其儒家之价值立场,然其义理之内在结构确与禅相近也。果乘之弊端,在于人可冒圣,未真见得本心,而混凡心为圣境,故只适合上根利器、习染较少之人;因乘之弊端,则在其工夫无超越必然之依据,易进进退退,不识自家宝藏,无直截根源之道。若于此见得分明,则二家皆有可取之处,亦可为不同根器或不同阶段所宜重之工夫,亦可为互相提醒对方之不足而为知时知量之应机之药也。

八月四日，星期六

禅：一种存在的体验

禅在知解的彼岸，禅是超越知识的，禅能够被体验但是不能作为一种知识被知道。为什么它不能被知道？因为在根本上它是一个知者，而知者不能被削减为一种知识。禅是你真正的自己，你不能被对象为一个客体，只有客体能被知道。科学是一种对于客体的知识，而宗教之核心的部分不是知识，而是一种体验。禅是宗教的核心精神，禅不是知识而是真实的存在，它不是你外在的东西，它在你绝对的本性当中。我们可以看一个客体，谁是那个看着的人？什么是我们里面的意识？那就是真实。一个人必须来到它自己的源头去感受它，语言文字是无能为力的。师父也不能把它给你，没有人能把它给你。只有一个外在的东西能够被给予，而真实是不可能被转让的，因为它不是你能拥有的东西，东西能够被转让。那就是为什么知识能被教导，禅不能被教导。老师可以教导知识，禅的师父只是点化你，只是打掉你的虚妄见解，只是让你自己去体验。老师可以使你掌握越来越多的知识，而师父使你越来越意识到你的真实本性。关于那个真实没有什么能被说的，所有的经文，所有的哲学，所有的教导体系在终极的意义上都是无法触及那个真实的存在的。如果说这些教导有意义，那么它只是教导你去学习如何忘记知识，如何去忘记经文，如何去除教导体系，如何恢复你的本来赤裸的真性。一个人来到一个所有的想法、所有的知识都消失掉的一个点，此时只是存在，没有一丝的念头。在那个特别的时刻，禅被经验了：它是一个存在性的体验。

八月八日，星期三

七月读完了唐著《中国哲学原论》之《原性篇》，其中之《原道篇》暂停阅读，八月准备写一篇研究全真道的论文。这一方面是为出席九月底山东的全真道学术会议，一方面也是我开展内丹学课题研究的一个个案研究。吾以悟道弘法为人生之志业，而以学术为应世之方便。于学术研究，吾已超越他人之眼光，而可以自由独立之研究。我之学术方法与旨趣，在于一身心合一式的修道现象学的探索，即就传统儒释道修道的文献而作一种现代的古今对话与创造性诠释，以探索宇宙人生的永恒大道而导人以觉悟之境为宗旨，故非文献的考证与历史的描述，而为哲学的、心灵的内在智慧的展现。于近人之中，吾颇契牟宗三先生与唐君毅先生的中国哲学研究方法，吾之课题研究亦欲效法他们而对内丹学作一思想哲理的深度的整理与诠释。人生之物质基础与世间事业，吾皆已经得以初步安顿，自今而后，吾之人生皆以悟道为第一义，以学问为第二义，会学问于生命之中，以生命之超越境界从事生命的学问。

八月十一日，星期六

永恒的呼唤

在长久的生物进化当中，人的意识得以进化，同时也积累了无穷的印象。这些印象把人的意识束缚于其中，并形成形形色色的"自我"以整合这些印象。人类的一切活动与体验，都会在意识中留下它的印记，这些印记都会形成一种习惯性力量，从而限制意识的范围与方向。在意识的仓库中，潜藏着无数印象的种子，遇到合适的土壤这些种子就会成长为现行的意识。快乐的体验会形成想要延续这种体验的印象，反之痛苦的体验会形成排斥这种体验的印象，这些都是一种执着。自我生活于这些无数的印象之中并被这些印象所决定，而被印象所限制的意识属于有限的自我的意识，"自我"意识不到"超越自我"的无限意识本身。自我意识之属于有限，只是因为意识迷于有限的印象之中而形成受限的错觉，而意识的本性属于无限。无限的意识即是道，也是对于道的意识，也是道自身的自觉。人的本性源于道，与道为一，它是无限的意识。道不是外在的本体，道与我们内在的本性合一，因而道超越于内外，道是一，是整体。人无法离开道而生存，人生活于道中，正如鱼儿生活于水中，人之波浪一直就融化于无限的道之海洋。但人不记得这一事实，人不能意识到道而只意识到自我，误以为自我是与道分离的独立的个体，并为这一错觉而投注了全部的兴趣与能量。自我越是奋斗，就越是增强了与道分离的感觉，也就越找不到生命的真谛。所谓的觉悟，并不是另有所得，只是觉悟了这一事实：孤立的自我是一种错觉，是由分裂的印象所支配的有限意识，而人的真正的本性是无限的意识自身，是无限的道之海洋。无限意识首度意识到自身的无限，而与道相通相融，那就是一切智慧与神通的根源。充分进化了的意识摆脱了所有的印象的束缚而充分内化，回归于意识源头，此种觉醒是一切修道的根本宗旨与目标所在。我们生来就是有福的：因为道在眷顾着我们，整体在支撑着我们，我们来自于神的殿堂。虽然我们还在受苦，还在流浪，我们已经遗忘了我们本来的家园，但那个回归是一直可能的，那个觉醒是一直可能的。这个受苦、这个流浪是必要的，它使我们的意识有了丰富的内容与丰富的体验；而那个回归、那个觉醒也是必要的，它使我们的灵魂得以安顿，得以实现那个永恒的呼唤：认识到我们是谁，我们来自于哪里。

八月十一日，星期六

答问：修道与情欲

道友问：我想请教的问题是关于能量的下行。每当气脉运行良好并充实的时候，就无法过性之一关，千方百计让它卸掉。然后周而复始，身体每况愈下。请问您如何处理此事？谢谢！

答：我如何处理此事？你这是预设我有你一样的问题吗？事实上每个人的情况不一样，要面对的问题不一样，解决的方法也不一样。你必须发现你的问题的症结在哪里？是心理上的情还是生理上的欲？是主观的问题还是客观上的人伦问题？是练功中产生的问题还是常态下的问题？若是练功中产生的问题，则要注意练功方法，不要把意念集中在色身上而要扩展到法身上，尤其不宜注意身体的下半部分。佛家主要是以心理转化生理，心空而化炁；丹家则有生理上的修法，以生理转化心理，炼精化炁。身心相互作用，重重缠结。身不净则制造心理的贪欲印象或种子，心不净则形成生理上的欲望或压力。据我看，一般人无法绝对断欲，只须保持一定的平衡，在不同的修道阶段有不同的要求。从原则上说，重在一"化"字，以"慧"化"情"，以"定"化"欲"，只有升华转化了，才能达到自然的身心不漏。从其路线上说，有从戒到定到慧的路线，有从慧到定到戒的路线，有清修的路线，有双修的路线，应不同根器而有不同的法门。总是一个习气的问题，不能上化，就只有下流。丘处机有言："色身元有限，情欲浩无涯。痴似蜂贪蜜，狂如蝶恋花。"情欲之化解，确是修行人最难面对的课题。此事数言难尽，文字亦不能达，我想理论上的说法你一定了解了不少，终归无用。找一个真有成就的大德，请他针对你的情况面授机宜吧。

八月三十日，星期四

答问：佛家之空与道家之无

网友问：佛家言空，道家言无，其有何异同？

答：佛家之空义，道家之无义，皆极深远广大，须整观佛学与道学之全体方可知其异同，吾不知从何说起。简言之，空与无皆含本体、工夫与境界三重妙义，非一般印象中之"空无一物"之否定消极义，而含极富之玄理与智慧。佛家之空，就宇宙论上说，为缘起性空；就人生修养义上说，为空我执法执之空，于空执后解脱烦恼所知二障，即证佛家解脱之境界：涅槃。空非否定事物之存在，而是说一切存在之事物皆无缘起现象之外之独立与不变之自性，而人之烦恼皆起于"我"与"法"之实执，若悟万法本自性空，则当下无住，而觅烦恼不可得也。道家之无，从道之本体上说，为无形无相而含具万德之虚寂本源；就人生修养义上说，为无为自然而与道合一之工夫与境界。人之后天皆属有为造作，而道家修养之道，乃返本归根，回归先天之无为，于无为中入于虚寂静笃，则不见身心之对立，不见我与万物之对立，而冥合于道。佛家言空与道家言无，有不同之背景与不同的意义，此不可说全同；然自一终极真理之法眼以透视之，则亦可相通而不见其相碍，而不可说为对立。详细分疏，吾暂无暇为之，可参看相关著作而参悟之。

九月一日，星期六

读书有不同的层面。有实用知识的层面，这是生存的技术，生活的需要；有思辨兴趣的层面，这是满足自己的理智求索心理需要。若论禅修，则无关的阅读没有必要而且引人向外求理，但可阅读有修证的人写的或讲的书，这些书本身是有助于去除知见、脱落思想的，若能相契则使人返观本性而自觉。先觉者之智慧话语乃我们体悟自性的桥梁，若能会之于心，则知先觉者但得我心之同然，前圣后圣，心同理同也。若以外在求知之心读书，则圣人之经典亦成为思想的对象，而离吾人本性愈远也。

九月十日，星期一

昨夜将《原道篇》阅读完毕，我已经断断续续地阅读了唐君毅先生的《生命存在与心灵境界》、《中国哲学原论》（包括《导论篇》、《原性篇》和《原道篇》）诸书。唐先生确有慧解，他的方法是以哲学家的眼光论中国哲学史，就中国哲学史中的问题阐述他的哲学见解，不同于一般哲学史的研究。唐对中国佛学的梳理，虽其佛学文献功底不如汤用彤这一类佛学专家，但其哲学的疏导实有开创之功。到牟宗三的《佛性与般若》，可以说从哲学研究方面达到了对中国佛学研究的高峰，也可以说是继唐先生的研究而更有大成。就学术研究上说，唐、牟二位的研究对我最有参考的价值。我的哲学功底不如他们二位，但我的实修体验与智慧则更胜于他们作为纯粹的学者的哲学体验。在我即将开始道教内丹学的课题研究之前，阅读唐先生的著作对我将来的研究路线颇有启迪。

十月二十一日，星期日

无象之象

　　心沉静如水，在沉静中接受宇宙万方的消息：平静的水波中映现的却是整个的蓝天大海！就这样让万有呈现出存在的本来的样子，而其中并没有任何可以现成地把捉者，只有那充满生机活力而一切自然发生的纯境域。驿动的心在这无象之大象中得其归属，而感受天地神人共舞大化之美；人间的一切悲欢沉浮，皆成为永恒的幻化游戏。在大海的背景中似有一丝的微波：这宁静之中竟也包含了惊奇与玄秘、多情与感通，整个法界的奥秘虽难以言诠而又心领神会。没有人为的增减与挂碍，真相就在这无思无为中开显，圆明自如，化其所化，而生命于无所得之境中成其为自己。

十一月三日，星期六

田野漫步与荷尔德林的诗

　　天气渐凉了，我开始了午后的散步。午饭后小睡片刻，即开始到周围乡间的田野中漫步。那秋日的田野，有一种惊人的美，它的美不是浮浅的，你竟道不出它的味道！只是心中有一种气氛弥漫开来，诗意涌现了，那是一种丰盛而成熟、广大而深沉的情思，那是一种远古的记忆与永恒的回响，仿佛整个世界都消失了，只有这浩瀚的灵光妙觉！我这个农民的儿子，在这广阔的原野中，终于回归那纯朴的宁静。我不写诗，但却在心中涌现出荷尔德林的诗：

秋

自然的光辉是更高的显象
那里收结了多少快乐的时光
它就是这壮丽圆满的年华
那里硕果化入喜悦的辉煌

世界穿上了盛装，飘过空阔
田野的声音只轻轻回响，阳光
晒暖了和煦的秋日。田野静立
如一片伸展的远望。微风吹荡

树梢枝条，伴着欢快沙沙声响
这时的田野已经变得空旷
明朗景象的全部意义都活着
如一幅图象，四周飘浮着金色的盛况

十一月五日，星期一

读《禅史钩沉》

在我的博客上，有人推荐龚隽的《禅史钩沉》，之前我没有注意到其人其书，于是特地从书店买回来这本书，并认真地阅读，今天总算把这本书读完了。这本书从学术上来说比较规范，有明确的问题意识与方法论的自觉，对中外的禅学研究成果比较熟悉，因而他选择的问题和展开的论述，都是基于和已有的学术成果之间的对话与深化，显得较厚重。除了资料上比较详实外，龚隽本人对禅学本身也有一定的同情了解，能作较中肯的评论。但是，从禅的内在智慧来看，龚隽先生基本上是一个纯学者的立场，他缺乏禅的切身体验与智慧，所以他的论述比较死板，有些问题是无聊的学术分析，有些是断章取义、望文生义式的了解，他的论述是外在客观式的，他不能展示禅的活生生的生命体验。他自己也自觉地把本书定位在学术上，我们不能期望他能满足学佛悟禅者的体验性的要求。然而那位网友却是一个佛教徒，他推崇龚隽的《禅史钩沉》并不是基于对这本书的全面的了解，也不是从学术的立场上欣赏它，而是从学佛的见地上找到了同调，其实不过是在本书的某些陈述中找到了符合他自身见解的支持而已。

十一月六日，星期二

下午由一位读者的介绍去拜访一位西藏传大圆满法的某上师，据说是左青寺阿秋喇嘛在汉地传法的代表，曾闭关数十年。但是见面之后没有感觉到他有什么过人之处，交谈之后更没有什么感觉，觉得藏地的所谓上师，不过是在一种封闭的传统教育下成长起来的教条化的老师，并没有显示出活生生的智慧，对其证量不由得大加怀疑。这类上师虽然较那些没有传承伪造传承以骗人供养的假上师要好得多，但是对于广大的教理并不能融会贯通，更谈不上对现代多元的文化加以融摄，只能依样画符，不能真正解答弟子的问题。我本来对拜访一般的上师没有兴趣，自己也没有什么需要求助于上师的，只是我的一位读者朋友是这位上师的弟子，热情地介绍我去认识，他的美意是希望我能通过藏地有传承的上师的印证。可是这类上师，我还没有印证他呢，他又如何具有印证的资格！况且道唯心悟，岂是他人可以证明；真悟者亦不需要他人的印证。印证不过是为传法的方便，以取信于人，这对我目前并不是迫切的事。以后我不再拜访事先不熟悉的上师之流，除非我已经读过他的书，对他有信心，我才会去见他。否则，不过是自讨没趣、浪费时间罢了。

我还是走自己的路，在生活中成长菩提心，让觉性的光芒照亮所有的藏在黑暗中的妄想习气，显现出自性的空灵与光辉！

十一月十二日，星期一

读帕斯卡尔的《思想录》

前两天到书店买了几次想买而一直没有买的帕斯卡尔的《思想录》。帕斯卡尔是个天才，这个人的聪明才智是少有的，不仅在科学研究上有杰出的才华，而且在思想上、在人生智慧方面有很高的洞见。他几乎就在边缘上：他很接近那个宗教性的真理，从思想上达到了思想所能达到的高度。然而，宗教性、见道或者说解脱境界，却是超出思想的直接体验。西方人只能在基督教文化的背景中来思考宗教的终极意义，而没有一个活的师父的指引，又没有对东方禅与道的智慧的开启，这些西方的天才们就只能在穷彻万法之源中逼近那个真相但又无路可走，很多人只好走向疯狂，或英年早逝。像尼采、荷尔德林、克尔凯郭尔、陀思妥耶夫斯基等。我的灵魂中有与帕斯卡尔很接近的成分，幸运的是，我没有走上纯思考的路子，我在实践中找到了生命的活生生的源泉。这本《思想录》是一本独特的哲学书，在其中我们不是看见一个"哲学家"，而是看见了一个活的"人"。哲学家作体系化的思考，他是在创作，而在创作中他本人不在场，那些哲学的思路与概念占据了他；而一个活生生的人，他在切近地思考，他生命中随时有感有悟，他不是在创作，他只是在记录，记录那些来到他身上的思想。哲学专家们的工作是在面对少数的专家，高度概念化与抽象化，离开一般的群众很远，而一个真实的生命的体验记录下来却可以有更多的共鸣。从某种意义来说，我喜欢帕氏的写作方式，那更真实、更生动。我的那本由日记汇编而成的书，就与《思想录》的体裁相近，只不过我的主题更集中，不像《思想录》那样包含了更广阔的思考。作为一个学者，我也要写一些学术专著，但作为一个人，我更愿意记录我生命中的体验与感悟，记录人生路上美丽与平凡的风景。

十一月十四日，星期三

答问：求道的困惑

某青年学子的来信：

好久没和您联系过了，最近学生突然间迷失了自我没有了方向，找不到我在哪里，我内心很彷徨，恐慌，矛盾，紧张，害怕，因为我从未这样过，一下子没有了判断力没了那个所谓的正见，或许是吾国和世界的差别，让我感到我曾经的那份骄傲与自信变成了自欺与虚伪，这让我觉得我的人生态度一下子变成了荒谬与笑柄，是我的原因吗？还是这个时代的人们呢？我不是个唯物至上的人，我相信在有形之上，有更玄妙的东西，我相信真理往往大都存在于这些无形之中，但是我生活的这个圈子不许我有这样的想法，愚生实在思考不出结果，或许从一开始我就错了，也或许是我一直坚持着真理，总之我现在很迷茫，矛盾。我不想这样的生活下去了，我需要一点方向。

我的复信：

你的境况包括两个方面：一是你自己的人生体验及人生求索的方向；二是面对周围人们的生存状态及他们的价值观，你如何适应他们？如何处理自己价值观与他们的矛盾？如果适应他们，你觉得就失去了自己内心的一种理想追求；而如果坚持自己的道路，你就感到无法与周围的人群共处。

你的这种状况是很正常的，一个真正求索人生的人，都会面临这种困境，所以不要害怕，要正视它，看清它的实质。

一方面，你要真正确立自己的人生方向，不是听从老师，不是跟着书本，是自己用心灵去寻求、去探险！如果只是听从他人的教导，你会只是在理智上认同一种价值观，而不是发自内心的一种安定、一种踏实。这样你就不能面对人世间的种种诱惑，你会不时地摇摆。要把从书本上、从老师那里得来的东西，用自己的体验去充实，变成自己内心的自然的东西而不是强加在自己身上的约束。有时候你需要暂时放下高远的理想，去体验你这个年龄所需体验的东西。也许那些是没有意义的，但这个没有意义要经过体验以后才知道，否则它对你永远是个诱惑。一旦你确实地找到了自己的人生方向，确立了有价值的人生观，而不仅仅是一种理智上的认定，你就不需要自己勉强接受什么了。

这样你就可能处理好第二个方面的问题：别人的眼光不能影响你，因为你已经清楚地知道自己在哪里、自己将走向哪里，你可以和周围的人一起游戏共舞，但你的内心不会因他人而波动。不要跟随群众，大多数的人是没有自己的灵魂的，他们随波逐流，于世间沉沦，只会追求感官的刺激与肤浅的快乐，你怎么能因为这些人就怀疑自己呢？归根结底，是你自己还没有认清自己，所以就会随他人而不断摇摆。如果想要追求真理，你就要准备义无反顾地独自探索，走自己的路，你不能老是顾虑周围的群众。但是你也理解他们，你不必与他们作对，他们也走在他们自己的道路上，你不必负起教化他们的责任：那现在还不是你所能做的和所应做的，你最重要的是找到自己的道路并活出生命的真意来！

十一月十八日，星期日

我必须提醒自己：不要迷失在学术性的思考中，不要忘掉明觉与内心的宁静。虽然你生活在尘世中，做你所应该做的工作，但尘世并不在你里面，你里面是一个完全的空无，你存在的中心一尘不染。只有生命的觉醒才是根本，才是生活的主旋律，其他一切不过是随缘而化的游戏。所以，在阅读学术研究的资料的同时，每天也要抽出一点时间阅读禅典、阅读大师的语录，让自己的心随时与觉悟的境界相关联，而不至于沉沦到世俗的事务中去。世间事务正是考验自己心性的时候：我是否还不能放下得失的牵挂？

十二月四日，星期二

读《胡塞尔选集》

读《胡塞尔选集》。我曾在准备博士论文时读过一些西方哲学的书，尤其注意现象学－诠释学思潮，包括胡塞尔的《纯粹现象学通论》、《现象学的观念》和海德格尔的《存在与时间》等。当时读现象学的书，虽略有入门，但颇觉艰涩难懂。此次再读胡塞尔，已经得其门径，可以了解现象学的思路及其观念，读来已不觉隔碍了。胡可以说是典型的西方式的哲学家，他的哲学思想可以说是西方哲学传统有机发展的逻辑归宿，胡塞尔自己也认为，柏拉图、笛卡尔、休谟、莱布尼茨、康德等为现象学的创立准备了基础，而现象学将作为一门普遍精确的科学完成"第一哲学"的理想。康德是西方哲学的关键人物，既是康德以前西方哲学的集大成者，又是康德之后西方哲学的思想源泉。而胡塞尔可以说是康德之后又一位最重要的"承前启后"式的哲学家，他开创了西方哲学的新时代。在胡塞尔之后，一大批受现象学方法影响的大哲学家推进了哲学的"现象学"时代，如海德格尔、伽达默尔、舍勒等。

学习现象学，不在于接受胡塞尔的具体观点，而重要的是掌握现象学的思路与方法。现象学开启了一种新的"看"问题的方式，也开辟了广阔的研究领域。现象学克服了"主观主义"的内在性和"客观主义"的外在性，在"内在"与"超越"之间架起了桥梁。在现象学的视野中，没有现成的认识主体，也没有现成的认识客体，主体和客体犹如认识的两岸，而"现象"则是活生生的认识的河流。这个活的河流，既是纯粹的意识现象，也是所有的意向性的相关物。意识不是主体，意识总是关于某种对象的意识；意识对象也不是客体，而是关联于某种意识的对象，意识和意识对象都具有无限丰富的构成。现象学通过先验的还原对预设主体与客体的实存性的自然主义思维进行排除，又通过本质还原和本质直观探索纯粹现象领域的本质构造与观念联结。在胡塞尔看来，纯粹现象学是一切经验科学所以可能的"作为严格科学的哲学"或"哲学性的科学"，其与经验科学的关系犹如纯粹数学与物理科学的关系，是"先天"与"后天"的关系。掌握了现象学的分析方法，就能超越常人的自然思维的偏见与成见，从而开启一个崭新的思想领域，"看"出常人所看不出来的"新鲜"的东西来。

《胡塞尔选集》中有许多深入细致的现象学描述，给我留下了深刻的印象。从某种意义上说，这种现象学还原与本质直观的工夫，需要很强的意识自觉，也属于某种"有意识"的训练。不过，由于胡塞尔所关注的问题和所要达到的目标都是纯西方哲学式的，集中于"认识论"的领域，虽不乏创见与启示，但也有许多是"经院哲学"般的纯粹思辨，是先自己制造问题然后再予以解决，而那个问题原本就不是问题或是无需解决的问题。因此，在胡塞尔具体的现象学分析中，我们除了看到现象学作为"工作哲学"而进行的层层探索外，很难有实际心灵上的共鸣。那是属于哲学家玄思的领域，与人的实际生活世界无甚关联。我对《选集》中的某些具体的现象学领域的分析没有细读，而重点集中在现象学的整体思路和方法上。

现象学通过先验还原获得作为意识体验的纯粹现象的领域，对意识体验的现象所作的现象学研究对于具体深入地了解人的认识机制与意义生成的机制都有重大的启发意义，但现象学的所有研究成果也都只是"现象领域"的成果，这个成果如何重新"还原"到"实在领域"而成为对"外在超越"的客观对象有效的认识，仍然是一个问题。因为现象学并不否定"超越的对象"本身，只是开始时把它"悬置"了而后在现象学直观的明证性中重新构造对象。但是，现象学通过"意向性"所构造的"意识对象"毕竟不是真正意义上的"超越的对象"，现象学认识的"先天"对于经验科学意义上"后天"的"超越的对象"如何可能仍然是一个问题。可以说，现象学是否真能超越康德的"现象"与"物自身"的区分，现象学的"现象"是否能打通康德意义上"物自身"仍然是大有疑问的！

而且现象学毕竟只是西方哲学意义上的一种"哲学"，目的是回答"认识何以可能"的问题，它只是提供一种新的解释的维度，并不提供人的境界提升的工夫论。现象学谈到意识的多样性的构成，谈到意识的对象化和对象化的意识，但与东方传统的佛学相比，它没有谈到不同层次的意识觉醒和不同觉醒层次的意识，没有谈到无对象化的意识本身的自觉，没有对超越任何对象化的纯粹意识境界的体验。因而现象学终归是作为认识论的哲学，而不是作为工夫论、境界论的"修道现象学"。如何借鉴现象学的方法而对东方的修道现象做出现象学式的描述与展示，是我研读胡塞尔的目的所在。

十二月五日，星期三

演讲：我是谁

应社科院亚太所的邀请，今天出席了亚太所每周一次的午餐演讲会，我作了"我是谁？"的演讲，对宗教的核心精神作了一种生动而有力的提示。今天的演讲比较成功，虽然我没有准备讲稿，只列了一个简单的提纲，但近一小时的演讲浑然一体，一气呵成，既有深度又较自然。因为这次演讲，没有任何专题的限制，不像上次为宗教局干部培训班上课，有特定的要求和特定的听众，只能传授知识，所以这次可以自由地讲我感兴趣的东西，可以发表我的研究与体悟的心得体会。演讲后一边午餐一边继续交流，回答听众的提问，在热烈的气氛中与听众进行了交流。现在我的演讲水平日趋成熟，有机会可以多出席一些演讲会，慢慢融入社会，把自己的修学心得与社会各阶层人士分享，在"自觉"的同时开展"觉他"的事业。但是，自觉永远是基础，没有足够的高度，就容易在社会性的活动中迷失自己。无论做什么，都要保持内心的清醒与安宁，在最内在的中心永远一尘不染。除了智慧的分享，我们一无所求、一无所得。

一般来说，演讲有三种准备方式，也可以说是三层境界：一是事先把要讲的内容写成讲义，讲课的时候基本上照着讲义讲解，一般领导人作报告也是如此，先提出要点请秘书写出报告，自己再念稿子。这是演讲的下乘境界。二是把要讲的主要思路、主要问题写成演讲提纲，列出一些最基本的材料，讲课时再围绕提纲作临场发挥，随机而讲，如果录音下来，就可以成为下一次讲课的讲义。这是演讲的中乘境界。三是演讲前基本不作具体的准备，演讲时把自己的学识充分调动起来，发挥演讲的艺术与口才，像大师讲道一样应机说法。这是演讲的上乘境界。我现在如果要上课，较适合用第二种方法。第一种方法太死板，第三种方法我现在还达不到那种境界。上次在宗教局讲"佛道教对中国文化的影响"是"命题作文"，需要我自己对此主题作一个全新的整理与思考；今天则不然，基本上未做准备，只是以一个主题为线索随机而说。

十二月七日，星期五

答问：学佛者可以炒股吗？

问：尊敬的戈老师您好，请问学佛人可以炒股吗？或者您对这些行业是怎么看的？真诚请求老师帮助我解开迷惑，谢谢！愚生敬上，祝福一切如意，南无阿弥陀佛……

答：这要看你自己的情况是否适合炒股，不是说学佛者就一定可以或不可以炒股。以什么样的心态去炒股？炒股的目标是什么？炒股肯定会对你的生活有影响，这种影响你能否做主？关键看你是否对自己的行为有清醒的觉知，在炒股的过程中及对于炒股的结果都能坦然接受一切的可能。总之，我认为炒股本身不是问题，你合不合适炒股那是一个具体的人的问题。不要因为炒股而沉迷于得失之中，如果没有能力掌握自己，而且生活上没有必要，就先不要炒股吧。如果炒股不影响你的生活，你想体验或考验自己，也可以试试。一切生活中的内容都可以成为锻炼自己的道场，但要看你是否真的是把它变成了"道场"还是"赌场"。一件事情，只要不违法不犯基本的戒律，不怕别人知道，那么原则上都是可以做的；但一个具体的人应不应去做，则要考虑他自己的处境与能力、智慧与悲心等各方面的因素。

十二月十二日，星期三

读一位老农的来信

今天在楼下的信箱里发现了一封已经沉睡了一个多月的信件，因为现在有了电子信箱后已经很少再有一般的信件了，所以我也不常关注楼下的信箱。这封信是湖南益阳的一位八十老农薛庆余先生写来的，几个月前他曾来信希望我赠送他我写的《游心于佛道》，说他是在朋友家看到的，但由于他住在小山村，不方便购买，并以"朝闻道，夕可死也"来表达他对书的渴慕之情。当时我毫不犹豫就给他寄去了《游心于佛道》和《探寻生命的奥秘》两书。因为一个山村的八十老农能有此种求学求道的精神，实在令我感动。今天看到他的来信，同样令我感动。令我感动的不仅是他对我对书的种种誉美之言，更主要的是让我感受到一种跨越了年龄限制而以"道"相通的友情。他在信中表达了阅读我的书后的收获与喜悦，并描写了他现在的精神风貌以及他家乡的山水风情，使我也仿佛回到了久别的乡间田野。"我这条生命的小舟在茫茫的人海里航行了八十个春秋，现已驶入了宁静的港湾，这里水明如镜，芦花白，夕阳红，枫树流丹，十分惬意，亦乃息机之地也。乐天知命，夫复何求？我住的地方山高林密，风景清幽，泉甘土肥，尤其是从石缝中流出的泉水，清冽甘美，饮之能洗胸中万斛之尘。"老先生这段话，透露出一个智慧的老人的人生境界，在自然大化之中心有安顿，况且还能学佛读书，让我在这浑浊的尘世中看见了一股清流，也增添了对人性的一种信心。难得再读这样用手写在信纸上的、真情的信件，虽然已经晚看了一个多月，我还是要写下一点读后感，愿薛老先生在宁静的乡间得其归属，安享晚年！

十二月十九日，星期三

又到了年终岁末了，每一天都是平凡的，也都是神圣的，我安于当下每一刻的生活：现在的生活已经安定下来了。目前我的生活仍是以修道为重心，随缘做些利益众生的事业；在工作方面是开展今年申报的社科基金课题的研究，用几年的时间再写一本内丹学方面的专著；日常生活方面，每天的散步、上网、照料孩子及做家务等要花一些时间。以每天的定时静坐为基础，将禅修的成果融入日常生活的每一刻，这是修道能否取得进展的关键。清醒地生活于当下这一片刻，觉察自己的起心动念，转化习气，安于本来面目。时时返观一觉，抛开头脑去存在，于最深的本性中与道为一。世间生活中的得失荣辱，对一个菩萨行者只是考验自己的道场，而丝毫不值得去为之操心牵挂。发菩提心，修菩萨行，只有定慧之力不断增长，才能实现自觉觉他的人生使命。

十二月二十日，星期四

答问：他人的表现为什么会让我生气

问：我看到周围的人常常表现出自私与自我、虚荣与愚蠢，有时我会很生气很伤心，请问我应该怎么办？

答：当一个人的表现不符合我们的期望时，我们为什么会生气？如果说那个人不能理解你，不能站在如你一样的高度看问题，而表现出他的自私与自我、虚荣与愚蠢，那么我们应该如何面对这样一个人？我们为什么要自己生气、发怒并且悲伤呢？难道他人的问题竟然成为我们惩罚自己的理由吗？因为生气、发怒或悲伤不仅是针对那个人的，而且对于自己无疑是一种自我伤害。显然，并不是我们真的那么关心他人的表现，而是因为我们失去了觉知，而让心底的自我成为了主人，这个自我不仅容易受伤，而且容易伤害别人。对一个真正的修行人来说，他的觉知一直在场，这时自我的各种把戏都在意识的光亮之中无所遁形，他生活于真实以及对于真实的了知之中，由此种清晰之洞见而生出一种极大的慈悲，因为他看到了自我的虚妄，他不仅表现出一种镇定与优雅，不受他人的不如人意的表现而打扰，而且他能够设身处地地去理解他人，他知道他人生活在虚妄与不觉中，别人之所以表现出如此之模样也是出于他的业习，他是无法自己做主的。如此则可以看到，别人的存在并不是为了满足我们的期望，他只是在他自己的习气的轨道上自动运行，我们完全没有必要因为别人的"自私与自我、虚荣与愚蠢"而大生其气甚至悲伤，我们首先要使自己不被自我习气所支配，活在清醒与慈悲之中，这样我们才能进一步帮助别人从"自私与自我、虚荣与愚蠢"中解脱出来。

十二月二十五日，星期二

有时候我们会参加一些学者之间的聚餐，吃饭的时候随便聊天，话题也无所不及。只是很散乱，完全感觉不到一种深入，一种心灵的相通与交流，似乎每个人都带着一个学者的面具，大家关注的都是外在的话题，没有活生生的生命体验的交流。或许，一般的人本就没有什么活生生的东西，他们不过是一个带着"学术的僵尸"或"僵尸般的学术"的所谓的学者。我也从不和他们谈论超越性的宗教真理或宗教性的超越境界，也顺着餐桌上的气氛随缘地聊些无聊的话题，我知道我的心不与他们在一起。反正，与他们的联系也仅限于这种外在的学术身份，在内心深处，我登上自己存在的高山，融化于道之海洋，俯看人世间的真假悲喜剧。一般的学术只是一种职业，他们讲究的是技术性的策略，以学术成果在学术界博得一席之地。在这种学术中，我们看不到大智慧的灵光，看不到对真理的不懈追求，自然也无法从这种学术中寻找得以安身立命的精神源泉。我不去改变别人，也无法改变别人，所以仅是和他们一起游戏于学术之中，而清醒地走自己的道路：将所有的学问融入生命，走向彻底的觉悟之境；展现自己的生命境界，以大智慧去觉悟有情！

十二月三十日，星期日

宗教所的专家要注意自己的学者身份，不能持反政府立场和不同政见，不能以宗教信仰者的身份说话。在社科院工作，有一个学者的身份，因此发言也好，撰文也好，著述也好，都要把握好分寸，不要留下把柄，以免造成不必要的麻烦。因为社科院属于中央直属机关，社科院的学者要遵守党和政府的纪律，可以作为"宗教学家"，但不能以"宗教家"的身份出现，而要以学术的面目示人。再说，我也不是一个狭义的宗教徒，我本就是追求真理的，而真理本身是有益于社会的，我的悟道智慧完全可以以学术的姿态展现出来，也可以说悟道的智慧是更高层的学术，是学术的灵魂。开发传统文化中有益身心健康的资源为现代社会服务，我的这个大方向是和政府建设"和谐社会"的理念相一致的。我不需要以宗教神秘主义的态度说话，而以一个思想家、宗教学家的身份说话更能符合我的身份。在公开场合演讲或者公开发表文章时，要注意必要的策略，有些不适合公开的话不必公开。宗教学研究的同行都是学者，他们很难进入悟道的世界，除非有人向我请教，否则我没有必要和他们讲悟道，只需和他们作学术上的交流。以学术应世，以智慧出世，以慈悲济世，这是我人生的总的战略。

卷四 大圆满就是你真正的自己（2008）

一月一日，星期二

在2007年的最后一天，我读完了《胡塞尔选集》；接下来要读伽达默尔的《真理与方法》。这段时间读西方哲学，作为《道教内丹学研究》的方法论准备。读西方哲学，可以打开思想的视域，提高理解、分析和表达的能力，但从悟道上来说没有什么直接的帮助，反而使人容易陷入思想之中而离开那个本真的存在。新的一年开始了，希望在修道上有新的进展，学问上有新的收获，生活上有新的体验。无论如何，修道才是最根本的大事，修道境界的高低直接体现人生境界的高低，只有以修道境界为基础，我们的工作与生活才谈得上有意义；也只有自身拥有真实的生命境界，才谈得上去帮助他人提升生命境界。因此，这两年虽然有课题研究的工作任务，但丝毫不能放松修道，除坚持每天的定时修炼外，仍然要经常地阅读一些灵性书籍与大师经典，保持与觉悟境界的心灵联系。

我们的云儿也长大了，新年的第一天表现得很优秀。他虽然昨天睡得较晚，但今天却没有睡懒觉，而是早早地起来和我一起锻炼身体。前几天我去参加青年论坛，孩子和我打电话说："和你在一起真幸福，我很想你，想让你马上回来。"平时我和孩子在一起的时间较多，偶尔离开，他就会特别想念我。希望云儿在新的一年有更大的进步。

一月二日，星期三

这段时间读西方哲学，很少再看悟道大师的作品了，这使我的心思也相对地离开了灵性的世界。虽然每天也照常静坐，但整个生活的气息，似乎偏于学术性的思考，而较少有灵性的视野了。为了平衡一下我的精神世界，我决定在学术研究之余，重新阅读佛典及一些大师的作品，每天读一点，保持与大师的联系。对我来说，读大师的作品不是为了获得新的资讯，而是为了重新记起我们已知的那个存在。在没有证得终极的解脱境界之前，我们需要已经成就的大师的加持，他们的信息将帮助我们回忆起那个我们曾经体验到的境界，而使我们在日常生活中保持觉悟的境界相续。希望借助大师信息的提醒，我能活在此时此地。

一月四日，星期五

这两天把心思再返回到修道上来，加强生活中的觉照，并且在静坐时一心入定。今天静坐效果较好，身心都得到一种净化与纯化。每当我稍微放松修道而把心思用于别的主题上时，我的身心状态就会下降，就没有那种庆祝与喜悦的心境，就会在不经意间有一种生存意义的失落与重新追问，促使我从尘世的纷扰中觉醒，重返觉悟的境界。我的人生已经经历过困惑与探寻、体验与开悟，我在尘世与高山上徘徊，有时进入存在的高山，与道一起飞翔；有时又回到了尘世，被生活中的种种俗事所打扰。而这正是我生活的意义：在尘世的生活中体验超越尘世的空灵与解脱，在迷与悟之变换中逐渐融进彻底证悟的海洋！

一月五日，星期六

读《Osho 传》，这本书是从 Osho 的几百本书中摘录下来的，是用 Osho 自己的话来记录 Osho 一生的传奇，也是 Osho 一生教诲的缩影。Osho 谈到他学习哲学的理由："没有学习的话我不可能正确地争论。我不得不学哲学。我喜欢哲学争论的方式，还有我要切入哲学所产生的最深刻的论题。但我将会反对它，因为我的经验是，没有一个哲学家曾经成道觉悟。他们不过在玩弄词藻，逻辑训练；他们从来没有超越他们的思想。他们在思考上确实杰出，但他们只停留于思考。"一般所谓的"哲学"关注的都是些抽象的理论问题，而缺乏活生生的与生活经验有关的问题。"真正的问题不是在死亡之后生命是否存在，真正的问题是在死亡之前你是否活过。"这是Osho的一句名言，Osho这样评论哲学："我不谈论哲学，我谈论反对哲学，因为对我来说，整个哲学课程是一种完全愚蠢和无用的练习。它没有给人类一个结论。它是一段毫无必要的漫漫长路和浪费。现在是我们应该彻底停下这个科目的时候了。要么一个人应该成为科学家，要么他应该成为神秘家，没有别的方式。科学家对客体进行实验，神秘家对他的主体进行实验。从某种意义上来说，两者都是科学家：一个是属于外在的，另一个是属于内在的。没有哲学家的立足之地，他在地狱的边缘。他既不是男人也不是女人，他既不在这里也不在那里。他是无能的，所以他一直无法贡献任何东西。"每次读Osho，都会被震憾，他是那样地鲜活，直指人心。Osho的话不是固定的结论，而是一种指示，他提醒我们不要陷入到纯粹思考的哲学中去，而由"实践智慧"所定义的那种"哲学"，来自于生活体验并指导生活升华到灵性的高处，这种哲学是宗教性的哲学，是修道的正见，当然不是Osho所要反对的那种哲学。

一月七日，星期一

存在的海洋

抛开头脑去存在，完全地归于存在的中心，在那里一尘不染，万象皆空。那个纯粹的存在是如此地浩瀚，那个脱落了一切思虑与牵挂的状态是如此地美丽！当你以一个自我去存在时，就会有千千万万个问题带给你思量、带给你烦忧，你拖着一个沉重的负担，于是生存变得不堪重负，你心事重重，无法单纯地、全然地生活在此时此地。你感觉不到清风吹拂、阳光普照的美好，你没有发自内心的喜悦与庆祝的心境。这就是修道的意义：你从自我中超越出来而回归于你本来的存在，你不再是一个分裂的个体，而是与整个存在的海洋融为一体。在那个浩瀚的存在中，所有的问题与牵挂都义无反顾地脱落，你处于解脱的状态，体验那无言的美丽与宁静。

一月十一日，星期五

读《真理与方法》

伽达默尔的《真理与方法》被誉为是继胡塞尔的《逻辑研究》、海德格尔的《存在与时间》之后又一部重要的西方哲学的经典著作，这使我在准备阅读"现象学－诠释学"思潮时，专门从书店找到最新版的由洪汉鼎翻译的《真理与方法》（上、下），我甚至在没有了解这本书的内容之前就决定要买它，原因仅仅是因为它是这一领域的经典著作。

但是当我开始读它的时候，感觉很沉闷乏味，使人昏昏欲睡！伽氏既没有胡塞尔那样系统的原创性，又没有帕斯卡尔那样的灵性，而是如一般学者那样基于相关文献作学术分析，语言表达冗长罗嗦，思想缺乏力度与敏锐，充满了概念分析与抽象思考。本书是通过对"诠释学"史上的相关主题的阐释来逐渐建构自己的诠释学，如果对这些相关的主题和人物不熟悉或不感兴趣，就很难与作者产生共鸣。虽然伽氏此种运思方式有其特色，可以说介于纯哲学与思想史之间，但我不是专门研究诠释学的，对于想要直接了解其核心思想的读者来说，不免觉得过于迂回曲折。那偶尔出现的思想闪光，被掩没在大量的分析文字中，其文风与思想深受海德格尔的影响，是"文字游戏"的高手，但尚没有海氏的通透与独创性。西方哲学走了很长的一段路，但始终没有达到那个核心，永远在绕圈子。那么多聪明的头脑投入其中，但其收获是那样地有限！

有两种类型的书：一种是你真正可以融入的书，你的存在能够与它发生亲密的关联,你从书中汲取营养,它滋润了你的生命;一种是仅仅因为工作或生活的需要而去读的书,你对它并没有真正的兴趣,它始终在外围,是对象性的研究,无法与你的存在发生实质性的关联,你只是需要了解某些有用的知识,掌握一些相关的材料。对我而言,悟道大师的书属于第一种,而像《真理与方法》这样的学术著作只能算第二种。

阅读这本书纯粹是出于学术研究的需要,否则我根本不想读这种二流学者的书。正由于此,我不想详细阅读它,只重点阅读第二部分,其余大致浏览一下。对于不感兴趣的西方哲学书,我不想再作仔细的阅读,仅仅根据学术研究的需要,作适当的查阅与检索,只读有关的重点,而略过不相干的部分。我想要尽快结束西方哲学的阅读,回到研究主题上来。

一月十二日,星期六

Osho 的身体状况,在他成道之后不是变得更健康,而是变得更脆弱。尽管 Osho 的死被认为是源于在美国被下了毒,但其实在去美国之前 Osho 就有多种身体上的疾病,就身体而言他不算健康。Osho 的精神境界已经达到了解脱的状态,他时时活在全然的觉知与庆祝、镇定与慈悲的状态下,他的大智慧更是独步古今,但他的身体健康状况确实不好,而且也谈不上有神通功能,虽然他的智慧本身也有神通妙用的效果。

Osho 这样解释:"一般人们都认为瑜伽行者是健康的人,但事实上刚好相反。事实上,瑜伽行者一直都在生病,而且死得很早。主要的原因就是在两个身体之间必要的稳定结构被打破了。一旦灵体从肉体里出去,它就再也无法完整地回来,那个稳定结构再也无法被完全恢复。不过那也不需要。对此毫无理由,那是没有意义的。"Osho 自述在成道前曾有多次灵体脱离肉体的体验,这使 Osho 的寿命至少减少了十年。这即是说,灵体与肉体的良好关系被打乱,使肉体的健康受损,最后导致灵体早日脱离肉体而解脱。

如果这一点被确定,那么 Osho 的成道似乎是佛家型的或者说禅师型的,与身体无关,只是心灵的了悟与解脱,这不是道家型的成道,不是"性命双修"的解脱,道家的解脱要转化了身体,将身体的粗糙的能量升华为更精微的能量,并最后融入精神的能量之中。道家的解脱者身体非常健康,而且不乏神通功能。对道家而言,灵体与肉体的关系在修道的过程中不是被破坏,而是建立了更紧密更和谐的联系,并生成更高级的灵肉的统一体:"阳神"。

Osho 也谈到一些气脉方面的奥秘:"当瑜伽谈论成百上千条脉络,那并不是从生理学的观点上说的。瑜伽行者和生理学毫不相关。这些东西一直是从内在被了解的;所以,当一个人今天去看,一个人会想这些脉络到哪里去了。瑜伽谈论的七轮,身体里面的中心都到哪里去了?它们不在身体里面。我们无法找到它们,因为我们从外面观察身体。有另外一种观察身体的方式:从内在,通过内在的生理学。那是一种精微的生理学。通过那种内在的生理学了解的神经、脉络以及身体是完全不同的。你不会在身体的任何地方发现它们。这些中心是这个身体和内在灵魂之间的连结处,是两者的汇合点。最大的汇合点就是肚脐。你也许注意过,如果你开着车突然出了意外,肚脐会首先感到那个影响。肚脐立刻会受到打扰,因为这个身体与灵魂连结处是最深的。面临死亡,这个中心将会是第一个受到打扰的。一旦死亡出现,肚脐与身体中心的联结就会断开。身体有一种内在的设置,让这个身体与内在的身体结合起来。能量中心是它们的连结点。所以很明显,从内在了解身体,就是同时了解一个完全不同的世界,一个我们对此一无所知的世界。医学不了解它,也永远不会了解。一旦你体验到身体和你是分开的,你就终结了死亡。你就知道了没有死亡。然后你就可以真正地从身体里出来,从外面看你自己。生死相关的问题和哲学与玄学的思考并没有关系。那些思考这些事情的人永远无法达成任何事情。我谈论的是一种存在性的途径。它可以被了解为'我就是生命';它可以被了解为'我不会死'。一个人可以活出这种体验,一个人可以进入它。"

脉轮与气穴都是修道生理学的概念而不是普通生理学的概念,它们属于精微身的领域而不属于粗浊身的领域。道家的理想是通过这些中介将粗身与精微身更加密切地相融为一体,而对于 Osho 来说,是直接从粗身中分离而得解脱。

一月十九日,星期六

读海德格尔

最近读海德格尔。以前读过《存在与时间》,但读不出什么味道。只是对于张祥龙先生所阐释的海德格尔颇感兴趣,读过他的《海德格尔思想与中国天道》及《海德格尔传》,另外也读过陈嘉映的《海德格尔哲学概论》,对海氏思想略有了解而已,谈不上相契。现在重新阅读海氏之书,读了《形而上学导论》、《通向语言之途》和《路标》之后,准备重读《存在与时间》。

此次重读海氏,基本上能进入海氏思想之道路,在一定的程度上跟踪他的思路。在对"存在"的意义的探寻中,我有过一种独特的生命体验,那是生命自身的觉醒,也是自发的对生命意义的探寻。所以,在某个方面、在某种程度上我能与海氏的思想追问有一种共鸣。但是过此之后,我的路就完全不同于作为哲学家的海德格尔的思想之路,而回归于一种存在的体验本身。它不再是一种哲学的追问,而是生命境界的追寻;它也不是对一般常人世界的存在体验的阐释,而是对超越常人而走向觉悟的修道工夫。在这方面,东方的佛道与西方哲学之间没有多少共同之处,无论在思想上可以寻找出多少相通之处,但它们仍完全属于不同的系统。你无法想象海德格尔能够理解禅的开悟,而一个禅师也根本不可能像海氏那样运思着地去追问存在的意义：禅师只是活出那个意义。

此次阅读海德格尔，本来就不是要去从他那里寻找禅道一类的东西，那不是他能够给予的，也根本不是我要去从他那里寻求的东西：找不同的东西需要从不同的大师那里去寻找。但海氏的哲学运思确有其独特之处，在西方哲学的历史中属于一种异类，他超越于一般的对存在者的概念式的表象，而直接深入到那使一切存在者的意义得以可能的存在本身；他不再优先关心作为西方哲学的核心的认识论问题，而是把人的生存意义的问题摆到更原初的位置上，对人的存在作现象学的解释，以此作为一切认识论问题的本源与线索。正是在这里，他与他的老师胡塞尔分道扬镳了：他们关注的是不同的问题领域，有着不同的哲学目标。只是在"现象学"的形式上，海氏继承了胡塞尔那种面向实事本身深入直观并加以展示的方法，但对现象学作为一种哲学他们有完全不同的理解。而实际上，现象学还原要求抛弃一切先入为主的成见与设定，因而胡塞尔的先验现象学本身也不能成为一种海氏应该固守的成见，这正是海氏能开创现象学新境界的地方。也正是在这一点上，标示着某种我们应该学习的现象学的精髓：那个彻底逼显的方法才是灵魂。尽管胡塞尔与海氏的运思风格那样地不同，然而在思入精微、层层透视的现象学展示上，两位大师都堪称典范！

存在着的不同的体验领域、不同的人生境界，我们并不认同于海氏所生存的那个生命状态上；但是我们需要海氏那种具体展示某种生存体验的直观能力、思想深度与诠释力度。如此，我们就将不仅能够体验一种境界，我们还能展现一种境界，而这种展现对于引领更多的人去体验一种境界是完全必要且十分有益的。在修道的路上有两个回旋：一方面是向上的攀登，投身于存在的高山之上，体验一法不立的解脱风光；一方面是向下的返身，回置入我们所从来的地方，点亮众生的心灯，这需要万法皆道的圆融与通透。在这个意义上，不仅修道路上的先行者是我们的学习的榜样，一切世间诸领域的成就者也是我们学习借鉴的对象。

一月二十四日，星期四

答问：如何转化自己的习气

问：我秉性过于正直，以至于心胸狭窄，好与人计较，不懂得做人的道理，多得罪人，至今都不知道该怎么改变。要成功过愉快的人生，必须先化掉自己的坏性格，但不知该怎么去做，前段时间看了蒋门马教授经验谈，才觉读圣贤书能改变气质，不知戈老师有没有时间谈谈怎么改变自己的坏秉性的问题。

答：变化气质、转化习气是修道的核心课题，修道有没有进展、有没有效果都要通过是否变化气质来观察。一个人在长久的生活中已经培养了一些根深蒂固的习气，你整个的过去的思想、情结与行为都会制造它的"业"，凡有执着就会在意识的仓库中留下痕迹、制造印象的"种子"，这些"种子"遇某种外缘就会"现行"，表现为"贪、瞋、痴"等不良习气。习气之厚重者即成为一个人显著的"性格"，所有这些习气构成一个人的自我，而自我的执着更加强了种种习气的势力。修道是转化原来由自我主导的业力运行的轨道，而转成"无执、清净、平等"的智慧做主的方向，最终达成于一切法平等无住，心无挂碍的自在解脱的境界。由此看来，并没有转化气质、改变坏秉性的简单的捷径：那长期培养的惯性力量必须通过耐心而持久的修持去转变，而转变当然须有正确的方法。整个佛学讲的都是破执的道理和方法，第一步学习道理、建立正见是重要的，读圣贤书本身是接受清净的智慧种子的熏习，不仅有助于改变气质，也是获得正见的重要途径。其次必须学习一种与自己对症的修道方法，按照某一传承体系踏踏实实地坚持修持，这样才能对抗顽固的习气，而建立一新的智慧呈现、做主的状态。除了每天抽时间专门修习外，还要把修道的正见与体验融入日常生活，在生活中时时提醒自己，时时保持觉知、觉醒，有意识地生活于当下，了知一切无常，万法本空，没有能执的主体，也没有烦恼的客体，则当下清净。每个人的根器不同，所谓的根器也就是一个人现有的状态是不同的，执着的轻重与执着的方向都不同，因而各有其需要特别对治的烦恼，这需要仔细研究自己的"主要特征"，需要探寻对自己最有效的方法。由于根器的差异，修道的方法也有差异。最高的方法是没有方法，顿悟一切本来解脱、本来清净，但最高的方法并不一定是对一个人最合适的方法，最有效的方法是最能消除自己的障碍的方法。修道的终极目标是没有目标、没有方法，一切本自圆满，无染净之对立，此是果位境界，一开始需要有方法、有对治，需要对自己的问题作有效的净化工作。对于你所说的"心胸狭窄，好与人计较"的问题，可以修"慈悲观"，观一切人与我同体，等视一切众生，或修"自他交换"，观一切有情皆为自己的亲人。有意识地觉察自己的起心动念，不排斥不认同，与自己当下的真实状态共处，这是一个对所有的习气都有效的方法，但需要有一定的定力基础。你的这个问题是个大问题，我不知如何回答，随手写下一些感想，仅供参考。

二月二十二日，星期五

知道一个道理是容易的，而要做到却是完全另外一回事。真正要做到知行合一很难。我们每每说要"记得自己，活在当下"，但大多数时候我们仍然受制于思想念头，仍在妄想之中昏睡不醒。要将知识转变成素质，这就是由见道而修道的过程。静坐中的禅定境界虽然很重要，让我们得以体验宁静与禅悦；但日常生活中的醒悟却更根本，只有将觉醒的品质贯穿于每一个具体生活的当下，修行的品质才会有质的提升。春节回家我主要是放松自己，体验长途自驾旅行，体会亲情与乡情，没有在修道上严格要求自己。回来后这几天忙于世俗事务，也还没有正式开始修道和学术研究工作。从今天开始进入严格的修道生活，每天按时静坐，生活中注意提起觉性，时时保任大圆满之境，一切皆是，一切皆好。

二月二十四日，星期日

修道要有所成就，必须定慧圆证，性命双修。只有深入大定，才能转化色身气脉，证得神通光明；只有慧观圆明，明心见性，大彻大悟，才能本性时时现前，不随境转，打成一片。现在世间生活已得安定，无后顾之忧，是我深入证道的时候了！对于课题，只是随缘为之，把自己的本具智慧体现出来，应该不是难事。不要把课题当作应该完成的任务，而是要把课题研究的过程变成修道的一部分。要把所有的生活都融入于修道之中，一切以修道为中心，这样我的生活才能真正焕发出"道"的光辉！

二月二十七日，星期三

阅《藏传佛教中观哲学》

——关于"桑耶寺论诤"与"无分别"的问题

本书第21页，宗喀巴认为"和尚"说："因彼妄计一切分别皆执实相，要弃'慧观'，全不作意，乃为修习甚深法义"；第104页："对宗喀巴来说，'无分别'肯定无法成就解脱"。

按：宗喀巴肯定胜义思维、抉择的重要性，此乃就"思慧"而言，以思慧为修慧之先导与基础？此无疑是佛教的基本观点。然汉地"摩诃衍"和尚所说之"无分别"，当有更深一层之背景及含义，恐非一般西藏佛徒所理解的那样，无条件地排斥一切正理思维，因此一观点乃初级的错误。具体地说，和尚之观点或是站在禅宗的语境中说话，为果地见，为就修慧之呈现层面而说，此为"超理性"层面，而非必如宗大师所理解的"反理性"层面。就超理性层面观之,则佛教经论皆破思议分别,承认诸法实相不可思议、不可言说。于"从假入空"之空观阶段,确有一"无分别境界",虽然到"从空出假"之假观阶段,于分别而无住,则分别亦无碍,此中作为思慧的正思维抉择与作为菩萨修慧的"道种智"的假观分别又非同一层次,而无分别亦有不同层次的智慧。于某一层次言"黑白二云,俱障虚空",善恶皆不思量,止观合一而证根本智,亦无不可。宗大师建立完整的修道次第,是针对广大的因位学佛修道者,故重正理抉择;禅宗传佛心印,单刀直入,乃是针对少数大根器者所作的果位点拨,直指无分别现量境界(虽无分别但有意识,不同于草木无情),此属不同层次,不可简单平铺并列地论争是非。许多辩论,皆未先对所批判的观点所立的角度与层面作同情的深入了解与详细分梳,而以自己的逻辑规范之然后展开批判,实则只是批判自己心目中的错误观点,非必是对方的真实义也。

三月一日,星期六

性空学的两个向度

佛教般若学与中观学的核心思想是"缘起性空",一般我们更多地是从否定与遮诠的向度来理解"性空"的,即它否定了孤立不变的"自性"、"实体",否定有任何不依赖于他缘的"第一因"或"本体",宇宙间的任何事物都没有独立不变的自性,即事物的本性是空性的,这个空性是本具的、无条件的。这一向度的理解,在修道上的意义是破除"遍计执",包括"我执"与"法执",我执认为有一个孤立不变的主体存在,法执认为有一个孤立不变的客体存在。万事万物本是性空的,我们执着为"不空"的,这是一切染污与烦恼的根源;破除我们对本是性空的万物的"遍计执",回归于诸法性空的本来面目,则是一切解脱与智慧的根本。

但是对性空的理解不能仅止于这一向度,更不能片面地有所增减地理解这一向度。这就是说,空性并不是一个有别于缘起法之外的另一个实体,也不是对缘起法本身的否定,不是说"空无一法"。"空"不是说缘起法本身不存在,而是说一切存在者的存在都是空性的存在。说一切存在者都是空性的存在,实际上也就是说一切存在者都是缘起的存在,空与缘起实际上完全是一体的,是互为诠释的。就物自身而言,空与缘起是无差别的,只是如如;但就理解方面说,空与缘表现为两种理解的向度。这样我们就有理解性空学的另一向度,即缘起的向度。

从缘起一面来说,则仅仅知道性空是不够的,这只是给出了万事万物的最一般的、最根本的属性,使我们获得根本智;而缘起的事物无量,缘起的方式无量,缘起显现的功能与作用无量,缘起的因缘果报无量……各门具体科学所要阐释的,无非都是缘起事物之间的缘起差别与联系,而缘起无自性的诸法在整体上互为联系,成为一个有机的整体,这在宇宙观上就呈现出一种万物全息统一的整体观。华严宗的法界缘起实际上乃是缘起性空的一个正面开展,展示了缘起法的妙用与实德。

这样看,性空就不仅是否定性的,同时也是一个大肯定,肯定了万法的生生不已与普遍联系。在这样一个普遍联系的世界中,有没有一种根源性的存在,它不是一种孤立不变的实体,但它是所有万事万物的存在基础,它可以用"宇宙全息统一场"或"道"来表示,道超越于万事万物之上,它不是一个具体的存在物,但同时道又内在于万事万物之中,是所有万事万物相对相关性的背景与场域,如同拉兹格在《微漪之塘》中所提出的第五种场'量子真空零点场"?仅从缘起性空的立场上说,并不能否定这种根源性的存在,因为这种"道"的存在正是缘起妙有得以成立的一种基础,同时又是性空无住的。如此,我们就不能简单地说缘起性空否定了所有的"本体论",因为你要真正了解性空所破斥的是什么,而本体论又说的是哪一种"本体"?若以上文所说的作为"场域"的"道"作为本体,则不但非性空所破斥的对象,而且恰恰是因性空而缘起的宇宙的整体相关性。

其实,在佛教内部也有自己的"本体论",像大乘佛学中的"法界圆觉宗",天台、华严等中国圆教中,都可以说有其阐释缘起实德的本体论,若不能圆融彻悟性空学的两个向度,则无法理解这一系大乘佛学的妙义,而易将其与般若中观学的立场相对立。这个妙用无穷的"本体"才是诸佛神通妙用与大悲事业的根源,它体现于生命之中就是人的佛性,在果位上就是万德庄严的法身。若不能贯通般若与佛性,就不能对佛法的全体大用有深透的了悟。

在佛学研究上,"本体"的问题关涉极大,佛学史上的几个大公案,所谓性寂与性觉之争、批判佛教的论争,均与对性空学的单向度理解有关,片面地割裂真空与妙有的关系,不解大乘之"本体"义。实际上,汉传佛教乃纯正的佛学,此不可受"批判佛教"的思潮所误导也。同时道家之道亦有其妙义,非可以佛教性空学简单地加以破斥。我在硕士阶段即已见及此点,余之硕士论文"《摩诃止观》之'圆顿'义"曾以天台"性具"与般若"性空"相比观,表示性具学乃性空学的正面展开,重在开显缘起妙有之实德,其实已经重视了本文所述的主题。但一直隐而未发,未著专文加以澄清。今再将所感略述大要,详细展开且俟他日有缘再述。

三月三日,星期一

晚上静坐后,精神很好。妻儿皆已入睡,我感觉到一种无边的宁静,整个的喧闹与燥动皆已平息。我发现我很喜欢这夜的黑暗,似乎光亮总是有限的,而黑暗却是无限的!黑暗是那无边无际的背景,而有光的地方就带走了一点黑暗,然而黑暗的背景却一直在那里。这正如空性总是无边无际的,有一丝念头的微波,就带走了一点点空间,而整个的空性依然在那里。有许多的日子,我居然放弃了夜里的入静,很可惜。而这些年下午的静坐，似乎没有带给我特别的感受，那个宁静总是浮在表面上的，总是温温的，没有入骨入髓的宁静。我发愿从今天起不再中断晚上的静坐，让这成为我生命中每一天的必修功课！

三月六日，星期四

答问：关于佛学的本体论

问：请教戈老师，读您的文章很受用，也很爱读，并启发了我的思考。首先，"缘起空"是否是"分析空"呢？其次，"缘起空"与"毕竟空"是一样的吗，若如是，又何异呢？再次，上文所叙可用"即体即用"、"体用相即"来概括。然此"体"可以说成是"本体"吗？中观学其实仍是否定存在一个单一、不变、永恒的本体的，中国佛学所谓"性空妙有"、"体用相即"之"体"是否只是一种"本质"呢？也即是说，中国式佛学本体论其实是一种本质论（本质与现象），换言之，中国佛学严格说来并不存在真正的本体论，因真正的本体论是不会"性空妙有"、"体用相即"，与形而下的现象搅在一起的。望多多指正。

答：空义深微，在佛学中有种种可能的意义，而缘起无自性之空是其根本义。此不同于一般所谓的"分析空"，因分析空是通过解析事物的构成而至于某种"极微"，由此而说事物空，然此极微未必空。而缘起空则否定有任何不待缘成的"自性"，万事万物当下当体即空，不待分析而后空，所以也就是"毕竟空"。而"本体"一词，本身可有不同的意指，若本体为永恒不变之实体而与诸现象割裂，则为性空义所破斥之有自性者。然前文所欲厘清者，即于缘起法中亦可说有"功能妙用"之本体，万事万物因缘起而为一体，此一体之所以可能的根源，联系万事万物之基础场域，诸佛神通妙用与大悲事业之根源，法界秘密不思议之缘起实德，亦有其"本体"义，故空非顽空，非一味否定，空之正面开展即是大圆满、大充实、大生机也。批判佛教思潮从内部否定空义之此一向度，割裂真空妙有之统一，而儒家理学等从外部批评佛教，则正以佛教之空义为虚幻，无存在之根源，此则为不解空义之即空即有，而亦成割裂也。佛教为中道圆融之智慧，说空不落断灭之无，说有不落现成之实，必真空妙有同时俱足，悲智双运，方为大乘佛学之根本精神。至于你说的"体用相即"、"本质与现象"等概念，都需首先澄清其用法，从某种意义上说，空非本质，反而是否定任何事物有独立不变的本质，但此无本质也可说为一种存在的本性，空即事物本来如此、原本如此的真相。其余，"性空学的两个向度"一文已及，此处只作一点补充。

三月七日，星期五

告别西方哲学

这几天本来想重读一遍海德格尔的《存在与时间》，但读了前面几章后就无法读下去了，多次昏昏欲睡！海氏之书竟成了最好的催眠读物！海氏虽然在思想风格上突破传统的形上学思维，突破那种主客分离的概念思维模式，着重揭示人的生存结构与存在意义，但是他的思想仍然是概念式的分析，过于思辨化与哲学化，没有活生生的存在体验与人生智慧，更没有一种觉悟者的精神指引功能。他那迂回曲折的思想道路，依旧远离人生的真实境界，更没有意识提升的品质。离开了意识的觉醒，对常人的存在状态的描写并无意义。唯一值得我学习的，不过是深入的现象学直观与现象学展示的能力。

西方哲学大多是头脑的思想游戏，里面没有真理可寻，因为它没有真理得以发生的基础。科学的基础是实验，所以科学可以得到关于客体的知识；宗教的基础是体验，所以宗教可以得到关于主体的智慧。科学和宗教都有真理的成分，它们都有真理之所以可能的基础。从某种意义上说，科学是外在的宗教，而宗教是内在的科学。科学离开了实验基础就可能流于玄想，就可能变成伪科学；宗教离开了体验基础就可能沦为信念，就可能变成迷信。而哲学没有真正的基础，哲学的基础是头脑，是理性思考，而仅仅通过头脑的思考哪里也去不了，就好像在梦中无论你如何飞翔，你实际上还是在原地。当然，仅仅是"哲学"这个词并不说明任何问题，每个人都可有不同的用法，在不同的地方有不同的意义。如果哲学建立在真正的自我观察与自我工作的基础上，它就变成了宗教；而宗教如果停留于思想的了解和思辨玄学上，宗教就变成了哲学。中国的儒释道三教不是一般意义的哲学，因为其中有即人成圣、成仙与成佛的工夫与境界，它不是解释世界与人生，而是要改造与提升生命的精神境界，所以三教都是宗教，都有其体验的基础。

当然，西方哲学在理性探索的层面也有很高的境界，对于人的思维训练有很大的好处，若具备"转识成智"的能力，则学习西方哲学也可提升我们的智慧。所以本文只是描写自己目前的状况，无意于完全否定西方哲学的意义，望朋友们不要误解。

算了吧，我不想再读下去了。可以说，除了为应付硕士和博士的入学考试而读过几本西方哲学史外，我集中学习西方哲学的时间有两次，一次是在准备博士论文之际（1996-1997），另外就是此次为准备社科基金课题之际（2007-2008），两次相隔十年。其实我对西方哲学从来就没有真正地投入过，没有发自内心的兴趣，因为我的人生境界早已超越了西方哲学那种基于"凡夫状态"下的思辨式的思想。只是因为要超越自己的局限，培养自己的分析能力，开阔自己的学术视野，才勉强自己去读点西方哲学，想在方法论上获得一些启迪，而我也确实从西方哲学中学到了某些很有价值的东西。不过现在，我要告别西方哲学了。今后我就深入佛道经藏之中，关注那些现代的悟道大师的最新作品以及与悟道密切相关的学术进展，像超个人心理学的意识研究等，对于我不感兴趣的书不再勉强自己去读了。

三月八日，星期六

答问：早年站桩入静的体会

问：戈老师，你好！能在此博客进一步分享一下您的站桩方法和心得吗？

答：你的提问，让我想起了多年前生命中那些令人难忘的时刻，我还清楚地记得在南京大学读书时每天夜晚在南园球场上站桩的情形。青春的岁月，我的生命中有许多新奇的冲动，有许多莫名的情怀，尤其是有一段时间突然意识到人是一个必死的存在，我这样聪慧的"动物"终有一天要化为灰烬，前不见古人，后不见来者，不由得悲从中来，整个人沉入到无边的黑暗与混沌之中，思绪畅游于无穷的宇宙，从无限的时空返观短暂的人生，于是一切无有立足之地。生从何来？死归何处？人生的意义何在？多少个夜里，我经历了多少迷茫中的探寻，孤寂中的禅思！我开始到文科阅览室去读书，想要寻找解决内心疑惑的答案，尤其对老庄思想感兴趣，似乎能找到一点精神的寄托。正好在那时我选修了一门"太极拳"的体育课，在打拳之前我试着静站一会儿，想培养一点气感。但我一下子就爱上了那种静观沉思的感觉，而打拳反而变成次要的了。站桩的时候我的姿势比较轻松自在，而内心里则开始了参究，实际上类似于修止观，配合着我对人生的追问对宇宙奥秘的探寻，我的思想开始有意识地观想，老庄道家的一些警句自然浮现于脑际。那时候慢慢有多种自己进入状态的"招数"：比如有一种方法是从现在开始回溯自己的人生，一直到"父母未生前"，或者停留于婴儿时期（《老子》："复归于婴儿"），这样就能进入无后天思虑的境界。有时候我从自己的现在所在之处一直向四方扩展，一直到无穷的宇宙，这样自己就消失于宇宙之中，只有宇宙的无限。当然，用得最多的方法是"无为"，自己记得无为，让一切身心的造作全部停止，感觉自己的每一个器官、每一个细胞都在完全的自然无为状态中，由此而入寂然大定。还有就是用一个"空"字诀，把尘世的一切都空掉，头脑身体全部空掉。还有一个常用的口诀就是"精不外泄，神不外驰，身心一体，天人合一"。总之，我自己总结了很多能够进入宁静空寂状态的方法，这些方法可以说有止有观，且本身带着我对人生意义的追寻在里面。虽然那时候我还没有系统的理论基础，但是已经在实践的层面上步入道中。当我真正进入深层的宁静以后，我对于人生的疑问就自然获得了答案。在那个宁静当中，没有有问题的人，所有的思虑已经消失，人融化于无限的道之海洋，那是一种永恒的意境，身心愉悦，有一种光明与力量自然升起，那种对人生短暂的悲凉情绪也随之消失。静站之后，我从校园走回宿舍，路上的一切都变得充满诗情画意，那校外车流的声音在我听来都宛如天籁！从那时起我就下定决心，无论我将来做什么工作，我都要每天抽最少一小时来进入无为，进入完全的空境。每天睡前的站桩一直伴随我很多年，后来考研究生，读佛道书，都得益于入静悟空的体验。进入北大以后，虽有时还到校园里去站桩，但更多的时候已经改为静坐了。

三月九日，星期日

春天来了，风轻轻地吹着，阳光普照，万象更新；我内在的法界也清凉自在，法喜充满。现在，我要更加深入地沉醉于法之清凉、道之光明之中，把悟道的境界真正贯彻于生活中每一平凡的时刻。一切的思想念头当下当体即空，不需任何的增减与对治，只需直观它的空性；而本具的觉性一直就在，只需去掉遮蔽它的习气与执着，让那个本来面目自己呈现。觉性本具，没有得到什么；妄想本空，不需去除什么。就在这一刻，全体皆是，万法如如，本自解脱，本自圆满。

三月十一日，星期二

这段时间修道稍用力，静坐用禅之顿悟观心之法，观自心本不生，念头当下消融于空性，只有本觉明明历历，一切现成。这几天身心皆有变化，全身气感很强，有一种微妙的法喜。此乃转化身心之重要关头，须一心不动，持盈保泰，让清净心、平常心相续如一，打成一片，则气脉当有进一步的变化。如果此时不警觉，而生起欲念贪心，则可能又前功尽弃，精炁发散，又得从头做起。虽于本来面目上无得无失，但后天身心的转化仍有其程序法则。吾人性命双修，定慧圆证，则不可流于口头禅也，应该在身心上下彻底之功夫，完全消除后天渣滓之气质，返还先天纯阳之体，证得空明不二、空乐不二、空悲不二之圆满境界！

三月十二日，星期三

晚上去散步，夜风清凉，我的心也入于清凉法界。放下一切尘世的牵挂，让觉性之光照亮整个生活，让一切自然发生，让一切法法住法位，当下即是大圆满境界。返观此心，无所从来，亦无所去，过去心不可得，现在心不可得，未来心不可得，于不可得之中明明朗朗地自在显现，无修、无整、无散乱，此即当人之心体，众生之佛性。但了此心，直截成佛！修行岂有它哉，只迷悟而已。真悟之人，如入黄金洲中，一切皆是黄金，杂念当体即是法性，烦恼当下即是菩提，一切法尔解脱，无需用力，只此一悟即是无上之修，别无对治。而迷者如在黑夜，眼里的一切皆是黑色，无法识其本来面目。除了随缘完成学术研究的工作，现在我的全部重心就是将生命融入浩瀚的法界，在道的海洋里飘浮，不取不舍，无得无失，心无挂碍，任性逍遥。

三月十三日，星期四

我从社科院图书馆借来了牟宗三先生的《佛性与般若》，准备再翻阅一遍。这本书我在准备硕士论文时曾通读一遍，受益良多，使我对整个佛学的系统有一宏观的把握。现在重读此书，不想在细节方面再仔细阅读，只想从宏观上再体会一下牟先生的主要思路与学问方法，为我写《道教内丹学研究》提供参考。牟先生是以天台宗的判教为主要线索来把握整个佛学的系统，以"佛性"与"般若"两者为整个佛学的纲宗，再具体地梳理判释唯识、华严和天台诸宗的思想要义与系统性格，从而对整个中国佛学做出哲学意义的系统整理与诠释。他的写作方式则是通过例举、抄录重要的文献来展示一家思想的主要内容，再对相关的文献做详细的解析、分判、会通与诠释，这样就是以哲学思考为经，以文献资料为纬，做到了哲学史与哲学研究的统一。此与一般的历史方法不同，亦不重文献本身之考据，但重哲学思想的整体把握与具体诠释，其目标是疏通义理，而不在历史陈述。故此书非一般的"佛学史"研究，而为佛学义理之研究；此书更非"佛教史"研究（佛教史偏重于佛教之人物、经典、教派等历史），而为佛教哲学之研究。牟先生此种方法与我很相契，我亦不重视宗教教派之历史与文献之考据，而重内在义理之整理与诠释，只不过我不欲以宗派、人物为主线，而欲以中心问题为根本线索，以文献诠释为基础，研究道教内丹学的整体思想与微言大义，并联系现代诸学科的新进展对内丹学做现代诠释。于哲学思想方面，牟先生功力为吾所不及也；然吾之实修智慧与体验，则又非牟先生所能及，所以吾当发挥吾之所长，深入"修道现象学"的探索，而亦可较牟先生别开生面也。

三月二十一日，星期五

内在工作与外在工作

重读《来自真实世界的声音》，隔了多年再读 Gurdjieff，仍然会受到震撼，仍然会带给我诸多的启示。一般的学术著作，多是玄想思辨加上一些文献资料的堆积，里面没有洞见，没有宇宙生命的真实的奥秘；即使是宗教类的书籍，也多是依文解义，从经典与传统来说话，缺乏活生生的来自亲身体验的智慧。Gurdjieff 的书带给我完全不同的印象，我看到了一个活生生的人以他全部的存在和了解来说话，他有一个来自"高等存在状态"的新的维度，因而带给我们全新的洞见。他对人这部"机器"所做的冷静客观的解剖，对宇宙生命的客观律则所做的揭示，围绕着基于"工作自己"而获得有意识的存在（Being，灵魂，主人公）这一主线，展示了"修道心理学"、"修道生理学"和"修道形上学"的一个完整的密意知识体系，由此可激活传统宗教中已经丢失的源始意义，从一般的宗教信仰和宗教仪式中发现其隐藏的修道现象学的意义。重新研究 Gurdjieff 的体系，对于诠释道教内丹学也有其重要的意义。

我们全部的生活可以分成两个层面，一个是日常生活，一个是对自己下功夫的修道生活。前者是世俗的生活，后者是超世的生活。相应地，我们的全部工作也可分为两个层面，一个是外在工作，一个是内在工作。外在工作是世俗生活的层面，是为了在尘世中生存所做的工作，处理的是各种各样的外在客体；内在工作是修道生活的层面，是对自己的身心下功夫，目标是培养一个真正有自觉意识的主人。在没有工作自己之前，人不过是一部机器，完全是自动化地机械反应，没有"能做"的素质，有"群我"轮流冒充主人而无真正的主人，诸中心不能协调一致。内在工作的理想状态是将所有的外在工作也转化成内在工作,将日常生活转化为修道生活,这样人全部就和谐统一了,最终的目标是成为一个和谐发展的有自由意志的真正的个体。

仅仅有理论而不去实践,不开展内在工作,固然人就无法成就什么;但是对于大多数人而言,甚至没有觉察到他是一部机器,不了解他实际上没有作为自由意志的灵魂,没有意识到他意识发展的可能性,这样的人就只有白白浪费了他的可能性。所以,接触密意的知识体系,了解人的现状及其发展的可能性,是进入内在工作的第一步。若能接触到传承密意知识的学校和一个真正具有高等存在状态的师父,则内在工作才可能走上轨道而有效地开展。

三月二十二日,星期六

今天是台湾选举新一届"总统"的日子,我预测马英九将当选。

这段时间重新研读 Gurdjieff 及相关的作品,读 G 教学对我而言是一种全面相契的体验,既包含理性的、学术的兴趣,又带来情感的愉悦与美感;既是一种密意知识的探寻,又是一种工作自己的智慧启迪。这种体验只有在研读与我相应的大师的作品时才有,在这种阅读的时刻,我才能真正体验到读书的快乐与收获。今天晚饭后到小区花园优雅地散步,一方面尝试记得自己,同时主动地思考 G 教学的相关主题,心中升起了一个愿望:在适当的时候我可以自由地成为我自己,不再从事一般的学术研究,而要把全部的精力与时间用于真正的智慧的探寻。一方面是研读佛道经典与大师的作品,深入地开展内在工作,真正提升自身的境界,达成悟道的成果;一方面是从事觉他的事业,可以举办演讲、研讨班,与有缘人分享我的人生体悟,在著述方面则可以采取灵性创作的方式,写一些灵修的作品。我的人生将完全奉献给自觉觉他的事业,其余的世俗学术成果、名利地位等,对我没有什么意义,我只需要在外在扮演一个学者的角色即可以了。

三月二十六日，星期三

观察自己的状态，发现自己无法做主，只是自动地联想、机械地反应，这个观察的本身就是进步。试着区分什么是机械地自动地联想，什么是有意识地思考与观察，前者是胡思乱想，后者就可以演变为修道中的"观想"。同样，不思想也有两种，一种是机械地无意识地不思想，这属于昏沉，毫无价值；一种是有意识地进入无思想的状态，这是修道的无为境界。每一件事上都可以观察自己，有意识地做每一件事，这是工作自己的核心。一般人还谈不上"觉"，人们只是无意识地思考，自言自语，自发地想象，机械地判断，盲目地认同。人们在昏睡，但却自以为清醒。要觉，需要极大的能量，然而人们已经在不必要的胡思乱想中浪费了基本的能量。念而无念，只是一个观念罢了，人做不到。

今天静坐效果较好，入定的质量越高，就越感觉不到时间的流动。静坐时一定要有坚定的"所缘"，不管是有为法还是无为法，都要有清楚明确的修法路线，才能"制心一处"。如果用禅或大圆满的方法，虽然本质上是无为法，没有造作，没有特定的意识模式，但前提是已经认识了本觉，要让那个本觉自然显现，还是要随时提起大圆满见，记得一切都是，当下圆满，妄想本空，本觉现成。如果无意识地任其自然，结果微细的妄念不断，不能时时觉察，容易流于凡夫的"无为"，而不是真正的修道的无为境界。对于有为法也是要按照一定的观想模式进行有意识的观想，而不能随心所欲地用不同的方法进行实验，每次静坐必须事先确定修法的路线，否则在座上开研讨会，必至散乱，遗祸无穷。其实真正的自然无为是果位的境界，必须到完全证悟时才能彻底"无修"，在此之前必须要有警觉，稍微用点意，即使无修无为，也要记得这个无修无为才行；否则，习气容易做主，你不去有意识地用功，那个原来的业力轨道就自动运作！所以，在见地上无次第无阶级,当下即是,然而在修上事实上乃有进步的不同程度,在客观上仍有其次第与层级,故大手印立"专一、离戏、一味、无修"四层瑜伽,禅有"入、出、用、了"四层证境,此不可自欺也。要随时检讨自己修行处于何等地步,不能唱高调,说空话,要真正地转化自己的身语意三业才行。

下午重读完了 Gurdjieff 的《与奇人相遇》,这本书像是一本传奇小说,引人入胜,而 Gurdjieff 多姿多彩的人生也呈现在读者的面前。但这不是一本小说,而是 Gurdjieff 有意识地通过描写他自己的生活经历,把 G 体系的重大观念融入了其中,带给读者许多新生活世界的基本素材,让一个人得以开启新的眼光,反省自己的人生,并从 Gurdjieff 和他所遇见的奇人奇事中得到许多重大的启迪。除了探寻未知的世界,得到灵性知识体系的艰辛历程和工作自己的成果外,Gurdjieff 还展现了在随时随地记得自己的状态下,如何通过有意识的努力而掌握了惊人的实际生存能力和解决物质与经济问题的卓越才能。一个具有高等素质的人,不仅获得了自己身心的和谐发展,而且具有敏锐的观察能力和处事能力,能够凭自己的智慧应对世俗生活的各种需要。一般的师父往往只专事修行及教学,而其生活的物质基础与经济来源则依赖于门徒们的供养;Gurdjieff 则不然,他自己就有完全的解决物质问题的能力,他能在短时期内仅凭一己之力挣到他预定数目的金钱。这不仅可以解决他自己的生存问题,也是为了用之于他特定的事业,建立传法的机构,并资助团体成员的生活需要。在这一点上,Gurdjieff 真是独一无二的大师!在内在世界,Gurdjieff 建立了恒常觉醒的存在中心,不认同任何外在事物,完全超越机械反应,不随境转;而在外在表现上,Gurdjieff 则可完美地示现各种他想要扮演的角色,既超凡入圣,又超圣入凡。从 Gurdjieff 的身上,体现了一个和谐发展的真正的人的理想境界,我们从中可以看出什么是真正的知识与素质,为了人的全面发展我们的教育应该走什么样的方向。

三月三十日，星期日

什么是大圆满

什么是大圆满？整体是，全部都是。大圆满无对待，不是相对于一个缺憾的世界而有一个圆满的境界，而是一切都是圆满。没有两个世界，整体法界不生不灭、不增不减、不垢不净。全部的时间都是，因此你不需要否定过去，不需要抓住现在，也不需要期待未来；全部的空间都是，因此你不需要从这里去到那里，无论你在哪里，哪里都是你的净土。全法界所有的万法皆法住法位，各宜其宜，恰到好处，处于终极的和谐。身心的每一个状态都是如其所是，都是整体大圆满的一部分，你不需要任何的否定和对治，而是全然地接受与庆祝。大圆满不是你可以得到的境界，所有可以得到的境界都会丢失；大圆满就是你真正的自己，你从未失去过它。你就是道，你就是佛，你就是大圆满。唯一的区别只是：你不觉知这个真相，你的自我把自己从大圆满境界中人为地分离出来，你自己制造了自己的梦幻，在梦中受苦。这就好像绳子从未变成蛇，但你在梦中错误地执着它是蛇并因此受恐惧之苦。当你醒来，蛇也并未变成绳子，只是看清了绳子的本来面目。事实上没有自我的实体存在，人从未与整体法界相分离，波浪一直就相融于海洋，在觉悟的时刻，一切都回归实相，回归整体大圆满，没有自我，只有道之海洋。

附注：我这里不是谈藏密宁玛派的大圆满，我只是用这个词而已。至于是否与宁玛派的大圆满有关，我不知道。这里也不是表达某种知识、某种观点，它只是我今天坐中观想与体验的一种个人表达。

四月十日，星期四

在开展内在工作的过程中，必须确立明确的工作目标，将所有的时间与精力都有效地用之于完成目标的工作中。我们不必总做一个表面上的"好人",不必顾虑旁人的眼光,不要为了做一个形式上的好人而违背自己的内在方向。不时有一些读者或网友向我提出种种问题或者意见,我总是一一耐心地回应;但是从现在开始,我要改变这一做法。除非我觉得我愿意或者这个人有潜力值得我费心去回应,否则我不想浪费我的时间。我的时间很宝贵,我不能允许有许多人都无条件地要求我为他们做些什么。对于那些真心的求道者,对于那些充分信任我的人,我仍然会尽全力地去帮助他们,分享道上的风光;而对于那些还没有求道意向却向我提出这样那样建议的人,对那些机器人的无意识的反应,我将完全沉默。有趣的是,有些人他们自己还在昏睡之中,对真正的密意知识还完全没有入门,仅凭一些道听途说的二手资料,就产生很多的"看法"要与我交流,甚至要对我的文章评头论足,他们只不过想对我发泄他们内心的垃圾罢了。对于博客上的垃圾评论,一是置之不理,二是断然删除。我要选择那些有缘的人,那些有发展潜力的人,那些值得我和他交流的人,我才会对他们的问题给予回答。我不准备在博客上花费很多时间,网上交流没有多少真实的意义,应尽量减少上网的时间。

四月十三日,星期日

重读完了《寻找奇迹》。Ouspensky(邬斯密斯基)最后离开了 Gurdjieff,因为他觉得 G 的道路不适合他,他不知 G 将他导向何方,他无法再跟随。但他并没有批评 G 的道路,只是他觉得 G 不是他要走的路。他把 G 本人和他的教学体系分开,对 G 教学体系则完全倾心。我也有 O 氏一样的感觉,G 的体系很系统深入,对走在任何道中上的人都是一笔宝贵的精神财富。但 G 的具体工作方法则可能并不圆满,尤其是其中缺乏"禅定"的专门教学,只是在"高等情感状态"的相关论述中提到了某种类似于"定境"的状态,但不重视定功的修炼,这是我感觉到的一大缺陷。另外，G 虽对人的心理生理构造有极精深的分析，但在明心见性方面缺乏直指人心的手段。G 的舞蹈与种种动功练习，虽新颖而有效，但却不是我所喜欢和所能跟随的。再次读完这本书后，我对 G 体系的学习就暂告段落了。

四月二十五日，星期五

无意识的我不能对自己负责

出席完"全真道与老庄学国际学术研讨会"，昨天从武汉回到北京。这次开会印象最深的有两个方面：一是十九日晚上华中师范大学音乐学院的文艺演出，其中的舞蹈与音乐都很精彩，有一种我以前没有欣赏过的特色，在其中有某种真正的艺术气质。二是二十二日从武当金顶步行下山，我尽量保持有意识地行动，一路走下来把头一天晕车所致的腹中病气一扫而光。二十一日下午从武汉到武当山长途旅行中，最后关头再次体验了我已经多年没有体验过的晕车滋味。我的体质中先天就有晕车的元素，从中学到大学，每次坐车都是一次地狱般的痛苦经历。后来或许是长期的修炼有了一点成果，终于改造了体质，能够适应汽车了。这次晕车是多方面因素导致的结果：头一天与室友聊天，睡得太晚；穿少了衣服，受了凉风；坐车时间过长，未及时饮食。所以，第二天登上金顶以后，我就决定不再随缆车下山而是步行下山。由于中途没有好好休息，走得较急，下山后双腿酸胀，但整体状态很好。

对我来说，出席学术会议就是一次旅行。我本来想在旅行中做到"随时随地记得自己"，但是通过实践我观察到自己做不到。很多时候，还是由"诸我"轮流做主，有时是理智中心的自动联想做主，有时是情感中心的感觉做主，并不能做到一直记得自己的存在。人无法有意识地一刻接一刻地生活，对自己的所言所行不能做到完全的自觉，这样就不能承担自己言行的后果，就会制造"业"。人实际上无法做到对自己负责，更无法对他人负责。因为甲我所做的决定无法由乙我来负责，临时的乘客无法对整部车子负责。当真正的主人不在，人就没有存在的中心，人这部马车就分裂为多个不同的方向，谈不上有整体的和谐与统一。所以，无意识的行动就会制造自欺、自怜、自恨、自悔等情绪，因为某一个我的行为造成的后果却要有另一个我来承担，当后果已经形成，制造后果的那个我已经不在了。

比如从机场开车回家时，由于停车场光线不够，我打开了车大灯，但是开灯时我并不清醒，更像是一个机械的动作。回家后的那个我不记得自己已经开灯了，于是就没有关灯。打开车门时耳朵听到了车上的报警声，但思想却还停留在别的地方，很快就关上了车门，而没有注意到报警声的意义。由于是白天，开灯也看不出异样，尽管我离开时还特意观察了一下车子。最后的结果就是车内的电被耗光，当我数小时后准备开车去幼儿园时，才恍然明白当时的报警声意味着什么。此一刻我开始懊悔起来，恨自己为什么不能警觉一点；随即我意识到自己的懊悔，决定接受事实，重新活在当下。生活中这样的例子比比皆是，我们往往会因为不觉知而犯下这样那样的错误，所有的"意外"正是因为我们的无意识行为所致。更有甚者，为了一时的激情、一时的冲动或一时的痛快而种下伤害自己伤害别人的严重恶果，虽然事后就会后悔，然而下次我们又会重犯老毛病。因为我们不能全然地有意识地行动，我们也就不能做自己的主人，无法每时每刻都保持清醒，而听由那个临时的无意识的我的摆布，却让整体的生命去承担一切的后果。

四月二十七日，星期日

没有终点的旅行

在家里平静地生活得久了，就会希望到外面去旅行一段时间，采集一点新鲜的印象，作为灵魂的食物。只要我们还没有永恒地确立于无限之道体之中，不能一直安于自性的海洋，我们的精神就还依赖于印象的食物：一方面我们意识中各种印象的种子需要得以现行，一方面诸般外面的印象又被吸收而作为印象之种子贮藏于意识之仓库中。一般地，新鲜的印象有助于意识的清醒，而老旧重复的印象则导致机械性的沉睡。人们之所以不断地追逐新的舞台、新的刺激、新的梦幻，其实也是灵魂的一种不自觉地"求道"的旅程。只是在没有悟道的见地，没有有意识的工作自己的情况下，这种追逐不会导致意识自觉性的自发进步，反而是制造了越来越多的习气，越来越多的认同与执着。只有有意识的内在工作可以通过对立的精神体验来消除习气的种子，而以自觉的修道工夫让意识从外在的执着中回归真正的自己。一旦意识的目光不再追逐外境而是返观其无限之源头，安于无限之本性之中，则生活就可以回归真正的平凡与平静：那悟道境界的充实、富足与圆满，是任何世间的追求与享乐所无法比拟的，在自性的海洋中没有什么想要得到，也没有什么会被失去，就在此时此地，一切都安定下来了。经历了千山万水，经历了重重化城，灵魂才获得了对无限本性的自觉，而不再认同作为意识对象的身体、情绪和思想，一个真正的自觉的人才是一个主人，一个自由的灵魂，他可以自由地使用他的身体、情绪和思想，但他不再把自己当成是他的身体、情绪和思想。他也可以继续没有终点的旅行，然而不再被一切的印象所束缚：每一步都是目的地，他只是简单地享受当下，意识之火燃尽了习气之种，每一刻都是永恒。

五月十二日，星期一

真我的风采

真正的修行无形无相，不拘形式，任何生活中的事情都可以经过点化而变成一种有意识的磨练、一种考验或一种转化习气的方式，而自然界的任何事物都可以巧妙地用以象征、比喻悟道的智慧与原理，因为道在天地间，有心人可以随手拈来，善用之则寸草莫非良药也。当我们没有意识，随业力而流转，则即使是殊胜的法门也会变成一种自欺，一种机械的模式，我们学会了种种仪式、咒语、清规、教条，种种知见充斥于头脑，不但没有破执减负，反而新增了无数的执着，无法清净自在，无法面对当下真实的生活。只有回归真实的生活，如实觉察当下的身心世界，随时随地以智慧面对，真切地转化烦恼习气，让天真的本性自然显现，我们才会有修行的真受用、真进展。生活的世界就是修行的道场，每一件事都可以转变成修行的方式，训练自己有意识地"能做"的素质，而唯有存在于当刻，生活才有真意！对无意识、无觉知的人，一切都在自行发生，无非是已有习惯在控制你机械地运行：你说话，但言不由衷；你做事，但随波逐流。你可以发表大量的观点，种种的看法，但你甚至没有觉察到，那根本不是出于你的真心，那根本不是你的真知，你只是从别人那儿借来的，那完全是外部影响的结果！你所有的只是知识和资讯罢了，那是附在你身上的一层衣服，而你根本没有真正的素质，你并没有发展出自由意识的主人。为了要能够有意识地做每一件事，你只需要能真正地做一件事；而为了要能够做一件事，你必须在做每一件事的时候都留心。每一件事情都能作为静心的桥梁，每一种事物，都能成为悟道的象征。活在此时此地，活出真我的风采，在那个旋风的中心，一切都是，本无去来，本自解脱；而如果你活在周围，活在边缘，那个轮子就永远在转个不停，千万世的轮回之梦就一直在继续。没有真我的觉醒，我们就不能谈论爱，谈论慈悲，因为我们不具备那个素质。对于自我来说，什么是爱？无非是一种欲望、一种满足、一种情绪罢了！今天你可以说爱一个人一万年，可是明天你就可以为了一件小事而恨同一个人。你自身是一个乞丐，你怎么可能爱？你爱只是你因为"你要"、"你贪"罢了！你必须找到内在的宝藏，成为一个精神上的皇帝，你才能慈悲，你才有条件有能力去给予。那时，爱不是你语言上的一个承诺，而是你的真实存在所发射的光，那是自然而然的。你无法说我只爱一个人，你只是爱，爱存在的一切。如果你只爱一个人，那注定是自私的，那注定是一个谎言，因为那是不可能的。太阳不能说我只照耀一个地方，要么没有光，要么就是普照万物。只有当你身上的"群我"统一了，只有当你的显意识和潜意识统一了，只有当你真正存在的时候，你才能爱，而那是不用语言表白的。

五月二十三日，星期五

对四川大地震的若干反思

这次四川汶川发生了八级强地震，造成极重大的人员伤亡及财产损失，全国人民都沉浸在巨大的悲痛之中，深切哀悼地震灾难中的死难者！全党、全军和全国人民乃至全世界的人民也都积极行动起来，有钱出钱，有力出力，为抗震救灾做出自己最大的努力，谱写了一首爱之奉献的感人壮歌！在这样的时刻，我们全部的心力都集中在如何最大限度地减少人员伤亡和有效地安置灾民等抗震救灾的主题上，我们尽量报导在抗震救灾中所涌现出来的感人事迹，鼓舞全国人们的信心、勇气与力量。现在，抗震救灾已经进入到一个新的阶段，有一些问题我们必须进行深入的反思与反省，我在这里把我所注意到的一些值得反思和反省的问题提出来，目的是让我们向灾难学习，警示我们从中吸取经验教训，衷心祝愿灾区的人民能早日重建家园，回归正常的生活，祝愿我们国家国泰民安，人类社会能健康和谐地发展！本人一介书生，人微言轻，也许说了也没有什么用，但略尽本分而已。

近几年种种天灾、地灾和人灾频发，似已向人类发出了警报、敲响了警钟！我们不能说所有的灾难都与人类的行为有直接的关联，但的确大多数的灾难都直接或间接与我们人类社会的生产、生活方式有关联。经济的高速发展同时伴随着环境的污染和生态的破坏，我们人类赖以生存的空气、水和土壤都已经受到了严重的污染，这已是众所周知的事实。大规模的地下开采，人为地改变地球固有的自然构造，将破坏地球自身的平稳。深层次地说，这与我们人类的价值观念有关，与我们如何看待生命的意义，如何看待人与自然、人与社会和人与自己的关系密切相关。自然是否是我们征服的对象？人是一个分裂的自我，还是与整个人类社会、与整个自然是一个统一体？生活的意义是追求自我欲望的满足，还是回归宇宙大生命的统一体？我们每一个人都要重新思考生命存在的意义，反省我们的生活方式，以自身的和谐，建构家庭的和谐、社会的和谐与世界的和谐，以心灵环保带动自然环保与社会环保，促进人类社会的和谐发展。

对此次四川地震，有一些具体的问题必须深刻地加以反省：

一、震前的预测问题，这么强烈的地震不可能没有前兆，以现代科学技术不可能没有某种预测的手段，如果事前人们能有所准备，将大大减少地震带来的危害与损失。有消息说某些科学家已经有准确的预报，况且种种异象已现，民间早传言要地震，而当地政府却出来"辟谣"。这里面有许多问题值得政府及相关科研人员反省。

二、大量学校的倒塌所反映的建筑质量问题，据消息说有些按设计要求的合格的希望小学完全没有问题，汉正希望小学每平方米造价仅400元，但因为保质保量，周围建筑倒塌而它却屹立不倒，保住了几百名学生的生命。而那些倒塌的学校明显有质量问题，建筑工地一再转包导致质量失控，这里面牵涉到建筑部门、教育部门大量的体制性问题。人祸加剧了天灾！

三、救援的速度与效率问题，我们看到党和政府灾后做出了迅速的反应，使抗震救灾工作得以有力有序地进行。但是，是否做到了最好？黄金72小时内救出的人太少，未让外国专业救援队第一时间加入，有点错失良机，光是宣扬后来救出的一两个"奇迹"，稍有做秀嫌疑。

四、除了正面宣传，媒体不仅要把上面的声音传下去，也要把下面的声音如实地传上来，应如实反映灾区的真实状况，真相带来自由；回避、掩盖真实存在的问题会加剧灾民的苦难。

五、各地的救灾款项与物质，如何有效地为灾民所用而不是被某些不良分子占为私有，必须公开透明。据消息说当地有暴民哄抢救灾物质，某些地方政府把持救灾物而不发给灾民，有地方官员把救灾物质转给有关系的人作为商品再出售。这些丑恶现象必须坚决暴光，严厉打击，取信于民。应谨防贪官奸商发国难之财。

六、总理可敬，但是更重要的是所有的官员都能像总理一样尽责有效地工作，建设高效的政府，这需要制度的保证。若靠总理事事亲历亲为，恐非人民之福。在大灾面前，我们没有"胜利"可言，我们要戒慎恐惧，尽责尽力，尽量减少灾难带来的痛苦与损失。

七、吾人悲痛之余，当切实反省自身，为国家民族之健康和谐发展，尽心尽力，做一点力所能及的工作。净化人心，以戒定慧，息贪瞋痴，建设人间净土，实为根本。

五月二十九日，星期四

修道要想得大成就，就不能得少为足，必须发大菩提心，为度众生誓愿即生成就，以大智慧普度众生。在理论上得决定见，融通诸教诸宗，融通传统与现代，对宇宙人生的真理有透彻的了悟。在实践上，首先要明心见性，悟明心地，认识自己的佛性真我；见道之后关键是要保任悟境，让殊胜境界相续成片！不能只是偶然性的体验，时有时无，时断时续，坐上有坐下无，清醒时有睡梦中无，必须念念觉悟，永恒地活在那个大圆满的觉悟境界之中，在一切时、一切地都能有意识地觉知当下，记得自己，清净心相续，则能见般若也。定功要相续，心缘一境而不动不摇，寂然大定，四禅八定皆能成就，如此可转化色身气脉，精炁不漏而报身成就；慧功要相续，本性之觉了了常在，不随内外之境相所打扰，转化一切习气烦恼，念念无住本空，神不漏而法身成就。

检讨我自己的修行，见地可谓高妙透彻，也有见道的体验，也有修道的觉受，时有禅悦法喜，身心基本上处于愉悦之中，烦恼轻微，可以说已经有一定的修道成就。然定慧之功皆未能相续成片，停留于此，只可勉强自了而已，不能证道，不能得大成就，不能即生成佛度生也。必须下死功夫，精修定慧，性命双圆，彻底打成一片，成就一味境界才行。见道无阶次，修证有浅深，从有为至无为，从生起次第到圆满次第，一步步有真实的功夫在，岂可自欺乎！必要的时候应该放下万缘，闭关专修，一鼓作气，把水烧开。否则，烧烧停停，水永远是温的，永远不会开。

在学问、修证、事业三大成就中，以修证成就最重要、最根本，也最困难。真正修证成就了，大学问也就容易成就，度生事业也就可以顺利开展。所以，目前应以修证为重心，不要急着从事弘法的事业。

六月六日，星期五

Almaas 的《钻石途径》系列，这次只重读了前两册，第三册未细读。一方面，《钻石途径》确有真实洞见，是整合灵修传统与心理学智识的成功尝试；但其中也有过于繁琐的心理分析，非全从悟境中流出的现量智慧。另外，本系列的论述，总体上皆属于"明心见性"方面的现代阐释，缺乏禅定与身体修炼方面的配套，易流于一般的心理学的轻松解脱，而难触及生命深层的性命双修式的高层证量。

六月十七日，星期二

余虽喜好禅宗，于禅宗心法早窥门径，然以尘事多艰，情牵世间，多年以来并未深入禅定，于禅之悟境亦未能保任相续，故虽时有本性现前，多有觉受，心稍得安顿，然毕竟未能打成一片，证大解脱。于色身亦未得大转化，气脉将通而未通也，偶有轻安法喜，终未能将色身融入于法界。所幸见地透彻，心无牵挂，家园在道路上，亦不急求自证，而重当下之庆祝与觉知，故亦颇得自在也。然吾亦不欲得少为足，自止化城，发愿真修实证，以完成定慧之相续与起用，证大智慧之境。近日加强坐上之根本定，每日早晚皆静坐，上午仍修法界大定，并于日常生活中时时提起本觉，身心皆有明显之进境。一股清凉之真炁弥漫体内，有充实之美，有醍醐灌顶之乐，此种感觉以前年轻修道时所曾常有，而有家室之后则不常现矣。盖性能量漏失，则真炁无由生，难入大定之境，难转色身也；故持戒不漏，转化欲望实非常重要之事也！虽有家室，当以双修之法而游戏之，身心皆空，化诸粗重情欲习气。于行住坐卧之间保持正念，时时觉察，以禅之现量境界观照，当下如如不动，安住无住之妙觉境界。一切工作与事业，皆以禅心而随缘为之，不动本际可也。

六月二十三日，星期一

录承古禅师赠范仲淹诗：

　　　　丈夫各负冲天气，莫认虚名污自身
　　　　撒手直须千圣外，纤毫不尽眼中尘

六月二十九日，星期日

近来潜心禅境，每日早中晚皆静坐，灵光不昧，自性现前，如沐春风，身心皆享清凉法喜。近日头部气脉每有反应，间有清凉甘露徐徐落下，全身时味轻安妙乐。此深入禅定精炁渐足之兆也，亦身心自然之反应，不执即胜境也。当以禅之正法眼提持，深证法空，性灯常明，于日常生活中时时保任，不随境转。吾愿深入实修，真有所证后，始出山弘法。北京夏日,今年气温较低,不觉酷热,正好禅修也。

六月三十日,星期一

读《云门宗史话》

冯学成居士的文章,以前从《禅》刊见到过,但未加重视,觉得知解的意味重,大体是贾题韬一路的风格,算是当年袁焕仙维摩精舍一系的旁枝。大体上有一定的见地与体证,然总觉得修证未入玄微。此与南公怀瑾不同,南先生悟道以后未停留于一般的心性层面,而是重禅定实修,不完全走禅宗的路线。不过,南先生的理性思辨、学问功夫则有所不及,而贾题韬、冯学成则更具学问头脑也。

近现代居士弘法的团体,除了佛学方面的内学院系统外,弘扬禅法的主要是从袁焕仙到南怀瑾这一系和大愚开创的心中心一系。冯先生最近在其开办的"龙江书院"和有关佛学院开讲了不少禅宗及中国文化的经典,亦属有影响的居士,值得注意。故前段时间在书店买了两本冯先生的代表作:《信心铭》和《云门宗史话》。

阅毕《史话》,觉得冯居士于禅确有体会,其对公案的理解颇契禅味,盖不同于一般学者之门外谈禅也。不过此书更重在云门宗历史之梳理,将云门宗的主要禅师之历史、公案与语录依传承顺序加以整理,乃宗派史之专著。禅宗通史及断代史皆已有多部,然宗派之专史除有一部《曹洞宗通史》外,似未多见,故此书亦颇具学术价值也。禅宗典籍极为宏富,其中英才辈出,值得我们去挖掘整理。一般学术界之禅宗研究,只能说是属于 Ken Wilber 所谓的"转译"层面的"禅文化"研究,非"转化"层面之禅之研究。如何契于禅之本来面目而又加以现代的整理与诠释,是今后禅宗研究的重要方向。

因《云门宗史话》末后提到虚云和尚重续云门宗之事,乃重翻阅虚老年谱及法汇。虚老为近代重振禅宗之高僧,虽重续五宗法脉,然亦乏有力之法嗣传人，若无明眼善知识，则法脉仅成纸上空文，亦何益哉。虚老本身虽悟道，然气象已经不足，观其法语，已无大气魄承当。虽可说是其谦德，亦证其智慧之不足也。至云门宗之继承者佛源和尚，则自称盲眼，而称冯学成为明眼善知识，又以学成为其云门法嗣，则似本末倒置也。冯出于袁焕仙维摩精舍贾题韬一系，本非云门锻炼而成之禅师，则其续云门，亦徒有形式而已。道在得人，一代大师虚云老和尚虽有志于重续五宗法脉，然竟无可传其道之人，亦时局之限制也。门下出一龙象，胜却多少虚文！

　　吾意不必局限于法脉之形式，若能彻悟曹溪一脉，自可直承祖印，重开中华禅宗之道脉，重续中华禅宗之风范，不必拘于谱谍之形式主义也！如云门宗承古禅师之私淑云门，即一佳例也。今人若能自临济门悟道，即可直承临济也，以此类推可也。

　　观近代禅宗，于虚云和尚之外，居士禅中倒有几个人物，自创新时代之禅宗流派，可算是禅宗的新发展。如大陆的袁焕仙维摩精舍一系，心中心禅密一系；台湾的安祥禅、现代禅等。虽有证量浅深之别，法眼偏圆之殊，然究为禅宗心法于新时代之表现也。袁得南怀瑾先生，则法脉存矣；心中心，则有王骧陆、元音老人继之，亦自成一派。耕云与李元松，本身即脚跟未稳，亦谈不上有后继者，恐难有后续发展也。余于心中心元音老人的书亦早曾留心，且阅过其文集之网络版。今春有山西某佛子参访于我，赠我一套元音老人的文集，有暇当重温也。

七月五日，星期六

　　最近北京常下雨，天气清凉。馨港之南，越过铁道，即是一片广阔的田野，其中有一处是两个大坑所成的池塘，周围绿树环绕，流水潺潺，鸟歌虫鸣，一派清幽、自然的田园风光。漫步于此，真有天人合一之感。再向南边一点，有私人的鱼塘。今天下午带着弘儿和云儿一起去田野漫步。环境清幽,可以怡情养性。作为人间生活的一种情趣,田园生活也有其独特的魅力。现在看来,馨港庄园是很理想的居所,周围有广阔的田野,交通也很方便。

七月十日,星期四

阅《道藏》略记

七月份开始阅读《中华道藏》。

余研究道教,始于博士期间,选择了道教内丹学作为博士论文的课题。其间读道教史、道教概论半年,读西方哲学半年,读内丹学经典一年,始着手动笔写作博士论文。前后写作时间不过数月而博士论文成,虽多粗略之病,而以其清新的思路,流畅的文笔,现代的诠释,系统的条理,获得了专家读者的好评。因时间紧,只阅部分丹经,未及细检道藏也。

博士后研究期间,继续研究内丹学,而以历史源流为中心做专题研究,其间检阅《道藏气功要集》、《云笈七签》及《道藏》中的若干全真文献,亦仅一年多时间,写作则边写边研究,费时半年,完成博士后研究报告。《道教内丹学溯源》保持了我理论思维系统深入的特色,且更加注重文献考证与史料辨析,于内丹学之源流颇多创发,较之博士论文,则学术性更强,然亦未能通检全藏也。

随后数年,未专攻道教,而泛读博览,犹以自得为主,未暇深入学术性写作。只于零三至零五年间,专门从事《乐育堂语录》之新译与注解,乃为对某部道教经典做一专门的研究,亦未读《道藏》也。吾人以佛道二教为研究对象,自当深入《道藏》与《佛藏》之中,无论为学为道,都是一基本的功夫。

去岁申请到社科基金项目《道教内丹学研究》以来,余又泛读中国哲学、西方哲学、宗教学、佛学等一年,算是课题研究之外围准备工作。至今年七月，始正式开始检阅《道藏》文献。

此次研究，既不同于《道教内丹学溯源》考察内丹学之源流，亦不同于一般学者所做的内丹道教史研究，可以说是在更高层面回复到我的博士论文的研究方式，只不过材料更加精详、论述更加全面罢了，可算是我对整个道教内丹学研究的一大总结。以钟吕系为起点，以南、北宗内丹学为重点，兼及明清各内丹学流派，完成对内丹学理论精华之系统整理与诠释，故宜系统地检阅《道藏》及《藏外道书》，完成一部系统精深的内丹学著作。

静心阅藏，亦有乐趣存焉！盖道家经典，别有面目，独具特色，确有非儒释二家所有之独特视角、见地与工夫在，亦值得吾人做一深入之研究与整理也。

七月十三日，星期日

今年夏天我们在蟹岛生态农庄休闲度假村的"城市海景水上乐园"办了一张家庭卡，这样整个夏天随时都可以去游泳戏水。昨天我们游完泳后，到附近的"宝格特"蒙古风情餐厅吃饭，饭后欣赏了蒙古婚姻风情剧的演出。蟹岛离我们家不远，开车去很方便，那里是娱乐休闲的好地方。我从小就在家乡的水库里游泳，每到夏天每天都要去游泳兼洗澡，很天然的娱乐和锻炼身体的方式。后来到了城市，我不习惯一般的游泳池，感觉水温低，空气也不好，完全没有小时候游泳的感觉，加之去游泳池也不方便，所以就很少去游泳了。今年发现蟹岛的水上乐园是室外的水上娱乐项目，场面开阔，空气清新，水温适当，是游泳消夏的好地方，使我仿佛又回到了从前。唯一的遗憾是没有深水区，只适于学游泳和戏水，而我这种老手有点展不开手脚，不过也勉强可以锻炼身体了。以后我们每年夏天都可到这里来游泳戏水、消暑降温了。馨港庄园周围虽有广阔的田野风光，却没有高档的饭店和娱乐场所；但如果开车出去，周边还是有不少风景优美的度假村，像蟹岛生态农庄休闲度假村、青少年绿色度假村等,去顺义、通州、平谷等区县都很方便。这样看来,馨港越来越觉得是我们理想的居所。

七月二十二日,星期二

因读道教内丹学文献,使我想在修道方面也相应做一些试验,除了上午的静坐继续修炼法界大定并融入禅、大圆满的心法以外,我想在清晨的站桩和晚上的静坐中修炼道家的心法。我相信二者在本质上并无截然对立之处而是可以相互融通的,但它们在下手的方便上各有侧重,并有不同的效果。佛法于破执除烦恼上更有系统的理论与方法,而道家则在身体气脉的转化中有其特殊之处,尤重身心之间的相互作用。阴阳交媾应是道家功夫的一个关键点,由此而心不外驰,精不外泄,坎离相交,水火既济,身心恋作一团,这样可以扭转常人心火上炎,精水下泄的惯性。这既是调心的方便,便于降服心猿意马;又是调身的方便,便于身体能量的升华。这已可以说是丹道修炼的一个特色、一个秘密,当然这还只是一个初步的功夫,向上更有天人交媾,与道合一的境界。我在最初练功时,就体验过身心交媾的滋味,所以对道家的功夫有亲切的体认,也是我研究内丹学的一个内在的因缘。

八月二日,星期五

读《道家养生学概要》

这两天暂停阅藏,读萧天石先生的《道家养生学概要》。这本书以前从社科院图书馆借阅过,但没有读出多少味道。萧先生的风格基本上还是传统内丹家的路子,他涉猎的丹道典籍很丰富,也有一定的体证与修道境界,在这一点上,萧先生与陈撄宁先生都是近代重要的道家代表人物,对于弘扬道家尤其是内丹学做出了重大的贡献。但他还没有进入现代学术的领域，缺乏现代学术的训练与视野。他基本上是用传统的语言来讲传统，引用前人的经典略加分类概述，没有系统的理论与一贯的条理。所以从学术研究的角度看，他可以参考的东西不多。不过，我们可以换一个角度来看，许多学术严谨的著作却又有另外一个缺陷，就是对于传统本身没有亲切的体认，所以所谓的研究就成了浮乏无根之论，所有的评头论足都是自己的妄想，而与古人无关。在这一方面，萧先生的书是内在于传统智慧来讲的，对于我们了解道家传统的修道工夫与境界大有帮助，而且里面有不少重要的内丹学材料与研究线索。我自己的研究道路是希望融会传统与现代，一方面在实践智慧上默契古人的心法，把握传统修道智慧的精髓；一方面以严格的学术眼光和现代理路，对古代经典的思想理论做出现代的整理与诠释。

《道家养生学概要》一书，虽未有严谨之系统，多有重复驳杂之处，然确有精思妙论，于道家修养之学探幽发隐。且旁通儒释，重心性之论，此有进于陈撄宁者也，陈则有修道唯物论之倾向，于心性视为玄谈。吾以前对此书有所轻视，今细读后特再申明其价值，读者勿受上文之误导也。

又，此书之华夏版标点、字句错误甚多，编辑水平太差，甚遗憾也。如书中谓"《白玉蟾全集》，亦名重道林"，编辑竟标为"《白玉蟾全集》，亦名《重道林》"，如此之类，甚可笑也。

八月十六日，星期六

盛夏已过，天气转凉，我的修道境界也渐入佳境。上午修法界大定，心缘法界，任法界自生自显，而无一丝造作于其中，本自广大无边，本自圆满清净。虽仍有微细杂念，然一念即觉，回归法界。下座后身心畅快，清净美妙，盖初得定境相续，而稍有法喜也。修道之核心功夫，起初在见道之体验，瞥见本性；其次在时时自觉，而能妄起即觉，让本体境界相续而起用，于行住坐卧之间须臾不忘失正念，而彻底打成一片，此则极艰难之功夫也。以无始业力故，常常稍不警觉，即易随境流转，妄想丛生矣！故当以一心法贯彻于全部生活之中，随时随地以正法观心，如鸡抱卵，如龙养珠，此为长养圣胎之功，亦全部修道之根本功夫也。

八月十六日，星期六

致发表垃圾评论者

在博客中常有些人发表一些无聊的评论，有趣的是，这些人他们自己还在昏睡之中，对真正的密意知识还完全没有入门，仅凭一些道听途说的二手资料，就产生很多的"看法"要与我交流，甚至要对我评头论足，指指点点。搞学问的人轻视修道的实践，而江湖术士们则标榜他们的"实修"而反对学术研究；偏激的佛教徒希望我只要弘扬佛教不要研究道教，某些狭隘的道教徒则又希望我和他们一起与佛教徒争高低；传统的宗教徒看不起新时代的新宗派，新时代某些大师的信徒则又排斥古老的宗教传统；有为渐修论者不知无为顿悟之道，无为顿悟论者排斥有为渐修之功……这里面似乎有种种的对立，他们从中制造出属于他们自己的种种问题并投射到我身上，希望我能够符合他们心目中期待的形象。

我不属于他们之中的任何一种类型，我是浩瀚的，包含了所有的对立面，我能看到那些对立面中隐藏的和谐，你们无法以你们的教条来规范我：我不独尊任何宗教传统，也不排斥任何来自亲身体验的智慧；既不是狭隘的实修论者，也不是普通的从书本到书本的学者；我知道无为顿悟的重要，也知道转化习气的艰难。解行并重，定慧兼美，性命双修，与道合真，乃是我修道的宗旨所在。我不想成为任何人所期待的那种形象，我只想成为独一无二的自己！

这些对我指指点点的人并不是真的在关心我，他们只不过是想要表现他们自己的自我，对我发泄他们内心的垃圾罢了。此地不是为了满足任何人的自我而存在的，更不是一些无聊网友随地吐痰、发泄垃圾的场所！你自己的局限与问题需要你自己去解决、去超越，那些问题只是你自己的问题，它们永远不会变成我的问题！

对于博客上的垃圾评论，一是置之不理，二是断然删除。我要选择那些有缘的人，那些有发展潜力的人，那些值得我和他交流的人，我才会对他们的问题与评论给予回答。不要以为修道的人既然万事皆空，就丧失了行动的能力，就不可以对垃圾评论加以删除，否则就被指责为一种执着；不，"空"意味着全然的自由，你怎么能限制"空"呢？删除垃圾评论丝毫不会影响那个自由。你既然可以随地吐痰，我就可以随时打扫垃圾！

我本来不想在网上发表任何文字，我只想默默自修而已，仅仅是出于对那些爱我的朋友们的爱，我才在博客里分享一些修道的心得：就像山间的微风，就像天边的浮云，你可以感受一份清凉、一份自由。如果你喜欢，你就欣赏此地的风景；如果你不喜欢，你就离开，没有人强迫你来。这里没有死的教条，所有的文章不过是我修道之余一些随意的札记，记录途中一些我所看到的风景。我已经找到属于自己的道路，埋头于自己的求索之中，没有时间和无聊网友争论是非，这封信就是对所有垃圾评论的总回答。我无意于教化别人，也希望那些想要"指导"我的人有自知之明。愿这里成为纯净的花园，是那些真心求道的人可以赏心悦目的地方！

需要说明的是，这里所说的"垃圾评论"是指那些毫无实义，没头没脑的无聊评论，有些网友甚至连个网名都不敢留，只会莫名其妙地无风起浪、煽风点火。这些人没有丝毫的自知之明，缺乏做人的基本道德，更谈不上有求道之诚了。但这并不意味着我排斥不同的意见，我欢迎那些有真知灼见、有理有据的批评，即使我不同意你的观点，也愿意坦诚地交换意见，相互交流，相互启迪。

八月二十五日，星期一

奥运冠军与修道之理

八月北京正值奥运会，我也给予了一定的关注，尤其是看了较多的乒乓球赛。从奥运冠军的产生，我们也可以悟到不少修道之理。我们可以把冠军的获得看成是修道的"证果"，而要达成这个果位，必须"性命双修"。性功是心理素质、精神状态，命功是技术训练水平与实际功力，这两者缺一不可。

比如马琳与王浩的单打冠军之争，从技术实力上看，二者相近，王浩还要略胜一筹，所以关键看临战时的心理素质与精神状态，只有良好的精神状态才能充分调动自己的潜能，发挥出水平。能不能保持好的精神状态，又需用到老子的"无为而无不为"、"相反相成"的原理，只有不计成败，放下私心杂念而彻底专注于当下的拼搏，才能放手一搏，打出自己的水平。如老子所说，"非以其无私耶？故能成其私"，越想赢球的人往往越不能如愿，越能放下的人也就越能达到自己的目标，这是"得"与"失"的辩证法。显然，每个有机会进入决赛的人都非常渴望取得冠军，但恰恰是在比赛时能忘掉冠军的人能取得好成绩。马琳对冠军的渴望丝毫不亚于王浩，但经过多次决赛时的失败，他终于有所悟了，所以在心理上不再患得患失，而是全力于打好每一个球，终于发挥出自己的最佳水平而如愿夺冠。王浩当然也想夺冠，但心理上没有完全放开，打得有些紧，没有发挥出最高水平，高手之间本来就实力相当，只要一点点心理上的差距就足以导致失败。

每一个冠军的产生，都是长年累月艰苦训练的结果，他们所达到的专业水平远非一般人所可比拟，但也表明了人所具有的无限的潜能。真正的修道有成就的大师，他们的精神境界也远非常人可及，而他们所代表的水平，也正足以表明每一个人所具有的巨大潜力。这里应该区分专业水平与一般的普及水平，对于大多数人来说，不要指望他们也能达到专业水平，那是不可能的。然而每一个人都可以参与其中，而有所收获。

修道也是如此，一般的宗教徒不要指望他们也能达到解脱、成道的境界，他们还是要过好正常人的生活，而修道的智慧可以给他们的生活增添一点亮光，添福添慧。所以每个人都可以修道，但不要奢望每个修道的人都"成仙成佛"，而应立足于"做人"。离开了现实而盲目地想要快速成佛，就会成为一种妄想。真正的修道境界，只有极少数用他们全部的时间精力投入于修道、以修道为人生唯一大事的人才有希望达成。所以，我们必须确定自己的人生目标，走自己的路，但永远不要把自己的目标强加于他人，也不要因为他人的目标而影响自己的道路。

九月一日，星期一

今天是孩子在度过长长的暑假之后重上幼儿园的第一天，我也开始了宁静单独的修道生活。暑期这段时间，云儿在家自己玩得很开心，我给他限制了看电视的时间，但每天两次的少儿频道的动画片，仍然是他最喜爱的节目。不看电视的时候，他有时和邻居的孩子一起玩，有时就自己一个人玩玩具，一个人玩久了，就会来找我和他一起玩。不过在我静坐及午休的时候，他都不会打扰我，他已经能够理解我的生活习惯，真是一个懂事的孩子。

看着孩子一天天地长大，伴随着孩子的每一个成长与进步，我也有一种做父亲特有的喜悦。我常常放下手上的工作来照顾他，带他到楼下去散步，去蟹岛游泳戏水，到附近的景点用餐消夜。我告诉他，如果他做错了事，就需要做好事来抵消；当他正做错事而不听劝阻时，我会用数十个数的方式来警告他，如果我数完了十个数而他没有停止，我就会处罚他。我说你要做一个聪明的孩子，每次在我没有数完十个数之前就赶紧改正错误，这样我就没有机会来处罚他。从此之后，我真的没有机会来处罚他了，他做得很棒！这十个数给了孩子改过的机会，也给了家长反思与观照的机会，避免了家长因一时的气愤而不是因为孩子自身的原因去惩罚孩子。

现在暑期结束了，天气凉爽，是修道读书的好时光，我也要开始新的生活，以修道为中心，将修道境界融入工作与日常生活之中，按计划完成工作任务，尽情地活在当下。

九月十五日，星期一

今天中午吃昨天的剩饭剩菜，吃的时候就感觉不对劲，吃到一半即有呕吐感。虽然我立即停止进食，但为时已晚：我出现了严重的食物中毒的症状！肠胃非常难受，欲呕而吐不出，浑身不舒服。躺在床上久之，终于吐了，吐完后稍觉舒服些。但整个下午仍难受，不离病态。晚上进食了两小碗小米粥，饭后去散步，仍感难受作呕，回来卧病在床，一直难受欲呕。我尽量入静，让身体自己慢慢恢复。直到晚上十点多，始觉病气将尽，而恢复了一点体力、一点元气。我很少生病，只有小时候有些生病的记忆，那时病中最感谢的就是母亲的照料。今天生病时，弘儿不在家，我和年仅五岁的云儿在一起。今天云儿表现得非常好，他一直关心我，并且能够听我的使唤，在我最需要照顾的时候，他给了我难得的关切与力量。晚上我突然想喝一点可乐，因为我的症状很像当年晕车的感觉，喝点饮料有助于缓解。云儿听说我要喝可乐，就以最快的速度奔向楼下的小卖部，迅速给我买回了可乐。这瓶可乐果然很有效，我现在能够在深夜写下这篇日记，可乐功不可没！

今天在病中，仍读前天买回来的王博的《无奈与逍遥：庄子的心灵世界》。我最近颇留意一些由学者演讲、上课记录而成的作品，王博的这本书就是他为乾元国学班上课的录音整理稿。历史上一些宗教学的经典著作，大都是由悟道大师的讲道记录而成；中国哲学的许多名著经典，也都是一些语录。学者们的学术著作，往往大量地引经据典，缺乏灵性与活生生的智慧，除了少数的专家学者作为可能的读者外，引不起一般读者的兴趣，也很难有广泛的社会影响。现在出现了一些学者面向大众讲课的一些讲课稿，我觉得很有意义。我有一个设想，除了以严格的学术著作的形式去从事研究与写作外，也可以一种活泼的、灵性的写作方式，真正表达自己的心得与智慧，利益更多的人群。而通过演讲、讲课的方式，重新讲解传统的经典，是一种很好的途径，把讲课录音记录下来，就可以成为一种很好的普及性的弘道作品。所以，除了悟道大师的演讲作品外，我也留意一些学有专攻的学者们的讲课资料。王教授是一个很有生命感觉的人，是一个比较真实可爱的学者。这本书颇具心得，真实地体现了王博心目中的庄子，较之一般枯燥的学术著作，本书比较生动有趣，清新自然，不乏智慧与幽默，而且讲课的水平还是值得借鉴的。我对《庄子》有浓厚的兴趣，将来准备专门讲解《庄子》，所以对于与《庄子》有关的有价值的资料，应该留意并收集。我想在合适的时候，我会专门讲解儒释道的一些基本的经典，弘扬古老的中国文化。

夏去秋来，季节轮转，人生就这样悄悄的流逝。我不想再为世间的生存而争名夺利，希望可以自由地进行自己的探索。人生如梦如幻，一切皆如流水落花，本就没有什么值得留恋。如今，我终于可以了无牵挂，全心全意致力于悟道与学问的大事业中，只有悟道读书才是我生命的永恒的主旋律。与宇宙相知，与圣贤为友，探寻生命的奥秘，探索宇宙的真理，这就是我人生的意义所在。

九月二十五日，星期四

一以贯之

修道贵在"一以贯之"，我们修道之所以进进退退，不能有大成，就是因为不能一门深入，一以贯之，使觉悟之境相续而打成一片。专修一法，长期坚持，这是一以贯之；于专修之时，制心一处，与法相应而不走作，这是一以贯之；日常生活中念兹在兹，不失观照，将修道境界融入生活之中，这是一以贯之。修法一以贯之，则烦恼习气不能相续，此长彼消，则入于大清明。修道用心之妙法有很多，但宜贯通会归为一，不能随心所欲，时时更换，那样将入散乱之境，而习气乘机而入，名为修道，实为胡思乱想而已。吾修道一以贯之者，静在修法界大定，动则修太极拳，此二者将为吾终身所修之法也。法界大定，非修止之定，乃圆顿止观，实为定慧一体之圆觉境界，融禅、道、大手印与大圆满而为一者也。于日常生活中亦时时在法界观中，一切妄想本自空寂，而明体自现自解脱也。太极拳，则非体育运动，乃动静一体、形神俱妙之修法，融身心合天人之妙道也。此二修法皆不受时间地点的限制，四季皆适，老少咸宜，亦渐亦顿，乃适宜于长期专修之法也。于修道之理，则不分宗派，不分古今中外，但悟实相，唯求真理，会归一心，融会贯通，贯通之后，亦可一以贯之也。非唯修道，凡世间之学问、事业，欲成大业，皆须一以贯之也。孔子曰："吾道一以贯之"，道家曰："但得一，万事毕"，佛祖曰："制心一处，无事不办"。三教之道，一以贯之也。

九月二十九日，星期一

今天是国庆长假的第一天，云儿到同伴家去玩了，我上午的静坐很安静，坐了一小时四十分钟。其实感觉双腿并不太痛，没有到极限，坚持到两小时应该完全没有问题。只是一下子长坐还不适应，到了后期就心有点浮躁，不能完全沉下心来。我想要慢慢加长时间，先从一小时延长到一个半小时，经过一段时间过渡后，再将静坐时间延长至两小时。先不要谈修道的大成就，至少要在定功和腿功上有点成绩，有了扎实的功夫基础，才能谈得上更高的修道成就。除了加强定功修炼外，生活中要时时警觉，不忘失观照，念念觉悟，不随境转，回归本心，生活于法界大圆满境界之中。太极拳每天必修，在动作上要更加规范，同时把修道的妙悟融于太极拳之中，形神合一，性命双修。

九月三十日，星期二

修道这么多年，在理论上已经广大圆通，基本上不可能再有多少新的发现，只是增加后得智，广学一切缘起差别，在学问上更加精深系统而已。就修道而言，我的突破应该从功夫上下手，硬是要看你的定功修得如何，能不能深入禅定，能不能打通气脉、转化色身？不管你说得如何天花乱坠，不管你悟境有多高多彻底，即使见地上"大彻大悟"了，如果不能从基本功夫上取得突破，那些美妙的悟道境界都可能成为空中楼阁，都只能是偶然显现的状态，而不能成为你真正的财富。所以，我现在就是要深入禅定，让殊胜境界相续起用，这就是我目前修道最核心的关键与最重要的目标！定中境界修好了，坐下才更有力量提起觉知，才更易使本性现前，觉悟之境相续成片，才能转化习气，道业才能成就。

十月八日，星期三

这次毒奶粉事件，影响到千千万万个婴幼儿的健康与生命安全，是一次极其严重的"人灾"，经济上的损失还是次要的，更重要的是它暴露了我们这个社会深重的道德危机与体制弊端。一方面是人心已经腐化到极点，人已经成为物欲的奴隶，为了利益可以不顾一切；一方面是我们的整个政治经济体制存在着根本的缺陷与漏洞，没有独立的司法与监管机构，没有独立的舆论监督，整个权力与金钱勾结成一个系统的共犯结构。人心的救治为本，体制的革新为用，只有两手抓，才能有效地净化这个社会。而人心的净化，则需要依靠宗教性的维度，重新激活宗教的智慧传统，弘扬儒释道修道的文化，光是道德说教是无力的。

十月十八日，星期六

禅：心灵的故乡

虽然现在的工作是以道教内丹学的课题研究为重心，但读道书却往往葛藤太多，有时只是为了学术研究而读，并不能激发心性的智慧。这两天读禅典，尤其是《大慧书》，对我有点醒的妙用。多年的修道生活中，曾屡有妙悟，对禅的根本智已得契入，然在生活中还时常会忘失，未能打成一片。所以读禅家宗师的语录，常常能在只言片语之下豁然醒悟，使我从尘梦中醒来，并能把这一份觉醒带入生活中。下午带孩子到楼下玩，我的心灵明了知，那个核心的觉知一直都在，真是妙不可言。觉悟不是对某种境界、某种状态的寻求，不是一种与动相对的静，不是费力地维持某种宁静之境，而就是在任何状态下此时此地的觉性本身。你不需要排斥念头，也不需要闹中求静，不需要寻求某种特别的心灵境界，所有的思想、情绪与念头都只是在外围，而内在的中心有一个"中和点"，它不是动也不是静，它是超越于两极对立的，或者说它是真正的和平与宁静。外围的思想、情绪与念头就像起伏的波浪，而波浪并不能影响深层大海的宁静。这个"中和"点并不是一个有限的点，它是某种"其小无内，其大无外"的超越的"平衡点"：它超越了大与小、善与恶、乐与悲、得与失等种种两极对立。这也就是禅家的"平常心"，它是本具的觉性，就是本真的你自己。你从未丢失过它，只是你意识的目光总是向外寻求而未能体认到它，一觉即是，别无玄妙。并非另有一个"我"云觉悟它，其实就是它自己的光照亮了自己，所谓的"自觉"而已。一旦回归这个无相的灵明自性，那外围的思想、情绪就不再被认同，而自然地走向和谐，主人在家了，一切的混乱就被终止，秩序就自然地形成，那就是真实的充满生机的宁静。如果主人不在家，意识就在种种意向客体中周旋，此时对秩序的寻求本身也是混乱的一部分，那个制造的宁静本身是也一种紧张。心灵总是在攀缘外境，被无数的意识客体所占据，早已迷失在"异化"的"他乡"，留恋忘返；只有从无数的执着与追逐中清醒过来，穿越层层的迷雾，让纯粹意识之光照亮自身，才能回归心灵的故乡，找到安身立命的精神家园。

十月二十七日，星期一

读《禅源诸诠集都序》略记

读《道藏》时断时续，近期又读禅典而入乎其中，与读道书之感觉大不同也。因手头上有杨曾文先生主编的《中国禅宗典籍丛刊》，是由今人校注的禅宗典籍选刊，故抽暇一阅。这套书经过现代人整理，将相关资料编为一集，便于阅读。但校注者多为年轻学者，功底不足，标点与注释皆多有错误，这是现代出版物的通病。读完《大慧书》，这几天读宗密的《禅源诸诠集都序》，其中辑录宗密著作中有关禅宗的资料。宗密既是禅宗的法嗣，又是华严宗的传人，身兼禅师与法师两重身份，这使他成为禅宗史上第一位精研教理，系统判教判宗、通宗通教的大师，这与一般的禅师是大不同的。禅师中通教理的也很多，但多无意于系统研究禅学义理层级，更无意于系统著述，多是随机而演说，留下一些禅机妙语。宗密则不同，他是真正地从事佛学研究，深入经藏，对禅与教所蕴含的义理进行系统的整理与判释。禅重妙悟，直取心源，不立文字，然就客观上言，禅亦蕴含内在的理论层级，一大藏教皆可为其注脚也。故真悟达者，亦无妨其研读经典，会通义理。既为自觉之种智，亦为觉他之方便，此与纯究文字而死于句下者不可同日而语也。吾人不可以为只有那些机锋转语、玄言妙句方是禅，而平实论道、直指自心者只是理。其实若不能自悟其心，则玄言只是戏论；真契佛境，则语语皆达真诠。于达者观之，则何教而非禅，何禅而非教；在盲者份上，则岂教为空谈，实禅亦文字耳！读宗密文字，总使我联想起永明延寿大师，其融贯的思想风格与精美的文字表达皆极相似，括一代教网，而会归于心源。宗密的《禅源诸诠集》与延寿的《宗镜录》皆富丽堂皇，义海渊微，堪称宗教圆通的典范，惜前者已佚，只可于其《都序》中窥其一斑也。中国佛学至于天台华严诸宗，已臻于化境，其思辨水平之高，形上学之庄严宏伟，实为人类宗教哲学思想之巅峰也。凡宗教修道理论中之种种问题与层级，皆有极高明、极圆通、极精深之探讨，虽间有脱离修道实际的思辨玄谈，然若与禅宗实证之心法相结合，则皆可助于圆解而利于修证也，故宗密与延寿二大师会通宗教之努力实有其伟大意义。现时代之禅者若欲不陷于盲修暗证之险，法师若不欲陷于入海算沙之危，则二大师禅教并重兼贯的典范意义实深且远，足值吾人学习借鉴也。

十月三十一日，星期五

如实知自心

心性本具，明觉非遥，即寂而知，即空而觉。然众生习气，恒向外驰，念念攀缘。眼见色而为色转，耳闻声而为声转，心接尘劳而为尘境转，处处皆带，念念有住。我们每天关注了无数的事情，唯独遗忘了我们自己；人们知道了一万零一件事，但是却不知道自己。心逐物而迷，即生烦恼，造贪瞋痴业，随业而受报。若能转物而觉，无住生心，返照心源，则心心作佛无一心而非佛心，尘尘皆道无一尘而非佛国。问题不在于如何以不同的方式解释世界，而在于如何以切实可行的方法改造自身。若不了自心，则知道的东西越多，就越是迷惑其中，故修道关键是直接在身心上去契证。佛法无他，"如实知自心"而已！不怕念起，只恐觉迟；念起即觉，觉之即空。即妄时而觉妄者不妄，即迷时而知迷者不迷，则随流返照，立处皆真，心光朗然，云散青天矣！

十一月二日，星期日

午后漫步：心灵的优游

　　深秋时节，当天气渐渐变得寒冷的时候，我就会开始每日的"午后漫步"，以取代夏日炎热天气时的"黄昏漫步"。"两脚任从行处去，一灵常与气相随"，这种漫步是一种心灵的优游，仿佛古人的行脚，一边与天地自然相通为一，一边也是警觉而又放松的灵性修持。这种"行功"与静坐时的"坐功"一道，成为我修行的两种重要的方式。在我住过的地方，我每每以居所为中心，向着周围的四面八方漫游，几乎走遍了方圆十里地的每一个角落。我曾在通州华兴园住过两年，在三环西坝河边住过三年，很巧的是附近都有河流通过，我喜欢沿着河流漫步。"行到水穷处，坐看云起时"，河流有一种永不停息的生命感，有一种未知的奥秘在召唤，伴随着两岸的绿树青草、鸟语花香，微风轻拂，树影婆娑，如果正好心无挂碍，禅心与美景相映成趣，你会觉得极乐世界就在眼前，那份宁静、充实与喜悦，实无可言说也。搬到馨港之后，这里最突出的风景就是纯朴的田园风光，周围有千亩荷塘，有四季不同的农作物，但似乎周围没有我想要的河流。通常我更多的是往南边走，离田园更近些，因北边有大马路，需穿过长长的马路才能到达田园。而我正常的漫步时间是一小时左右，如果往北走则需要更长的时间。今天我作好长时间漫步的打算，沿西北方向一直走，却意外地发现在我以前散步终止之处继续前行不远，居然有一段美丽的河流，非常地幽静，有一些原始的植被，还有高大的树木，河中还有水鸟，两岸偶尔有一些农家。经查考，此应属于北京温榆河中的一部分，我其实开车经李天路时常从这条河流上的一座小桥经过，但是一直没有沿着河流作徒步的旅行考察。在入住此地近四年之后，我终于发现了我梦想中的河流！虽然最美的风景无非此心的澄明，然而心境一如相互辉映，那水边林下的静幽美景，不正是古人长养圣胎的地方吗！以心转境，借境炼心，我庆祝今天这一伟大的发现，从此我的漫步中又多了一处理想的风景！今天的漫游走了近三个小时，它犹如一场探险，带给我惊喜，带给我享受。

十一月六日，星期四

河畔漫步：林泉美景令人思

昨天午后继续去沿河流漫步，由于有车，我先开车到附近的儿研所停车场，然后直接奔向那条河流。但我没有沿着上次走过的上游方向走（西北向），而是沿着相反的方向顺流而下（东南向），中间穿过一条铁道，然后河流就一直向远方伸展，没有尽头！虽然不如上次那段河流那么幽深静谧，然而却更加开阔绵长。除了两岸旖旎的风景，还有大片的荷塘，广阔的田野。其中有一段，路两边是高大的白杨树，一个人静静的走过，迎来了鸦声阵阵，伴着流水的欢唱，我的心中似寂静又似弥漫着一种浪漫的豪情，似欢喜又似夹杂着一种淡淡的乡愁！这一片天地是属于我的了，我的思绪飘向了无垠的苍穹，又仿佛回到远古的从前，在这无限的时空中，我们走过了漫长的路途，而眼前这一段风景似曾相识，又是怎样的一段缘份！但我没有放纵自己的思绪，我立即警觉到自己内在的中心，于是天地万物顿时消失了，唯有明朗寂静的光明。"偶傍清溪闲处立，一声啼鸟落花深"，不知道何是风景何是我，就任这一片妙明的灵光无思无虑地流淌！如是许久，我竟然发现远方隐约有一片熟悉的田园，那是我以前曾经漫步过的地方（注：去年我漫步于此时，曾有一篇感言"田野漫步与荷尔德林的诗"），没有想到我一南一北两条漫步的路线就这样不经意地打通了，这又是一个意外的惊喜！因着这一条河流的发现，我当年凭直觉而选择的居所竟然意外地如此理想，这种田园风光不是公园而胜于公园，那自然的风景是人为的造作所远不及的，它的幽静更不是喧闹的公园所可比拟。对于隐居闹市默然静修的我，此地的林泉美景正是长养圣胎的息机之地。

十一月七日，星期五

今天静坐超过了一个半小时，因为念起即觉，了悟万法本空，全体皆是，虽不断念而念头渐少，有一段已经达至一念不生之境，只有灵明自性与法界同体。以入定故，今天坐一个半小时不觉时间长。有时杂念浮想较多时，则觉得要坐一个半小时甚长，自已觉得坐了很久，但下座一看才一个多小时而已。所以坐中的入定质量很重要。虽然从方法上、过程上而言，不必与念头妄想为敌，不必以念除念，只需念起即觉，觉悟念头无所从来，无所归去，本自不生，本自性空，但这种觉悟的功夫做得好，则念头一定会自动减少，乃至一念不生而入于寂然大定。此时之"无念"境界并非禅师所呵斥的"除念"，实为坐上修行之理想境界。此虽不可于主观上求之，然客观上实可体现静坐的质量与效率，此不可不辨也。禅家之圆妙语当知其自因地言还是自果地言，自主观功夫上言还是自客观境界言，不可笼统混淆而误会之。又，虽"一念不生"于坐中为妙境，然又不可执之，当进一步"根本"与"后得"二智融通，由体起用，从空出假，于坐下生活中恒以慧观为主，待人处事自当起心动念，只是念念分明，随时做主，不为外境所转，此则为念念无住而称为无念，不同于静定时之一念不生也。故坐上以定摄慧，坐下以慧摄定，定为慧之体，慧为定之用，而本性之觉悟即定即慧，定慧同体者也。定为修命之本，不入深定，则不能通气脉、转色身；慧为修性之要，不开智慧，则不能明心性、转习气。

定慧兼美，性命双修，乃修道证道之不二法门。

下午继续去漫步。这几天的漫步，每天都有新发现。其实只要将漫步的半径扩大一倍，那么南北两个方向都可以通向河流，而且田园风光也展现出更广大的视野，一个广阔的世界呈现在我的面前。我们修道又何尝不是如此呢？如果我们停滞不前，得少为足，局限于已有的境界，我们就无法看见更广大、更精微的世界；只要我们不断深入拓展我们的视界，一门深入，就能"柳暗花明又一村"，就能"家家有路通长安"，由浅证而深证，由分证而圆证，不断领略道上更美的风景。

十一月八日，星期六

我们现代来弘扬佛法、修道的真理，离不开古圣先贤、祖师大德的经典，透过对古代经典的重新诠释与讲解，让现代人契接悠久的智慧传统。而对经典的诠释，无非是两种方式：一是讲解某一经典，一是按照专题来讲，而汇集相关的经典。如《丹道今诠》，是专门讲解《乐育堂语录》这一部经典的；而《道教内丹学探微》及《道教内丹学溯源》则是以专题为中心，综合所有的内丹学文献。前者是微观的文本研究，后者是宏观的总体研究。

十一月二十一日，星期五

制恶犬记

这些天野外漫步，除领略乡间田园风光而享受山水之宁静外，亦偶有惊险之奇遇，路逢恶犬即其一也，今略记制伏恶犬之经过。

吾于田野信步之时，常有犬吠于道旁。其中多数为田间农舍家养之犬，或温顺解人意，或有狗链系之，故无忧而不惊也。上周末吾于河畔漫步后沿一新方向返回，忽见前方道路上惊现数犬，其中一犬身肥壮似大狼犬，另有一中犬和小犬数只紧随其后，气势汹汹狂吠而至。因道旁有一废弃的房舍，可能主人走后留下所养之犬，而犬又生犬，以此为窝，占地为王也。吾自思不可逃也，逃必为其所伤，故随手拾一木棍而迎头向诸犬奔去，以吾之经验，意其必恐之而退也。然此次却出乎意料，诸犬毫不退缩亦正面奔我而来！吾亦无退路，然因手头仅一小而不结实之木棍，意恐难以制胜，故只得虚张声势，厉声于相隔一丈远处站住，而以金刚怒目之姿与其对视。大狼犬亦不示弱，虽停止攻势而亦狂吠不已。吾不欲久对峙，故徐徐而退，沿他路返回。诸犬则仍缓缓而进，狂吠不已。此吾与恶犬初相遇也，虽未为其所伤，然犬强人弱，吾处下风也。

　　本周三吾有备而往，先于道上准备一粗棍，再访恶犬于原路。前段之情势如初，唯不同者，此次吾未停止攻势，持棍迎头而上，恶犬初亦甚凶顽，亦迎奔而来，至相距丈余处，大犬始停，吾则未停，挥舞木棍准备迎头痛击。吾已做好恶斗一场之打算，故毫不惧也。关键时刻，恶犬终于畏伏，而徐徐退去。吾亦未追击，仍沿他路而回。此吾与恶犬之次遇也，吾虽退之而占上风，犹未能打通道路而前行也。

　　今天下午吾再探恶犬于原地，先已自制一拄杖，预备为以后漫步时所随身配带，吾意必"直捣黄龙"，一探狗窝也。可是走至原道，却静悄悄的，一点动静也没有，吾于是直往狗窝而去。此时虽无动静，然却有大战将至之杀机，吾亦额外地警觉，毫无杂念，一丝风吹草动，都了然于心，此种状态乃极富禅机也，不昏沉不散乱，此心了了常知。当靠近狗窝时，终于看见狗群咆哮而来，前两次可算是犬势欺人，此次却似吾挑衅狗势了。故初数犬不动声色，待吾接近其大本营时，方摆出决一死战的架势杀奔而来。此次之凶险远胜于前，其状难陈也。因此次诸犬已抱定"保家卫国"之心态寸步不让，而吾亦抱定横扫狗窝、直捣黄龙之决心，故两强相遇，大有一决生死之状。就在眼看要正面接触决战打响的瞬间，那只大狼犬败下阵来，掉头而退，其余数犬更无心恋战，皆望风而逃。吾则乘胜追击，绕其窝数圈乃止，彻底挫败了恶犬之威风。

吾今思之，与犬斗何苦来？茫茫天地，本是吾漫游栖心之场，无人可管，唯闲人所有。不意此数犬不识好歹，骚扰路人，吾之悲心不足于感之，乃发大勇猛而降伏之。意者古之禅客皆备拄杖，除作说法之用外，亦备野外行脚防身之用也。吾自此野外漫步必带拄杖，此即其因缘也。兹姑记之，以为纪念，亦笑谈之料也。

十二月一日，星期一

博客中复网友

我不是在这里经营一项生意，我并不指望从你那里收获任何报酬，所以我也就没有任何义务来满足你的期望。我不是一个作家，我不想创作文章来吸引眼球，娱乐大众。这里的文章都是我随手写下的日记，与某些有缘的道友分享。所以，不要对我指指点点，对一个只想默默自修的人而言，这个博客已经说得太多了。就像一壶没有烧开的水，经常打开盖子只会延长烧开的时间。我很想默默无语，但考虑到或许可以利益某些人，才打消了这个似乎"小乘"的念头。这个博客就像偶然盛开几片野花的荒原，只供少数行脚至此的路人欣赏，你不要指望它会变成热闹的公园，充满了市场的杂音。

关于占卜与预测，我不想漫谈。如果你是一台机器，随业力之流而运转，那么因果的法则将决定你的未来，只要有足够的技术手段，就可以预测出来结果。但那有何意义呢？没有自觉性的人将无法改变那个结果。所以重点是转化业力与习气，找到自己的真心，做自己身语意三业的主人，这样你就可以改变那个因，从而也改变那个果。这时候，你也不必预测，你种下什么样的种子，就会有什么样的收获，有什么好预测的呢？预测不过是一种"偷心"，一方面不想改变那个因，一方面又想逃避那个果。所以，圣人不占，只是通过预测说明人生因果相续的大义。

十二月三日，星期三

不是目标，仅仅指示一个方向

我不注重宗教的组织、形式与教条，我希望领悟那超越仪式与思想、语言与文字的终极之道，那个超越一切宗教形式而为所有"真"的宗教所以可能的普遍真理与永恒实相。我无法设想，那"无限者"只能被少数人、少数教派所独占，而我们必须通过这少数代表才能与那"无限者"沟通。与无限者沟通的方式必然也是无限的，我看见从每一个方向都可以走向那终极者。因为终极者并不是外在于我们的"客观实体"，严格地说它既不在我们之外，也不在我们之内，而是超越了"内"与"外"并表现为我们生命潜在的最真实的本性。重要的是放下那个"小我"的幻觉，而"本性的无限"与"道的无限"本就统一的真相一直如是。如果自我不在，谁会去执着"我的宗教"？成为一个偏激的宗教徒恰恰是远离宗教真理的方式。

我追求理论与实践的完美统一。只有理论上的认识是"空"的，只有实践上的体验是"盲"的，我追求真实的灵性体验与生命解脱，同时也追求贯通诸先贤大哲、各教各派的理论精髓，对古典精义作现代的诠释。所有的理论必须在实践中去检验并运用于实践之中，而不是成为理智的空洞的思辨游戏；所有的实践都离不开理论的指导并在经典中与先觉者相印证。

我追求出世与入世的完美统一。单纯的出世，远离世间与人群的修道方式不适合于我。我向往的出世，是精神上的完全超越，彻底放下人世间的名缰利锁、财色物欲，心无挂碍，明觉自在。但我们依然生活在人群里，出入于市场中，整个生活世界都是我们修行的道场，莲花就开放在污泥之中。我不认为一个修道者就应该逃避生活，也不认为所有的世间的美丽都只能供俗人们享用；一个修道者应该更有能力活出生活的真意，活出生命的风采！但入世决非沉迷于世间，而是大悲的流行，是觉悟者神圣的游戏。我在静坐中与道在一起，我也在唱歌跳舞中与道在一起；我在宁静的单独中与道在一起，我也在热闹的市场中与道在一起。除了道之外，并没有别的东西，道就是生活的整体。

我追求自觉与觉他的完美统一。我们已经了悟到：世界是一个整体，人类是一个整体，我们都是来自同一个无限的海洋。所以我们修道并不是一个孤立的事件，而是和所有众生息息相关的"宇宙事件"，一个波浪搅动了整个的海洋。觉悟众生利益人群是我们永恒不变的愿力，但如果没有自己的真实觉悟，我们就无法真正做到觉悟他人。我们以充分自觉的智慧与能力去觉他，也在觉他的大悲中实现自我的超越。我向所有的大师们学习，吸收他们的智慧灵光；我也与所有有缘的同道们在一起，分享修道路上的风景。

这就是我的灵性理想：离一切相，即一切法；一法不立，万法皆道。在宁静的深渊中，响起了欢快的旋律；在热闹的市场里，空无一人！

十二月八日，星期一

读《室利·罗摩克里希那言行录》

罗摩克里希那（Sri Ramakrishna, 1836－1886）及其弟子辩喜（Swami Vivekananda, 1863－1902）是近代印度宗教史及灵修传统上的重要人物，也是近代世界宗教史上有影响力的人物。但因资料方面的限制，我一直未能接触到与罗摩及其传承相关的著作。网上曾有一些零散的翻译资料，我也未加细读。最近朋友送我一本新近出版的《室利·罗摩克里希那言行录》（宗教文化出版社，2008年8月），才使我有机会认真阅读这本记载罗摩教法的重要著作，并找到辩喜的相关作品《瑜伽之路》（浙江大学出版社，2006年2月），一同加以研究。

罗摩无疑是扎根印度传统、具有深入的灵修体验的大师级的人物，他的一生是完全出离世俗而献身于"神"的一生，而他本人也被视为神的一个人格化身。他没有多少文化，不是一个思辨型的思想大师，此与奥罗宾多形成了鲜明的对照。他的所有真知灼见完全来自于他的神圣体验，而他迷人的吸引力与影响力也来自于他的真实的"神迷"状态。他不喜欢辩论，但善于从实际生活的事例中以比喻、寓言的方式传达他的洞见，他的见地整体上是与印度传统教导的精华完全一致的。

如果以印度传统的四种瑜伽（智慧瑜伽、胜王瑜伽、虔敬瑜伽和业报瑜伽）来概括印度教的灵修道路，那么罗摩无疑是钟情于"虔敬瑜伽"的，他认为这是"卡利"时代最合适的道路。虔敬瑜伽是"爱"之道，首先是出离世俗，放下一切的"金钱"与"女人"（罗摩以此两者代表所有的欲望与攀缘），然后把整个的心思转入到对神的敬奉与崇拜之中，在"爱神"中得到"神爱"，回到那个"存在—智慧—喜悦"三位一体之神的怀抱。神代表着圆满与超越的境界，他可以是人格化的，也可以是非人格化的；既可以是有形的，也可以是无形的。神内在于人之灵魂中，人可亲自"见神"。实际上，这相当于把人的意识从欲望的凡人状态转向超越的神之状态，这是一种很有效的转化途径，已经蕴含有一种普遍的修道哲理模型，可以和各类宗教修行的道路相通。

正是如此！罗摩虽然信奉神，但他的宗教观却与那些独断的一神论者完全不同，他认为所有的道路都通向同一个根源性的神。与基督教"人神二分"的隔离模式不同，每一个灵魂都来自于神并与神为一，相隔仅仅是一个幻象的存在。所以，罗摩的神更多地与佛教的"法身"相似，而与基督教教条主义者所理解的"上帝"不同；在人格化的层面，罗摩的神则与佛教的"本尊"相类。罗摩的"卡利女神"正是他的本尊，而罗摩与弟子的关系更像是藏传佛教中上师与弟子的关系。弟子视师如佛，通过上师而与诸佛法界相通，正如罗摩的弟子视罗摩为神，通过罗摩与诸神相通。在某种视域下，罗摩的教法可以与佛教的相关传统融会贯通而无隔碍。

当然，从佛教的眼光看，罗摩似乎并未至最高证悟之境。他可以随时进入他的"三摩地"，但他的三摩地与日常生活还未融成"一味"。在生活中，他有时还有一些常人的心境状态，而在他的三摩地中，又完全失去对外界的意识。若更从道教的眼光看，则罗摩是直取法身而舍色身，不是"性命双修"的圆满解脱。但无论如何，罗摩是一个真实的"圣人"，在现代纷扰的社会中，他的完全弃绝世俗而与神同在的境界，绝对是一股稀有难得的"清流"！

十二月十一日，星期四

读完了《瑜伽之路》，辩喜的风格与罗摩克里希那完全不同，他富有激情，善于演说，其思想风格竟有后来Osho的影子，Osho在某种程度上继承了辩喜的理想。正是由于辩喜出色的弘法工作，才使罗摩的传统有了巨大的影响。从某种意义上说，罗摩与辩喜正好是互补的类型，他们作为一个整体才对世界有了深刻的影响。

今天博客中有网友提到艾克哈特·托尔，将他与罗摩相比较。他有两本书已经被翻译成中文：《当下的力量》和《新世界：灵性的觉醒》。以前在书店也见到过他的书，但觉得是一般的灵性普及读物，对我意义不大。今天在网上再查找了一下这两本书介绍，并找到了电子版。这两本书，还有一本《平常禅》，都属于西方世界有一些禅悟的人所写的灵性读物，也许从作者的灵修境界上来说并未至究竟解脱之地，但他们都善于把自己的体悟用很生动形象、亲切细腻的手法表达出来，代表了禅在西方的现代阐释，其表达力与影响力值得注意。那个核心的精神是万古常新的,但新时代需有新的诠释方式,才能更切入现代人的生活。作为现时代有影响的灵性资料,我也应该留意,虽对我自身的修道来说意义不大,但可以借鉴他们的弘法方式与表达技巧,对我以后弘法会有帮助。虽然目前我的重心在自己的修学,但也应密切留意灵修界的现状,了解目前活跃的各类灵修老师的情况,思考我将来要走的弘化路线。

像《当下的力量》之类的书籍,也许从学术上完全没有什么地位,但对于实际的社会与大众,却有巨大的影响力。我今后也可以创作一些更贴近群众的灵性读物,并通过演讲、办培训班等方式开展多元化的教学与弘化工作,同时演讲与教学的录音资料经过整理也可以变成很好的灵修教材。

那些引经据典、振振有词的学术著作,如果不能有助于人们的精神境界的提升,在我看来就没有什么终极的意义。时机即将成熟了,该是我穿透学术而超越学术的时候了!在合适的时候,我将走出书斋,出山弘法,将我的生命奉献给觉他的事业。

十二月十五日,星期一

谈"灵性市场"

在当今的商业大潮与市场社会中,如今有一股风景独特的潜流正悄然兴起,或许可以称之为"灵性市场"的形成与繁荣。在这个市场中,各种各样的与人的精神健康和灵性成长相关的"灵性商品"层出不穷,各类瑜伽培训、心灵工坊、修道养生的大小机构应运而生,其间难免鱼龙混杂、高下杂陈,不仅提供商品的一方趣味各异、境界不一,就是接受商品的一方也各怀心思、各取所好。

虽然其中不乏有"假冒伪劣"、"唯利是图"者,打着美丽而空洞的口号自欺欺人,甚或有人冒充"大师"、"上师"而欺骗信众,害人慧命，大饱私囊，但整体而言灵性市场的发展乃是一件值得鼓励的大好事。有需求，就有市场，我们不能要求所有的灵性服务都应该免费，不能认为凡与金钱有关的就一定是非灵性的。

即使一个人的境界很高，不执着于金钱，但他在社会上生活仍需要一定的物质基础。最上层的是那些修道有成的合格的上师，他掌握了"核心技术"，提供最高端的"灵性产品"，以弘法为生，自然会得到社会和信众的供养，他不需要专门为挣钱而开课讲道。但如果他有一定的传法机构，并从事各类弘法利生的事业，这也就需要一定的资金支持。他内在可以不执着于金钱，但外在的事业上他仍需经济上的支持，除了信徒们的供养外，他也可以以提供种种灵性商品的方式获得其经济来源。

其次是那些自身还没有完全解脱的修行者，他对世间的工作不感兴趣，愿意从事与灵修相关的工作，根据自身的修道进展情况，参与灵性商品的开发，从事不同程度的以帮助他人为目的的心灵培训工作，同时也获得自己的经济收入，这也是合理的、于社会有益的。这个世界上迷茫的人占绝大多数，而完全成道的人是极其稀有的，那些自身有一定的体验并有能力帮助他人的人投身于灵修培训的工作，是值得鼓励的。

他们可以将大师们的工作以一种稀释的方式加以普及，将灵性的思想与实践传播开来。既然那些有钱人愿意支出他们的金钱来寻求获得灵性上的帮助，则开办收费的灵修培训也无可非议。这会使那些已经解决了经济问题的"上流人士"有一个更有价值的消费方式，使更多的物质富有而精神贫穷的人有一个化物质能量为精神成长的机会。而从事培训工作的人也有机会从事自己感兴趣的工作并解决自己的经济问题，这是一个双赢的结局。

灵性教学收费还有一个密意的理由。对于那些只知道金钱的价值的人，必须收费而且必须有足够的收费才能让他们认识到教学工作的价值，他们才会产生对该项灵性教学的珍视并得到灵性上的利益。一般不收费或低价位的教学项目根本就"不配"这一类"高层"人士，他们会说"我的身价还不至于去参加如此低级别的消费！"

与其看到那些假冒的"上师"们大把地挥霍信徒们的供养，我们不如鼓励合理合法的灵性市场的建立与健全。你是不是有"真货"，是不是能赢得大家的消费认可，就在一个公平公开的市场上来验证。所以我们要鼓励公开透明的灵性服务与收费，提高灵性产品的服务质量与竞争力，建立健全自由竞争、公平合理、健康合法的市场规则，让那些假冒伪劣的产品经不起市场考验而无法立足。

现在的问题是，灵性在本质上是无我利他的，是不沾"铜臭"的，一旦进入灵性的市场，还有灵性可言吗？穷人难道就没有接受灵性教育的平等机会吗？关于此点，我们必须区分理想的境界与现实的处境，区分对自身的严格要求与对他人的理解宽容，应该从整体上来看灵性市场的建立是否有利于整个社会的和谐进步，是否有利于人们精神境界的提升。

我们不能把"圣人"的境界强求于一般的修道者，虽然我们要不断地警惕自己是否在以自欺的方式满足自身的欲望，沉迷于"帮助他人"之梦中而遗忘了自己，对未成道而从事灵修培训工作的人来说要冒自身不成长的风险，但绝不可拿一把圣徒的尺子到处去量别人，每个人都有权利去自由地选择自己的灵修与生活的道路。

至于穷人，多数无暇顾及灵性的成长，他们最需要的是物质上的进展；如果他们真的渴望得到灵性的成长，他们一定可以找到免费或低价的灵性产品，真正的想要帮助他人成长的老师是不会拒绝任何一个想要获得帮助的人的，尤其是那些诚心向道的穷人，必将得到祝福！

只有围绕着一个真正成道的师父，才有可能建立起一个真正灵性的修道团体，求道者也只有在这种真正的修道团体中才有可能得到真实的灵性进步，这是灵性教化的"核心圈"或说"内圈"。而由在灵性上有一定程度的进展但未成道的人所形成的从事灵性传播事业的团体，只能是"辅助圈"或"外圈"。那些真正的求道者可以通过外圈的引导而有机缘进入内圈，而一般人可以通过外圈的帮助获得一定的精神成长。无论是内圈或外圈，都需要解决某种程度上的"物质"的问题。只要外圈不冒充内圈而如实地开展他们的工作，就没有问题；灵性市场上的问题往往出在"假冒伪劣"的"内圈"上面。

我们必须警惕那些别有用心的灵性骗局，他们会用尽心机，把自己包装成一代大师、神圣教主，利用和控制信徒为达到个人自私的欲望服务，对于此类伪教与邪教应该毫不留情地予以揭露和批判。凡标榜教主神通广大、无所不能，标榜解脱的权利归大师所有，弟子可以凭足够的供养而被赐以解脱，标榜可以让人无条件地快速开悟成道者，必是邪教无疑。

看一个"教"是正是邪，首先要看它是以"教主"为中心，还是以"法"本身为中心；是教主赐以解脱，还是以法帮助学员自己去觉悟。真正的上师是超越自我的，他只是与那个整体存在相通为一，成为学员与道相联的管道。从学员这一边来讲，就是不要"贪"，不要指望不劳而获，希望有万灵丹因而能不需要自己辛苦地工作自己而快速解脱，不要指望通过大师的加持能消除自己的所有业障。除了以纯粹的爱与上师联结外，不要和大师之间有任何欲望与利益的交换。

我说鼓励灵性市场的健康发展，但也要警惕灵性市场的"非灵性化"倾向。除了"内圈"方面的"邪教"外，在"外圈"方面也存在许多危险与误区。那些自身在灵性上并没有足够的进展的人，那些在世俗世界失败的人想通过"灵性培训"的幌子去实现自己的世俗欲望，他们制造假冒伪劣的"灵性产品"，破坏灵性市场的声誉，这样的人最终只能是害人害己！有些人也许初衷是好的，但一旦陷入其中，由于自身水平的局限，渐渐为自我欲望所控制，为自己的经济目的不择手段；或者因为自身见地的错误，传播方向错误的灵修方式，这都是需要仔细加以反省和警惕的。一个真正从事灵性市场的人，永远要把灵性本身放在第一位，把经济效益放在次要的位置上。

必须指出，真正的心灵觉醒无法以金钱来衡量，无法通过交易来获取，老师可以给予一定的帮助与指引，但真正的成长无法依赖任何外物，只能是自己觉悟。无论是学生依赖于老师，还是老师依赖于学生，都是妨碍我们究竟觉悟的障碍。我们不要指望可以通过参加各种灵性快餐就可以获得心灵的自由，在求道的路上没有廉价的速成法，真正求道的人应该发长远心、精进心，把修行当成人生的根本大事。但是世界是广阔的，人们的需求是多样化的，更多的人根本谈不上终极意义的生命觉醒，他们只是要寻求某种精神的食粮来丰富他们的精神生活。在这一层面，灵性市场就更有其存在的价值。

人们的精神需求和物质需求一样必须得到满足，从某种意义上说精神需求是更本质的需求，没有健全的精神世界，谁去享受那个物质的成果？但环顾我们的市场，到处都是物质的产品，相比而言精神的产品是稀缺的，人们的精神生活是贫乏的。所以，灵性市场的发展不仅是健康的，而且是极为必要的。

灵性市场蕴藏着极大的潜力与商机，它将为我们这个时代提供最为丰富的精神食粮，为整个社会物质与精神的平衡发展做出贡献，并开辟一个新时代！灵性产品的开发与营销，将提供许多新的创业途径与就业机遇，让那些有志于修行而又不愿从事世俗工作的人，有机会找到一种自利利人的新的工作岗位与生活方式。

我们需要各种不同类型、不同层次的心灵导师，为各个不同阶层的人士提供灵性服务，深入广大的农村、学校、工厂和公司里，将觉醒意识的光芒照射到社会的每一个角落，只有这样才有可能看到人类整体灵性的进步，才可能迎接一个新世界的诞生。我期待看到灵性市场的不断发展壮大，更期望有更多更好的灵性产品来满足人们的精神需求！

附注（博客中复网友）：我虽还在自修之中，暂不准备"出山"弘法，但一直密切关注灵性市场的发展，也留心各种各样的"大师"，在因缘具足的情况下，我会奉献给"觉他"的事业。其实这篇日记本身就是我对自己的一个"动员令"。我以前曾想等自己"彻底成道"

后才开始弘法，但现在有点新计划。道无成与不成，总在当下，自觉觉他本来统一，此菩萨道之真精神也。

十二月二十一日，星期日

昨天晚上我没有静坐，一直读书到十二点。奇怪的是，在那个平常静坐的时间，我的身心自动进入空寂！原来空寂也是有"业力"的，它也会维持自身。我一边读书，一面很清晰地观看着一切，我进了一种根本后得二智融合的"一味"。更奇怪的是，今天我也不像往常那样六点多醒来，而是四点多就很清醒了，当然我很清楚这不是"失眠"，于是我就起来了，继续我的静心和读书。

读完了 Eckhart Tolle 的两本书：《当下的力量》、《新世界：灵性的觉醒》，我还是受到很大的震撼。尽管这两本书可以说并没有提出任何让我觉得新鲜的观点，在接触了一大批大师的作品后，已经很少有新人的新作能让我有新鲜感了；然而这两本书又确有某种东西吸引了我，我能欣赏到它的美与加持力。

首先，这本书带有一个开悟者的信息与品质，它很鲜明地激活了我自己的那个体验，于是虽然我不觉得他提出了任何的新观点，但却有一种心心相应的共鸣与呼应。之前我还怀疑，这个号称开悟的家伙是否真有体验呢？但读完他的书，我没有怀疑了。我不能确定他是否已经成道，但那个开悟的意识品质他无疑是有了。

其次，作者的表达与诠释方式很有特色、很有力度，他没有泛泛而谈包罗万象的灵性真理，而是切入一个关键的"点"做彻底详尽的展现，将一个视角贯穿到底，一以贯之，如此可以给读者一个集中的、强烈的冲击，并以此一点融通所有的层面与视角。因为那个核心的经验是一味的，而相关的诠释维度则是"全息相融"的，从任何一点进入都可以打通所有的道路。

前一本书透彻地解析了"当下"，以此贯穿对圣凡之境的现象学描述：活在当下的意识觉醒与临在，自我逃避当下的策略与后果。后一本书则在意识觉醒的宏观视角下，深入解析了人类痛苦的根源与小我的诸表现，揭示出走出痛苦而进入意识觉醒的根本原理与关键道路。

作者的论述深入浅出，以流畅而又严谨的文笔娓娓道来，不做抽象的理论分析，而是基于自身体验展示他的洞见。这使得阅读的本身就是一个不断启迪的过程，无论你是否曾经有过觉醒的体验，你都会在作者的文字引导下或深或浅地尝到"临在"的滋味和"当下"的力量。推荐朋友们阅读 Tolle 的作品！

十二月二十二日，星期一

活在当下，同时展望未来

灵性思想的传播，既有致力于"转化"的内圈或精英层，又有停留于"转译"的外圈或民众层，后一层面对于整个社会的整体意识的进展非常重要。所以，把贯穿于诸大宗教的共通的、核心的灵性世界观、人生观和方法论以深入浅出的形式展现出来，写一本基础性的灵性教材是非常有意义的，《新世界：灵性的觉醒》可以作为一个近似的版本给我们启迪。我有一个设想，在完成目前的学术性课题之后，或许我将着手这一新的课题，编写一本既涵盖诸大宗教核心精髓、又易为人所了解接受的普及性的灵修教材。这将是比一般的学术著作更有意义也更易受欢迎的灵性读物。以自身的证悟开创一种新的诠释模式或工作途径，这是一种创造；但以一种现代的方式重新整理和表述现有传统的精神，也是一种创造。而这只是为适应不同时代不同人群的"指"的创新，就所指之"月"而言，其实是言诠不及，万古如斯，超越时空，如如不动的永恒实相。

我的思路越来越清楚了，在适当的时候，我将表达我自己的真理！我不是为学者而写书，而是为我的兄弟姐妹、为整个人类而创作，传达我的生命体验与洞见。如果我还继续申请课题，我就以自己的方式、以全新的写作成果去申请课题。除了灵性创作外，我还可以通过演讲与办灵修培训班的方式从事觉他的事业，这就是我今后的方向。

虽然我们可以规划未来，但这个规划也是在现在：当我规划未来时，我就在当下全然地规划它，存在的只有当下！在当下全然地庆祝、全然地行动，一切都是一个纯发生。并没有我在做什么，而是整体通过我而流动，道在我身上演奏它的乐章。当每一个片刻都全然地"在"，谁会去计较那个结果？我只是耕耘，并享受这整个的过程。一切都会成为过去，一切都是无常，庆祝任何发生，每一个片刻都不要错过，这就是一个觉者的生活。

十二月二十四日，星期三

明显的真理

最近这些天是值得记念的日子，由于我的精进修道，那个明显的真理已经越来越清晰地呈现了。

昨天夜里静坐时，一种完全不费力的觉知一直都在。那并不是一种完全无念的定境，但智慧却一直伴随着。即使我有念头，那个念头本身并不是一个实体，它自生自灭，并不影响"这个"。身体也会有不同的反应，这个"身心共同体"长期所形成的习惯模式并不会因为你的觉知就一下子完全得以转化，但明显地，这些并不会造成觉性的增减。

我清楚的意识到，这个觉性是本具的，是本自不生不灭、不垢不净、不增不减的。我们不需要去创造它，我们也从来没有失去过它。唯一的区别是，我们可能会迷失它而追逐意识的客体，我们需要再次地"认得"它。谁去认得它？没有另外的东西能够去认得它，如果有另外一个认得它的主体，那么就可以断言那就不是它。因为"这个"

就是最后的纯粹的主体性，所谓的认得它就是它自己的光照亮了它自身，这就是自觉。

为什么要认得它？如果不认得它，我们的生活就是迷失的，就是生活在无数的印象与意识客体中，由此而"造业受报"，我们在制造自己的痛苦，我们失去了存在的中心，与整体失去了联结。而一旦你回归于自性的中心，你就与源头重新会合，你就成为一个整体，于是那无限的意识、无限的能量、无限的喜悦就成为你的新的生活品质，因为你唤醒了存在的根，你融入了道之中。

当然，这个认得还是初步的，你或许还会重新迷失它、忘记它。所以悟后仍有"修"。一方面这个认得本身就是有深有浅的，虽然那个本觉并无不同，但你认得的程度是有区别的。我们开始可能根本就不能承认它，我们不敢相信那个已经发生，因为我们对它已经有太多的预设，以为那是一个神奇的高不可攀的东西，它怎么会这么平实、这么简单？我们以为一定会惊天动地、虚空粉碎，我们期待那个奇迹发生，如果这样，那就"驴年去"。另外一个极端就是，呵呵，不过如此，我"成道"了，从此入狂禅去了。

另一方面，我们仍需要保护这个"初生的婴儿"，让它长大成人。要不断地从迷失中重新记起，并渐渐地转化自己长期以来所形成的身心业力。当你觉悟，你就不再造新业，同时在旧业翻腾的时候能够迎接它，全然地与它在一起，让它耗尽它的力量。所以，一开始的觉醒是"有种子"的觉醒，那意味着真正的"修道位"刚刚开始，直到那个业习之种子全部被耗尽，那时你才进入了"无种子"的觉醒，那意味着你已经确立于自性之中，没有任何可能再迷失自己了，这就是成道。

我在南京大学静站的时候就体会过那个全然宁静的滋味，但当时我没有这方面的了解，只是在功夫上有体验有进展，而没有真正的"见地"。在北大学佛时，慢慢对整个佛学有了相应的把握，那些古德今贤的开示与我的体验渐渐相融，我经常有顿然明白之感，我觉得自己已经知道那个秘密了。但是，我终未能确信，我还会常常怀疑这个，还是会去不断寻求"更高的法"，以为"别有玄妙"。

　　这么多年来，我的体验逐渐深入，首先是在理论上已经融通无碍，深知"原来佛法无多子"，一点融通万法。其次在经历了诸家不同的修法与教法之后，我才确证万法归一，都是一味。觉醒的力量越来越强，而自信也随之增加，但偶尔还会怀疑自己。

　　昨夜至今晨，随着那个了了觉知的状态，我心里生起了决定见：就是它！从此不再外求，不再被"天下老和尚所瞒"！我仍需要寻求大师的帮助，汲取大师们的智慧，但我不再需要去问"什么是祖师西来意"，不再需要被认证，那个是的，就是了。

　　我想起我以前说过的："我已消失了对寺庙的寻求，而存在变成了我永久的寺庙；我已没有了对师父的依赖，而明空自性成为我内在的师父。"

　　只有相近的才能同频共振，所有的修法都是要和本性所具有的品质能够相应，才能唤起那个类似的。否则，就是背道而驰。本性是当下觉知的、如如不动的、无时间相的、无空间相的、不生不灭的、不增不减的……所以，当我们有意识时，我们就与本性相应；当我们活在当下时，我们就与本性相应；当我们观想那个无时间相、无空间相、不生不灭、不增不减的法界整体时，我们就与本性相应……

　　为什么观呼吸那么重要？其中一个重要的理由是，呼吸永远是在当下呼吸的，你无法在过去或未来呼吸，当你正在呼吸，你总是在当下。所以，活生生的呼吸可以是那个永在当下的觉知的一个隐喻。

　　这个当下并不是指在时间相中的与"过去"、"未来"相对应的"现在"，因为时间相中的现在如同过去和未来一样，本身也是相对的、互缘的，真正的当下是指超越时间相的永恒维度。

　　所有的念头都在时间相中，过去的已经过去，未来的还没有来，所以千念万念，只有现在这"一念"，而这一念也了不可得，本自空寂。而空寂灵知之心体则不属于时间相中，它是永在当下的觉知。虽说三心皆不可得，但我们应该注重而能对之有所作为的仍只有现在这一念，清楚正观现在这一念，是与观当下之呼吸相应的两大法门。

所以，体认到自己的本性并不意味着你就可以停止修行，一切有助于本性显现的修法都可以继续。虽然你知道你已经是了，你并不想从修法中另有所得，但只要你还会忘失，你就有必要继续利用一切可以唤醒你的道具。但修行对你不再是一种茫然的寻求，不再是一种奋力的挣扎，不再是一种自我的成就，你只是顺流而下，悠然地骑在牛背上，吹着笛子，唱着山歌，走向永恒的家。

十二月二十六日，星期五

有一个黄金法则：你是什么，你就会被什么所吸引；你是什么，你就能吸引什么。当我认出了自己内在的那个宁静空间，我就更被那些已经生活在其中的禅师们所吸引。这么多年来，我很少看与悟道无关的书，很少从事与悟道无关的活动，我所有的兴趣都指向同一个方向。为什么我那么欣赏某个师父？因为我内在有一个类似于某个师父的存在；为什么我总是被各种各样的禅师们所吸引？因为我本质上是一个禅师。因为我内在的佛性，我认出了那些师父们；因为那些师父们，我认出了自己的佛性。没有什么地方要去，存在总在这里，全然地宁静，一切都好。我可以这样静静地坐着，什么也不做，消失在整体的浩瀚之中；我没有目标，当下这一刻就是全部。但也不妨随缘而流动，我照样读大师们的书，我也试着表达那个活生生的奥秘。如果说有目标，那就是单独时与赤裸的自己在一起，与师父在一起，与道在一起；进入人群时，我就与同道在一起，与弟子在一起，分享我的存在与喜悦。

十二月三十一日，星期三

关于《乐育堂语录略讲》

这次在香港道教学院的系列讲座，名为《乐育堂语录略讲》。由于这次香港的讲学是我第一次面对一般信众"讲经说法"，不同于以往学术性的演讲，我需要考虑一下自己的讲课风格。

自天台智者大师开始，佛经的讲解一般有两种方式，一是大经指归，对全经进行整体阐释，如智者大师以"释名、辨体、明宗、力用、教相"等"五重玄义"总释一经大义。今人以"本体论、心性论、工夫论、境界论"等理论架构综述经典的思想体系等即是；二是文句详解，对经典文句进行逐字逐句的详细讲解，引申发挥。

前一种方法有利于整体把握，但易流于体系化的思辨与建构；后一种方法生动自然，发挥的空间大，但不易于把握整体系统。吾人今天讲解经典，宜综合运用以上两种方法，既有文句讲解，又相对地具有一个整体的体系框架。

吾倾向于这样的讲道方式，每次讲道以经典中的若干文句为中心，先进行整体的阐释，揭示其甚深奥义，再对经典文句进行具体的解释。一方面不进行抽象的理论建构，而是以讲者的现量境界观照文本并作出活生生的真理性的展示，同时整个讲解又成为无体系的体系，浑然天成。在真理的境界中透过真理的文字展示真理，这是悟道大师演讲的独特风采。

讲者自身进入"道"之中，透过经典文字作为媒介，传达"道"的体验与智慧。不预先写讲稿，随机而说，直抒胸臆，"说己心中所行法门"，以讲者的亲身体验为基础，传达内丹学乃至整个修道的根本大义。

由于此次讲课时间有限，无法详细讲解《乐育堂语录》全书；如果对全书进行提炼概括，进行综合性的整体阐释，则需要较大的功夫，且有生硬造作的嫌疑。所以，单纯地使用整体阐释或文句详解的方式都不合适。我想用这样一种方式，就是从《乐育堂语录》中选出其中有代表性的十章加以讲解，每一章代表一个主题，而这十章又相互关联配套，成为一个相对完善的体系。

因为《乐育堂语录》中的每一章都可以相对独立，可以作为一个"信息元"加以使用，故不必按照原书顺序，而以主题为线索选取其中十章即可。五次讲座共分十讲，每讲讲解一章，用约一小时对某章进行详细的讲解，在具体解释文本之前，先做整体的阐释。依全息相通之理，通过这十章的讲解，可以体现出整个《乐育堂语录》的精神与要义，进而大致总结内丹学的理论体系与实践方法。

因为《乐育堂语录》我已经进行了分章整理，在选出了所要讲解的十章之后，如时间不够，也可以将每一章按其内容再细分成若干段落，对于意义浅显的段落不再细讲，只讲其中的一些重点。这样可以充分地发挥自己的心得，不用为讲解完原文而匆忙赶时间。同时，如果意犹未尽，可以在将来有机会时继续讲解相关的章节，与本次演讲一起，成为讲解《乐育堂语录》的系列。

这次讲课的经验与成果对我来说意义重大，它标志着我以"讲道"的方式讲解传统经典的开端，也是我正式开展弘法利生事业的开端。希望此次讲课能给听众带去智慧的启迪与美的享受！

卷五 带着乐园生活在世界上（2009）

一月一日，星期四

今天是新年的第一天，虽天气寒冷，但阳光灿烂。

一切都很好，每一刻都令人惊奇，全然与当下这一刻在一起，让一切法安住法位，什么都不需要改变，只需要一个伟大的发现、一个伟大的庆祝。

2008年，我做完了所有我该做的事情，同时享受生活里的一切；无论修道与工作，都取得了应有的进展。

2009年，又将是我人生中重要的一年。世间法的成就方面，要完成课题，评上高级职称，完成我在世俗世界的工作使命。觉他事业方面，是进行弘道式的公开讲座的开端，从此之后，我的生活将更加活生生，我将超越世间学术研究的限制，不仅做一个学者，还要做一个智者与禅者，将所有的学问融入生命的智慧，而传达法的真理将是我今后工作的方向。

就自身的修养而言，则是保任禅心，融成一味，于生活中念念觉悟，成就法身；继续深入禅定，转化色身，身心不二，成就报身；慈悲应世，觉悟有缘，弘法利生，成就化身。

在寂静中，天真无为，不需要成就什么，而亦无妨成就什么。

一月四日，星期日

昨天顺利来到香港道教学院。在我的想象中，道教学院应是在青松观内，环境幽静，仙阁环绕；但实际上道教学院不在青松观内，而在九龙闹市区中，创办者主要考虑方便市民接触道教文化。学院不算大，位于一座大厦中二、三层内（按此地的算法，应属于一、二层），有办公房、教室、宿舍若干套。这里的房子属早期建筑，显得有些陈旧了，不过基本的设施都齐全。就硬件而言，内地不少宫观的条件要好得多；但香港道教学院做了大量的弘扬道教文化的事业，除了举办大型的学术会议、支持出版道教丛书刊物外，还长年有道教文化方面的研习班，免费向大众开放。世界各地一些知名的道教学者，都曾来此地讲学，我这次来也是学院经常性的文化讲座的一部分。

这次我来此地的主要任务，是做好《乐育堂语录略讲》的系列讲座，同时也了解一下香港与香港道教，接触一些香港的同道。我要深入禅观，在体道的境界演讲"道"的真理。我想把这次讲座的录音整理出版，让更多的人可以受益。

一月六日，星期二

我的第一次讲道

昨天晚上开始了我在香港道教学院的首次讲座，这可以说是我的第一次正式讲道。以前也有过一些分享式的座谈，但基本是私人性的；也做过多次讲座，但主要是面对学术界所做的学术性的演讲。像今天这样，面对一般的道友信众做阐道式的公开演讲，还属首次。

总体上说这次讲课很成功，我没有讲稿，但整个演讲过程都很流畅，内容也自成体系，体现了我自己的独特风格。

不过，在细节方面还有一些不足，需要以后加以改进。最主要的问题是讲课的过程显得有点"紧"，不够轻松与幽默。这次讲课比较有意识，讲课的语调不像以前那么快，这是进步；但是还需要更加警觉、更加放松、更加从容、更加有节奏感。这样给自己留下思想的空间，容易发挥出自己的水平，同时也给听众留下回味的余地，让学员不觉得匆忙，难以消化。

另外，在讲课的过程中可以添加一些小故事、小幽默，让听众听进来更有兴味。在讲课之前可以加一段导引，让演讲者和听众都进入宁静的功态。再就是要掌握好讲课的时间，如时间充足，前面的主题展现部分就可以多讲一些；如时间不够，就简短一些，这样保证每一讲都能把一章讲完。由于有一章的原文要讲解，所以不用担心没有东西可讲，只需考虑没有时间讲完。也可以将原文分解成若干段，有些段落不细讲，只讲一些重点，这样可以避免完成任务式的赶时间。

这次香港道教学院的讲课对我有重要的意义，这是我走向讲道说法、开展觉他事业的一个起点。这次讲课也是一种探索，探索我自己的讲道方式，形成自己的演讲风格。我想这种以一段经典为媒介，加上自己的综合阐释的演讲方式比较适合我，这既能发挥我自己的心得体会，又能使整个演讲有一个立足点，有一个中心主题。今后我工作的重心将逐渐由学术研究转移到讲道弘法上来，通过演讲并将演讲的记录加以整理出版，将是我今后最主要的工作方式。

当然，我也不拒绝写作，因为写作可以更系统、更精深地展现我的思想与体验，有时是一般的演讲所无法比拟、无法替代的。除了一般学术化的写作之外，我将开始体现灵性真理的灵性作品的"创作"。

不管外在的事业如何进展，任何时候自己的内在修养都是第一位的。将觉醒的意识不断深入，与道完全在一起，随时随地记得自己，这是我内在工作的核心。只有在道中才能演说道，否则你没有开花，就没有芳香四溢，就不能真正的利益他人。这就是我人生的使命：登上存在的高山，飞翔于道之天空，然后与众人分享，传达道之仙音，帮助那些可以得到帮助的有缘人。

一月七日，星期三

今天是来香港的第五天了，前几天没有外出，主要就是在附近的街道走走，昨天才首次乘地铁经城市大学到尖沙咀"星光大道"漫步，隔海眺望港岛。我住的地方属于老城区，里面的街道与建筑都有些老化，显得拥挤嘈杂，一开始让我印象不大好。昨天出去游逛了一下，才初步领略到香港现代化城区的风采。尤其是这里冬天的气候很宜人，犹如北方春暖花开的季节，清凉的微风轻轻的吹着，让人完全感觉不到冬天的气息。在我居所不远的地方，我找到一座公众体育场，周围是小花园，可以锻炼与漫步。这使我对香港的印象大有改观，我开始喜欢上这里。

一月九日，星期五

终极的和谐

当我醒来，一切如此新鲜，我已经不记得昨夜的演讲，我也不去想任何的事情，管它呢，这一刻真是美，存在的一切都已经具足。街边传来嘈杂的车流声，与电脑里的念佛声一样动听，都是整个存在丰美的旋律！我接受存在的一切，我庆祝存在的一切，心安然地归于中心，我看见万事万物都处在终极的和谐之中。那该发生的，总会发生，谁去操心明天呢？那已经发生的，已经发生，又哪里用得着去操心呢？心不沾染过去和未来的尘埃，显出它自身赤裸的面目；而在空灵妙心中，一种微妙的旋律自然响起。天堂并不在天上，我们无法在任何地方找到天堂，寻找天堂正是一种对真实的否定，正是一种贪婪；天堂就在我们里面，我们自身就携带着它，它就是我们本来的家园。然而我们总是去寻找，通过各种各样的途径、在各种各样的对象中去寻找，这个寻找本身就是错过内在天堂的方式。你只需要停下来，静静地看，去发现那个本真、那个天然的宁静。当所有的寻求都放下，心回过头来安于它自身，突然间有一种光透进来了，你打开了那个秘密的通道，你发现了那个公开的秘密。仍然会有自然的流动，你照样生活在这个世界上，但你已经不属于这个世界，你不再指望从世界中寻求什么。不是通过在世界中的活动寻求乐园，而是你带着乐园生活在世界上。于是，你的生活变成了一种富足，一种洋溢，除了分享，你别无选择。看看那些错过生命的人，你会很惊讶：他们是如何前赴后继地拼命在逃避他们自身的天国啊！那需要极大的努力才能维持这种悲惨的状况，然而他们竟然乐此不疲，他们就是不愿意回头看一看他自身的宝藏，而宁愿去做一个乞丐。你会做一个众人眼中的疯子吗？你会沿途去叫醒他们的美梦吗？不，不要成为人们的眼中钉，你只需要静静地存在，让整体自己去决定，让人们自己去选择。也许某些人会需要帮助，也许你的芳香将吸引路人，这一切都不是一个造作，而是一种纯粹的发生。这就是整个游戏的美，因为你不再追求完美，而是欣赏这整个的游戏本身。

一月十日，星期六

真正的圆满

清晨起来去附近的小花园晨练，这两天香港开始降温，早晨有较强的海风，感觉起来不再像前几天的微风那样，有一种春风吹拂的温暖。但这就是现实，天气是时时在变的，你无法要求永远都是春光明媚。事实上，世界上的事物都是在不停地转化，都阴就有阳，有美就有丑，有圆满就有缺憾，一切都是相对的。如果我们去寻求心中的完美，我们就永远得不到满足。我们需要一个态度上的根本转变，那就是我们不是去在两极中寻求完美的一极，而是我们观照两极的流动而全然地接受两极，我们总是与当下的真实境况和谐相处，这时一个新的维度就打开了。当我们不再分别而接受整体，我们的心就会有一种安定，我们回归心的本来的样子。在这本性的存在中，我们就超越了意识对象的局限性而回到纯粹意识自身，那个与道合一的本源。不是要去除掉那个缺憾去寻找圆满，在觉悟的境界中，缺憾本身就是圆满，因为所谓的缺憾只是我们头脑的一个设定，在真实的存在中，缺憾本身并不是一个实体的存在，它的真正本性就是圆满，这就是真正的圆满，是一切事物的最终本性。对觉悟者来说，一切存在的本身就是圆满，圆满永远在当下，不依赖于任何条件。只有这个不依赖的本性的圆满，才是究竟解脱，因为解脱意味着真正的自由，自由就是不依赖任何条件。否则你就落入时间相中，你总要等待某个特定的时刻，当某些外在的条件得到满足，你心中的缺憾得以消除，你才会解脱。如果你等待未来的时刻得以圆满解脱，你就永远得不到解脱。因为未来永远不会到来，你真实的生活就只是当下这一片刻。真正的圆满不在时间相中，你无法通过时间的移动来制造圆满；真正的圆满属于一个新的维度，超越时间相的永恒的维度。无论你是什么，无论你在哪里，你都可以深入你内在的本性之中，进入永恒的"上帝的国度"。一切本来解脱，真正的圆满就在当下，一切现成，无需造作，而一切后天的有为造作只是在加强你的自我，使你离开本性的家园。

一月十一日，星期日

与一位老教授的谈话

昨天一位道教学院的客人，一位来自祖国大陆的老教授临时途经香港，他被安排与我共住一室。我们以前在一些学术会议上早就相识，但没有机会做深入的交流。这位老先生是一位可爱的人，他活泼外向，有一种"老顽童"的气息，他对我的"修道"很好奇，然后说："我是一个外向的人，我的脑子可是静不下来，恐怕没法修道练功吧？"我回答说：

一点都没有问题，修道不是某种制造宁静的努力，也不拘于任何固定的形式，它是不需要什么先决条件的。一般人对修道都有某种形式的误解，以为一定要使自己的脑子静下来，要一念不生，这种观念会妨碍他进入修道的世界。每一个人的脑子都在动，不光是教授们在不停地思考，就是一般的清洁工人，他的脑子也没有停过。如果我们要去强求那个宁静，让脑子停下来，恐怕所有的人都会对修道敬而远之。

　　就人的现状而言，脑子在不停地动完全是正常的情况，这就是修道的起点。我们是要对我们的意识状态下功夫，但这种功夫完全是一种智慧的开启，而不是任何形式的对大脑思维的压制。关键的一点是，我们要看到我们并不是我们的思维，我们不要认同于自己的思维。这个对思维的观照，这个有意识的觉知，才是修道的核心要义所在。一般人在思维中迷失了自己，完全跟着念头跑了，他认同于自己就是这些思想，而在修道的观照中，他会发现自己并不等于这些思想，因为你可以看到这些思想念头来来去去，而那个"看"本身并没有随之来来去去。当你看时，你并不是去控制念头，你并不想制造宁静，你只是去发现这些念头无所从来、无所从去的本性。你找不到一个真正能够停留下来的念头，它是当生即灭的。如果你明了了这一点，你就会有一个伟大的洞见：没有任何一个念头是需要去断灭的，它自己就是空性的。

　　当你看清了你不是你的思想念头，并且有足够的觉知去观察自己，慢慢地，有一种宁静会来临，但这不是你修道想要去达成的目标。念头越来越少，直到有一刻你完全没有了念头，只有灵明了了的觉知。在这个觉知中，你甚至没有"我"，你不再对它命名，它是一种无法言说的无边无际的存在。这时你可能会首度觉知到你真正的自己，你的本来面目。但是一开始，你不要去想要达成什么，不要制造无念的境界。那个想要无念的欲求正是一种妨碍静心的大杂念。

　　这个功夫不仅仅是要在静坐的时候去做，它应该在随时随地去体会。当你起心动念、胡思乱想时，要记得不要去控制，不要去认同，不要去为之增加新困扰，你只需要记得去观看自己的思想，就好像看一场电影，看一出电视连续剧，但要记得你并不是你所看到的任何东西。你要经常回过头来，看看什么是真正的自己，保持警觉，唤醒自己内在的那个灵明觉性。念头变来变去，但有一个不变的存在，有一个内在宁静的中心，它是不受打扰的。要去认出这个观照着的中心，而不要去管外围的念头，这就是修道静心的一些要点。

　　一旦你认出了你自己本真的存在，要记得不要去规范它，不要去维持它，不要去把它当成一项成就，要记得那是你本具的觉性，你无法控制它占有它制造它，你只需要常常让它醒来，把它自己显现出来。除了智慧的觉醒，没有任何成就需要去被达成。

一月十六日，星期五

　　今天讲完了最后一讲，整个讲座圆满结束。今天的讲课一气呵成，无论从我自己的状态还是从整个讲课的内容上来说，都是很通畅、很有气势的。最后两讲我对讲课的方式又做了调整，不再讲原文，而是直接对本讲的主题做一整个的发挥与阐释，这样可以避免为了在短时间内讲完原文而去赶时间。所以，整个讲课从一开始详解原文，到中间略讲原文，到最后完全不讲原文，这是在逐渐做一个相应的调整，实际上就是用"玄义"的整体诠释逐渐取代了"文句"式的讲解。这样看起来，如果详细讲解原文，每次讲课只讲一章比较合适，用上半场做整体阐释，下半场讲解原文。这样五次上课就只能讲五章的内容。而如果要每次讲完两章，就不适合再讲原文，只需要对每一章的主题做整体的阐释。我们不能给讲课制造一种压力，一种紧张的气氛，如果为了完成任务而抓紧时间，就会破坏整个演讲的气势。一定要有从容发挥的时间，每次讲解的经文不宜过长。总之，这次讲课是一次成功的实验，使我增进了讲课的经验与智慧，也对自己更有信心。

二月二十四日，星期二

　　四月份应第三极书局之邀有一个公开讲座："回归心灵的故乡"。我目前仍以课题研究为主，没有专门从事讲道弘法的工作，只是偶尔应邀出席一些讲座，随缘讲一点粗浅的心得，无甚玄妙，不必期望太高也。在正式出道弘法之前，出席一些公开讲座是有必要的，这将成为与社会、与众生结缘的方式，也是锻炼自己演讲说法才能的途径。必须自己修道真正有证量，在禅定与智慧两方面都有圆满的成就，才能出山弘法，从事利生的事业。在此之前，还是深入实修，一方面长养圣胎，让觉悟之境相续成片；一方面深入禅定，转化色身气脉，让身体完全健康。

二月二十六日，星期四

答问：我们的一切是否已经被决定

问：有一些疑问请教老师，一切有形的东西，都是有生有灭的，包括我们人类、众生、乃至宇宙。如此，一切存在，不过是一种状态、过程，没有必然的意义。修也好，不修也好，最终都必将回归到本源，只是时间的早晚。得道的，早日超脱生死轮回，融于宇宙的本体。宇宙瓦解时的一切"生命"，经过了瓦解时的洗礼，是否也和先知先觉的一起成为孕育新宇宙的基础。宇宙的创生、发展和灭亡，本身是否也是业力的作用。我们的一切是否已经被决定，就像佛都是被授记了的一样，任何生物的存在及其生灭都是一种必然。

答：一、作为有限的物质世界的"宇宙"及其中的"众生"有生有灭，但对于全体法界而言，不可以说生灭，生灭的本身也都是法界的功能。

二、生与灭只是一种形式的转化，其中的业力依然相续。人无法因外在宇宙的生灭而自动地进化与解脱。

三、修与不修，不是说有形生命的生灭有不同，而是其生命存在与流转的性质、品质不同。迷则受苦，悟则脱苦。

四、在被决定与能决定之间，有一个可能性。无意识不能做主者，是完全地被决定；有意识能自觉者，是有一种自由的可能性。大自然给了每个人一种觉醒的潜在的可能性，但能不能实现，关键在修行与否。故自觉地修道，意义重大！

三月四日，星期三

最近加强了定功的修炼，延长了静坐时间。但是要注意，虽精进修定而无所执着，不遗失大圆满本净之见。即修而无修执，虽以定水滋养慧觉之花，但决不于定上取贪瞋痴见，宜定慧等持。尤其需于座上座下慧观相续，不取动静二见，时时处处但了此心，一切法当下当体自然解脱。生活工作中需要用心时，要由体起用，于圆觉境界中巧用"妙观察智"解决生活中的实际问题，如禅师所言："恰恰用心时，恰恰无心用，无心恰恰用，常用恰恰无。"禅者的生活，在无云晴空般的本觉妙心中一切任运自在，心上不留纤尘，不挂一丝，随缘应机，方便利生。

三月四日，星期三

致诸方问道者

吾乃一凡夫，不敢冒充善知识。奈何《探寻生命的奥秘：禅与道的现代诠释》诸书发表以来，加之网上博客的影响，不时有一些读者或网友来信或在博客中留言，求解心中的疑惑。有感于道友们的信任，且本着分享与助人的心愿，吾皆尽一己之所知，而有函必复、有问必答。奈何天下之大，无奇不有，所提问题五花八门，有些问题不知所云，有的问题又被再三重复，提问的人亦态度各异，有让人答无可答、答不胜答者。为免无意义的劳动，为节省本人宝贵的时间，为提高答问的效率，兹特就有关提问的注意事项声明如下，敬请凡欲问道者先行阅读此文。

一、凡问道者当有诚恳之心态，具备基本的礼貌素质。若来电子函，请备真实姓名；网上留言，请备专用网名而不要用"新浪网友"。

二、所提问题，请先检查是否已经读过我的相关著述或博文，凡书或博文中已有答案者，请免问。

三、请不要问我个人的修道境界或对我进行判断，若有对我修道欲加以"指导"者（批评我的文章不包括在内），请先确定你能入初禅且一次静坐达两小时以上，否则免谈。

四、请不要问与自己修道无关的纯玄学问题、鸡毛蒜皮的无聊问题，也不要问与我专业无关的超出我能力范围的问题。

五、请具备基本的逻辑与条理，不要问一些意旨不明、无法看懂的问题，先要明确自己的问题到底在哪里？

六、凡多次来函者，请在回复中保留来往的回答记录，以备我查考，以便了解你问题的轨迹。

七、如果你的问题没有得到回复乃至删除，请不要再三发贴，先检讨是否有以上所陈各条的问题。

本人决定自现在起不再有函必复、有问必答，只有那些有意义的问题值得我去浪费时间。此文公布于博客，专为准备问道者而设。需要说明的是，大多数的问道者是真诚的，我也用心给出了回应，对于多年以来那些与我交流使问答双方都有受益的同道们，在此谨致谢意！

三月七日，星期六

从"降伏其腿"到"降伏其心"

今天上午的静坐坐了两小时，双腿只是轻微地有些麻胀，坐两小时现在对我来讲"降伏其腿"已经没有问题了，现在重要的是"降伏其心"。两小时的静坐还没有完全进入很好的定境，需要持续地专一用功，提高静坐的入定质量。真正的静境是灵觉不昧而又一念不生，既不昏沉无记，又不散乱妄想。不除妄想，是指用功的观法上不起除妄之念，但观妄想本空，如《圆觉经》所说："知幻即离，不假方便，离幻即觉，亦无渐次"；而不是说修定时可以妄想散乱，从结果上来说真正的定境是没有妄想念头的。当然，在日用生活中不需要进入无念之定，但能慧观常在，不随念转即可，此时是转妄想为妙观察智，成为明觉的妙用功能。我想真正深入禅定一定能够转化色身，使身体完全健康，否则佛法无灵也。现在是我在命功修炼方面有所突破的时候了，我发愿一定要彻底降伏身体的病痛，使身体气脉畅通，完全地健康无病，这样才能大举度生事业。否则，当隐居闹市，和光同尘，默默自修，做个自了汉，不解脱自己的身心誓不出山冒充上师大德公开收徒说法，只随缘对那些主动寻找上门的有缘人加以私人性的指导帮助。当然从事公益性、普及性的修道方面的讲座不在此范围之内，以一个学者的身份从事道学、文化方面的事业也没有问题。

三月九日，星期一

修道非等闲所可成就，即使得大彻大悟之见，亦仅一时之光影门头，藏识中之习气种子绝非一时可了，况转色身成报身乎！然亦不可因成佛之路途长远而生退缩之意，家园在路上，千念万念无非当下一念，千里万里无非当下一步，永远清醒在此时此地，将悟境彻底融入当下，则无成而成，无得而得矣！初步见道之后，最难在相续成片，将功夫落实到行、住、坐、卧每一个片刻。真正能够相续，七天七夜必成正觉也。除了深入禅定之外，生活中的大圆满才是根本修行，彻悟妄想本空，本觉现成，法尔如是，正等正觉，此即禅之无修之修也。

三月十一日，星期三

今天静坐中，脸颊上有一股清凉甘露缓缓而下，此是色身气脉初步变化的现象。以前年轻时练功颇能入静定之境，身体气脉也较有变化，常有轻安喜乐之境。结婚之后，虽然明心见性方面不断有进步，烦恼习气有所转化，但命功、色身方面却无大进步，反而轻安有所退失。可见命功气脉的转化与人体性能量有绝对的关系，如不能转化性能量，就不可能有深入的定境，就无法转化色身气脉。不断淫欲而修禅定，如《楞严经》所说乃是"蒸沙成饭"，丹家所谓"鼎内若无真种子，犹将水火煮空铛"，没有元精这个炼丹的原料，就谈不上炼精化气，更谈不上炼气化神乃至炼神还虚了。这个原理是呆板的，不管你是否大彻大悟，在色身气脉方面绝对是这个程序。不修禅定、不转化性能量，无论多么高明的悟境，最多只是心理解脱，少烦少恼，但色身气脉的问题解脱不了。所以，如果走性命双修的路线，这个问题绝对要注意。

三月十三日，星期五

观复斋略记

自今日始，正式命名吾之书房为"观复斋"。观复，出自老子"致虚极，守静笃，万物并作，吾以观其复"。观者，智慧之本也；复者，本性之源也。故观妄想本空，复本觉妙性；观诸法如如，复性净明体。时时起观，时时复本，而观无观执，复无复相，全体皆是，不增不减。又，复为一阳初动之卦，观复者，见天地之心也。此吾所以号书房为观复斋之故也。

按：此书斋名本为定中灵光一现而得，之前未曾见及；然此后网上检索，乃发现程门高弟上蔡（谢良佐，1050－1153）早已先获吾心之同然，有《观复斋记》一文。又北京一文物公司亦有"观复斋"之名，是以观复斋之称早已有之，然吾之定名则纯出自自心也。

三月十四日，星期六

静心的艺术：一些短消息（一）

放掉语言去存在，无言之美难形容。

看东西，要目光内敛，让风景进来，神不外驰；处事情，要心态开放，让万事出去，心不挂物。

心上有情，性上有尘，情尘搬弄，生死不停；一念无生，本源清净，清净无生，即是解脱。

心不碍事，事不碍心，心上无事，事上无心；灵觉不昧，了了常知，不为物拘，自作主宰。

静里功夫闹处用，随缘返照不费力。

没有问题，烦恼本空；不求解脱，本觉现成。

设法享受你的工作，而不仅仅是为了它的报酬。将工作变成游戏，人生何处不道场。

没有一点有意识的工作会是白费的，而只有有意识的工作才是生活中唯一真正的满足。

觉知自己的自动联想，而有意识地思考；觉知自己的昏沉，而有意识地无念。

只与当下这一片刻在一起,不欲求任何东西,这就是静心。

不要在乎那些白痴怎么看你,那是他们的事。

你的本来面目不需要被创造,他一直在!

只有聪明绝顶的头脑能够放下它自己。

人们拼命努力,只是想成为不是自己的东西。

人们只是交往,但少有人交流,能够交融的人就更稀有了。

我听说过人们堕入爱河,但从未听说过有人升入爱的天空。

三月十五日,星期日

心气无二

修道总持地说,就是修定修慧。修定可转生理,修慧可转心理,生理与心理的修持,就是性命双修。生理与心理互相影响、密切关联,修定与修慧互为增上缘。定修不好,是慧不够;慧修不好,是定不足。定偏指功夫而言,慧偏指见地而言。见地不到家,原理不通透,功夫不会上路;功夫上没有基础,没有实修体验,见地也不会到家,原理也不能通透。生理上转不了,是心理习气不能转化;心理上烦恼转不了,是生理气脉未打通。故身心相互关联,性命本为一体,定慧本来不二,但终归以心法为中心,因为修定转化生理亦是以心为主导故。应以明心见性的大智慧为主导,于生活日用之中念念觉悟,同时深入禅定的修持,身心都转化,才能证得甚深修持境界。

三月十六日，星期一

答问：缘起与永恒

请问老师，观一切法皆是缘起性空，那么这个能观的觉性是不是不属于缘起法，而是不生不灭的永恒存在？

答：在名言层次，能观所观即是缘起，无所观则能观亦不立。那么最后那个不可思议的"X"，是不是在缘起法之外的永恒存在？于此可有不同的善巧安立。大部分宗教肯定有一最后的"本体"，而中观派则否定有缘起法外之本体。我个人则认为缘起性空为通教共法，一切法皆属于缘起性空，然此亦不否定圆教所谓的真心本体，本体亦在缘起中（若不在缘起中，即成为死寂者），然又非等价于普通现象界之缘起物，在功能上有一永恒之相续存在，即以前曾说之"功能本体"（参"性空学的两个向度"），而觉性是此本体之一面向。用道家的语境，即道与物既是缘起一体，道非物外之独立存在，道在物中现，然道非物也，物有生死，道无去来。

三月十八日，星期三

转化气质

当身心入宁静轻安之境，心理上会有一种无言的喜悦，生理上会有一种微妙的快感，虽苦乐皆不可执，然此亦是修道过程中的好现象。在性命修炼的系统工程中，命功有着特殊重要的地位，性功的觉悟可以灵感频发、妙悟不断，但无论你的思想境界多么高远，生理上的转化却是一种"硬指标"。在这方面，道家丹功有其独得之秘。从生理转化的程序上看，筑基、炼精化炁、炼炁化神、炼神还虚，这一步步的转化是真实不虚的。正如丹经中所描述的,生理的转化是一个由后天返先天、以先天化后天的过程,其中能量气质的净化是由纯后天之坤卦转成纯先天的乾卦的过程。形可以看成固态能量,精可以看成液态能量,炁可以看成气态能量,而神则是光态能量。常人的精耗神驰的顺向下行是自动的、机械的,而要转化身体则要逆行,这是需要有意识地工作自己才能做到的。"一阳初动"是一个关键点,常人偶尔也有自发的一阳初动现象,但一般都顺向发散了,因而其生命能量到此为止,不能再向高级阶段升华。丹家则由此而阳生采药,积精累炁,一步步地转阴成阳,使整个生命能量完成一个更高的周期性的演化与升华。这是丹家修炼的秘密所在,佛家对此生理转化进程未有明确的描述,只有在有关禅定的论述中间接地涉及到生理的转化进程,而禅定则是从功夫上转化色身的不二法门,整个炼丹的过程亦离不开虚静的禅定功夫。所以说禅定是共法,共法不是不重要,而是一个共同的基础。佛家在此基础上进一步指明了转识成智的根本方向,净化藏识中的习气种子而成无漏,由此才能成就正觉。心性有个入处之后,修道的重心在完成身体转化的程序,如《易》所说的"穷理、尽性,以至于命",此亦有其大奥秘存焉!

三月二十七日,星期五

北京的春天,阳光明媚,和风吹拂,春意无限。这段时间我在研读《道藏》的同时,加强了修道的功夫,身心都有微妙的转化,法喜充满。道家内丹功法,确有独到之秘,与佛教禅宗心法,可以说相得益彰。佛家在心法上更为严密博大,圆满精透;道家在身法上则探微发隐,自成体系。身心一如,心气无二,两者不但不矛盾,而且可以相互发明,弥补双方之不足,故禅道双会,性命双修,乃为修道成就之殊胜法门也。戒、定、慧,修道之方法论也;精、炁、神,修道之本体论也。以戒定慧,修精炁神,可谓一切修道之总纲也。中华文化中自古即有一修道体系传承不绝，与印度修道文化互为补充印证，值得我们今天去研究继承。佛法传入中国之后，中印两大古老文明汇聚在一起，形成一综合的中华修道文化。性命双修，心法色法兼具；顿渐相资，有为无为并重，诚可谓理事俱足，体用双彰，可以说已涵盖世界上所有的修道文化的核心精髓。研究探索中华修道文化的体系，深入实证，理论与实践高度统一，成为一个形神俱妙、与道合真的"真人"，弘扬中华修道文化，此乃我之"天命"所在也。

三月二十九日，星期日

这次做道教内丹学的研究课题，虽属于学术性的研究，但也是我整个修道研究计划的重要的组成部分。重新全面检阅道教内丹学的文献，梳理道教内丹学的理论系统与实践程序，这既是我学术研究的课题，也是我弘扬中华修道文化的一个重要的研究成果。这本书可以作为我今后开展道教养生方面的培训班的一个基础教材。虽然我研究探索的修道领域很广泛，但中心在丹道与禅宗，这是我深入传统之"根"。其余诸修道体系，则是我融会贯通宇宙生命真理的参考与印证。今后我要弘扬的修道体系，也主要以禅与道为中心。我现在还谈不上正式"出山"，目前仍以自修为主，尤其是命功的修炼，深入禅定，转化色身。正好道教内丹学的研究为我深入生命奥秘，转化色身气脉提供了有益的参考资源。偶尔也应邀出席一些讲座，只算是出道前的"热身"吧。如果将来有条件，内外因缘具足，我拟建立一个集修道、养生、旅游、休闲于一体，书院加生态农庄式的现代弘道机构。

四月五日，星期日

答问：在世间如何修道入门？

问：我对修道很感兴趣，也读了不少的书，但不知如何具体下手用功？我有工作和妻室，在世间修道要如何处理？盼老师指示在世间修道的真实路径。

答：大哉问也！这是许多朋友来信问及的问题，也是与一些来探访我的诸方道友面谈时所要谈及的主题。我也多次回答过这个问题，但今天我想借此机会做一个稍详细点的回答，并公布于博客，供道友们参考。

一、总纲：穷理、尽性以至于命。先以闻思起步，深入经教，如理思维，得修道正见，知修道之地图，明白自己的起点、道路与方向。悟理后必须实修，否则说食数宝，狂禅自欺，非修道人也。心法为本，破执悟空，明心见性，此是修道之核心。心外求法，如磨砖作镜，心之迷悟为成圣成凡之枢纽。心性智慧配以定水滋润，由性而命，转化色身，渐至性命双修而合道。

二、修道功夫不外两途：一是静中专修，二是缘境而修。兹先述专修。在家生活者，由于有工作要完成，白天没有条件专门修行，可选早晚睡前醒后两段时间做功夫，宁可少睡眠，不可让功夫间断。早上于5至7点间，晚上于21点至23间静坐或站桩，静坐姿势及相关注意事项，请参看前辈大德相关论述，此处不赘。时间由半小时起步，渐增至两小时。功夫不可太紧，宜量力而行，慢慢增加时间，以免对静坐厌倦；亦不可太松，只是应付了事，长期没有进展。若每天早晚共有四小时静修，则修道已有稳固的基础，可于世间而证出世间，不碍世间工作而得修道之益。且以静修之故，头脑清醒，体力强健，世间事业亦可助成功。至于用功之方法，可有千百种，如参禅、观心、念佛、持咒、数息等等，然总不外止观定慧，其原理相通，但选一与自己相契之法门而深入即可。吾之建议：早修道，用"一"字诀，心息相依，神形相守，身心合一，天人合一；晚参禅，用"无"字诀，无之彻底，即无亦无，无人无我，真性自现。选定方法之后，即以全部心力缘法而修，凡有妄想烦恼起亦不必另起念对治，但觉其性空而不管，立即回到修法上来。不昏沉无记，寂而常照；不散乱妄想，照而常寂，如此心缘一境而入定。

三、次述缘境修。缘境者，即历缘对境，于世间人事日用生活之中修行也。其根本义，在以修道所悟见地及静中所得境界贯彻于工作生活中，全然地、有意识与当下的工作生活内容合一，随时随地观察自己的起心动念，正念分明，清净心相续，则能见般若。有能力者，可寻一自己喜欢的、与修道相统一的工作；若暂无条件，则全然接受自己目前的工作，以清净心而以工作为修道之一种方式。工作生活，日应万端，难免有磨擦、有干扰，此际乃修道真用功之时也。永远以智慧面对当下，动念不动心，动心不动性，全然有意识地与当下的处境在一起。静坐修道有限，生活中的修道才是真功夫。真性明照，不为境转，此是修道之根本功夫。烦恼为智慧种，烦恼时即是修道时，莲花就开放在污泥之中，要将尘世的污泥转成清净的莲花！除静坐（静站）外，生活中行、住、坐、卧四威仪中，处处皆可做功夫。静坐中所用的心法、所得的体验都可以扩展到四威仪中，将修行境界融入生活，打成一片，此为修道成功之根本诀窍。

四、注意事项。1、情欲问题。修道当以慧化情，以定转欲，情欲乃生死之根本，亦为修道之大障碍。情执不破，则性功有漏而不圆；欲境不除，则命功有漏而未了。执凡情而修性，如积雪为粮；贪淫欲而修命，似蒸沙成饭。然此事深微，亦不可压抑而强断，且一般修道之人，亦不必全除，只需尽量节欲即可。定慧之力愈深，则情欲愈淡，静坐时间之长短当与夫妻生活之频率成反比。夫妻双修，则可同频共振，成神仙眷属，此在家修道之理想境界。若一方未修，则宜善巧调配，尽量不废世间法，其中有可用之修法，有心人可留意。生理需要或可予某种程度的满足，然心理上的欲望执着则宜扫除干净。2、除情欲之调节外，饮食宜清淡少食，注意营养；睡眠因要空出时间静坐，夜间可适当少睡。最好以心息相依法午睡片刻作为补充，以免睡眠不足；若无条件午睡，也可找地方单独静心休息片刻。总之，情欲、饮食和睡眠要随功夫进展善自调理，修道有成效时，则自然精满不思淫，气足不思食，神全不思睡。3、注意动静结合，静坐前后多按摩、运动，饭后多漫步，最好练习内家拳法以为静功之辅助。4、节假日有空闲时，可短期闭关精进，作某一方面的突破。或参访师友，化解疑滞，接受点化。5、修道过程中把握好总原则与大方向，凡有种种身体气脉之反应，无论胜境与劣境，皆不可执，任其自化。至于具体的命功转化程序，若阳生采药之类，非初机宜了解者，已超出本文之范围，此处不及。

先就所想到的要点暂述至此，以作为相关问题之一总回答也。

四月九日，星期四

心法为本

任何时候，心之迷悟都是修道的根本。在心身关系中，心始终是主导的一面、能动的一面，我们修道归根结底是为了心之觉醒与心之解脱。时时处处能心无挂碍，活在一切法当体大圆满之悟境中，活出解脱者的风采，这才是心之安顿与心之家园。色法与身体也很重要，我们要注意养生与身体气脉的修炼，因为身之状态对心也有反作用，圆满的解脱是性命双修、形神俱妙。但是，修身法时也是以心去起作用的，其最终目的也还是为了心的解脱。如果离开了心性觉悟而执于身体修炼，就会增强"身见"，迷在身中，心为身体所转而离开了本来面目，这样心就不能真有安顿，最后身体也修不好。所以，明心见性之后再由性而命，这是比较安全的修法路线。心性不明，修道容易误入歧途，在身体中打转而不能证悟真我，也就不能真正获得解脱。要警觉修法不可过于关注身体的感觉，宜放下身见，提起法身无相之觉性，安于法住法位之大圆满境界，一切法当下平平，当下即是，不增不减，无取无舍。于是焕然一新，扫却身心之障碍，入大自在境。

四月十四日，星期二

颂观复斋

观

门前对河流，室内藏诗书；
曲径通幽处，荷塘观鱼游。

复

四季赏山水，晨昏品流云；
风来花影动，恍然复天心。

斋

桃红柳绿天，春晓不欲眠；
不乐闲花草，独爱斋心田。

四月二十三日，星期四

昨天晚上到第三极书局作了一个讲座："回归心灵的故乡"。演讲了一个小时，然后回答听众的问题。整个演讲很紧凑，一气呵成，思路清晰，条理井然。但语速偏快，不够从容，往好处说是"气势如虹"，往坏处说是"气势逼人"。不管怎么说，这是我的自然的风格，我不想成为其他的人，就让我按照我本来的样子呈现自己吧！我没有准备讲稿，不过有一个大致的提纲，这是我今后演讲的方式：不事先准备讲稿，但要有一个演讲提纲，这样既不是讲现成的稿子，又不至于漫无边际而有其系统性。除了自身的悟道境界外，演讲本身的艺术也很重要。讲道是我将来主要的工作之一，现在有机会就可以开始一些"热身"了。不过目前我还是集中精力自修，除偶尔应邀做些讲座外，暂不从事弘法活动。

五月十一日,星期一

超越两极

人的身心状态与自身的能量量级有极大的关联,喜悦与痛苦都对应于某种能量的状态。但是,我们修道并不是要去追求那种生理上的快乐或心理上的喜悦,而是要时时刻刻与自己的真实状态和谐共处,保持超然的观照,超越苦乐之两极。当全然觉醒的一刻,不管是苦还是乐,都回到它本初的状态,你不企图去改变它们,也不停留在它们上面,你的本觉如如不动,不随内外境界所转。唯有如此,才是大圆满,即使是缺憾也是圆满。如果你追求两极中的一极,你就永远在两极中摇摆,你的心就得不到终极的解脱。解脱不是要去创造某种理想的状态,解脱是发现一切状态都当下圆满,你只是那本具的觉性、存在的核心,你无法被周围的任何东西所打扰。

五月二十五日,星期一

读圆悟克勤禅师

读圆悟克勤禅师的语录,尤其是他的开示法语,使我能一再地回到那个没有任何立足点的空灵之境。他的开示很彻底,很到位,让你不再有任何依倚,所有的语言文字、思想分别都烟消云散,那个本地风光自然呈现!虽然我早已在体验上、见地上都有了悟,但我还是经常遗忘,重新迷失于缤纷的世界之中;当我读禅师的语录,那个真相就一再地显示出来,如红炉上一点雪,思想的云彩消失于无云的晴空。这就是与大师在一起的秘密:大师的存在将点燃你本具的光明,你会在与大师的相契中回归自己真实的本性。所以,在没有彻底证悟之前,必须经常与大师保持精神上的相通与关联，直到你完全融入大师的心性中，与大师为一。禅是最根本的，也是最彻底的，无论修什么法，禅都是一剂良药，可以破除修法本身的执着，让人得到精神上的超越。所以，"禅"与"道"是我修道体系中的两个基本点：禅是无为法的代表，也包含了密宗"大手印"、"大圆满"的心要；道是有为法的代表，也代表了瑜伽、禅定等有系统操作方法的修道体系。世界上的修道方法千千万万，但归结起来无非就是有为法与无为法、修性与修命，而禅宗与丹道就分别是这两者的典范，所以精通了禅与道，也就精通了所有修法的秘密。我现正在做一些命功修炼的实验，但同时在修心方面，我仍是以禅之彻底解脱的境界为依归。

六月十三日，星期六

今天我们一家三口乘 CZ3156 航班从北京飞抵深圳，上次来香港结识的深圳的朋友帮忙接机并一路送我至香港和李永明主任接头，下午顺利抵达香港道教学院，从事三个月的客座研究。

香港的天气闷热潮湿，不开空调就不舒服，但香港所有的公共场所空调温度都很低，这样与外界的温差太大，其实对健康很不利。我们住的地方客厅是一台可调温的空调，两个小卧室是简单的冷气机，我们不习惯太低温的冷气，所以夜里可以在客厅开空调，温度设置为26℃，卧室关闭冷气，这样使卧室得以间接降温就行了。庆幸的是，香港温度虽较高，但这里几乎没有蚊子。

这三个月里，我首先要不放松修道，坚持每天早晚静心，随时随地保持觉知，活在禅的觉悟之境中；其次要认真完成研究计划，写出一篇高水平的研究报告；第三就是带妻儿旅游娱乐，体验香港及其周边的旅游生活。

六月十五日，星期一

今天香港是阴雨天，到外面走走，有丝丝凉风，感觉很舒适。我们居所附近有运动场，有小花园，绿化都特别好，风景宜人。在这里生活了两天后，感觉还不错，已经适应了这里的生活。偶尔换个环境生活一段时间，采集些新印象，也是一种新的生活体验。这段时间我的修行，在静坐方面可能要放松一些，但生活里的观照要更加强一些，在旅游时、散步时，在工作与日常生活中，都要非常警觉，有意识地返照心田，回归无相的灵明觉性，随时随地记得自己。

七月十四日，星期六

昨天我们去澳门旅游，对澳门有一个基本的直观感受。在去澳门的船上，由于空调温度较低，我在小睡片刻时竟受了风凉，感到后背部有一种透骨的寒气，以至于出来之后好一段时间都不出汗，颇感不适。幸好孩子在船上睡觉时我们将带来的衣服盖在他身上，才使他没有受凉。夏天在港澳旅游时，应该注意这边的空调，带好防寒衣服，这是我们亲身得来的一个经验教训。澳门面积不大，可直接打车到一些主要景点，游全城都很方便。从总体上看，澳门的城市建设与文化氛围都和香港相近，只是由于澳门面积更小，街道显得更局促狭小，尤其一些老城区，显得拥挤压抑。在一个小岛上承载了近代中国史的百年风霜，和香港一样，澳门有着浓厚的多元文化的氛围。走在澳门的街道上，我既有很深的感慨，但同时也清醒地意识到，这不是我的地方，我只是这里的匆匆过客，我的心不在这里，我的心在更广阔的中华大地，无法被局促在这样一个弹丸之地。所以，我决定当天晚上就赶回香港，我不想在澳门多呆一天，我只要来这里感受一下就够了。

昨天正好是我们来香港之后满一个月，游完澳门之后，这一个月我们就把港澳的一些主要的景点都游完了。剩下的时间，我要更多地把时间精力用于研究写作，同时让生活更加规范化，坚持每天的静坐与锻炼，从旅游生活的"动"回归平常生活的"静"。

八月一日，星期六

内在的财富

不经过有意识地工作所得到的东西，你就不曾真正地拥有它。在生活中你可能会无意识地积累很多的财富、名利等等，但这些与你真正的本质无关，它们只是你身上的衣服。唯有你全然有意识生活的那些片刻，才是你真正的内在财富，它不是属于"你的"财富，它就是"你"本身的成长。

要真正清醒地生活在每一种经验中，有意识地全然地体味那个味道，在这种有意识的体验中，有一种新的生活品质，那个观照的品质，那个宁静的芬芳，那个意识本身的成长，那就是你真正的生命智慧。生活在什么样的情境之下并不重要，重要的是你是否全然地、有意识地去经历了它。

静坐、读书、漫步、旅行，写作，上网……生活的环境与内容随时可以不同，但是当我进入自己宁静的本性，当我存在于当下，当我有意识地体验生活里的一切，那么我内在的生活世界就没有什么两样，我同样生活在觉醒的空间里。有些时候，我的眼光忙于外在事务而失去了内在的空间，这时我就与真正的自己失去了联结，只有这些时候，我才感到世俗的生活有所不同。

我提醒自己：我要高扬生活的主旋律，无论外在生活的环境如何变幻，在我的内心永远有一个觉醒的空间。我不拒绝外在的财富，但我关注的是内在的财富。

八月二十日，星期四

这两天楼上装修，噪声很大，我于是午睡后出去，一方面是漫步，一方面是到一些大的广场读书。香港的大型广场很有特色，是综合性的大商场，衣食住行，文化体育，各类消费商品应有尽有。不像北京的商场只是一栋建筑，香港的大广场一般是一个"建筑群"，面积非常大，中间有"天窗"式的空间。好多大型的广场都与地铁相连，坐地铁经四站可以到"九龙塘"站的"又一城"广场，这个广场气势雄伟，是购物休闲的宝地。里面有书店，我经常去那里读书。前几次都是读一些内地看不到的时政之书，了解一些政治性的人物与历史真相；今天发现了许多 Osho 的书，我选购了其中几本有关 Osho 讲禅师的书，像马祖道一、南泉普愿、赵州从谂、临济义玄等。因为 Osho 对禅师的诠释对我来说具有典范的意义，不仅对我修道具有指导意义，而且对我今后的弘法工作具有借鉴作用，读 Osho 讲禅师将是我宝贵的精神食粮！所以我决定在香港剩下的时光，我暂停学术研究与学术写作，以读 Osho 的书为契机，进行闭关式的修持，完全以悟道为中心。

八月二十三日，星期日

在香港和家人一起旅游了很多地方，但因为带着孩子，逛书店的时候较少。现在我一人在港，我旅行的重点就放在了逛书店上，一方面是到书店去看书，一方面也收集一些我喜欢的港台出版的书籍。

今天到铜锣湾逛书店，发现了不少我喜欢的书。这样我在香港的最后的二十来天，我生活的主旋律就是悟道和读书，除了读新买的书外，我还会经常去逛书店，在书店翻阅一些内地读不到的书，只有那些我特别喜欢而内地估计无法出版的书我才会买下来。这不仅是因为这里的书比较贵，而且也因为行李箱的重量是有限制的。

八月二十四日，星期一

今天楼上又开始装修，使我无法在家读书，于是下午又去逛书店。今天逛书店没有什么收获，只发现一本《钻石途径Ⅳ》，虽然这本书也许不久大陆就会出版，但因为我前面三本是从台湾买的繁体版，所以我就把它买下来了，构成繁体版《钻石途径》的系列。然后到又一城广场，给孩子买下了他上次特别想要的玩具。我不打算再出去逛街了，准备专心地读新买的书。如果楼上继续装修，我准备到附近的麦当劳去读书。

要非常非常警觉，对自己的起心动念，对自己的身体的感觉与心理上的情绪，对周围的环境，都要有全面的、仔细的觉察，从而全然地活在当下，有意识地做出自己的选择与判断。一旦事情已经发生，就全然地庆祝和接受，永远不要在事后再患得患失，而要在做每一件事时保持清醒的觉知。

八月二十八日，星期四

读《作为上师的妻子》

我曾经从台湾购买过一本邱阳创巴的《东方大日》，但读这本书使我对创巴没有什么深刻的印象，我不大喜欢他的思想风格。所以尽管网上有创巴的文集，我也只是下载到电脑里，一直没有认真读过。但创巴是近代到西方世界传播藏传佛教的先驱人物，他使藏传佛教在美国产生重大的影响并扎根于西方世界，他的人生多姿多彩，是一位值得注意的藏传佛教的上师。所以看到创巴妻子写的《作为上师的妻子》我还是很有兴趣买下来，昨天把它读完了。

对于藏传佛教的"活佛转世"制度，虽然我不排除有一些是真正的上师再来,但我相信大多数并不一定是真实的,更多的是作为一种佛教领袖的培养和选拔制度。这种制度对于培养佛教的领袖人才有其独特的优势,因为经过严格筛选并得到认证的转世灵童,无论是否真的是某位上师的转世,但一般都具有较高的素质与潜力,再加上从小就经过系统严格的专门教育和众多大师有意识的培养,就完全可能成为一位真正的佛教大师,这种制度对于佛教宗教事业的继承与发展具有重大的意义。

藏传佛教各派各寺庙都有自己的不同的活佛转世系统,创巴仁波切就是其中的一位噶举派的转世活佛,他从小被认证为"创巴"转世活佛,在寺庙里接受了严格的藏传佛教的训练,从而成长为一位专业的佛教上师。在藏传佛教中,这样大大小小的转世上师有很多系列,他们之中也有许多杰出的人才,然而创巴却是一位深具反叛性的独特的佛教上师。他到西方世界后接受了西方大学的教育,学习了西方的文化,一改传统的上师形象,毅然娶妻生子,回到世俗世界,和西方人打成一片,开创独特的传法风格,并最终使佛教在美国等西方世界赢得了信众,扩展了影响。

对于创巴一些似乎是离经叛道的异常行为,如喜欢饮酒、娶妻并有多位女友、使用异常的手段刺激弟子等,虔诚的信仰者认为这是大成就者的"疯智"行为,是为利益众生而使出的特殊方便。的确,真正的大成就者可以超越一般的行为规范,游戏神通,采取各种惊人的手段,以打破众生的惯性期待,觉醒昏睡的人群。但在我看来,创巴虽然不乏特殊的智慧,有一些"Gurdjieff式"的敲醒众生的作略,但他所有的类似疯狂的行为并不能一律视为神圣者的疯智游戏,我觉得创巴表现出某种真实,他示现的也许不是成就者的超越的智慧,更像是敢于呈现一个正常人所具有的局限性。敢于大胆呈现自己属人性的面向,而不是去虚伪地制造神圣的光环,这可能更是创巴的难能可贵之处。

创巴是一位"天生"的藏传佛教的上师,他独特的成长环境使他具有高深的藏传佛教的理论修养与实修水平，但我个人并不认为他是一位完全证悟的上师。尽管如此，他具有多方面的卓越才华，尤其是在西方弘扬佛法方面有一套行之有效的独特模式，进行了富有意义的探索，也取得了巨大的成功。我们可以对比一下陈健民上师，在理论水平与实修证量上，我认为陈上师决不在创巴之下，但陈上师没有"活佛"的光环，为人处世过于持守传统，缺乏在现代西方社会大规模弘扬佛法的方便手段，所以陈上师的在现实层面的影响力就不及于创巴。

若就弘法事业而言，创巴无疑是成功的。在现代社会弘扬佛法，一定要有现代的眼光、现代的方便。要认真研究现代人的心理状况与社会环境，通过演讲、研讨会、对话、培训等现代方法，广泛传播佛法的智慧；要创立现代的功理功法（修法仪轨）的完整体系，让各个层面的人都有法可修、有理可寻；要建立一整套弘法的组织、人事及财务制度，让弘法事业有一个现代化的综合机构；尤其重要的是要有法的灵魂，菩提心与大悲心是根本，不能沦为世俗的名利战场。

从创巴的身上，我们也许可能得到许多启示与警示。

八月三十一日，星期一

今天读完了《叛逆的灵魂》，这本书是从 Osho 有关谈论他自己的文字中汇集而成，相比于网络版的《Osho 传》，这本书是相当简略的，重在概述和揭示 Osho 的基本精神，读这本书对于 Osho 的一生及其教化风格会有一个清晰的轮廓。

读这本书的过程中，昨天夜里我忽然有一个强烈的冲动，要去书店再买回那本 Osho 讲恒河大手印的书《存在之诗：藏密教义的终极体验》。这本书的英文版是 *Tantra-The Supreme Understanding*，我曾经专门打印出来并通读了一遍，当时觉得 Osho 讲得很深入、很细致。在书店再看到此书的中文版时，我因为已经读过英文版，就没有再买。但昨天夜里忽然就想起了这本书,似乎有一种魔力驱使我要去买下来。于是今天下午我又去了旺角的书店找到了这本书,我满足了自己要收藏这本书的欲望。

今天是八月的最后一天,我在香港还剩下最后的十天。我不想再外出,除了晚饭后到荔枝角公园去漫步和静坐。以前我没有往荔枝角方向走很远,只发现往深水埗方向的深水埗公园。前几天我发现了荔枝角公园,很广阔,很幽静,且园中有园,是静心漫步的好地方。香港的公园是很好的健身、休闲的地方,基础设施很先进,公园里有各种体育锻炼的场地,从这些方面可以看出香港远比内地要发达的地方。

九月一日,星期二

今天是崭新的一天,秋风乍起,天气转凉,它是某种转折,代表了一个新的起点。

全国的中小学今天开学了,我们的小云儿今天也正式入小学了。虽然由于那个招生主任把我们提前报名的手续给弄丢了,给我们制造了种种难题,佢总算顺利地入学了。尽管没有安排他进入英语实验班,但我相信这不会影响云儿的成长,只要云儿聪明好学,将来学英语不会成为难事。

对我来说,我在香港的生活实际上已经结束了。我本来就计划六至八月在香港生活的,只是由于香港方面办理入境手续耽误了时间,才延后了十来天。而我在香港的工作已经结束,现在只不过是要完成三个月的预定计划。所以,虽然我人还在香港,但我的心已经告别香港,从今天起我要开始我的新生活。

所谓的新生活并不是说我要有什么新的实际行动,不是的,我的生活还是老样子,这十天我没有什么行动计划:饿了就吃,倦了就睡,我给自己全然的自由。我说的新生活是在意识层面,我要有一种新的生活品质,一种新的觉醒的品质。我要更尽情在活在当下,自由地活出生命本性的风采!

九月四日,星期五

读完了《金色童年》。这本书其实不是严格意义上的自传,不是按照时间顺序系统讲述 Osho 的童年时光,而是一些童年的片段回忆,在叙述童年的故事中不时地会联想古今,穿插了超越时空的 Osho 特色的评论。所以英文书名更准确,应该是《金色童年的一瞥》。Osho 的讲述具有独特的风格,带有美妙的诗意,更蕴含深刻的灵性意义。他生动地再现了他人生中的许多重要的人物与场景,展示了 Osho 从小所具有的独特的意识品质。Osho 的品质有很多的维度,但其中最重要的一条可以说是"全然地成为自己"。他从小的成长环境成就了他的这一品质,而稍大以后,从上学开始他便与一切妨碍他成为自己的人或事作斗争,与一切世间的愚蠢和陈规陋习作斗争。人最重要的是要认清自己,有意识地成为自己,而不是随波逐流,生活在他者的眼光中而失去自己的本性。

九月九日,星期三

七日晚上出席道教学院的新学年开学典礼,并和青松观的院董与嘉宾一起吃晚饭。由于院董基本上是一些老人,又不会说普通话,我无法和他们交流。昨晚永明兄请我一起吃饭,算是和我告别饯行。今天准备收拾行李,作好离港前的各项准备工作。我的香港之行即将结束,明天我就要回北京了。

这几天读《钻石途径Ⅳ》,一方面觉得 Almaas 确有许多洞见,他整合了东方修道的智慧与西方的心理分析,有一种别开生面的新阐释;另一方面又觉得他的谈话很沉闷枯燥,有一种克氏的思辨风格,读之昏昏欲睡。因为他的谈话中有很多是指出常人的生活境界及其问题所在，这种分析对我来说是一种"负向"的导引，他说"你如何如何"时我会很不舒服，因为那是将我往"下"引导，其实我并不是他所指出的那个常人的"如何如何"。只有当他展示一个导师或他自己的状态及洞见时，我才会"合拍"，才会有一种向"上"的扩展感。我讨厌那种克氏风格的对常人境界的刻画，那种非常肯定的语调，而且这种描述未必是真实的，很多是一种理论上的推理，缺乏诗意。用非常头脑的方式去反对头脑，这是一种很讽刺的画面。读钻石途径系列的前三本时，我曾有过很融入、很受用的体验，但后来想重读时已经找不到那种感觉了。读第四本时，我已经很勉强了。这不像我读 Gurdjieff，我重读好几遍都不曾厌倦，他带给我非常强烈的共鸣与启迪。我感觉到 Almaas 和克氏一样，虽有所洞见，但还没有完全活出那个真理，有许多是他们头脑式的领悟，尽管他们是最强调要超越头脑的。

九月十六日，星期三

那些"大师"们

在喧闹的学术文化界，在市场经济环境下的宗教领域，各式各样的"人造"或"自封"的"大师"们纷纷闪亮出场，国学未必入门的人也成了"国学大师"，不知宗教精神为何物、忙于名利之争者却成了"宗教学大师"或"灵修大师"……

"假大师"无论矣！但也有一些较真诚的学者或宗教家，他们诚实地认识到自己的局限，虽然社会大众或许称他们为"大师"，但他们自己是有自知之明的。这些世所公认的大师们能博得"大师"的头衔，自都有其过人之过，在某些学术领域有很高的建树；从普通的眼光来看，他们都是杰出的、有社会成就的人物。但若从宗教性的超越眼光来看，他们就都是普通人，他们没有领悟宇宙人生的根本大道。在很早的时候，他们的"本质"就停止生长了，剩下的那些名誉地位、声色光华这些外在于生命的"个性"倒是随年龄而渐增，行情一直在看涨。生命固然离不开"福寿"，但真正的"慧命"才是最有意义的头等大事。

某日宗教所的某同事戏称我为"大师"，其实很早以前就有同学封我"大师"之绰号，我正言告同事曰："大师之名已经是一种贬义或讽刺，汝谓我不学无术乎？"同事乃默然，再不妄称人大师了。

对我而言，生命没有什么需要去"成就"，我们只是朝着那个"已经是的"去"成长"。成就是一种人格取向、自我取向，而生命本性的成长则是去掉后天加之于人的神圣本质之上的"遮蔽"，重新认识到我们真正的本真的面目。在那个觉悟中，并没有得到什么，只是发现：一切都是，一切都好。

九月二十一日，星期一

存在与拥有

人们追求快乐与满足，这无可非议，想要幸福快乐的生活，这是生命的本能欲望。

问题在于，我们不知道什么是幸福生活的真相。我们以为"拥有X"便会带来快乐，这个"X"可以是任何你想要拥有的东西，不仅包括名利、权力、爱情……，还包括开悟、涅槃、成道……。我们不仅自己想要拥有什么，我们还总是与他人所拥有者作比较。如果我拥有的比不上别人，就会导致一种痛苦；如果我相对于别人拥有得更多，我们会有一种优越感，从而会沾沾自喜。

或许，拥有你想拥有的东西，的确会导致某种快乐；当你拥有得越多，你的自我会越感到满足。但这种快乐不过是一种短暂的安慰，它注定要转化成烦恼与痛苦，这不是真正的幸福。

试想，如果你的快乐建立在对某种东西的拥有上，你本身并没有什么实际的改变，不过是你的头脑自以为"它"导致你快乐。然而，事实的真相是，"它"无法导致你快乐，如果你自身没有快乐的源泉，任何由"它"导致的快乐转瞬即逝。在你不拥有"它"时，你觉得"它"会导致你快乐，等到你拥有"它"时，你短暂的快乐正是由于你满足了先前的那个错觉。事实的真相是，只要"你"没有变，"它"无法导致你快乐，你很快便会厌倦于它。一方面"你"是变化的，你随时可能对它厌倦；更重要的是，"它"本身也是变化的，你无法真正地拥有"它"。而如果你的快乐建立在比较的基础上，你的快乐只不过是因为别人的不快乐，这是哪一门子的快乐？你怎么能因为别人不够快乐而快乐？整个基础都是虚幻的自欺。

这种"拥有"的态度成为了一种毒素，甚至"爱"也已经成为一种"拥有"。当你爱一个人，你就想要拥有他（她），你把他（她）贬为了一种能够被你占有的东西。重点似乎不在于你有一种爱的能量与状态，而变成了你是否能拥有他（她）。你的爱人是属于"你的"，你不允许任何其他人来爱他。但如果他真的是"可爱"的人，怎么只会被你一个人爱？仅仅只有你一个人会爱他的人是丑陋的，他一定是通过某种骗术赢得了你的爱。真正的爱也不会只爱某一个人，真正的爱是一种爱的状态，他并不会特别地爱某一个对象，他的爱像阳光一样地挥洒。当你试图拥有的时候，爱就已经消失，你已不关心爱的本身，你只是想要满足自己的占有欲。有时候很奇怪，当你爱的人与另外一个异性在一起活得很高兴时，你就会很痛苦，因为他伤害了你的占有欲。自然，你会解释成因为你是爱他的，所以你不想别人来分享。但爱怎么会是这个样子？爱人的喜悦竟然成为你的痛苦？你越是"爱"他，你就越不能容忍他的幸福，你的幸福建立于爱人的痛苦之上。

父母当然是爱孩子的，但可怕的是，父母也以一种拥有的态度去爱孩子。你想要孩子满足你的期望，希望他将来能给你光宗耀祖，出人头地。孩子成为你满足自我的一种筹码，你不是从孩子自身的需要出发，让孩子按照他自己的本性去发展，你把自己的意见强加于孩子身上，孩子成了你整个人生"拥有计划"的一部分，你不允许孩子成为他自己。很多时候，你在孩子身上投射你自己的缺憾，你想要他来实现你那些不曾被实现的愿望，你把自己的历史包袱强加在你的孩子身上。

这正是发生在每个人身上的人生故事：人们倾其一生拼命在追求拥有更多，以便寻求所谓的幸福生活，但不幸的是，这就好像是追逐天边的地平线，它只是看起来有一个目标，实际上你永远无法达到这个目标，因为这个目标根本不存在。

我们看穿世俗的追求无法带来真正的幸福，于是我们便开始"弃俗"，头脑会走向另一个极端：既然拥有不会带来幸福，那么通过放弃世俗，通过"不拥有"一定可以带来解脱。我们试图通过"不拥有"来追求"彼岸"、"超越"，我们开始追求"成道"。追求的方向变了，但欲求的本质没有变，我们还是想要"拥有"，通过"不拥有"世间，我们想要拥有"出世间"。那个思维方式是一样的，那个自我是一样的。这就是"宗教性"变成"非宗教性"的途径，以"宗教"的名义，我们实际上还是走在世俗的道路上。

我们需要根本的变革！彻底从"拥有"中解脱出来！不需要"拥有"任何东西，也不需要"不拥有"任何东西，我们只需要事物的本来的样子，我们接受存在的一切，我们顺流而下，只是存在，与道合一。不是通过奋斗去与道合一，只是在道中漂浮，甚至不需要游泳。我们完全地无为，无选择地信任存在的河流。

事物还是那个老样子，但你的人转化了。当你回归存在的源头，你就接通了整体的能量与智慧，有一种幸福会自然地来到你身上。但你并不是去寻求这种幸福，而是发现你本身就是这种幸福。这种幸福不过是你本真存在的一个面向，它不是你拥有的东西，它就是你存在的祝福。

你越是向外寻找幸福，幸福就越是离你而去；当你深深地返归于存在的深渊，回归你本真的存在，没有头脑的分别与比较，没有自我的执着与幻梦，一无所求，这时幸福就自然地开花了。你越是拥有，你就越偏离了存在；你越是存在，你便越是超越拥有。但存在不是反对拥有，你不需要人为地去与拥有作斗争，存在只是不再执着于拥有与不拥有，存在意味着全然地生活，庆况每一个片刻！

是拥有，还是存在，这由你来决定。

十月十八日，星期日

读《徐梵澄传》随记

从容地读书，专心地悟道。全然有意识地生活，一刻接着一个片刻，这是修道真正的成就。要警觉生活里所有的机械性，每一个行动、每一个思想都带着全然的觉知。

上周二到所里，收到同事孙波先生赠送其近作《徐梵澄传》，回来后我很认真地拜读了这本书。孙波此著甚好，看得出来他花了功夫，对徐梵澄先生（1909－2000）是真有所了解了，才能写得如此传神，再现了梵澄先生潜心学术的传奇性的一生。很奇怪，在梵澄先生那一代，虽然国家民族经历了各种磨难，但却在各个领域英才辈出。即如学术文化领域，那个时代也是大师级的人物层出不穷。以哲学家而论，冯友兰、熊十力、金岳霖、贺麟、汤用彤，稍晚些的牟宗三等，都是一代大师，而梵澄先生亦是学力甚高之哲人，不过他的工作与其他哲人稍异。他并未致力于自己的哲学体系的建构，而将主要精力用之于中、西、印三系哲学经典的互通与互译。他虽然不乏哲学的高度与功底，但他更是作为一个大翻译家而闻名于世。梵澄先生通英、法、德、梵等多国语言，不仅可将诸外文经典译为中文，且亦将中文经典译为外文，其语言功底可谓极深也。于此翻译中，显示他对三系文明的通透与卓越的见识。他不同于一般的世俗的哲学家，而是卓然见到哲学的根本方向是"精神哲学"，是生命境界向上的提升与进化，由哲学而入于"宗教性",虽然他本身不是任何形式化宗派的信徒,但他的精神方向却是向着宗教的核心精神发展。此外,不同于一般的哲学家,梵澄先生的文艺才华颇为出众,具极高的美学情趣。总之,梵澄先生无论学识、才华与人品,都是学者中之异常杰出的人物。

若超出一般学者的界限,从悟道的眼光以观之,则梵澄先生虽于心灵净化之事与理不无精神上的相契与智识上的了解,然终非入乎其中者,此又与真正的宗教大师、与大修行人有别。梵澄先生只可说是站在门槛边上向内瞭望,看到一些内里的风景,但他毕竟未亲身跃入其中,终其一生他还只是个学者,而未成就为灵性导师。于此可将梵澄先生与南怀瑾先生作一对比,即可了然二者之别。南先生亦不无学问,其文史哲亦皆具造诣,深具传统文化的修养,对儒释道三教尤多体认,然南先生很难被称为一个严格意义上的学者。他一生很少从事严谨的学术性写作,其等身著述大多是对门弟子的讲道记录。由于讲课海阔天空,南先生之著述中不无瑕疵,常有漏洞。在一个学者的眼里,南先生恐不入学术之大雅之堂。吾即亲闻一些学者对南先生之评价,大有不屑之意。故于学界视之,南先生亦只在门槛边上,未曾入之,此正如梵澄先生之在门槛边上未入道门一般。然南先生是真入修道之门而亲历其风光者,其佛道之修养,盖一般学者所难企及也。故南先生于社会大众而言为精神导师,其教化所及遍于社会各阶层,其弟子门生遍天下,故远非囿于学术者之可比。于此可有一设想,若南先生与梵澄先生两者合璧双成,则南先生可有严谨之学术著作而兼成一真正的学者,梵澄先生可有真正体道之境界而兼成一精神导师,此则一圆满境界也。

在某种意义上说,陈健民瑜伽师兼具学者与行者的修养,其闭关印度,潜心修学,既有修证的成就,亦有学者的成就,其《曲肱斋全集》实佛学研究之巨著,为近代佛学研究成果之一大代表,代表了一个佛法修行者佛学研究的高度成就。当然,一个真正的大成就者,完全可以超越学者与行者之规范,其出语吐字,皆为经典,则不必斤斤于所谓的"学术",而为一切学术之源泉与归趣也。

（附记：本文信笔而写,恐多失语,希君子谅之,观其大略,勿起争端为盼。山夙记。）

十一月九日,星期一

内在真理的国度

人们无意识地生活着,即使是那些所谓的"修炼者"和"宗教徒",也大多数充满了借来的"偏见",头脑里充斥着种种的虚妄情识,他们不能以清醒的意识直接"看见"存在的真相。成为一个偏执的宗教徒,恰恰是远离宗教真理的方式；那些执着的信条、盲目的崇拜遮蔽了灵性之眼,以一种表面神圣的方式,他们在进行世俗权力与利益之争。以宗教的名义、以灵性的旗帜去欺世盗名,满足一己之私欲,这是最无耻的行径！那些所谓的"修炼者",试图驾驭神圣的力量,试图获得奇功异能,以满足他们在世间无法获得的权力与地位,他们不是想要深入地揭发自我的真相,不是要超越私我的执着,恰恰相反,修炼不过是他们满足自我欲望的一种新途径罢了！他们不知道自己已经误入歧途,反而以为自己正走上了神圣的道路。然后,他们会以己度人,以"阶级地位、功能权势"为标准来衡量他人的灵性等级,他们会结成门派组织,与其他的门派组织一争高低,他们制造大量的盲从者,并在他们的追随者身上灌输迷信。这样我们就会看到世间权势之争在宗教、灵性领域的一个翻版,在这个领域充斥了比较,充满了斗争,宗教的真正的目标早已被遗忘得一干二净,而扩大他们的势力范围、不断地争夺地盘成为这种伪宗教组织的唯一目标。从某种意义上来说,马克思所说的"宗教是现实生活在人们头脑中虚幻的反映"不无道理,一个世俗的头脑无论打着什么宗教的名义,其实质上仍然是要满足他们现实生活中得不到的欲望。

记住：真正的灵性解放追求的是个人的完全自由与独立，不依赖于外物，不依赖于任何有形有相的组织或导师，更不会以灵性的名义去控制与影响他人的自由与独立。真正的师父不是让你成为他的追随者，他只是以他的存在、以他的慈悲来点化你，让你也记起你本真的存在，让你也融入存在的源头。一旦你醒悟，你就与师父心心相印，你就与法界融为一体，这里没有任何等级之分与权力斗争，只有一个先觉与后觉的问题。宗教真理是内在奥秘的展现，没有人可以声称他垄断了内在真理的知识产权，没有人可以把它作为一种外在化的产品来进行贩卖：内在真理无法被给予，只能被一个人自己去重新发现。所有的师父、所有的教诲都可以成为你发现自己内在奥秘的一个帮助，但你无法仅凭外来的帮助就获得一个你将证悟真理的保证书，你必须自己亲自抵达你的核心，别人无法代替你自己的觉醒。因为，如果不是通过你亲自的探索与醒悟而得到的，就不是你真正的内在财富，由外来影响而制造的成果同样可以因为外来影响而丢失，你不能做主。醒悟是要发现你自己的本性，这不可能由别人来替你完成。

每一个走在求道路上的人都要树立"以自为光"、"以法为师"的求道精神，不要寄希望于任何廉价的"授权"、"加持"，无论你付出多少财富，你都无法买到"开悟"的"入场券"或"担保书"。当然，我不是说你不需要寻求师父的指导与帮助，那些道上的先行者有宝贵的经验与智慧可以借鉴，那些先觉者更具有无边的洞见可以启迪你，一个正道的师父对于修道来说具有无比的重要性。但是要警惕那些虚假的灵性老师或灵性组织，任何时候要保持你自己的独立与自由。

对我而言，我将远离那些追逐世俗权势地位与名闻利养的宗教组织或非宗教组织，我尊重所有那些具有深厚智慧传承的宗教，我向所有的具有真实体验的大师们学习，但我不属于任何有形的组织和宗派；我发愿成佛，但我不是你们眼中的佛教徒；我矢志于道，但我不是你们眼中的道教徒；我向所有的灵性大师致敬，但我不是任何一个大师或教派的"信徒"。我将放下一切后天有形的宗教形式，直面那赤裸裸的真理本身。我是自由的，我不属于任何大师、任何门派，所以也就没有任何需要符合某个门派规矩的义务。我不属于你们某一派的人，所以你们不要以你们门派的视野来限制我。我独自走在求道的路上，所有的先觉者都是我的导师，天地是我的道场，时空是我的家乡，经藏是我的资料库，书斋是我的实验室。我探索宇宙人生的真理，并与那些和我有缘的同道们分享。我不鼓励每一个求道者都像我一样，因为单独探索真理需要莫大的勇气和非凡的洞见；我也不反对你们成为某一个宗教、某一个门派的信徒，相反我鼓励你们去深入某一个悠久的传统。对我而言，我没有宗派、没有身份，我是一个自由的灵魂，心系法界，神交古人，逍遥于天地之间，自由于古往今来，悠游于无何有之乡。

十一月十三日，星期五

今天凌晨于如梦似醒之梦境中，梦见一似藏传佛教上师之成就者，其通过某种途径寻访，认定我为其法嗣。而后我被带到上师跟前。我当时礼拜之情景醒来后犹历历在目，但上师之面容梦中似不清晰。当年读米拉日巴大师集时颇感觉上师之重要，曾有寻访根本上师之意；然后来此念亦淡，遂决定走独自探索之道路，不依赖于任何上师或传统。故此梦亦甚奇怪也，盖吾近来已无有此念，或潜意识仍有上师之贪执乎？若真有成就大师觉得吾为可造之才，堪当大任，则或吾亦当从之，走传统之正途，即不必冒独自探索之风险也。

十一月十五日，星期日

神与神性：两种宗教类型与宗教的两个维度

世界上的宗教可以分为两大基本的类型：一类是基于信仰，以

"神"为中心的宗教；一类是基于觉悟，以"神性"为中心的宗教。对应于上述两种宗教类型，也就分别有两种不同的宗教维度：一种是信仰神，一种是觉悟神性。

前者以基督教、犹太教和伊斯兰教为代表，后者以佛教和道教尤其是禅宗与丹道为代表，因为佛教和道教中有一些民间化的派别也以信仰各种不同的神灵为中心。至于"无神论"，它是"有神论"的反动，其实也是一种"信仰"，一种反向的信仰。因为不管是对于"有神"还是"无神"，"神"都不过是一种假设，一个人设定的概念，它既无法"证实"，也无法"证伪"。

对于以觉悟神性为中心的宗教来说，它超越信仰与非信仰，超越有神论与无神论，它只是回归生命的本源与存在的核心，在那个境界中一切都是神性的海洋。它根本就不需要以信仰神或不信仰神为出发点，那是不相干的；它整个的重心是觉察万事万物的真相与"如是"，超越头脑的虚幻想象与执着，回归生命的实相。生命的实相也就是宇宙的实相，认识真正的自己也就是认识无所不在的神性本身。

对第一种宗教来说，需要一个作为他者的"神"，需要作为与神相联系的"中介"，于是宗教的组织与仪式具有重要的地位；对于第二种宗教来说，人可以无需任何中介就直接去体察存在的实相，先觉者可以成为导师，成为后来者的桥梁，但这只是一个实际上的帮助而不是一种理论上的必然。从某种意义上说，第二种宗教仅仅是一种"宗教性"，而不再是一种有形有相的宗教形式。

生命的事实摆在这里，不需要任何先入为主的假设，你可以直接去观察：你是否有意识地生活？你能否持续地记得你自己是谁？你是否有执迷？是否有因执迷而带来的痛苦？你的身心状态是否健康、是否和谐？有没有一种觉醒和解脱的意识状态？有没有一种身与心、人与人、人与宇宙整体和谐的境界？这些都是你可以去实证的，也是第二种宗教的主题。

我并不是说第一种宗教就与这些无关或一定不可以达到同样的境

界，但相比而言第二种宗教要更直接地与这些问题相关，而第一种宗教往往会把人们的目光集中在一个超越性的对象上面，从而忽略了这些基本的问题。我们不去解决这些基本的问题，而是去讨论遥远的天国、去争论上帝是否存在、去赢得更多的信徒，为了那些头脑假设的概念，我们争得死去活来，宗教的负面效应由此而生。

当然，任何区分都是相对的，这两种宗教类型其实也是相对的，在信仰的宗教中也有觉悟的成分，在觉悟的宗教中也有信仰的成分，只是就其主要的、突显的一面来加以区分。但是，在这两种宗教中，其信仰与觉悟的意义是不同的。禅宗、丹道及藏传佛教其实都强调"上师"的重要性，但这只是说明通过上师的显现来帮助你明悟你自身的佛性，上师不是"神"，上师只是先觉者，对上师的成就是一种"信任"，而不是一种"信仰"。上师不是彼岸的超越者，上师代表了你的可能性。对信仰的宗教来说，觉悟只是一种辅助的手段，而神之恩典乃是得救之根本；对觉悟的宗教来说，解脱的根本在于觉悟自身的神性，而上师只是一种辅助的方便。

我提倡一种作为内在生命科学的宗教，它如实地正观生命自身，去发现生命的奥秘、生命的潜能，去实现作为人的最高可能性的那个觉悟状态。这种宗教的重点是在"内"而不是在"外"；是精神境界而不是组织形态；是征服自己的欲望而不是去征服他人、征服世界；是解脱的体验而不是对某种"超越性存在"的信仰。

问题的关键不是信仰神，而是活出神性；不是企求往生神的天国，而是让这个世界成为神性的殿堂！

对我而言，禅宗与丹道体现了这种彻底的宗教精神，它将是指引人类精神道路的明灯！

卷六 道无时无地不与我们同在(2010)

一月一日，星期五

又是新年了，今天阳光明媚，预示着一个充满生机活力的新的一年！

全然接受当下的一切，不移易一分毫，那个本具的觉性、存在的核心从本以来一直没有动摇过。非心所思，非意所识，非眼所见，非耳所闻。是则全是，见则全见，全心是佛，全佛是心。过量人不被人所欺，不被法所瞒，一超直入，当体超越。有无隐显，入真法界；出没卷舒，得大自在。随处作主，遇缘即宗；万法一源，同归法性。行住坐卧不离这个，语默动静无非圆觉。把住则一法不立，觅凡圣而皆不可得；放行则同生同死，现诸境而游戏人间。

发菩提心悟道参禅开圣境，修慈悲行济世利人展宏图，内修外弘，全体解脱。此新年之愿也。

一月十三日，星期三

昨天去单位，看到金泽、陈进国主编的《宗教人类学》辑刊，翻读其中的文章，感觉毫无兴趣。对于宗教人类学，我只读金泽先生的几本书就够了，人类学的研究视角完全不适合于我，因为它与真正的宗教体验和宗教精神相距甚远。从现在起，我将不再勉强自己读不感兴趣的书，我要完全成为我自己。生命多么宝贵，哪有时间去浪费在"为了学术而阅读"上面，所有的时间与精力都要用在"觉醒自己的生命并帮助他人觉醒"这一根本的大事上面！

我对自己的研究取向已经有自觉的意识，今后我的研究就是要在实修经验的基础上开展修道现象学的探索，探索佛道教中的生命智慧，加以现代诠释，觉悟人生，提升人的精神境界。今后我工作的重心将实现"两个转向"：一是从道教研究逐渐转向佛教研究，对佛教尤其是禅宗进行深入的现代诠释；二是从学术性的专业研究转向智慧性的弘道利生，面向广大的普通民众普及人生觉醒的大智慧。我不能再浪费时间做那种对悟道无甚意义的纯学术研究，我要扎实地进行创造性的工作：一方面深入实修，实现自觉；一方面广结善缘，开展利他事业。这不是对学术的简单否定，而是追寻学术的真精神与根本意义，也可以说是做一种高境界的大学问！

一月十八日，星期一

内在的田野，心性的考古：宗教学研究的另类思路

2010年1月5日至9日，应邀出席香港青松观六十周年庆典暨"探古鉴今——全真道的昨天、今天和明天"国际学术研讨会。会议的主题之一是"儒释二教对全真道的深刻影响"，在此主题的讨论中，我作了一个即席发言，提出了一个"内在的田野，心性的考古"的新命题。老实说，这不是我事先构思好的，我也没有对此有系统的思考，的确是听了大会的主题发言后临时想到的。我现在也不是正式提出一套系统的解说，只是将当时发言的要点记述下来，以供将来某一天有需要时，作为一种宗教学方法论检讨的素材。

因为这次会议的主题论文，大都是从历史文献和田野调查的角度检讨全真道的相关议题，而在谈到全真道与儒释二教的相互关系时，这实际上就不仅仅是一个历史性的议题，也应该是一个超越"时间相"的"永恒"的主题。显然，并不是先有一个"全真道"摆在那里，然后来吸收和整合儒释二教，而是全真道本身即是在吸收、整合儒释道三教的过程中形成起来的。这样就有一个问题，那就是吸收、整合儒释道三教的"主体"是什么？何以全真道可以归为道教之一种新宗派？

此一追问必将我们的思路抛离开历史文献的范围，而进入全真道的创教者王重阳祖师的精神世界中去寻求答案。我们不能以今天的学

者的眼光去把王重阳也当作一个学者或思想家,以为他在有意识地做一种整合儒释道三教的工作;实际上王重阳是在追求和探索永恒的宇宙人生的问题,是要解决他自己的"生死问题"或曰"终极关切"。也就是说,王重阳是要追问宇宙人生最终极的意义,要解决他自己的切身的生命安顿的问题。

王重阳在得"异人"传授修炼秘诀之后潜心修炼,最终得以修炼"成道",然后再出来传授他的修道理法,建立了全真道的教团组织。我们可以怀疑王重阳究竟"得了什么道",但无论如何从王重阳自身的精神境界出发,他不是要去做什么整合儒释道三教的学术研究工作,而是在他实际的体验与领悟中,他认为儒释道三教都与他所悟的"道"是一致的,因而他可以方便地借用三教的语言来诠释他所悟的"道"。所以这个"道"不是限于道教之"道",不是作为"能诠"的"三教"语言,而是作为"所诠"的宇宙生命的终极实相。

王重阳的悟道经历当然与他所处的时代环境有关,但仅以历史的角度是无法解释他所悟的"道"的。这个"道"并不是现成地摆在某个地方,可以通过文献考古与田野调查探索得到的。在面对终极之道时,我们并不比古人更加优越,实际上我们可能是更加无知。要真实地探究这个"终极之道",我们必须进入古人的内心世界,试着与他一起去体验、去感悟,去共同探索宇宙生命的永恒的真理。从这个意义上说,我们需要从事"内在的田野调查"和"心性的考古发掘",去开展内在生命的探索与试验,重走古人修真悟道的路子。

这并不是说我们要进入宗教信仰的地带,盲目地接受古人的宗教信条,违反学者从事客观研究、理性探索的根本立场,相反我们的意思是说只有经过类似的内在体验与探索的过程,我们才能真正地做到对古人的同情了解,对全真道来说才能发现王重阳创教的原初的意义。我们当然无法要求一般的学者去从事这一工作,但正如外在的田野调查和历史考古是学术研究的一种重要的方法一样,内在的田野调查和心性的考古也是一种学术研究的重要的方法,一种在研究特定的主题时所必需顾及的一种研究思路。

　　从我们的思路来了解，王重阳实际上是在创立一种新的宗教，他并不是在继承某一种道教的传统。但是，由于永恒之道是相通的，对王重阳来说儒释道三教实际上都是这一永恒之道的体现，因而他所创的教又不是"新"的，他又重新回归于传统之中。那他创立的全真道为什么最后被归为道教而不是儒佛二教呢？我以为有两个原因：一是内在原因，即王重阳的教理教法与道教尤其是道教里的"内丹学"有一脉相承之处，即从整体上看他的教理教法更与道教传统相契合；二是外在原因，即中国本土创立的各类民间宗教实际上在得到官方认可后都被归为道教，道教实际上是所有民间教派的大本营，或者说所有民间教派都是"大道教"的组成部分。这种情势是"理有固然，势有必至"，因为道教本身就是一种兼容并包、杂而多端的开放性的宗教传统，其本身也是从民间教派成长起来的，道教与民间教派没有截然分开的鸿沟。

　　最后，我们回到全真道与儒释二教的关系这一大会主题上来。我们不能根据全真道文献中一些类似于儒释的概念命题，就说全真道是如何如何受儒释二教的影响。实际上，儒释道三教的语言都是借来用的，只能说全真道在表达他们的教义时如何以三教的思想为资源的，我们更应注意全真道是如何表达他们超越三教而又不离三教的"全真之道"的。这样才不至于从表面的术语用法上去肢解全真道本身的"全真义蕴"，这个"全真"是"全精、全气、全神"，是后天返先天，回归生命的源头，得到生死的解脱。

二月四日，星期四

　　昨天是宗教所春节前的团拜会，我和所里的同事没有太多的交流，我只是平静地做我自己。下午去家乐福买了一些室内盆花，装点一下书房，也可以净化空气。为了建设人间净土，首先要把我的书房建设成"佛境",让我的书房成为法界的一片"特区",让这一部分先净化起来。所以,我买了一些花盆,让我的书房装点得春意盎然。这里是我学习修炼的庄严的道场,虽然没有佛像,但这是无相的佛境。

二月十七日,星期三

听"海派清口"略记

春节期间我在网上看了上海笑星、海派清口的创始人周立波先生的许多视频,颇受启发。周立波现在被许多媒体和观众拿来与赵本山、郭德刚相提并论,他们是当代中国的最受欢迎的笑星,是当今"笑坛"的三个"制高点",是"笑文化"南、北、中不同地域的代表人物。

但是有一点,对周立波来说,"搞笑"不是目的,而是启发人们思考与感悟生活的手段,周立波的海派清口与专题演讲有着更多的相近相通之处。这就是我为什么会特别关注周立波的原因,因为赵本山、郭德刚的艺术水平虽然很高,但仅仅是博人一笑而已,与我的兴趣与工作没有多大的联系,而周立波的清口艺术则可以为我今后的弘道演讲带来很大的启迪。

如果我们能在讲道的过程中适当地汲取幽默滑稽的搞笑的元素,以轻松活泼、喜闻乐见的形式来弘扬佛法,就可以产生更好的效果,吸引更多人的兴趣。

周立波本人很注重学习,知识面很广,具有一定的文化水准,使他的表演在趣味性的同时带有一定的思想性,他把长期以来对生活的观察与体验,对时事的关注与评论,化为一个个的"笑点",以他自己特有的幽默风趣的方式表演出来。

他的一场两个多小时的清口表演,是由许许多多的段落与笑点排列组合而成的,这些段落与笑点是经过精心准备而形成的,最终体现为一个用于清口表演的"纲要"。实际上他的清口就是一种以"说、学、做、唱"的喜剧化形式开展的综合题材的大型演说,是在吸收综合了滑稽戏、评书、单口相声等曲艺表演技巧的基础上发展而成的一种新的表演艺术。

周立波是很有"灵气"的,脑瓜子很"灵光",他本人的生活也多姿多彩,这使他的清口表演具有一定的知识水准与文化品味。

但他毕竟只是一个"艺人",还缺乏"灵性"的修养与境界。

我关心的并不是"笑坛"或"娱乐",我关心的是"笑"的艺术能给弘法演讲带来什么启示。我的讲课严谨深刻有余,活泼风趣不足,可以从周立波的海派清口中学习演讲的艺术。

如果我们能把讲道的要点配以适当的幽默滑稽的元素而形成一个个笑点,让传统的修道智慧以一种生动活泼的形式演讲出来,这将是弘扬中国传统文化智慧的一种新的演说艺术。可以像周立波那样,精心准备若干个演讲提纲,在灵性演讲中融入适当的"笑"的艺术,再加以一定程度的市场化运作,然后进行巡回演讲或剧场演出。这是听了周立波的清口表演后的一个设想或者说是感想,记下来备忘。

二月二十七日,星期六

昨晚惊悉九江大舅舅刚刚被查出已经身患肺癌晚期,不禁悲痛莫名,泪眼模糊!大舅乐观坚强,上次来北京时还豪情万丈,有活一百二十岁的心愿,丝毫没有身患重病的征兆。虽说大舅也已经年届高龄,生老病死也是正常,但他的绝症来得如此突然,这个结果完全出乎我们的意料之外,他自己也绝对没有想到,家人现在还没有告知他检查结果。真是世事无常啊!人世间的一切得失悲欢,都不值得放在心上,全然地活在当下这一刻,活出真我的风采,活出解脱的风骨,才是最重要的啊!什么也抓不住,什么也不需要去抓住,何不完全放下,自由自在地沉浸在道的海洋里!

我们在生活的洪流中,有时会随波逐流,违背自己的本心本愿,因为有种种的顾虑与计较，所以不能完全活出自己的本来面目。大舅突患重病使我在深感悲伤之余，也受到一种震惊，使我警觉。我现在已经解决了世间的生活问题，应该全心全意地从事悟道觉世的大业了！不要再为世俗的顾虑而不能真实地成为自己。

三月三日，星期三

拔牙记

最近一个多月，右边的牙齿一直有问题，大约是在一月份中旬的一天吃饭时突然发现一侧牙酸疼，随后剧烈疼痛了一天。自己服了点药后症状缓解，但后来就一直没有全好，时好时坏，右边不能正常咀嚼。昨天上午终于到顺义医院口腔科检查，发现右上"智齿"（又称第三磨牙，是成年后长出的最边上的牙）有洞，露出牙神经，引起牙髓炎。医生说修补不划算，这颗牙齿是多余的，没有修复价值，建议尽早拔掉。我还以为是上火引起的牙龈炎，难怪这么长时间都没有好。

我上网查了一下资料，发现拔除智齿是主流的意见，这样可以根治。一般地，能保留的牙齿要尽量修复保留，但对于阻生智齿、不正常的智齿要尽快地拔除；正常智齿已龋坏，或发生牙髓炎，又不便进行牙体牙髓治疗时应该拔除。但拔牙有一定的风险，主要是并发症、感染、口腔不适等，一定要到大的正规医院去做拔牙手术。

今天早饭时牙疼加剧，我决定立即去西苑中医院咨询一下，看看从中医的观点有没有修复的价值，实在不行就只好拔牙了。到了西苑医院挂了专家号，医生倒没有主张一定要拔牙，他说也可以修复，不过比较麻烦，要去三四次。他说只有两种办法，一种是杀死牙神经，做牙齿修补；一种是拔牙，拔掉智齿没有什么妨碍，也不用镶牙。我觉得修复太麻烦，毕竟这是智齿，没有多大的功能，还是拔牙省事，所以就决定拔牙了。

拔牙的过程倒还顺利，打了麻醉针，不觉得特别疼，只是钻牙时有点心理上的"恐怖感"，我一正念，万法皆空，就心里平静下来了。整个手术也就十分钟左右，牙什么时候被拔掉我都不知道。最后医生说，有一点牙根没有拔出来，但没有什么关系。我看了一下拔出来的牙齿，三角型的牙根有一根断了一点头。牙侧有颇大的一个洞，这种牙洞是无法自然修复的，只有做人工填补，所以拔牙还是一个去根的解决办法。从现在起，我就少了一颗牙齿了，我要好好护理剩下的牙齿，希望这些牙齿能健康地陪伴我此生。

这是我第一次做牙病治疗，我的牙以前从来没有出过问题。年届不惑了，开始有一些身体上的小毛病，这促使我警醒：生命无常，一定要放下世俗牵挂，全力于修道大业，早证菩提解脱。

三月四日，星期四

身体的硬件和软件

拔牙后加强了练功，伤口恢复得很快，今天已经觉得很轻松了。这次牙疼使我认识到，身体有病先要清楚病因和病理，不能盲目医治。首先要确诊是"功能性失调"还是"器质性障碍"，是"心因性疾病"还是"物质性损伤"，就如修电脑首先要清楚是"硬件"的问题还是"软件"的问题一样。

对人体来说，身体的物质器官是硬件，心理状态和功能协调属于"软件"。如果是身心功能性失调，那么中医和气功就可以有很好的效果；如果是器质性障碍，就要看是可修复还是不可修复的破坏，这时西医可能会有更好的效果。"硬件"坏了，往往要更换或去除；"软件"有问题，则可通过身心自我调整来治疗。

像这次的牙齿问题，是因为牙齿本身有了缺陷，属于不可自然恢复的"硬件"问题，吃药和练功都无法彻底解决这个问题，如果不去治疗，就会一直延续，必须通过手术去除病灶或填补漏洞。这就好像电脑硬件坏了，通过软件更新是永远无法解决问题的。但拔牙后的伤口恢复就属于功能性的问题，饮食调节和气功都可以帮助伤口尽快愈合。

但是要注意身心之间的相互影响与最终统一，硬件与软件之间不是截然分立的。心理系统会影响生理系统，同时生理系统对心理系统又有反作用。好的软件可以保护硬件并提升硬件的功能与效率，而病毒性软件则可以损伤硬件并破坏其功能；好的硬件可以使软件更好地发挥作用，而有问题的硬件则妨碍软件功能的发挥。

身心之间的相互作用与相互统一是有层次、有条件的，是全息的统一而不是机械的统一，随着意识状态的不同能量量级，身心之间就有不同的统一程度。越是粗糙的层面，身心之间就越显得相对独立；越到精微的层面，身心之间就越显得相互统一。在最终极的那个层面上，身心之间完全统一，神炁合一，那就是一种彻底的自由：心从物质性束缚中解脱出来，可以"随心所欲、心想事成"。

三月七日，星期日

读《佛教诠释学》、《道家诠释学》印象

上次到中关村大厦买了几本书，其中有台湾赖贤宗的《佛教诠释学》和《道家诠释学》。赖教授曾到宗教所讲过学，赠送过我一本《海德格尔与禅道的跨文化沟通》。赖先生很有才华，也很有悟性，对中西哲学皆有广泛涉猎，长于宏观的哲学思考。他的许多著作都是由相关的论文集结而成，似乎没有专门从事一本专著的写作。

他的思考与文风颇类于傅伟勋先生，精于架构思辨，时有哲学的洞见，但不如傅先生精透。其短处是过于抽象与宏观的层层反思，而缺乏扎扎实实的文献分析和直面真实的智慧展现。与林镇国、吴汝钧

等人一道，构成台湾佛学研究的一种致思方向，总起来说还是属于学术研究之一种类型（哲学诠释），虽与大陆佛道教研究的重文献—历史学的研究形成对照，但终归不是一种"超学术"的存在体验的智慧展示，还不能归入灵性作品之列。这种层层反思的哲学诠释方式虽可有所洞见，但有时也纯属脑子里的玄想，与生命的真实体验与灵性感悟无关。

从技术层面讲，就我读过的部分而言，我发现书中有不少的章节重复与表述漏洞，有大量的"自恋式"的夸夸其谈，有时架子拉得很大，但实质内容却很少。由于议题过于宏大，涉及面太广，往往顾此失彼，虎头蛇尾，露出了粗制滥造的痕迹。书中充满了"屋上架屋"式的概念思辨与逻辑概括，却少有针对主题的精细的展开论述。作者本来是很有思想灵光的人，不幸却被一些学术的流行范式所误，像是在从事"学术八股文"的技术加工，而不是从事创造性的思想探索。

纯就哲理而言，赖贤宗与北大的张祥龙教授一样还是比较有灵性的，他们的哲学思考带有某种灵性体验或向灵性体验的方向趋近。不过，张祥龙的文思很流畅，完全没有赖著的那些毛病，我很喜欢张先生的作品。读赖著的印象，感觉赖贤宗还是比较"空泛"，架子拉得很大，但往往不够沉潜深入，时有戏论，偶感思路散乱而文句不通，不如牟宗三来得扎实通透。就中国哲学研究而言，我还是最欣赏牟宗三先生。

我能在谈赖教授的时候提到牟宗三先生，这本身其实说明我还是欣赏赖教授的。他的这些哲学研究论文虽然有不少漏洞和不够精致的地方，但和一般的文献学、历史学研究相比，其研究主题与诠释方向还是更契合于我的学术兴趣、更易于引起我的共鸣的。只不过现在我已经超越了纯哲学的思辨兴趣，而致力于真实的智慧探索与实修体验，所以赖贤宗这一类的学术书籍我也不会关注太多。

就为学为道的境界而言，可大别为三层：学者型、智者型和觉者型。学者从事客观的学术研究，重在知识性的对象化研究，与自身的主体修养没有多大关系；智者不仅研究知识，还在求索人生的智慧，他的研究带有他自己的人生体验与人生追求；觉者不关注纯粹外在的知识，而是反观内在的生命，实现生命的灵性觉醒，洞悉宇宙人生的实相，并以实践智慧从事利益众生、觉悟众生的工作。

对一个求道者来说，重要的不是我们知道多少"相关的资讯"，而是真正地"活出"那个"明显的真理"。真理是一个"现成的答案"，那些先觉者已经给出了那个"答案"，我们根本无需再去寻求"答案"本身，而是要以自身的体验去"证实"这个答案。未经我们亲自证明的"答案"对于我们来说只是一个"路标"，它指引了某个目标，但只有我们亲自旅行到那里，这个"路标"才有其意义。

三月十日，星期三

认识自己

我们的问题在于：我们总是对外在的事物了解越来越多，而对自己的了解越来越少；我们对外在事物的控制能力越来越强，而对自己的控制能力越来越弱。我们越是没有能力改变自己，我们就越是把眼光投向外面，我们以为是某一个客体导致了我们的问题，而问题的关键却在于主体的自身。所有灵性追求的核心，就是扭转这种向外寻求的习惯，而向内认识生命自身，回归于真正的生命中心。而要认识自己，就需要有意识地观察自己，对自己开展内在工作，这是走向灵性觉醒的不二法门。未经观察自己的内在工作，人就是一个无意识的"生物机器"，被业习与惯性牵着走，而无法真正地成为一个自觉的、有意识的"人"。内在工作不是要直接去与那个惯性做斗争，而是对于惯性的发生保持有意识地观照，然后你就与那个惯性的力量保持了距离，你不再认同于那个惯性。你回过头来回归到那个真正的中心，那个无相的灵明觉知，这时那个生活在外围的惯性就自然被超越了。如果你直接地与那个外围的惯性力量做斗争，那么其实你仍然受制于那个惯性，你无法真正地从中超越出来。当你只是给外围的纷乱的世界一个宁静的"看"，只是呈现你那个"不动"的"中心"，你会自然地发现那个惯性的力量只是表面上的波浪，当你不再给它"自我"的力量时，它就无法持续，它是旋生旋灭的；而那个深层的中心就像无边无际的大海，它是不为表面的波浪所影响的。

三月十四日，星期日

近日开始重读《宗镜录》，大约是在零三年春我大致地披览过《宗镜录》，后来就开始做课题，一直未有时间从容研究。现在，我没有工作上的压力，可以真正地从悟道的角度来仔细地品鉴像《宗镜录》这样的传统佛教经典了。《宗镜录》是真正的佛教概论，里面综合了佛教大经大论的理论精华，以心宗为准绳，以佛教根本义理为线索，提要钩玄，富丽堂皇。其文辞之华美，义理之深远，盖中华佛教之一大丰碑也。读此种书与悟道可融合无间，既有文学义理方面的欣趣，更可启迪心性本具之光明觉性，实人生一大享受也，而一般学术著作于我而言实无多兴趣，如非学术研究之必需，吾实不愿再读。在这个明媚的春天，摆脱一切世俗的牵挂，潜心于悟道读书，人生夫复何求！

三月十九日，星期五

关于心灵培训课程：一点感想及初步设计

我的几本书出版后，就有一些培训机构与我联系，想请我开展与佛道教相关的心灵培训课程。我因为目前工作的重心还在自修阶段，加上也忙于一些学术研究课题，就没有去参与社会上的一些培训工作。

去年在香港道教学院做了几次讲座，算上拉开了我弘法演讲的序幕，此次演讲的记录稿《丹道十讲》将于近期正式出版。今年我的丹道课题研究告一段落，我想静下心来再好好研读佛教的几本大经大论，对整个佛学再做一个系统的研读。在此基础上，研发一些适合现代人需要的、综合佛道教的培训课程，并在内外因缘具足的情况下创办弘道机构，开展心灵教化的事业。

今天，某民间书院与我联系，想邀请我去开设一些培训课程，我想这或许是一个机会，让我在正式出山弘法之前，先做一些相关课程的试验，为将来弘法事业"热身"。虽然我现在还是以自己的修道与研究为重心，还没有把工作的重心转移到弘法利人的事业上来，但也可以随缘与一些培训机构合作，参与一些相关课程。这样可以积累经验，接受锻炼，提升自己应机说法的水平，为将来弘法的事业准备好基础。

虽然自己心怀济世利人的大愿，也时时有一些同道朋友邀请我去开课，但很多时候，我会觉得自己还没有资格去讲课、去弘法，总想要等到自己"大成就"之后再"出山"。但有时也觉得这种心胸还是"小乘"，生命是一个过程，随时都在成就之中，随时也在利人之中，自觉与觉他是统一的整体。有勇气从事利人的培训工作，在与学员的互动中也可以反照自己，其实也是提升自己的一个过程。

正如我在"谈灵性市场"一文所谈到的，现在的"灵性市场"鱼龙混杂，真正的有道者并不多，而人们群众的灵性需要却有增无减。我们不必等到某一个特定的时间才去开展利他的工作，而是要随机随缘，做自己力所能及的工作。对于大部分人来说，他们并不需要"最高的智慧"和"最高灵性等级的老师"，他们最需要的是最适合他们需要的那一种精神的指引。我不是大师，我只是道上的行者，我愿意与那些与我有缘的朋友们分享道上的风景，只要能对人有所帮助与启迪，我又何必顾虑太多呢！

初步的设想是：我可以将传统的"禅七"或"静心营"方式与系列的专题演讲结合起来，开展为期三天或七天的灵修课程。传统的禅七方式偏于实修而缺乏系统的理论教授，而一般的文化类培训偏于理论讲授而缺乏实修指导，我想将两者结合起来。每天有两场专题演讲，每场分成两个单元，每个单元45分钟，在专题演讲中要有计划地讲授佛道教的核心教义，结合新时代的灵性新知，帮助学员建立修道的基本概念，树立修道的世界观和人生观。在专题演讲之外，每天有至少三场静坐，静坐前后可以经行，穿插有即席的指导与开示，帮助学员掌握一门修道的入手功夫，获得静心奥秘的短暂瞥见或体验。每天晚上有两小时的小参互动，与学员交流并进行有针对性的个别指导。根据学员的不同情况，可以设计不同层次、不同主题的培训项目，可以分设初级班、中极班和高级班，可以设计道家或佛家的主题，也可以不分教派而纯以修道智慧为中心，创造性地整合各种传统资源，融会贯通。

三月二十五日，星期四

吾人一定要有自知及知人、知世之明，不为名利所伤，讲求真正大道，勿流于空谈、幻象，一切落实于自觉自证。我不为大师、不立教派组织、不务虚名，只想以大道之智慧启迪世人，助人觉醒幻梦，领悟实相。现在"各路神仙"、"悟者"纷纷出世，能"立其大者"而不为私欲所乱者可谓鲜矣！吾当警觉，不逐声华，仍当以默默自修为主，但随缘利他可也。吾常感慨学者之学问不切身心大道，而一些老板虽有弘道之心，亦不识道在何处，舍本逐末。吾当走自己的路，不依附于任何组织或个人，一方面随缘扮演学者的角色，一方面开创自己的弘道之事业。

三月三十日，星期二

随顺道之流

又是一个美丽的早晨，春天的气息扑面而来。生命是一个庆祝，每一刻都是独一无二的降临,全然接受当下的一切,道无时无地不与我们同在。生命的本身就是圆满,不待外求,只需要我们从世俗执着中返身,回归意识的源头,认清我们的本来面目。我们没有能够教化的主体,也没有被我们教化的众生:在道中一切众生都已经圆满解脱,我就是众生,众生也是我。众生中的"我"有所体验,将生命的智慧与"我"中的众生分享,无论是自觉还是觉他,都是道的显现而已。所以,我们没有什么可以牵挂的,随顺于道之流,让那能够发生的去发生,让那自然流动者去流动,这其中没有一个"我"去控制,也没有一个"应该"的结果去期待。如果我们并没有期待任何的结果,我们就没有"得"和"失",以道之流动去弘扬道,一切的因缘自然具足。如果我们自身已经失掉了那个根本的觉悟,所谓的弘道或觉他事业只不过是一种自我的野心、一种欲望的追寻罢了。不要寻求那种外在的声华与架式。重要的是我们有没有"道"。一个真正体道的人,一定会有他的智慧与能量,一定能在成就生命的同时成就众生,在成就众生的同时成就道业,"得本不愁末",种种世间因缘自然具足圆满。在我准备开展一些身心和谐发展的培训课程的时候,众多的善缘都在汇集,给我以信心与力量,我相信在这个行道的旅程中,一定会冥冥中得"道"之加持,诸事顺通,与道同在。

三月三十一日,星期三

一般的学者囿于知识性的学术研究,缺乏亲证的修道智慧;而教界的修行人又没有扎实的理论功底与学问修养,所以我的角色将具有一种特殊的优势。虽然,我应该有严格的自律与自知,我离真正的成道还有很长的距离;但我应有一种自信,对自身的优势了然于胸,发大志向,以大愿力,从事弘道觉世的大事业。我将充分利用学界和教界的资源,同时与有远见的企业家联合起来,将传播智慧的事业发扬光大,成就自利利人的大业!

四月一日，星期四

今天是四月份的第一天，北京的四月是一年中最美的时期之一，春风吹拂，春意盎然。我也开始了新的生活：从事实际的弘道式的研究工作，着手准备研发、创编一套身心和谐发展的培训课程。今年我的中心任务就是准备一套系统的培训课程，开展弘道利人的实际工作。其实培训课程也可以以某一本经典为主题来讲，但我想先准备一个综合性的课程，这个课程将综合佛道教的核心教义，吸收现代诸灵性大师教导的精髓，创编一本基础性的教材。这将是我弘法事业的一个基础性的准备工作，我要把它作为一个专门的课题来认真地研究。

四月二日，星期五

现在各方面都已经得以安顿，从事弘法利生的事业可以说是"万事俱备"了，但这里犹欠的"东风"是什么呢？就是自身的修炼还没有到达我所预期的一个高度，尤其是在命功修炼的部分，还没有完成"以先天化后天"的全部程序。

在理论基础和心性悟解方面，我已经圆融无碍了，也完全具备"智慧如海、辩才无碍"的说法能力；但由于未能禁欲闭关专修禅定，身体还未能彻底转化，微细习气也没有完全清除，觉悟境界还不能相续成片。

我曾在《为道与为学》的自序中提出了自己的"宗风"，即四个统一："理论与实践的统一、禅与道（身与心）的统一、入世与出世的统一和自觉与觉他的统一"，这四个统一是我为道与为学的根本宗旨。其中，禅之心法与道之身法的统一也就是修性与修命的统一，也就是性命双修，这一点尤其重要。

道家有许多切实的修身养生的功法，值得继承与开发，我们首先要自己完成命功修炼的程序，使身体完全的健康，这样才会对世人有示范的作用，也才能在说法的时候有底气、有说服力。

所以，现在一方面要准备研发培训的课程体系，一方面自己要深入实证，尤其是加强定功与命功的修炼，使身体达到更高的健康程度。除专修法界观与法界定外，也可采取早年站桩时的方法，心息相依而入定，精不外泄神不外驰，形神相守合一，入于虚无混沌之境，以此炼精气神。命功修炼的关键在修定，入定是生理转化的关键，而修定的基础是持戒，一定要节欲保精。

自身的修炼成就永远是第一位的，也是能够真实地弘扬大道的基础与前提。要把修道落实于日常生活行住坐卧的每一瞬间，随时随地活在当下，身心一体，天人合一。

四月六日，星期二

观复斋教学的几个基本原则

一、立足于社科院学者的基本身份。在扮演好一个学者角色的同时，面向社会，面向群众，开拓灵性市场，传播佛道文化与生命智慧。第一步先与相关机构合作，开展培训课程和系列讲座；待内外因缘具足时，创立传道弘法的实体机构。

二、利用好社科院宗教所的学术平台，在国家法律允许和政策鼓励的方向上开展工作，尽量让自己的工作服务于国家建设的大局并与政府的整体目标相协调，弘扬中国优秀的文化传统，提升人们的精神境界和国家的文化软实力，努力为建设和谐社会服务。

三、坚持"四个统一"的根本宗旨：理论与实践的统一、修性与修命的统一、入世与出世的统一和自觉与觉他的统一。定慧兼美，学修并重；性命双修，与道合真；扎根传统，面向未来；内修外弘，自觉觉他，这四个统一将是我的基本的"宗风"。

四、不固守任何门派与家风，不以宗教组织与宗教信徒的形式出现于世，而以领悟根本实相与人生真理为准绳，传达超越宗派与门户的生命大智慧。在此过程中，以禅宗为中心的佛教和以丹道为中心的道教是我开展工作的两大传统资源与基本的立足点，而现代诸大师的智慧将是我以现代化方式弘法的主要参考点。

五、我的培训课程与讲座将分为两大系列：一是针对特定人群的专修课程，为集中三天或七天的时间专门进修的培训课程，综合传统的"禅七"方式与现代的培训模式，展开一系列的理论讲座与实修指导，具有系统的理论讲解与实践方法，让学员获得修道的正见与修法的体验。二是面对社会和普通群众的公开讲座，讲解儒、释、道诸家最基本的经典。以传统经典为媒介，融入现代灵修的多元智识与文化，采取生动活泼的形式，重新激活传统的智慧资源，以此广开教法，普利群生。

六、为度众生愿成佛，为了能够真正地利益众生，必须自己真正地活在大智慧境界中，才不至于在利他事业中迷失自己，经不住名闻利养的考验。首先要自己潜心修道，提升自己觉醒的水平，将悟境融入行住坐卧的每一个片刻。同时深入禅定，转化色身气脉，性命双圆，以大智慧、大能量、大慈悲的境界去从事利他的事业。

四月十一日，星期日

职业与事业

为了生存而工作，有时是一个人不得不面临的客观情境。在此种情况下，与其与现实境况产生对立的情绪，不如拥抱现实，尽量以一种愉快的心情去从事自己的"职业"。一个人如果有足够的能力和智慧，就可以摆脱现实生活对自己的束缚，而从事一种创造性的工作，这时他不再是为了某个外在的原因去完成某种工作任务，而是他仅仅以自己的兴趣去自由地开展某项真正的"事业"。"职业"是生存的需要，而"事业"不是为了生存，乃是为了自由地实现生命本身的价值，实现生命存在的意义。大多数人需要在自己的职业之外，再寻求某种事业来充实自己的生活，有一部分的时间是在完成职业方面的工作，再留一份闲暇来追求某种他真正感兴趣的事业。可以从一个人的"事业"在他人生的位置与权重，来看出他生存的品质与境界。若一个人只有职业，除此之外就是无意识地消遣与打发时光，这种人就是最庸碌的无聊之人；若一个人的职业已经完全转化为事业，则他的生存品质就比较高。当然，"事业"本身仍有不同的层级与境界，只有智慧无我、慈悲利他的事业才是真正有意义的事业。一个人首先要找到自己的事业，然后是尽可能地将事业与职业相统一。要么你就在职业中寻找到事业的元素而将职业转化为事业，要么你就按照你的事业重新规划你的职业。但社会现实有时不以人的意志为转移，不是每个人都能实现职业与事业的统一，对于无法改变的现实，智者的态度是全然地接受，在这种接受中自然地会有一种新的品质。这就是说，心态决定境界，我们不一定要现实地改变你所做的事情，但一定要改变自己做事情时的无意识和敌对的心态。庆祝每一刻，全然地活在当下，这是根本的"炼金术"。

四月十四日，星期三

日常生活中的觉知

除了专门修行的时间外，日常生活中的觉知是最根本的。最高的修行是"无修之修"，若仅有"无修"则可能同于"凡夫"，若执于"修"则是一种"二乘"，大乘菩萨道的修行是"修而无修，无修而修"。全部的生活内容都变成了修行，而修无修相，其核心就是你带着觉知全然地活在当下，每一件事情都变成了一场庆典。但这是"果位"

上的"一味"境界，一开始还是要借助某些"诀窍"来帮助自己进入觉知的状态。有两个小窍门可以帮助我们在日常生活中觉知：第一，将任何一件事情变成一种修法的"仪轨"。做事情前提醒自己开始修法了，进入功态；然后有意识地去完成这一件工作，这本身就是修法的内容；事情结束后庆祝与回向，作为"收功"。这样，任何一件事情也就是一种功法，比如洗脸时就是练"洗脸功"，吃饭时就是练"吃饭功"。第二，生活中的三分钟冥想练习。在散步时，读书时，工作时，休闲时，不拘时候，只要你记起来时，只要你有最简单的条件，你就可以闭上眼睛，把精神收回来，刹那停止你的头脑，回到"无分别而有意识"的觉知状态，或者修一个你平时修炼的特定法门，让你回到一种你曾经到达过的最佳的状态。这种短暂的静心冥想不会占用你的时间，不会影响你的工作，但却可能在你心中播下觉悟的种子，且有助于你将修行的境界相续成片。这两个窍门可以配合起来，比如你做一件工作前静心三分钟进入状态，工作结束后再静心三分钟收功。这样，你可以一天二十四小时都在练功，定慧之力可以得到迅速的增长。

五月七日，星期五

内证为本，活在当下

去年我完成了社科基金课题并评上了高级职称，我在学术界已经建立了稳固的基础，工作上将具有更开阔的空间和更大的自由度。今后我将更加做真实的自己，将悟道与学术完全统一起来，利用自己的所修所学，开发传统的智慧资源，为净化人心、利益有缘，为增进国家的文化软实力、构建和谐社会做贡献。现在我的生活就是一面自己悟道读书，深入禅境；一面参与社会活动，开展弘道觉世的事业。

今年是我初步"出山弘法"的第一年，社会活动明显增多，因而静坐修道的时间必须有所调整。白天的静坐一般仍需坚持，但在外出活动期间则可以随缘。由于白天的静坐会时有中断，故必须更多地利用睡前醒后的时间来静坐修行。夏天天亮得早，可以早点起来静坐；为保证睡眠时间，晚上的静坐时间调整为21：30－22：30，这样可以早睡早起，同时又有充足的睡眠。

在外面出席各种社会活动时，要尽量在生活中修行，时时处处提起大圆满见，时时处处记得自己的真性，不为外境所扰。要时时警觉，全然地活在当下，活出真我的风采，随缘而化，无住生心，以大智慧去待人处事。

虽然要为利益众生而精进于弘道大业，但不管社会活动、弘法事业多么繁忙，自己内在的修证永远是第一位的事情！内圣才能外王，自觉才能觉他，永远不要为外在的名利地位所困扰，内心的安宁与法喜才是我们生命的精神家园！

我内在工作的核心是悟道读书，进入觉性的海洋；而外在工作的中心是演讲弘法，是做一个心灵的导师。这是我对自己的定位，是我生活主旋律；我不想为事务性的活动消耗太多的时间精力。任何事业都需要一个核心的团队来共同配合，每个人分工负责做好自己的事情。对整个弘道事业进行企业化的运作与管理，可以和相关的文化公司合作，交给专业经理人来做，我不必太操心，只需进行战略布局即可。

五月二十九日，星期六

中国传统文化是救世的良方

当今世界，伴随着科学技术的日新月异，市场经济的高速发展，人们的物质生活越来越丰富多彩，但这个世界并不太平：生态危机、环境污染日益严重，恐怖活动、地区冲突愈演愈烈，天灾人祸、各种灾难此起彼伏……更为严重的是人们的心灵日趋麻木不仁，盲目追求个人的欲望与刺激，在金钱利益面前丧失了基本的道德良心，为一己私利而不惜损人利己、贪赃枉法。

整个社会表面上看一片繁荣，实际上多数人都已经身陷物欲之中不能自拔，纸醉金迷，醉生梦死，精神失去了平衡，失去了安宁，这种生活实际上并无幸福可言。人的道德良知一旦泯灭，人的精神家园一旦丧失，各种社会的危机必将随之爆发。今年在全国一些地方发生的残杀幼儿的疯狂变态的犯罪行为，背后有其复杂的社会背景与心理动因，但无疑可以视为上述社会乱象的一种集中体现。

人类的所有的危机归结到一点，都是人心的危机，所有的灾难都直接或间接地与人们的心理状态和行为方式密切相关。以自我为中心，损人利己，这是一切社会问题的根源。个人有其自我中心主义，团体、企业有其自我中心主义，民族宗教有其自我中心主义，政党国家有其自我中心主义……有自我中心主义，就会为局部利益不择手段，就会有残酷的竞争，就会有无穷无尽的冲突。而解决冲突化解危机之道，则在于智慧的洞见，建立一种超越自我中心的新的价值观，能够从整体的利益出发，着眼于普遍的和谐。这种新的价值观，在中国传统文化的儒释道三家中都有完美的体现，通过修身养性，达到自我生命的和谐，由自我生命的和谐，达到整个社会的和谐，并扩充到人与宇宙自然的和谐。在天人合一的整体观中，我与众生同为一体，落实下来就是仁德博爱的教育，唯有"慈悲"与"智慧"的教育才能化解自我中心主义。

我们除了在"体制"上"治标"，寻求建立更加公平合理的社会秩序之外，更重要的是在"人心"上"治本"，加强全民的道德教育，让每一个人懂得生命的意义。中国传统文化中的儒释道，都阐释了宇宙生命的终极意义，都是一种人生的修养方法，都指向一种清净、平等、和谐、觉悟的生命境界。这种传统文化的教育不是一种口号，不是做样子，而是古圣先贤的智慧结晶，是那些自身已经实证生命最高境界的精神导师流露出来的教法，其中有理论有方法，都是宇宙生命的实相与真理的体现。

今天我们迫切需要有现代的孔子、现代的佛陀、现代的老子,需要有追随和体现这些大圣人精神的现代教师,去身体力行古圣先贤的教诲,然后去从事教学,去点燃智慧的心灯,灯灯相传,将中国传统文化的精髓重新在当代社会激活,由此转化整个社会人心,这样才有建设真正的和谐社会的可能。

如果只是盲目地发展经济,一切从经济利益出发:医生不是以治病救人为目的而是为了创收;老师不是为了育人成才而是为了经济效益;工厂企业为了自己局部的经济效益而不惜严重破坏生态污染环境;食品生产者为了不法利益不惜添加各类有毒的添加剂;质检部门、环保部门都不去真正从事质量环境的监督而只是去罚款收费……为了利益不择手段,为了利益丧尽天良,试想,这样的世界还会太平吗?要知道,那些损人利己的人最后还是自食其果,他们本身也是受害者,那些盲目追求经济利益的人最后也得不到真正的幸福,他们精耗神驰,身心不安,他们也是苦海中的众生。如果向他们阐明了自利利人的正道,如果通过传统文化的教育使他们懂得了宇宙人生的真相,他们又何必要做那些伤天害理的事情呢?

所以关键在于教育,而教育则要从每一个人自身做起,由自身带动家庭,带动社区,带动整个社会。应该把传统文化的品德教育纳入学校教育体制之中,从幼儿园开始落实;应该通过电视、网络等现代传媒手段,大力普及儒释道经典的教育,使每一个人都有机会听闻道法,明白做人的基本道理与修身养性的艺术。现代的电视和网络充斥了大量的暴力、色情等刺激人们感官引人堕落的节目内容,而缺乏引人吸收智慧哲理的良性信息,整个社会陷入了不良信息的汪洋大海之中,正气不振而邪风日盛,这是极其危险的啊!

凡我同道,有志于自觉觉他之理想者,首先要从自身做起,好好修学,有了切实的体会与受用之后,要想方设法推广普及中国传统文化的教学,让更多的人明悟生命真谛,净化人心,使和谐社会的理想早日实现!也希望那些身处高层的政府官员、高层管理人员能够充分认识到普及传统文化教育的极端重要性，并且带头身体力行，由此上行下效，端正全社会的风气就指日可待！

六月九日，星期三

读《我说参同契》随感

　　最近读南怀瑾先生的《我说参同契》，此书还是南师一贯的风格，从学术上来讲不够严谨，有时忽略了整体语境而纯从字面上发挥，致使有的地方错解文句，前后矛盾；但也有许多自己的心得之谈，对于真修实证而言颇多启示。《参同契》包括了道家丹道的核心理论，虽其本意或在外丹，然亦通于内丹，是内外丹道共同的理论模型。朱元育的《参同契阐幽》值得注意，他对《参同契》的解释比较通透，体现了一种较为纯正圆熟的内丹学思想。虽然不一定契合《参同契》的原意，但朱云阳的解释自成体系，可以自圆其说。清代一些丹道大家很值得重视，黄元吉、刘一明和朱元育的丹道思想都贯通三教的精髓而又体现了正统的道家修炼路线，有成熟的证道体系。

　　近有朋友将我与南先生并举，誉为当今中国真修实证的代表人物，大有将我看作后南怀瑾时代传统文化实证派之新代表之趋势。南老是我所推崇的"三大师"之一，其对传统文化的深厚修养固非我辈所可及也。若就学术理论方面而言，我可能比南老更系统、更严谨一些，南师讲课比较随意，有时信口开河，逻辑不够严密；但以实证功夫而论，则我尚远不及南老也，南先生的传奇经历与化度事业，更非我等可以望其项背。我虽不能与南老的实证境界相比，但在不重宗教形式不执门户之见而重视修证与理论两者的统一，以及不拘形式地探求真理等方面，我们确有共同的理念，这或许正是朋友把我与南先生相提并论的缘故吧！

　　修道功夫，不像见地或思想境界，可以看到高远之地，而是非常切实的，来不得半点虚假。气脉通否？色身转否？烦恼习气转变否？身心能否做主？禅定境界如何？明心见性否？悟境相续否？打成一片否？这些都是实实在在的功夫境界，非空谈可及也。

吾虽悟解颇深，亦不乏修证体验，然终未彻底，身心未得根本转化，故一直不愿出山弘法，唯愿深入自证，自觉而后觉他。近来随缘而渐参与弘法事业，然不可忘失初衷，仍需以深入自证为根本。现在万事俱备，只欠东风，这个"东风"就是色身命功的彻底转化，唯有真正获得性命双修的证量，才能有弘法度人的底气，才能大举度生的事业！为利众生，愿诸佛加被，早证菩提！

六月十四日，星期一

家乡的粽子

端午节就要到了。在我们家乡，春节俗称"过年"，端午俗称"过节"，过年过节就是这一年中两个最隆重、最喜庆的节日！

每逢传统佳节，我都会回想起童年时代过年过节的情景：那时每一次过年过节对我们穷人家的小孩都是一次欢庆，一场盛宴：除了可以吃上平时吃不到的美食之外，还有许多热闹欢乐的仪式，像春节的鞭炮、端午的赛龙舟等，对我们都是特别的娱乐节目！

记得小时候，每年端午前一天，母亲会让我去田野里准备好艾条和菖蒲草，好在端午时插于门眉，悬于堂中，我会想方设法完成母亲的嘱托，那也是一种特别的经验。

在端午节时，母亲会为我们准备好煮熟的鸡蛋，并染成红色，装在一个小香囊里，挂在我们胸前，那时鸡蛋并非家常的食物，而是节日里偶尔享受的美食。下午我们就会配上鸡蛋"远行"，去附近登山，好像大人小孩都去绕一圈，具体是一种什么习俗，我已记不清了。

当然，最令我怀念的还是家乡的粽子。我已经很多年没有吃家乡的粽子了，虽然每年端午都会买粽子吃，但永远找不到当年吃粽子的感觉。现在生产的各类包装食品都很奇怪，不管是便宜的还是昂贵的，似乎只是为了"观赏"而不是为了"食用"，你一吃就觉得味道不对，各种添加剂让人敬而远之。我们家乡的粽子不是用"豆沙"而是直接用红豆或绿豆掺在糯米里包成的，吃起来别有风味，特别清香宜人。就我所见，在城里还没有卖这种粽子的。

今年我突发奇想，我想自己亲手制作家乡的粽子！昨天我们买来糯米、红豆、火腿，加上粽叶、粽带，开始了平生首次的包粽子试验。对于包粽子，我只是有一点童年看母亲制作粽子的印象，而夫人是北方人，从来就没有包粽子的经验，只有包饺子的特长。将糯米与红豆按一定的比例掺在一起，用水清洗干净后浸泡两至三小时滤干，加少许食盐拌匀，将火腿切成小块备用，然后就可以包粽子了。将两片粽叶从中间对卷，加入配料，中间放一片火腿，然后卷成正四面锥体，用粽叶带子系牢即可。此与北京本地所包粽子的形状不同，这种包法的好处是，解开后粽子正好落在粽叶中间，两边折起来就可以拿起来吃。用高压锅将包好的粽子煮两小时，中间如果水未浸透，可以翻动一次。可以将所有的粽子分几锅煮好，不用冷藏，挂在通风处即可直接或加热后食用，几天内不会变质。

我们的制作很成功！粽子的味道颇类当年家乡粽子的味道，今天看着挂起来的一串串粽子，吃着粽子的早餐，我仿佛又回到了童年，回到了故乡！其实包粽子很简单，只要有亲手制作的勇气与信心，只要有一点意识与细心，一切都可以心想事成！

以后每年过端午节的时候，亲手制作家乡粽子就是我节日的庆典！

六月十九日，星期六

永恒的庆祝

我们生活在一个相对的世界，一个阴阳交错、对立统一的世界：

有动有静，有美有丑，有爱有恨，有得有失……在现实的世界，我们永远无法企求一种完美，世界并不会以我们的意志为转移，而人的欲望是无穷无尽的，如果我们试图在外在世界满足我们这种无尽的欲望，那么我们的生活中必定充满挫败，必定烦恼重重！人的基本的需要可以得到满足，因为身体的需要是有限的，但人心理的欲望是无法得到满足的，因为欲望的本性就是一种对已经拥有的现实不满足，一个欲望被满足了的同时也是它失落的时刻，另一个欲望会立即升起：想要满足欲望是头脑的一种幻象。问题是我们大多数人并未认真反省欲望的真相，而是成为了欲望的奴隶！我们倾其一生，去追求财富、追求功名、追求感官的刺激与享乐……在这种无尽的追逐中，我们生命的能量被消耗殆尽，而精神从未得到真正的安宁：我们并没有体验到一种发自内心的满足感，一种持久的幸福感，我们从未真正地处在一种永恒的庆祝之境！因为欲望的追逐，我们人类成为了地球的公害，成为其他一切生物的天敌；因为欲望的追逐，我们人类自身分裂成为无数个对立的利益团体，在进行你死我活的斗争；因为欲望的追逐，我们每一个人在身心分裂，在制造内心的痛苦与挣扎！世界能够满足我们的欲望吗？社会能够满足我们的欲望吗？从他人身上能够满足我们的欲望吗？我们能否从外在找到一个完美的客体，来满足我们内心的欲望？即使我们在生活中会拥有一些成功，拥有地位与金钱，但这些并不能从根本上满足我们的欲望，一旦我们拥有了我们梦寐以求的东西之后，我们就会发现一种失落，一种新的不满足感，我们的生活还是飘摇不定，我们没有找到精神的真正的家园！一个人越早从这种欲望的梦幻中走出来，就越有可能尽早地开启智慧的航程，早日到达觉醒的彼岸。在这种觉醒的境界中，有一种永恒的庆祝。不是因为我得到了什么或者我拥有了什么而庆祝，不是因为某个特别的原因而庆祝，这种庆祝是不存在比较的，它不在时间相中，它不再在相对的世界中，它有一种新的维度。你深入存在的核心，你进入永恒的源头，你发现那个亘古的早已具足圆满的自性的光辉，在那种领悟中，一切已经圆满，一切如如具足，你无法增加什么，你也无法减少什么，你就是整个的法界！除了永恒地庆祝之外，你别无选择。有了这种觉醒，你就可以毫无企求地圆满地生活在这个世界上，哪怕你一无所有，但你本身就是一个无限的宝藏。于是生活成为一种完全自然的流动，你只是散发着光芒，传播着芬芳，走入人群，分享来自整体的智慧的洞见。

六月二十日，星期日

今天开始试验辟谷，只喝水，不吃任何食物。以后可以每周或每月辟谷一天，今天只是做个试验。一天的辟谷取得经验后，再慢慢试验三天、七天，直到十五天、二十一天的辟谷。

自然进入辟谷状态，那是一种功态；自觉进入辟谷状态，则是一种功法。道家辟谷是以一种功法进入一种自然辟谷的状态，不是硬性地"挨饿"。辟谷的主要好处是可以清理身体的毒素；配合服气，可以帮助得定；打破身体的惯性，可以增强觉知。当然，也可以在特殊的条件下节约粮食，维持生命。如果准备长时间辟谷，一定要循序渐进，开始慢慢减少饮食，十天后才断食；辟谷结束后，要慢慢恢复饮食，从一点流食开始，渐渐加食，十天后才恢复正常饮食。辟谷期间要配合闭关专修，思想宁静，减少活动，服气入定，神清炁足，这样方可保证辟谷时的能量供给。辟谷不同于简单的断食，断食对身体会有伤害，而辟谷虽不食但有其他的能量通道（服气），不影响生理的能量供应，所以辟谷不会有伤害。

中国道家有许多传统的修炼法门，辟谷是其中之一。这些法门大多是辅助性的修道法门，但也都有其重要的实用价值。我要对其中的一些重要法门都做些实验，取得第一手的数据，既是为自己修道的进展，也是为了将来弘法助人的需要。

现在万事俱备，我没有什么世间的牵挂了，可以以近似闭关的方式潜心修道了。

六月二十一日，星期一

昨天是我有生以来第一次一天不吃东西，只喝水。这一天的辟谷试验，算是成功了。因为身体的巨大惯性，我突然把进食断了，所以每到了吃饭时间，身体都会有反应。不过，只要在身体感觉饥饿的时候，喝两口水，每一口水都分很多口咽下去，同时配合练功，口水就会源源不断，这就相当于"吃饭"了。由于我没有循序渐进，而是突然降到一点都不吃，所以身体还是很不习惯，不过只要配合静坐，一天还是容易坚持下来的。我想，以后如果要辟谷，最好有一个过程，同时要加强服气的练习，开发人体第二条能量摄取的渠道。辟谷不是简单地断食，不能强行支撑，那样就意义不大了。一定要通过修炼，让人体得到能量平衡，而实现自然的辟谷状态。总之，辟谷是一种实用的"术"，不是根本性的"道"。道在此时此地，本来具足，当下即是，一切法如其自身地如如显现，没有自我的执着与分别，我与法界本自一体，本自圆满。

七月三日，星期六

禅义概说

所有修道的方法都可以统称为"禅修"，这时的"禅"便是一个广义的概念，它实际上涵括了一切的宗教与非宗教的"共法"与"不共法"、"有为法"与"无为法"。广义的禅主要包括两层意思：一是禅定之禅，二是禅宗之禅。前者是定学，是内道与外道的共法，是一切真实修道体系的根基，通世间与出世间的种种修道之法；后者是定慧一体之果位觉悟之法，通一切以"明体"或"本性"为修法基础的果乘之法。一切修道体系，种种修道法门，可以"止观"而总持之，由修止而入定，由修观而开慧，由止观双运而入于定慧一体。修止则心缘一境而不动摇，修观则主动运用"正思维"而观察、观想，若无分别地观照一切，则为止观双运之法。修止之妙门为观息法，心息相依为入定之要，初学者可从"数息"入手，以"数、随、止、观、还、净"之"六妙门"而一门深入，可依次实证"四禅"，转化色身气脉。修观之妙门为观心法，心为万法之总持，若明心非实有，妄想本空，而悟本觉现成，当下如如，此可明悟心性，实证智慧，转化习气种子。又有法界观法，乃整体观，观不生不灭、不增不减、不垢不净之法界全体，可破时间相空间相，入于不思议无我法界，此为定慧一体之"圆顿止观"，通于禅、大手印、大圆满诸果乘之修法。以丹道"性命双修"学说而论，则修止修定对应于修命，修观修慧对应于修性，止观双运定慧一体对应于性命双修，而法界观对应于直接"炼神还虚"的最上一乘丹法。吾人处当今之世，不必拘一家一派之见，而应究根本实相，通达一切方便，总以破迷开悟、亲证实相为归。故各教各派，除邪教歪道之骗人利己者外，其修持之法，皆不离于止观，皆为广义禅修所摄，虽有浅深偏圆之别，然其修定之学本为共法，皆可作为初机入门之引导。禅定之禅与禅宗之禅亦本不可分，今日众生之根机，更宜由禅定而入于禅宗。故新时代之"禅七"训练，不必专循禅宗传统，宜创新方便，综合禅定实修与教理讲授，而最后以禅门见地开佛知见，引归向上一路，庶几可以下学而上达，会三乘而归一佛乘矣！

七月十三日，星期二

《丹道十讲》出版，兼谈修道与养生

《丹道十讲》近日已由中央编译出版社正式出版，面向全国发行，各大书店将陆续上架。

本书得到汤一介先生和李一道长的推荐。汤先生的推荐词为："戈国龙教授不仅对道教内丹学的研究有扎实的理论功底和许多独到的见解，而且学修一本，佛道兼通，在实际修持上也有所突破。《丹道十讲》一书体现了他十多年来学术研究与体悟实践的心得体会，揭开了道教内丹学的神秘面纱，可以让读者了解到无上金丹大道的正知正见，展现了一条通往道家理想生命境界的道路与可能性。"李一道长的推荐文字为："目前研究道教的作品中，很多都缺乏对当代道教现状的关注和道教的实证实修。本书的呈现给了我们耳目一新的感受。"

李一道长是教内不多见的有修有学的人才，尤其他的道医与养生思想及实践，立足传统，面向现代，理、法、术兼具，值得注意和学习，特向各位道友推荐！可以看李一道长的养生视频和道长的《养生有良方》，另外央视樊馨蔓导演的《世上有没有神仙》系列（三本书）记述了她在道长哪儿辟谷的体验和道长的谈话，值得一读，也可于其博客读电子版。

中医与修道关系极大，其理论与道家修道思想同源。目前，西医对人体生命的认识有方向性的误区，误人不少；发扬中医、道医的精髓，是非常迫切的时代使命。余外祖父为旧时代的中医"郎中"，医术颇精，治病救人，名闻乡里，惜其医书毁于文革，而医术无传焉！我虽致力于修道多年，然一味雅好向上超越之道，少关注中医及养生之学，近来才意识到中医乃至道医、养生之学亦极重要，不仅与修道相关，且为利他救人之实事，亦为引导一般人进入修道大门的重要途径，故亦欲留心医理养生之学。

目前主要关注道门中一些道医的医学、养生思想，并准备研读吕祖的《医道还元》。《医道还元》是《黄帝内经》之外一部最重要的道医之书，值得我们深入研究。虽其属于通灵作品，然其文词古雅，义理条畅，身心灵并论，实属道书中之精品。我以前未尝留意此书，去岁在香港，友人赠送一套港版影印的《医道还元》，并向我推荐此书与丹道相关。我以为是一般的善书，亦未加重视。近来关注道医之学，乃欲详检此书，才发现其重大的价值。对道医、养生思想的研究，将是我在内丹学之外又一个重要的道教研究方向，当然两者本来就是密切相关、融为一体的。

七月十六日，星期五

观复斋教学体系的初步构想

最近，一些国学培训机构和我联系，想请我开设相关的培训课程，这使我再次思考我的弘道路线和观复斋教学体系的轮廓。

观复斋教学体系由"外"而"内"，可以分成以下几个板块：

Ⅰ、普传性的弘道讲座。针对一般的社会大众，系统讲解重要的修道经典，也可以综合性地讲演修道的理论与方法，以启悟人心，激发智慧，利益社会，普利有缘。此为对"外"也。

Ⅱ、国学经典研修班。在创立系统的禅修课程之前，在正式的专修班之外，与目前社会上流行的国学培训热相对应，针对普通的国学爱好者和社会高层管理人士，开设一些稍微随意一些的"国学经典研修班"。可以选一部简短而重要的经典，作为两天或三天的研修主题，围绕着经典来讲解，来实修。比如道教可以选《灵源大道歌》作为研修的对象；佛教可以选《心经》作为研修的对象。这也可以作为我正式出山之前，在社会上开展培训课程的一种试验性的方式。此为由"外"而"内"也。

因为目前和我联系的一些机构基本上是从事国学方面的培训，其学员主要是一些高层管理者，并非是专门修道的人士，所以和这些机构合作不适合做一个正规的禅修班。正式的禅修班既要选择合适的、有一定修道基础的学员，我自己也要做一个周全的准备，我不会轻易推出这样的课程，也不一定以这样的商业化模式推出。对于国学类的培训机构，针对普通的社会高层管理人士，我准备推出上面所说的"经典研修班"，这样可以和一般的国学培训衔接起来。但不同于一般的国学培训的是，除了国学的深入讲解外，我也会讲授入门的修道方法，也会安排一些静坐的实践活动，而且讲解的内容也都是偏于实修的见地的。

Ⅲ、专修培训的禅修班。针对各层面的修道人士，开出初、中、高不同阶位的禅修班，进行"禅三"或"禅七"训练，融通修道基本理论与方法，将理论教授、禅定训练与禅宗心法结合起来，让学员获得修道的正知正见、不同程度的禅定觉受及智慧瞥见。此为对"内"也。

Ⅳ、专题座谈、对话。与各阶层、各教派人士进行对话，围绕某些共同关心的话题展开交流，促进不同教派、不同身份人士之间的精神对话与和谐共处。此为不定内外、或内或外也。

以上是对观复斋教学的系列思考之一，关于观复斋教学的指导思想与根本宗旨，详见"观复斋教学的几个基本原则"一文。

七月二十四日，星期六

静心的艺术：一些短消息（二）

做善事，勿有我做善事之念；利他人，岂有他人之相可得。

有人我之相，虽有利人之心，反成害道之实；具得失之心，纵有行善之愿，足为乱性之源。

我有灾难病痛，勿具偷心而求神功大师化解，当全体承受，化入法界整体，以无得无失之金刚心而等观，则遇难呈祥，逢凶化吉；人有危机困苦，勿袖手旁观而幸灾乐祸，当警觉反省，视同己受，以大慈大悲之菩萨心而济度，则众生一体，天下太平。

悟道读书，足以独善其身；著书讲学，愿能兼济天下。

贪欲不可有，有则伤精耗神；悲愿不可无，无则心灰意冷。

内景和谐，诸灾不作；本真耗散，百病俱生。

顿悟靠觉性，渐修凭精进；修定宜静坐，开慧赖涵养。饮食与睡眠，道在日用中；若问其妙诀，关键在相续！

以待儿女之心，念父母养育深恩；以望儿女待我之心，孝顺自己父母。

名利深坑，水深火热。不好名，则入火不焚；不贪利，则入水不溺。安贫乐道，素位而行；知足认命，与道偕行。

找人家的好处，方能聚灵；寻对方的不是，好比收脏。聚灵则正气长而百病不侵，收脏则邪气生而诸患随至。

断恶修善大福报，破迷开悟大智慧。大福报，则无所失，一切具足；大智慧，则无所得，一切无住。

八月二日，星期一

观复斋手记（1-21）并序

小序：手记者，随手以记之断简残篇也。或诗或文，可长可短，无谋篇布局，无寻章摘句，但由瞬间之感发，而涂鸦于纸上者也。此不同于电脑中所写之正式日记，而为散记于故纸堆中之手稿；亦不同于"短消息"之类，短消息对人而发，教化之味重，而手记乃内证经验之呈现也。今一时兴起，特于博客中添此一专栏，将以前的手记随兴而选录之，供同道一笑可也。庚寅年夏山风序于观复斋。

1

没有做什么
不去到任何地方
只是存在于此时此地
随着整体的河流移动
庆祝一切的发生
接受任何的转变
在中心，一尘不染，只有观照
在外围，随缘而化，顺其自然
（2010-8-2）

2

生命中的每一个时刻
都是一个崭新的起点
所有应该发生的
已经发生
（2005-12-5）

3

如同飞鸟
自由地翱翔于天空
不留下任何印迹
每一个时刻
都是独一无二的降临
（2005-12-5）

4

一切妄想烦恼

决定无有自性
本自寂灭无生
菩提觉悟之性
决定本来具足
只需恒常认取
(2005-12-5)

5
有门是多
无门是一
一通到底
无位而位
(2005-12-2)

6
无修之修
不是不修
时时在觉
不随境转
能觉之性
无相可寻
无道可修
无佛可成
(2006-1-16)

7
因上超越"见"
道上超越"修"
果上超越"超越"
那是诸法从本以来的实相
万事万物的本来面目

那是超越一切对待的圆满

那是超越超越的状态

(2006-2-17)

8

通达万法之理

心中不滞一法

勤修六度万行

心中不着一尘

(2006-2-20)

9

超越一切分别对立

没有任何参考点

全然地活在此时此地

庆祝万法本自圆满

不思而看见

无为而行动

(2006-6-17)

10

活在世间

但不属于它

完成工作

但当成游戏

(2006-6-26)

11

心上无事

养未发之中

事上无心

致已发之和
(2006-10-25)

12

无论身在何处
无论心在何种状态
不需要任何条件
本觉都能自然地升起
脱开"所"上之缠缚
回归"能"之觉醒
若见诸相非相
即见如来
(2006-11-8)

13

一法不立离妄想
万法皆如即自性
无修无整无散乱
本源自性天真佛
(2006-11-14)

14

世事洞明随缘化
万法无住契真如
彻悟当下即是佛
无得无失护妙觉
(2007-2-3)

15

在生活的每一刻
全然地庆祝与觉知
不要关注那些小事情

心量广大
遍观法界
没有自我
融入道之海洋
(2008-1-20)

16

心无挂碍气海清
思前想后费精神
返观灵台无一物
问君何处觅红尘
(2009-3-5)

17

平实商量老婆禅
也无机锋也无关
饥来吃饭困来眠
水是水来山是山
(2009-3-5)

18

无穷无尽，无始无终，无边无际
旧的消失了，每一刻都是新的
永远无法停留在一个地方
这是没有终点的旅程
无成之成
这是一个空的成就
(2009-3-11)

19

一无所有
但活得像一个国王

因为找到了内在的王国
只有当你不拥有任何王国的时候
你才能成为一个国王
(2009-3-18)

20

道没有过程,也没有目标
全体皆道
当自我不在的时候
谁会感到无聊或快乐
谁会在意成道或不成道
春暖花开,生机盎然
(2009-4-20)

21

没有世俗工作的压力
没有生计的操心
自由地投入法性的海洋
与大师们并肩论道
展开创造性的灵性工作
创造自己的工作方式与灵性经典
(2010-1-22)

八月四日,星期三

观复斋手记(22-24)

22

置身于法界而忘身
如波浪归于大海而融归

不拘于色身之内而执其觉受

透脱有限之身心体验

归于无限之道体

此无我而入法界之要诀

(2006 - 12 - 27)

23

穿衣吃饭也寻常

一颗明珠放毫光

未必入山始闭关

红尘何处不道场

(2009 - 3 - 5)

24

截断众流念无生

随波逐浪应机现

涵盖乾坤全体是

不离当处常湛然

(2010 - 1 - 18)

八月十二日,星期四

观复斋手记(25)

又是一个美丽的秋天

记录某个瞬间来到头脑中的话语……

你认为的东西与真实的存在有极大的差距

头脑的投射

创造出你想要的世界

谁能不带偏见地观看

以有意识的头脑进入无意识的头脑

直到没有头脑，只有存在

爱可以被给予，但无法被企求

我没有目标，但清楚每一步的方向

八月十六日，星期一

观复斋手记（26–28）

26

性命之外更何求

千古功业一梦收

大悲心齐三千界

性海澄寂自如如

（2010-8-6）

27

默默耕耘

荣辱不惊

乘势待时

道隐无名

（2010-8-16）

28

田野穿上了盛装

满载金色的辉煌

全然生活的此刻

品尝法味之清凉

（2010-8-16）

八月二十六日,星期四

观复斋手记

29

打开心灵之窗

清风浩荡

无垠的星空灿烂

亿万年的故事

也没有新的剧情

浩瀚的存在

包含了所有的白天与黑夜

与聋子如何谈论音乐

与瞎子如何谈论光明

不要打扰昏睡者的美梦

免得被人送上绞刑架

呵,远离喧嚣的人群

我在山上独立

回首一望

只有时空是我的同行者

九月一日,星期三

观复斋手记

30

每一个人都以自己的头脑

投射出自己的世界
人类的客观意识极为稀有
天下各类痴人妄人甚多
明智的人啊
岂有时间浪费于无聊之事
如今被疯犬所伤早已不是新闻
但断不可为制造新闻而反咬疯狗一口
成为虚舟吧
当船上空无一人
任何自我都无法碰触到你
钟情于"道"之人
"道"亦眷顾他

九月十七日，星期五

对上帝的沉思

对于"上帝"，我能够说些什么吗？对我们来说，上帝首先是一个词汇，一个"能指"，关于这个语词，有各种解释，有各种已知的描述，有各种宗教的教义与教条……但任何的解释，如果我不能亲自体验到它的意义，他们就只是一种飘浮在空中的概念的游戏。

"上帝"这个"能指"所要指向的那个"所指"，到底是什么？答案显然不取决于能指本身的表面的解释，而是取决于我们自身的深度与高度，取决于我们自身的体验与视野。只有当我们具备了相应的体验与视野，我们才能真正地明了那些在同一层面的对上帝的描述。

于是，每一个人都有自己的"上帝"，那些同样说着"上帝话语"的人，其心中所指可能截然不同。于是，我们显然不能借着"上帝"的名义，去强求他人做你以"上帝"的名义去要求他做的事情。因为任何一个"人"都无权代表"上帝"。上帝如果存在,按其固有的含义,祂就是超越人的有限性的无限存在,祂就不可能被局限于某些个人或团体,祂就不应该成为一部分人控制或支配另一部分人的工具。上帝是万有一切存在的上帝,每一个人都平等地拥有与上帝打交道的权利,也拥有以自身的理解去理解上帝的权利。而一个人理解上帝的深度与高度,只取决于他自身灵性体验的深度与高度,而不取决于他是否是一个宗教徒或是他是否在某种宗教中具有较高的教阶或教职。

如果说上帝的王国属于神圣的天国,那么任何形式化的宗教组织只不过是人间的一个有血有肉的尘俗世界,他们在现实世界中有着显著的、现实的利益诉求。一旦把这两个世界混同了,就无法避免某些宗教团体打着上帝的旗号为他们的现实利益服务。这将是上帝的异化和异化了的上帝。

一个人的宗教体验的深度与高度,与一个人的外在身份没有直接的关系,具备宗教体验的人可以示现为宗教人士,也可以示现为非宗教人士。而一个宗教人士,既可以是真实的宗教体验者,也可能是一个徒具虚名的普通人士。所以,我不迷信任何的大师与教条,我可以学习各种关于上帝的理论与描述,但我必须以自己的眼睛去检验一切,通过自身的实修体验去认识上帝的真相。

有某种神圣的体验,在这个体验中我们体验到一种无法命名与言说的境界。局限化的个体自我被超越了,一种无边无际的存在弥漫开来,某种超越了"我"的"超越性存在"接管了原先的"人的世界",在这个境界中,万有一切都回归于神圣的统一体,那是光明,那是至福,那是永恒,那是无限。在这个境界本身,一切二分法的语言描述已经失效,一切的名词概念都消归无有,整个的人沉浸于其中,你无法开口,也不想言说,只有无边无际的沉默与空寂,只有赤裸的觉性与光明。生命找到了最终的源头,游子回归了久别的故乡。

这个终极的灵性体验是一切宗教的源头,我们可以把它命名为"X",但这是从这个体验之外而来的命名,它只是一个"能指",它无法等同于那个"所指"的实相。这个能指相当于一个"指示标",它指示某种方向,除非你在能指的指示下体验了所指的真相,否则能指本身对你而言不过是一个"路标",是"指月"之指而非所标之"月"。

这个"X",在不同的文化传统中,在不同的宗教语境中,可以有不同的名称。有人称之为"上帝",中国人称之"道",等等。对我而言,我并不承认一个纯粹外在超越的人格化的"上帝",我所理解的"上帝"是内在超越的"道"。我越是向内心回归,越是走向心灵的深处,我就越是向上帝靠近。上帝无疑是超越的,祂超越了个体自我的执着,但上帝并不是外在的,上帝是一切生命的源泉和内在本性,"我"在"上帝"之无限性中,"上帝"也在"我"的心灵之无限性中。心之无限与上帝之无限同一,无限本身不可能是分裂的"二",它必然是"一"。

当我向上帝祈祷,我同时也是向自己最内在的本性祈祷,向万事万物的根源性的统一体祈祷。走向上帝的朝圣之旅,也是走向内在本性的觉悟之旅。你无法在外面找到一个你可以依赖的作为"他者"的上帝,相反在最深沉的意识自觉中你会发现上帝的踪迹。没有作为外在救度的、一个以人的形象所想象的神坐在天堂的宫殿上,来决定我们人类的命运,但每一个人都可以以自身的修道功夫去接近那个作为内在超越的无限存在的上帝。上帝的救度就是人自身的救度,人越是接近无限而超越自我,人和人类社会才有可能走向最终的精神和谐与精神解放。上帝不是我们的工具,人也不是上帝的工具;人是未实现的上帝意识,上帝是已实现的人的本性。

上帝在我心中,我唱起了心中的上帝之歌:

啊,我秘密的情人
您一直深情地注视着我
您的芬芳萦绕在我的周围
每当尘世的烟雾迷漫

我陷入了疲惫不堪，情绪低落
　　　忽然我的目光和您相遇
　　　您洞穿了我，我顿悟了您
　　　融入您无限宽阔的怀抱
　　　您的爱无边无际
　　　我的悟无始无终
　　　只要我闭上眼睛向内看
　　　您就在那儿
　　　您从未离开过我
　　　而我并不能一直记得您
　　　但您已经融入我的灵魂
　　　我无法忘怀
　　　您将越来越多地与据我
　　　直到小我死去
　　　唯有您存在

九月十九日，星期日

　　前段时间还是"秋老虎"，暑气逼人，这两天气温骤降，凉爽的秋天真正地到来了。现在，我要真正的沉静下来，全然地投入到悟道读书的生活中去。只有自己真正地觉悟了，弘道的事业才有了可靠的基础。现在和社会上的一些朋友有了接触，开始为弘道事业多结善缘，但不要过多的花费时间精力，一切都以自修自证为根本前提，弘道事业完全随缘而化，顺其自然。每天早晚坚持站桩，哪怕时间短一点，也要坚持不间断。上午仍然修法界观法，静坐时间尽量长一些，最主要的是要真正地入功态，时间自然也就延长了。生活中，经常性地静心冥想几分钟，一把修道的心法贯穿于生活中去，活在当下，记得自己内在的"上帝"。

九月二十九日，星期三

观复斋手记

31

我们所要寻找的

只是我们已经具足的东西

佛性不在别处

只在此时此地

找出你内在的中心

自由地生活于世界上而不属于它

向着你的可能性成长

静心，享受它的美

但不期望结果

上帝的天国不在天上

它是一个新的维度：永恒的当下

彼岸的宗教信仰培养了人的贪婪

真正的宗教觉醒内在的佛性

虚假的宗教让你认同："你是 X"

真正的宗教让你超越所有的认同："你是"

那个"X"并不重要，重要的是"是"本身

"X"是衣服，是装扮，是人格面具

"是"，一切都是

诸法如如，本自具足

十月六日，星期三

十月三日至五日，在大学毕业二十周年之际重返南京大学，参加同学聚会并重游南京古都。多年前的记忆被激活，又回到了那年少的青春岁月。同学们各奔前程，但后来的人生轨迹早已在南大时已露端倪；一个人的性情才华，在大学岁月已经有充分的表现。对我而言，那些至今仍然栩栩如生的记忆，恰恰是那些全然生活的瞬间和那些有意识地清醒生活的片断；也正是那些极有意义的生活片刻，塑造了随后的人生。当我漫步于南大（老校区），那些我曾经清醒生活的片刻，就会从记忆的"硬盘"中显化出来，其中在南园球场站桩静心的印象尤其难忘。所以今天我把博客中的一篇旧文"早年站桩入静的体会"置顶，以唤醒那些鲜明的记忆。南园的球场，周边环境早已面目全非，但仍留有了我熟悉的基本的样子，尤其是那几颗大树还在。

十月十日，星期日

释"知"

古德尝言："知之一字，众妙之门"。后有禅师见学人不得真知而"误以为知"，"以误为悟"，乃针锋相对曰："知之一字，众祸之门"。今人亦常言"觉知"，亦有人重"不知"。此一"知"字，确关修道之根本，有必要细加分辨，使学人不致茫然无所从。

本文从"因、道、果"三位来分析"知"之意义，因位之知为分别取相之知，此为"众祸之门"；道位之知为觉知之知，为有意识之知，此为修道之要；果位之知为觉醒之知、自觉之知，此为"众妙之门"。以下略论之。

因位凡夫之知，其"知"为"知某物之知"，此中"某物"即为意识之对象，亦佛学所言之"相分"之"相"，此"相"涵盖"物相、身相和心相"，包括物质对象、身体对象和心理对象。相应地，此"知"即为"见分"，相分为"所"，"见分"为"能"，此"知"能所宛然，二元对立。此知即为知某物，且知之方向（意识的注意力）是投向于"相"上，能为所迷，意识为对象所"带走"，心为物转，起种种思量分别，故为一切烦恼心之所从出，当然是"众祸之门"了。《金刚经》中"见诸相非相"、"应无所住而生其心"即为破此凡夫之分别之知而显般若无相之知也。

　　道位觉知之知，即是一般修道书籍中所常言的"觉知"、"观照"，为一切修道方法之核心要素，无论其架式如何繁复，功法设计如何巧妙，其中之核心关键在于觉知、观照。此时之"知"，不仅"知某物"，而且清楚地知"知某物"本身。这是一个双向的意识，是对知某物本身的有意识，一般的"知某物"我们称之为"无意识的"，对"知某物"本身的"知"我们称为"有意识的"。这个"有意识"就是修道中一个新的关键的"额外冲击"，它是修道起作用的一个不可缺少的"元素"。常人大都是无意识的，而修道的过程就是要变得越来越有意识。这个道位的觉知，虽然仍有能所二分，但能所已经开始融通，"能"开始脱去"相"上之粘滞，回归"能知"之清醒。当有意识，即可生起妙观察智，了知所相非实，返所归能。但此"能知"并非"心体"，有"能知"即有"所知"，有能所即非"心体"、"本性"。

　　果位觉醒之知，即为"无知之知"，其知不再知任何对象，但具知一切万法之可能性，故"无知而无不知"，此为"空寂灵知"，是"空性"与"意识"的统一，空而能觉，觉而能空。此知不知物而知其自身，意识之光照亮其自身，为"自觉圣智"之显现，非造作，非二元，无能所，无内外。此即禅家所谓之"这个"、"本觉"、"无位真人"、"平常心"等，当然是"众妙之门"。此知本具，本来现成，不与万法为侣，而为万法生起之源头与背景；但迷人不觉，仅为一种觉悟的可能性；当其呈现而自觉之时，即为佛性现前，顿悟心性。

　　明悟此空寂灵知，仅为初步见道，因无始业力相续，人仍可忘失此灵知而回到凡夫分别取相之知，故修道位之觉知功夫仍属重要。然已经见道之人，则其觉知不再仅限于道位，而可时时跃入果位，回归无相之灵知；或者不再用有为之觉知，而从"果位见"起修，但时时返观心源，守本真心即可，此即禅家"但了此心，见性成佛"之义也。此灵觉妙心常常现前，与日常生活打成一片，由体达用，融成一味，觉醒永不再迷失，心能转物，即同如来，此即成道之究竟果位也。

当然，文字只是文字，书不尽言，言不尽意。真正的"知"不来自书本，不来自于上师，而来自于你自己的亲身体悟。

十月二十八日，星期四

目前的工作及其他

上周末在北京组织了一次小型的学术研讨会，这是我第一次组织这样的社会活动。这次会议开得还算成功，虽形式上不正规，但生动活泼，畅所欲言，深入地研讨了会议的主题："当代道教发展的机遇与挑战"。本来我们只是关心中国文化的发展，研讨一些现实的文化发展的问题。但是组织这样一个活动，不见得所有的人都能理解，虽然大多数被邀请者都很热情地表示了支持与赞赏，但也有一些人或者会以为我有所求，似乎他们出席会议是"给我面子"；而资助的一方似乎也是在"帮助"我完成一件事情，可是我除了对中国文化的发展事业的关切之外一无所求。这似乎是一件费力而不讨好的事情，对于这样的活动，我以后将尽量不再参与，我宁愿做一个"嘉宾"，而不愿做一个组织者。"有求则苦，无欲则刚"，放下一切尘世的利益追求，安然于成为自己真实的样子，这样心灵就会有安静、祥和与美丽。我已经具备世间生活所必要的物质基础，可以无欲无求了。现在唯一的大事就是精进修道，达成生命发展的最高可能性；在自觉的同时随缘利他，把帮助更多的人走向修道解脱之路作为此生真正的事业。应济南传统文化研究会的邀请，我将在本月底周末两天去济南做四场专题讲座，演讲修道的基本原理与方法。昨天我已经整理出一份月底济南讲座的提纲，有了一个基本的框架。但是，我在演讲的时候要争取更加自由活泼，进入道的境界由当下呈现出智慧的教法，提纲只是作为一个方向性的提醒，以免整个演讲太散漫，没有头绪。这次演讲不是传授知识与教条，也不是简单地传授某种修炼的技术，而是要契入宇宙生命的奥秘与真理，让听众领悟生命的大道。由于听众没有明显的宗教背景，这使我可以尽可能地脱去宗派的色彩，基于传统而又超越传统，对修道的原理与方法作一种现代意义的展现。这是在去年香港讲座之后，第二次面对普通的社会听众做"讲道"式的系列演讲。我已经暂时谢绝了所有的商业性培训课程的邀请，目前只从事公益性的讲座，去年香港的讲座和今年济南的讲座都是着眼于弘扬传统文化的公益班。在时机成熟的时候，我将在各大学和全国各地做巡回演讲，弘扬中华优秀的修道文化。除了自觉觉他的事业，其余一切都于我如浮云，我只是做一个演员，偶尔扮演不同的社会角色。

十一月一日，星期一

从"超越学术"到"超越宗教"：观复斋教学的新进展

应济南市传统文化研究会的邀请，十月份的最后两天在山东师范大学齐鲁文化研究中心报告厅做了连续四场专题讲座，每天上下午各一场，每一场又分为两个半场，每次两讲，一共讲了八讲，在三十一日晚上又与听众进行了两小时的交流，答疑解惑。这次讲座的题目是《修道的基本理论与方法》，八次演讲构建了修道思想体系的初步轮廓，涵盖了最重要的修道思想与修道方法的精髓。整个讲座取得了圆满成功，受到听众的热烈欢迎，给听众带来了心灵的启迪与精神享受；还有一些听众不辞辛苦远道而来，给本次讲座带来了新的活力。

去年在香港道教学院的系列讲座，是我首次"超越学术"而做的"讲道"式的演讲，但因为面对的是道教学院的听众，演讲的主题还是在道教的思想框架里面，整个讨论是以《乐育堂语录》的相关章节为线索、以丹道为中心；此次讲座则实现了新的突破，不再是以经典为媒介，不再局限于某一种宗教的话语体系，而是以自己的方式综合阐释修道的基本理论与方法，不仅"超越学术"，而且"超越宗教"。

"超越学术"不是否定学术，而是在学术的基础上进一步提升，直探其基于实践而又指导实践的理论旨趣；"超越宗教"不是否定宗教，而是不再拘执于宗教的外层表现形式，揭示诸宗教的核心精神要义。此次因为面对的听众没有特定的宗教背景，我不需要在佛教或道教的体系中来讲解，而是基于自己的体验和理解，用自己独到的方式对修道思想的精义做出现代意义的表达与诠释。

这一次讲座不仅在主题思想与表达形式上较上次香港的讲座有所突破，而且在演讲的艺术表现上也渐入佳境，整个讲座气势恢宏，一气贯通，在心态上更加从容，在表达上更加自如，在节奏上更加自然。这次讲座形成了自己的语言风格，展示了真实的自己，而且一以贯之，整个八讲都是一气呵成，前后一贯。我并没有觉得费力，相反我很享受整个的演讲过程，我已经渐渐进入了一个新的角色。我不再像以前那样比较喜欢自己静修，现在对我来说弘道与静修都没有差别。

在演讲的过程中，比较觉知，自觉地进入体道的状态，在"道"的境界中展示"道"，就有一种灵感自然地呈现，这是最重要的一点演讲的体会。不是预先思想好了再来讲，而是在演讲的时候当下呈现自己的思想，虽然我没有做太多的准备，只有一份粗线条的提纲，但由于演讲的主题是自己多年以来一直在关心在探索的领域，演讲的结果还是令人满意的。

做这样的一次系列演讲，应该说是我心里的一种"隐秘的渴望"，我一直有这样一种设想与愿心，但一直没有放到"议事日程"上来。济南市传统文化研究会赵卫东博士的邀请，成为了一种"催化剂"，促使我不再考虑条件是否成熟，给了我一次"心灵探险"的历练。这次讲座的录音记录将成为观复斋教学体系中的一部重要的基础教材，它将成为我在现代社会面对社会上的一般人士弘扬修道真理的一个最初的成果，这也是观复斋教学体系的一个新进展、新突破。

十一月二日，星期二

济南讲座的经验及其意义

我所讲的"修道"概念是指一个人向着他的可能性的成长，是一种综合的智慧与修养，以使人获得身心灵全方位的、整体性的成长，成长为一个真正的、有素质的、身心健康与和谐统一的人，让人获得心灵的自由与解脱。这样的修道课程，不局限于宗教，不属于少数人的专利，不是逃避世间厌离人世而是在世间的生活中提升心灵的品质，它属于每一个人，且是一个人的必修课，是人生至关重要的头等大事。因为没有身心的健康与和谐，没有精神的家园，人生中所有的成就都是无源之水，失去了根本的基础。所以，这种修道课程不是为了某个特定的人群，而是试图为每一个人提供一条探寻生命奥秘、寻求精神家园的道路与成长的可能性。这种意义上的修道，不属于宗教，不同于气功，不同于养生，更不是一般的"成功学"，它实际上就是真理的探寻、智慧的探寻，它承接了远古以来的神圣真理与传统中的精深智慧，同时又加以现代的表述与现代的诠释。

上月末的济南讲座并不是培训课程，而是专题系列讲座，但此次讲座引发了一种新的培训课程的可能性，可以据此设计一种以修道为中心的培训课程。进行修道课程的培训工作，需要具有多方面的智慧与才华。成功的演讲首先是它智慧的深度与洞见，这根源于演讲者本身的悟道智慧与灵性体验；其次，是演讲者的理论思维和驾驭知识的能力，谋篇布局、高屋建瓴的整合才能，这取决于演讲者的学问功底与学识才华；其三是演讲者的语言表达能力与演讲艺术，这体现了一个人的综合素质和应机反应的能力。我本身没有特别的演讲训练，谈不上演讲艺术，但我具有敏捷的思维能力和快速表达能力，兼具学者的理论素养和修道者的智慧洞见,所以我的讲座在整体上具有较高的水平。这次济南讲座更加增强了我的信心,我对将来在弘道过程中扮演一个演讲弘法者的角色充满了信心。从现在开始,我已经踏上了弘道的旅程,我将越来越多地与社会、与人群相接触,展现一个心灵导师的学识、洞见与悲愿。

这次讲座的成果可以有几方面的后续产品开发与利用:首先是可以利用这次讲座的提纲,进行一系列的巡回演讲,作为一个成熟的产品向社会推广;其次将这次讲座的录音整理成一部修道培训的基础教材加以出版;再次是可以制成相关的音像制品加以流通。今后在此基础上可以研发进一步的高阶培训课程,对于有修道基础的学员可以融入实修的部分,亦可以成为"禅三"或"禅七"之类的高阶课程。

总之,这次济南讲座是今年观复斋课程准备计划的一个初步完成,也是今年弘道事业最大的一个收获与进展。今年主要就是准备观复斋教学的相关课程,与社会各界人士加强了接触与沟通,为今后的弘道事业的发展打好基础。可以说,今年是我弘道事业的一个新起点,也是我的人生由自觉走向觉他的新起点,揭开了弘道事业的新篇章。我相信在弘道的旅程中一定会道路越走越宽广,圆满实现自觉觉他的人生理想!

十一月三日,星期三

关于弘道式的演讲,其实说到底,就是你自己的真实状态是什么,你的演讲就能显现什么样的水平与风格。这里面没有"技巧"可言,一个人的演讲呈现的是他自己的整体素质,它是无法通过模仿、通过训练来达到的。只有你自身有"道",你才能"讲道";你自身有体验,你才会有灵感。所以,问题不在于演讲的艺术与技巧,而是要活在觉悟的境界中,一切自然呈现。当然,从听众接受的一方来讲,如果演讲者懂一点发音吐字、起承转合等演讲的艺术,那么你的演讲会更显得有节奏感，你的语言听起来会更有魅力，更能拨动听众的心弦。演讲者的着装有时也会影响演讲时的心态与感觉，要注意营造一种良好的演讲环境或氛围。在演讲前观想上师，进入道的境界，这样会得到加持，会触发灵感。这次讲座是我真实的呈现，还没有讲究"演讲技艺"，没有特别地运用演讲艺术来打动听众。所以，讲座的魅力更多来自于它的思想洞见，而不是来自于演讲的表面声势。在一些毫无基础的听众听起来，可能会觉得跟不上，听得有些累。也许可以穿插一些轻松的话题，让整个演讲显得更轻松自如。适度掌握演讲的艺术，让声调、节奏更加适合听众的审美需要，这也是今后值得进步的地方。

十一月五日，星期五

观复斋教学事业的开展

从济南市传统文化研究会的成立及其活动开展的经验中，我们可以得到宝贵的启示。或许我们可以联络、团结北京市相关的学者和企业家，充分利用有关的资源，申请成立"北京市传统文化研究会"，以此为平台，我们可以将"观复书院"挂靠在这个平台上。有了这个平台以后再完善相应的硬件设备，开展系统的观复斋教学。可以将这个设想与相关的企业家商谈，但我不应有所执着，这只是一个"愿心"，不要变成为一个"野心"。一方面要有所作为，同时又随机随缘，顺应整体大势的安排，在道中漂浮而没有人为的得失增减。观复斋教学事业已经启程，而观复斋主人必须优先成就，如果自己没有主人，就谈不上弘道的事业。任何时候，自己的修道境界都是第一位的，要真正地活在道之中，以道的能量与智慧去从事弘道的事业！

观复斋教学分成两大系列：一是经典讲解系列，二是观复斋教学课程系列。这两个系列都已经有了开端，去年香港的演讲属于经典讲解的系列，今年的济南讲座属于观复斋教学课程系列。有了良好的开端，就可以继续发展，开发出更多的演讲系列。整个观复斋著述则包括三大系列：一是学术著作系列；二是观复斋随笔系列；三是观复斋演讲系列。对于学术著作，除了完成现有的社科基金课题外，不再专门从事学术著作的研究与写作，而是全力于观复斋教学的研究与实践之中。如果观复斋的演讲作品可以申请者如"传统文化在现代社会中的应用"之类的课题，则可以再申请项目，否则不再申请各类项目。

观复斋教学事业是一项伟大的事业，它不是宗教，不是气功，不是养生，而是一种生命的教育和智慧的探寻，是伟大文化传统的现代展现。它倡导理论与实践、入世与出世、自觉与觉他的完美统一，入尘不染尘，修道在人间；它超出宗派而又立足传统，面向现代社会与现代人群，展现一条寻找智慧与解脱的心灵探险之旅，让更多的人找到身心灵的和谐发展之路，寻找到安身立命的精神家园。从事于观复斋教学的事业，将是我此后人生全力以赴的根本大事，我将开创灵性教学的新世界与新局面。总之，现在思路已经明确，前进的道路已经展现出光明的前景。只要踏实地做好自己的实修和研究工作，观复斋教学事业就会有光明灿烂的未来！

观复斋教学有"宗风"而没有"宗派"，有教学的体系但不是一个实体的组织。那些和我们有着共同的精神追求的同道，都可以是观复斋教学体系的参与者与同盟者，成为推广观复斋教学的成员，其成员之间的关系是一种宽泛的心灵的相通与联盟。欢迎一切认同观复斋教学理念的同道和朋友积极加入到观复斋教学事业中来，让我们一起为一个更美好、更和谐的新世界的到来贡献自己的智慧与才华！

十一月六日，星期六

过眼烟云

济南讲座归来，我已经写了数篇日记，对此次讲座的经验与成果做了总结,对观复斋教学事业进行了规划。然而,这些都是一种随缘的"愿心",我不想把任何事情变成"野心"。愿心着眼于利他的情怀,而野心则出于自我的欲求。我的心灵里有伟大的"抱负",但没有任何的"负担"。我接受整体的安排,信任存在的河流,我没有做任何事情,是"道"在通过我而让有些事情在发生。现在,一切回归于宁静,我将回归于修道读书的生活。北京的十一月,是我午后田野漫步的好时节。天清气朗,深秋的田野有一种成熟而苍凉的美。放下尘世的工作,放下弘道的操心,一任心之悠然,与自然风光完全在一起,心灵渐渐有一种无言的充实与喜悦。路上放羊的大叔见到我很高兴,说好久没有见到我了,他喜欢拉着我和他聊天。我们已经是老朋友了,但我更喜欢自己单独散步,他毕竟只是个老农,无法领略更多的东西,我也只是偶尔和他谈一谈。一阵微风吹过,我看见一片树叶飘落下来,随着流水飘走了。人世间许多事情也不过是一片小小的叶子,一阵风就把它吹走了。不远处的往机场送油的铁轨上,一个男人在裸体散步,这里游人稀少,倒不至于太影响观瞻。但我不知道他是一种什么样的心态,是真的脱落了文明的外衣而回归自然的真实,还是出于某种特殊的癖好抑或是某种病态的表演?这是一道新的风景,我不觉得美,也不觉得丑,只是无数过眼烟云中的一种云烟。

十一月八日,星期一

这两天重读陈健民上师的《汉译佛法精要原理实修之体系表》,这大概是陈上师的书中我读得最多的一本书了。不过,最近的一次已经是2001年读的,将近十年没有再读此书了。这本书是陈师讲解其制作的"佛法精要原理实修之体系表"的录音记录,是陈师唯一的一本据录音记录而成的书。这本书可以说是代表了陈健民上师整个佛学思想体系的一本书,最为系统精要,也可说是一本《佛法概论》。现在读起来,我已经不像当年那样投入,对陈师的观点已经有一些不认同,觉得他有时过于讲究，不够圆通，他仍是一个佛教徒，有其宗派上的"成见"，未达超越的大智慧。不过，这本书对于了解佛法的实修原理仍有非常重要的指导意义。现在我已经确立了自己的使命，渐渐开始了观复斋教学的体系创立以及推广弘传的工作，所以我读大师们的书已经不同于以前。我不再只是从自觉、自受用的角度去研究体会，我实际上也是在为观复斋教学体系的创立准备讲道的素材。这就是我今后的主要的研究工作：吸收诸大师的智慧，一方面提升自己的觉悟境界，一方面创建观复斋教学体系。"讲经说法"于我已经不再是一个遥远的愿景，而是已经进入议事日程的切近的工作目标。我不再仅仅是一个在世间隐修的高士，我已经踏上了弘道的旅程。今后，开展观复斋弘道事业就是我的主要的工作方式，而修道悟道的生活就是我从事一切工作的根本基础。

十一月十一日，星期四

济南讲座的成功，使我更清醒地意识到自己今后工作的方向。悟道与学问的统一，一直是我从事学术研究的终极目标，但为了适应学术界的要求，适应一个专业学者的身份，我也从事学术性课题的研究与写作。从博士论文到博士后研究报告，从所级课题到社科基金课题，我已经撰写了若干本学术专著。虽然这些学术著作也贯穿了我的悟道体验，但毕竟不是纯粹从我自己的兴趣和悟道智慧来写作的。济南讲座开创了一种新的为道与为学完全统一的研究模式，那就是选择一个专题，以自己的语言、自己的理论框架来深入浅出地展示某一个课题。这本身是对社会大众的演讲，同时其演讲内容记录整理后即是一本有关某一专题的学术作品。今后我们可以用这种模式，开发观复斋教学的系列研修课程，其成果既是一种实际的教学产品，又是对某一课题进行专题研究的学术作品。比如可以以禅宗为研究对象，做系列的禅宗讲座，形成一本禅宗研究专著；以佛教禅定学为研究对象做系列讲座，形成一本佛教禅定学的研究专著；对于内丹学也还可以做系列讲座；也可以继续讲自己的体系，等等。这样，我的学术研究与弘道工作就完全统一起来了。在学术研究上可以走自己的路，以自己的风格开创学术研究的新境界，形成观复斋学术思想体系，不再拘泥于普通所谓的"学术研究"了。其实，不仅许多宗教经典文献出自于大师的讲道记录，就是学术领域也有许多经典出自于大学课堂的系列讲座或讲稿，这本身就是一种很现实、很有意义的研究和写作方式。我要完全成为自己，做一个心灵导师，以系列讲座的方式从事新课题的研究和新作品的创作。

十一月十八日，星期四

《修道的基本理论与方法》将是我的演讲系列中有关观复斋教学课程系列的第一本书，而《丹道十讲》可算是演讲系列中经典讲解系列的第一本。由此我也想到观复斋随笔的出版问题，我想随笔就保持日记、随笔的原始风格，不要再做人为的整编，不要人为地再造作一个理论系统，就按照写作的顺序并标明写作的日期，以一本日记随笔的方式出版。因为观复斋教学系列将会有系统性的课程讲义，所以不需要将随笔再整编成系统性的作品，只需要呈现它原有的样子。随笔是真实体现我自己所思所想和我自身修道体验的文字，它具有独特性，它不是针对什么人而写，没有特定的目标，就只是呈现自己修道路上的风景。而观复斋教学的课程，则是针对听众而作的系统性的讲解，是为了利益他人的，虽然两者都体现了我的修道思想与修学境界，但一偏于自觉境界的呈现，一偏于觉他境界的呈现，这两者之间正好互补。除了《探寻生命的奥秘》的再版外，可以编一个续集，以后观复斋随笔就形成统一的编辑体例，每隔若干年出一本续集。

十一月二十八日，星期日

读《禅与生命的认知初讲》略记

　　读完陈健民上师的几本书后，我又重新温习南怀瑾先生的《禅与生命的认知初讲》。陈上师比较系统精深，但偏于"紧"；南先生比较活泼自在，但偏于"松"。陈师的"紧"，有时就过于严谨以至于"拘泥不化"了；南师的"松"，有时就过于散漫以至于"荒腔走板"了。这两位老师的风格可谓截然不同，但重实修且具实证经验则是他们的共同特色，也是我最欣赏他们的地方。

　　南先生的这本讲录是他最近的一次内部法会的说法记录，可谓是他的"晚年定论"。看起来，以南先生自己概括的佛法三纲要"见地、修证和行愿"三者而言，南先生自己的修法体系可以概括为"禅宗的见地，小乘的修证，大乘的行愿"。虽然南先生自己说他也学了密宗各派的修法，但我想那只是他自己去"印证"一番，"摸一摸"密宗里面到底有些什么"秘密"，但他的重心并没有放在密宗上面。这与陈上师完全不同，陈上师是真正地修学密宗，而且其整个的"判教"是基于密宗的见地且以密乘为最终的归趣。

　　南先生从禅宗"入"了之后，并未就此满足，而是"返身"回来，从小乘的修法下手，实修禅定，转化色身气脉，由此性命双修，而会宗于大乘的慈悲济世的行愿，行菩萨行。南师特别强调"安那般那"和"白骨观"两大法门，以之为色身解脱的妙法。本书对"六妙门"和"十六特胜"都做了自己独到的发挥，有其基于实修经验的深妙解说，但是理论上仍是其一贯的风格，重自由发挥而缺少严谨的理论说明。他的解说往往脱离了佛典的原意，纯属自己的经验发挥。

　　他批评智者大师对"六妙门"所做的"大乘化"的解说，而他对"十六特胜"的解说也完全不同于天台智者大师。的确，南师此书解释的"六妙门"与智者大师是属于不同的路线：智者大师的六妙门中，从"止"开始已离开"息法"而转入"心法"了，实际上是大乘路线；南师重在"息法"一路到底，偏于小乘功夫路线，将"止、观、还、净"一概解释为"止息、观息、还息、净息"。据智者大师的《六妙法门》，智者于"历别对诸禅定明六妙门"一节中，以"十六特胜"对应于六妙门中的"随为妙门"而加以解说。于《释禅波罗密次第法门》中，将"十六特胜"归入"亦有漏亦无漏禅"，十六特胜"横则对四念处，竖则从欲界及至非想，但地地中立观破析，故能生无漏"。十六特胜是与四念处相应，与"四禅八定"相配套，因为加强了"慧观"的因素而通向无漏，地地升进而无执，由此可一路证入，此与世间禅定之为有漏不同也。又因十六特胜中有喜乐之受，可纠正"不净观"可能产生的厌世弊端，故殊为"特胜"也。而南师则单独标出"十六特胜"立论，做其独到的发挥，并未标出十六特胜这一法门在佛教诸禅定中的地位与作用，这显示南师重经验主义的作风，理论的分解终非南师所长也。

就理论而言，智者大师有其精深圆妙的系统，六妙门之每一门皆可一门深入，亦可次第相生，圆转相生，通别互摄，此不可随便批评。若说天台后学成就者不多，此亦不能证明智者大师的理论有问题。就像南师自己感慨的，自己的学生弟子中无有真实成就者，那么我们是否可以说南师自己的教学有问题呢？后学成不成就，要靠师父和弟子两方面的机缘相应，有各种因缘，不可由此论证天台的理论不足也。当然，南师后面又自己忏悔，说不是智者大师有问题，是后人理解有问题。

总之，读南先生的书不可过于执着个别文字，要体会其背后的心态与善意，若是死执文字，就会有许多问题。因为南师说法随口讲说，难免有不周全的地方，甚至有一些基本知识上的漏洞。比如南师书中讲"量子力学"的部分，就多有牵强附会处。这些记录的弟子又不能或不敢发现并指出其中的错误，所以南师的书中常常不无瑕疵。吾一向敬重南师，偶有批评，亦属于"吾爱吾师，更爱真理"之类，望读者谅之。

十一月三十日，星期二

我的世俗的学问事业已经接近完成了，在世间事业上已经可以了无牵挂了！我将完全成为我自己，全力于自觉觉他的大事业。今年加强了与企业界的联系，社会活动较多，且成功地开创了观复斋教学初级课程，观复斋教学事业已经展现出了良好的前景，我的人生也成功地迈入了新的阶段。

现在，我要沉静下来，息机了缘，归隐林下，用功办道了。为了真正地成为一名合格的心灵导师，为了观复斋教学事业能够更有底气与实修水平，为了更好地利益众生，我自己必须在修行上取得更大的突破。"先关后开"，先要自己在悟道境界上能够保任，能够相续，真正打成一片，然后才能起用，才能广行度生事业。尤其要加强定功训练，真正地证深禅定，彻底转化色身气脉，完成先天化后天的修炼工程，这样才是真正出山弘法的合适的时机。

所以，尽管现在观复斋教学事业已经启程，但还只是随缘做些公益讲座，还不到大规模地开展教学事业的时候。我还得以自己修行为主，尽量减少外缘，继续保持低调，潜心隐修，使自己真正修道有成就了，才能做"师父"，传道弘法。

十二月三日，星期五

今后，一般的学术会议我不想多参与，一年春秋两次会议，作为外出旅游休养的机会，就可以了。人世间的声色名利，于我如浮云，何取何求？除了利益苍生的教化事业外，其余种种世俗应酬性的社会活动，皆尽量谢绝，我要把全部的时间精力用于潜心修持，实证大圆满境界。虽然于心性上早有了悟，于见地上通达无碍，也略有禅定的体验，生活中不乏禅悦法喜，但不能停留于此。一方面，不能把初步的明心见性当作是"成道"，但同时也不能忽视心性的智慧，不能因为未得究竟就否认或者怀疑那个根本的"见"。"这个"本身没有得失增减，本来现成，但重要的是要能念念觉悟，真正地安住于无住的本来面目上。心性的觉悟境界不能保任，不能相续，不能昼夜性灯长明，转化一切无明习气，则性功未成就；禅定境界不能专一，不能相续，不能入四禅八定，转化色身气脉，则命功未成就。以此观之，我修道无论性功命功，皆未得真实成就，不能证修道的果位境界，只是有一些道位的觉受罢了。所以，必须真修实证，彻底成就，才能乘大法船，为天人师，广行利生觉他的事业。

十二月八日，星期三

入则独修其身，出则兼济天下

今天上午和晚上的静坐都进入较好的状态，时间也相对延长。现在世间的事业已得安定；没有工作、生活上的后顾之忧，我可以全身心地投入到修道的大事业中去！一定要深入实修，把高远的见地落实为具体的、坚实的证量，领略层层的法性奥秘与本地风光。我的智慧足以成为一代宗师，为普度众生做大事业和大贡献；现在的关键是要自己先有修道的真实成就与彻底觉悟的境界。我要把书房作关房，以家庭为道场，以闭关的心态从事修道的事业！入则独修其身，出则兼济天下，除了自觉觉他的大事以外没有个人的利益追求与得失计较。以利益天下的弘道事业为中心，团结可以团结的各界朋友，一起开展文化事业。因为没有个人的名利计较，所以就不会为弘道事业而起得失增减之心，愿力可以宏大，而成败一切随缘。对任何事情，只是做我自己想做的和该做的，不为结果操心，享受整个的过程！只要你真正修道有成就了，真正具有大智慧，就一定能为社会、为众生做出应有的贡献。我可以完全随缘，了无牵挂，做一个自由自在的无心道人，念念在道，念念在佛，别无所求，无得无失！

十二月十四日，星期二

今天下午去拜访一位"民间宗教的师父"。先是他的学生寄来他的讲道资料，读后觉得有其过人之处，虽其表现有点不伦不类，但似乎有一种独特的智慧，所以就有点留意此人。最近从他的学生哪儿得知他来到北京，就与他的学生联系，今天特地前去参访。见面一谈，发现其人完全进入了某种意识的独影境界，他或许真的没有诚心骗人，真的以为自己"得道"了，真的有所领悟，但这一切都是完全虚幻的。他连基本的觉知都没有，他只是一味地重复讲他的"神奇故事"，根本就不知道他所面对的是何许人也。他进入自己的思维世界，而根本不顾及眼前这个活生生的"人"，他也没有基本的理论修养，他无法与我对话，他只能自个儿"独语"。我尽量把他往高处想象，我把自己隐去，想要认真地听他"讲道"，看看能不能发现他有真正的智慧。但是，我实在忍不住了，他只是自己不停地在讲他那些重复了无数遍的故事。最后，我只能打断他的话，告辞，走人！

历来民间宗教的许多教派，其创教者都有某种特殊的经历、特殊的体验、特殊的才能，但他们没有扎实的理论基础，没有真实的智慧传承，没有究竟的真修实证，而是师心自用，自以为是，把一知半解、似是而非的功能当作是"悟道"。有的人根本就是骗子，有的人是误入歧途而不自知。真是大千世界，无奇不有，只要他们是在劝人为善，没有违法乱纪，我也就懒得去管他们，由他们自生自灭吧！

十二月十五日，星期三

灵性专制主义及其危害

不管是传统宗教还是诸多新兴宗教、民间宗教，如果它形成了某种宗教组织形态或类宗教组织形态，那么这个组织中一定会有一个宗教领袖或教主，作为该宗教团体中灵性等级最高的"大师"、"上师"，其在此宗教组织中具有绝对的权威。这种机制的形成有其灵性意义上的客观原因，因为只有真正成道的大师才能作为迷茫中的众生的依止，而对于大师的"臣服"，按照大师的指示去全心全意地实践，是超越自我执着、获得灵性解脱的重要途径。

然而，一旦形成了这种组织，在现实的层面上它就是世俗社会中的一个团体，不仅与其他组织、团体的相处有其现实的利益矛盾，而且在此团体的内部亦可能存在如同世俗社会中一般团体所具有的弊端。正如现实政治中专制主义有严重的危害一样，灵性组织中的专制主义是极为有害的，其危害甚至远超过一般世俗社会中的专制主义。因为，性灵专制主义损人慧命，伤及人的灵魂，其罪恶与果报是极为严重的！

真正得道的大师决不会通过各种"造势"、"自吹自擂"等方式去制造自己神圣的光环，也不会通过宣传"神异"、"怪力乱神"等手段，来暗示自己具有超人的能力或神通。他不会去证明自己是一个"得道者"，相反他会看起来很平常，正如《菜根谭》所言："醲肥辛甘非真味，真味只是淡；神奇卓异非至人，至人只是常。"真正的大神通是他日常生活中的大智慧，他无时无地不在觉醒之中，他清楚地觉知当下发生的一切，而能够自主地反应与行动。他自身所自然呈现的德性、智慧与慈悲，使得和他接近的人被他的人格光辉所吸引，而由衷地臣服于他，由此而自然地在他的圈子里形成他的灵性权威。

与此相反，在那些虚假的大师中，这些所谓的"大师"地位的形成不是由他的德行与智慧自发形成的,而是经由这个"大师"一手导演、包装而形成的,其组织本质是一个"欺骗型"的团体。那些他的信徒因为自身的贪婪或无知被假大师所蒙蔽,成为了他的"猎物"、"俘虏"。假大师会制造自己骄人的身世,神秘的传承;讲一些若有若无既不可证实又难以证伪的"传奇故事";他们会大胆地预言时事,并承诺给予"未来的解脱"。对假大师而言,活生生的当下是不重要的,重要的是你要为他而"献身",然后他会给予你未来的一个永不需要兑现的承诺。一旦你被他所俘获,你就会失去自己的独立思考,你被洗脑,然后你会乖乖地献上自己的一切,你成为灵性道路上的牺牲品。当然,你迟早会发现自己上当受骗,你也可以从受骗中获得一些经验与收获,至少你会恍然大悟:"我真是一个傻瓜!"没错,这是一个很大的领悟。

大多数的假大师自知自己只是一个凡人,他们只是在做一项灵性领域的"生意",以最少的投资收获最大的回报。他们全部的投资就是"欺骗的故事",就是编造谎言,以此收买人心,获取名利。也有一少部分的大师是自己走火入魔,他真的以为自己"开悟"了,他曾经梦寐以求,想要成为大师,他也为此探寻过,修炼过,但他难以忍受似乎是没有尽头的等待,他要尽快地实现自己的"雄心壮志"。然后他把自己"催眠"了,他终于"成功"了!他为此欢呼,于是他开始了"传法",开始"催眠"他人。

我见到了一些自以为得道的大师,但他连基本的修道概念都没有,也没有基本的生活中的觉知,他自己活在自己梦一般的世界中。现实生活中,也经常有一些"自学成才"的人,读了几本书就开始写长篇论文,写专著,然后以为自己已经是大思想家了,到处找人"印证",给老学者寄上自己厚厚的论文。老教授一看,满纸荒唐言,基础知识都没有,只好摇头叹息了。

我不同意马克思关于宗教的一些论断,但我相信马克思也看到了部分的真理。的确,宗教组织中所发生的故事,很多只是世俗世界的翻版，了无新意。人们只是把世俗的欲求通过宗教的形式变相地、虚幻地呈现出来。那些连基本的生活能力都没有解决的人，如果他们进入宗教，他们无非是想从宗教那里解决他们的"面包"罢了。

　　因为看到了宗教里面的"幻相"的存在，所以我不看重宗教的形式，我直接进入存在的真理。对我而言，生命的觉醒不是一种信仰，不是一种教条，不是一种对过去的臆测，更不是一种未来的传说！宗教的意义是活生生的当下生活的品质，你不再是一台机器，你不再被你的"业力"所驱使，你可以清醒地生活在此时此地，全然地庆祝此时此地存在的芬芳！

图书在版编目（CIP）数据

道上的风景.2,没有终点的旅程/戈国龙著.
—北京：中央编译出版社,2011.4
（观复斋系列丛书）
ISBN 978-7-5117-0811-3

Ⅰ.①道…
Ⅱ.①戈…
Ⅲ.①日记-作品集-中国-当代
Ⅳ.①I267.5

中国版本图书馆CIP数据核字（2011）第044686号

道上的风景.2,没有终点的旅程

出 版 人	和 龚
责任编辑	董 巍
责任印制	尹 珺
出版发行	中央编译出版社
地　　址	北京西单西斜街36号（100032）
电　　话	（010）66509360（总编室）　（010）66509366（编辑室）
	（010）66161011（团购部）　（010）66130345（网络销售）
	（010）66509364（发行部）　（010）66509618（读者服务部）
网　　址	www.cctpbook.com
经　　销	全国新华书店
印　　刷	北京金瀑印刷有限责任公司
开　　本	787毫米×1092毫米　1/16
字　　数	315千字
印　　张	23.75
版　　次	2011年7月第1版第1次印刷
定　　价	48.00元

本社常年法律顾问：北京大成律师事务所首席顾问律师　鲁哈达
凡有印装质量问题,本社负责调换。电话：（010）66509618